亚洲经典著作互译计划

# 巴基斯坦文学
## 乌尔都语短篇小说选
（1947-2008）

[巴基斯坦] 拉希德·阿姆贾德 等著

孔菊兰 等译

五洲传播出版社

**图书在版编目（CIP）数据**

巴基斯坦文学：乌尔都语短篇小说选1947—2008 /（巴基斯坦）拉希德·阿姆贾德等著；孔菊兰等译. ——北京：五洲传播出版社，2023.5
ISBN 978-7-5085-4865-4

Ⅰ. ①巴… Ⅱ. ①阿… ②孔… Ⅲ. ①短篇小说-小说集-巴基斯坦-现代 Ⅳ. ①I353.45

中国版本图书馆CIP数据核字(2022)第158519号

*Selected Pakistan Literature (Urdu Short Stories 1947-2008)*
©Pakistan Academy of Letters
Simplified Chinese Edition Copyright © 2023 by China Intercontinental Press
All rights reserved

## 巴基斯坦文学　乌尔都语短篇小说选（1947–2008）

[巴基斯坦] 拉希德·阿姆贾德　等著
孔菊兰　等译

| | |
|---|---|
| 出 版 人 | 关　宏 |
| 责任编辑 | 杨　雪 |
| 装帧设计 | 红方众文 |

| | |
|---|---|
| 原文出版 | 巴基斯坦文学院 |
| 出版发行 | 五洲传播出版社 |
| 地　　址 | 北京市海淀区北三环中路31号生产力大楼B座6层 |
| 邮　　编 | 100088 |
| 网　　址 | http://www.cicc.org.cn，http://www.thatsbooks.com |
| 发行电话 | 010-82005927，010-82007837 |
| 印　　刷 | 北京市房山腾龙印刷厂 |
| 开　　本 | 850毫米×1168毫米 1/32 |
| 印　　张 | 14.75 |
| 字　　数 | 280千字 |
| 版　　次 | 2023年5月第1版 |
| 印　　次 | 2023年5月第1次印刷 |
| 书　　号 | ISBN 978-7-5085-4865-4 |
| 定　　价 | 76.00元 |

# 目 录

出版献辞 i
前言 iii

## 艾哈迈德·纳迪姆·卡斯米 001
疗伤／唐孟生 003
母爱／张亚冰 015
随波逐流／张亚冰 027
群山之雪／朱熹 039

## 萨达特·哈桑·明都 053
热气／孔菊兰 055

## 乌拉姆·阿巴斯 065
阿南迪城／苗赫然 067
大衣／苗赫然 083
公爵的别墅／杜佳宁 091

## 米尔扎·阿迪布 099
解放／孔菊兰 101

拉金德尔·辛格·贝迪　　113
　　月食 / 张亚冰　　115

艾哈迈德·阿里　　125
　　我们的小巷 / 唐孟生　　127

喀穆尔·阿巴斯·纳迪姆　　143
　　离奇的盗窃案 / 唐孟生　　145

乌拉姆·萨戈兰·纳格维　　157
　　焦土的芬芳 / 唐孟生　　159

伊斯玛德·玖厄泰伊　　169
　　被子 / 袁雨航　　171

英迪扎尔·侯赛因　　183
　　最后一个人 / 孔菊兰　　185
　　失踪者 / 孔菊兰　　195

恩瓦尔·赛贾德　211
　　肿瘤／孔菊兰　213

巴奴·古德西亚　219
　　风水轮流转／胡雅然　221

古拉都·艾·海德尔　231
　　摄影师／胡萍萍　233
　　山水相隔／胡萍萍　241

哈丽达·哈桑　257
　　千足虫／周　佳　259
　　鸟儿／周　佳　269

谢赫扎德·门泽尔　281
　　乌托邦／孔菊兰　283

穆罕默德·门西·亚德 299
　　井井相通／孔菊兰 301

拉希德·阿姆贾德 313
　　追寻七色鸟／袁雨航 315
　　希望的荒漠／袁雨航 325

穆兹赫尔·阿斯拉姆 331
　　马城孤独人／田　妍 333
　　玩偶／田　妍 339

纳耶姆·阿勒维 345
　　二十世纪的最后一个人／孔菊兰 347

穆宾·米尔扎 353
　　丢失的人／孔菊兰 355

马苏德·穆夫提 369
　　公正／朱　熹 371

| | |
|---|---|
| 纳赛尔·巴格达迪 | 379 |
| 　　黑心肠／安启光 | 381 |
| | |
| 艾哈迈德·伊贾兹 | 393 |
| 　　母亲和鸟／周　袁 | 395 |
| | |
| 艾哈迈德·贾维德 | 401 |
| 　　蠕虫／周　袁 | 403 |
| | |
| 阿西夫·法尔奇 | 415 |
| 　　死而复生／安启光 | 417 |
| | |
| 希贾布·伊姆迪亚兹·阿里 | 425 |
| 　　松柏树荫下／杜佳宁 | 427 |
| | |
| 穆罕默德·阿桑·法鲁基 | 435 |
| 　　为时已晚／朱　真 | 437 |

# 出版献辞

在此，我衷心祝贺孔菊兰教授和她的同事们把乌尔都语短篇小说翻译成优美的中文，并精选编辑成《巴基斯坦文学——乌尔都语小说选（1947-2008）》予以出版。令我引以为荣并深为高兴的是，乌尔都语优秀小说即将与中国读者见面。我相信，《巴基斯坦文学——乌尔都语小说选（1947-2008）》将向中国朋友传递乌尔都语小说独特的艺术魅力，也将使中国读者了解乌尔都语现代文学及其发展。

乌尔都语短篇小说与乌尔都语文学的其他体裁不同，虽然起步比较晚，但是它却呈现出极大的生命力和蓬勃发展的势头，在短时间内已跻身于世界最优秀的小说之列。乌尔都语小说蕴藏着丰富深刻的内涵，具有鲜明的现代小说特点，乌尔都语小说涉及个体的生活体验以及巴基斯坦政治和社会的方方面面。乌尔都语小说家完美地揭示了现代人在社会中的个人角色，以及巴基斯坦社会的发展动态，并且把乌尔都语小说的魅力传遍整个世界。

在这里，我真诚地赞赏和感谢孔菊兰教授，她为乌尔都语的发展做出了非凡贡献，为乌尔都语在中国的传播与发展沥尽心血。我相信在她的不懈努力和大力推广下，乌尔都语这棵大树会在中华人民共和国一直郁郁葱葱地茁壮成长，中巴两国人民之间的友谊纽带会更加牢不可破。

愿真主恩赐辛勤耕耘者以力量！

巴基斯坦伊斯兰共和国驻华大使
穆因·哈克
2022年7月于北京

# 前言

非常高兴能把《巴基斯坦文学——乌尔都语小说选（1947-2008）》的中译本奉献给中国读者，这是中国乌尔都语同仁共同努力的成果。中巴友谊源远流长，历久弥坚，中巴建交七十年来，无论国际风云如何变幻，双方始终肝胆相照，患难与共，培育了独一无二的铁杆友谊，两国关系成为国与国相处的典范。恰逢中巴建交七十年之际，我们愿意把这本小说集献给中巴友谊，同时希望中国读者能够通过这个译本，初步了解巴基斯坦乌尔都语作家及作品，并对巴基斯坦以及南亚次大陆的历史变迁、社会状况、风俗人情等留有大致的印象。

乌尔都语短篇小说创作始于二十世纪三十年代，虽然历史不足百年，却涌现出许多优秀作品，丰富了世界文学的宝库。乌尔都语是巴基斯坦的官方语言，也是南亚次大陆的主要语言，除巴基斯坦外，乌尔都语还流行于印度的广大地区以及孟加拉的部分地区。因此，此译本收录的作品选自二十世纪三十年代以来出现的乌尔都语短篇小说。

我们编选作品时，根据乌尔都语文学的发展脉络，把乌尔都语小说创作划分为三个阶段，即独立前、独立后至二十世纪六十年代、七十年代至二十世纪末。此译本共收录二十七位作家的三十七篇短篇小说。这些作家有些早已驰名文坛，如艾哈迈德·纳迪姆·卡斯米、萨达特·哈桑·明都、伊斯玛德·玖厄泰伊、拉金德尔·辛格·贝迪、古拉都·艾·海德尔、希贾布·伊姆迪亚兹·阿里、穆罕默德·阿桑·法鲁基等；有的在四五十年代陆续登上文坛，如今已是家喻户晓的作家，如米尔扎·阿迪布、喀穆尔·阿巴斯·纳迪姆、乌拉姆·萨戈兰·纳格维等。还有二十世纪六十、七十年代以来活跃在文坛的现代派作家，如英迪扎尔·侯赛因、哈丽达·哈桑、恩瓦尔·赛贾德、巴奴·古德西亚、拉希德·阿姆杰德、穆兹赫尔·阿斯拉姆、穆罕默德·门西·亚德、纳耶姆·阿勒维、谢赫扎德·门泽尔、马苏德·穆夫提、纳赛尔·巴格达迪、艾哈迈德·贾维德、阿西夫·法尔奇、穆宾·米尔扎、艾哈迈德·伊贾兹等。他们都在不同阶段创作出一批富有社会意义的作品。

从二十世纪三十年代起，受进步文学运动的启迪，乌尔都语作家继承了普列姆昌德的现实主义创作传统，坚持"作家要像镜子一样如实地反映现实，力求把当时社会的黑暗现象如实揭露出来"的主张，真实地反映在殖民者统治下以及封建主义思想压榨下各阶层人民的真实生活，尤其是下层劳动人民的生活。他们衣不遮体，食不果腹，没有尊严，没有地位，期盼改变现状，希望有《新的法律》[①]为自己说话，为反对英殖民统治而呐喊。《我们的小巷》讲述

---

[①] 萨达特·哈桑·明都的短篇小说。

的就是一条狭窄小巷里生活在社会底层人们悲惨的生活。这些人当中，有卖牛奶的老人、卖鹰嘴豆的小商贩、盲人乞丐、寡妇、落魄的贵族小伙、清真寺的伊玛姆，和他们在一起的，还有饥肠辘辘的流浪狗。卖牛奶老人的儿子，因为参加反殖民者的游行被打死，夫妻俩伤心过度，神智近乎失常；卖鹰嘴豆的人，因为遇见为杀人犯送葬的队伍，帮忙扛了一下灵柩，就被判处了两年徒刑；女疯子衣不蔽体，被一群孩子追打，又遭到歹人的欺辱；盲人乞丐更是可怜，已经瘦得皮包骨。在这条小巷里，就连清真寺唤礼者的声音，都显得那样凄凉和沧桑。《群山之雪》中的女乞丐，靠着每天乞讨来的一个安那②生活。《离奇的盗窃案》中，资本家蛮横无理，凶狠残暴，竟然做出伤天害理的"剖腹取金"的事情。《黑心肠》里的大阔佬表面上尽显大善人、慈善家的模样，为了夺取棚户区穷人的地皮，他阴谋策划了火烧棚户区，随后以慈善家的面貌出现在被烧成一无所有的穷人面前，告诉灾民们，在他的申请下，政府安居部门已经优先在远离城市的一个居民点给他们做了临时居住安排。他当场还给每家每户十万卢比现款。"一个穷苦的女人说，'世界正是由于有这些好人才存在着。'……彼时，离这两个女人和整个棚户区远的地方……他在自己安逸舒适的房间里派头十足地独自坐着，正在发出一声狂笑。"小说揭示了这些人虚伪、狡诈、狠毒的本性。

在南亚次大陆，女性的社会地位非常低。她们承受着来自家庭和社会的双重压迫，遭受的痛苦更是令人触目惊心。《月食》中的少妇，小小年纪就嫁为人妻。骨瘦如柴的她，不仅承担着繁重的家

---

② 安那：相当于一毛钱，现在不流通了。

务，还沦为生育工具。她想逃出去，最后还是落入坏人之手。《解放》中的盲人女孩，每天出去讨点小钱来养活自己的母亲和姐姐。母亲去世后，她和姐姐都沦为妓女。《松柏树荫下》的夫妻本是十分恩爱，但因一次误会，丈夫失手打死了妻子，造成一生的遗憾。《被子》的主人公是衣食无忧的中产阶级女人，受到同性恋丈夫的冷落，自己的心态也变得扭曲，开始侵犯别人。《为时已晚》中的女主角受过高等教育，也有体面的工作，但是却找不到般配的丈夫，反映了受过良好教育大龄女青年的婚姻大事已成为严重的社会问题。

萨达特·哈桑·明都、伊斯玛德·玖厄泰伊、乌拉姆·阿巴斯等作家笔下，都描写过妓女的悲惨遭遇。这些人原本都是良家女子，后来不是被人拐骗，就是出于生活所迫，走上了不归之路。《阿南迪城》中的妓院位于城市中心，但是市议会认为，妓院的存在不仅影响市容，还会对下一代产生不良影响，于是，妓院被迁到远离城市的荒芜之地。最具讽刺意义的是，那片荒芜之地因为妓女的到来，很快变成了一座繁华的新城。

总之，这些小说让人们看到了处在英国殖民者统治下的悲惨世界，看到了那里的人们水深火热的生活。

1947年巴基斯坦独立之初，小说家延续现实主义的创作风格，把人物的命运与典型事件联系起来，揭示重大历史事件背景下国家、民族和个人的命运关系。"印巴分治"引发严重的教派冲突，出现了人口大规模迁移的悲剧。那些闯过"血河"来到巴基斯坦的移民，有不少沦为难民，难以融入当地主流社会，与当地人之间也产生了政治冲突和经济纠纷。不少作家是这场悲剧的亲历者，于是，他们创作出了一批被称为"伤痕文学"的小说。《波尔米夏尔·辛格》《疗伤》等，都颇具代表性。《疗伤》描写一家人从印度逃出来，女婿却没能与他们同行。来到巴基斯坦之后，又发生了令人遗憾的事情，女儿珍藏的比生命还宝贵的女婿的照片连同他们的家具、行李，都被人盗走了，这让女儿立刻变得精神恍惚。

现实主义创作阶段过后，乌尔都语短篇小说涌现出大批优秀作品，这些作品讲述的大多是在二十世纪六七十年代的那个多事之秋发生的故事。1965年，克什米尔争端引发第二次巴印战争，1971年，印巴又爆发第三次战争，东巴基斯坦从巴基斯坦分裂出去，成立了孟加拉国。此时，乌尔都语小说创作的题材转向关注战争以及国家分裂带给人民的创伤。《焦土的芬芳》《乌托邦》等都极具代表性。在《焦土的芬芳》中，农民冒着生命危险，穿过枪林弹雨跑回家去救耕牛，作品以朴实的笔调，描写了农民对土地的眷恋。《乌托邦》中既讲述了1947年分治带给人民的创伤，也记述了1971年第三次印巴战争爆发、巴基斯坦被肢解带给民众的刻苦铭心的伤痛。

二十世纪七十年代，乌尔都语短篇小说的题材和内容出现了拐点，大多数作品开始关注"巴基斯坦独立建国后二十四年间人的精神压抑、阶级的分化、政治的迫害、生活的窘迫以及迁徙、冲突、分裂带来的反思等等，一句话，乌尔都语小说正在寻找生活的目的和意义。"③受西方现代主义文学的影响，作家们开始尝试现代主义的创作手法，反思历史事件、文化现象以及人的各种心理变化，关注个人命运与民族、国家的关系。《丢失的人》以1947年分治为

---

③ 拉希德·阿姆杰德《新的文学视角》，第68页，拉瓦尔品第，胜利出版社，2012年。

背景,讲述四个人从印巴分治大屠杀中逃出的故事。他们总觉得丢了一个人,于是四处寻找。在寻找的过程中,他们竟然记不清同行的到底有几个人,甚至忘记了清真寺,忘记了自己从哪里来。他们在身份认同上出现了盲点,忘记了自己的文化根基。作家运用现代主义的创作技巧告诉人们,分治大屠杀使人们与自己的文化根基断联,"他们的文化根基留在那里,丢失在那里",再也无法找回。在《最后一个人》中,一个个伊斯兰教学者、苏非大师陆续被金钱美女所俘虏,堕落成为动物——猴子,最后一个人唯恐自己也堕落下去,所以事事小心,但是人性的贪婪最终还是把他变成了一只猴子。作家借鉴《古兰经》提到的"你们变成卑贱的猿猴吧"来讥讽社会中存在的贪婪、自私、不守信誉的风气。《肿瘤》讲述一个女孩被妖魔缠身而失足,女孩和向日葵的暧昧关系也被看作误入歧途的结果。《追寻七色鸟》中的老人眷恋一张用布带绷起来的旧床,那张床让他看到了美好的未来,他费尽气力将其修好,一直摆放在家里的角落,从未使用。在他突然去世后,他的儿子用这张床把他抬到了墓地。《希望的荒漠》里,一个家庭的三代人都梦见家里有宝库,但事实证明,那只是他们的梦境。还有许多小说,仅从题目就能看出其指向的意义绝非普通,如《乌托邦》《最后一个人》等等。

这些小说的故事情节并不复杂,但要真正领会作家的写作意图,读者却需要认真思考。《追寻七色鸟》引导读者去反思:在科技发达的今天,传统文化是否要继承?其价值是否存在?《玩偶》暗指军事管制下的百姓就像被愚弄的"玩偶"。《风水轮流转》则描绘根深蒂固的种姓、阶级分化在新时代面临的挑战。《千足虫》里,现代人焦躁、忧郁、不满的情绪，就像钻进人体的一只千足虫，无法医治，无法诉说，无人理解。《鸟儿》中，精神恍惚的病人临死前对家乡和母亲的思念，渲染了离愁别绪和对生命的恋恋不舍，传递了生命存在的意义。

乌尔都语短篇小说创作，在艺术上经历了浪漫主义、现实主义、现代主义几个阶段。浪漫主义创作时期比较短，主要以克里山·钱达尔为代表。现实主义小说从二十世纪三十年代开始，经过几十年的蓬勃发展，取得了很高的成就，直至六十年代，现实主义一直是乌尔都语短篇小说创作的主流，现实主义作品也占据了乌尔都语优秀小说的半壁江山。

与此同时，现代主义小说也崭露头角。在萨达特·哈桑·明都、拉金德尔·辛格·贝迪、乌拉姆·阿巴斯等人的小说里，都可以看到现代主义创作的成功尝试，现代主义的创作手法在乌尔都语短篇小说中得以践行。《热气》借鉴弗洛伊德的心理学说，通过描绘摸到刚被宰杀的鲜肉的舒服感来讲述一个男孩的性懵懂。《人贩子》里的自然主义，《玩偶》里的象征主义都一目了然。但真正打破以现实主义为主要创作格局的作家是英迪扎尔·侯赛因，他的作品《最后一个人》等，把象征主义糅进民间故事当中，解读历史和过去，寻找真实的人的自我以及人的存在和生命的意义。哈丽达·哈桑的《千足虫》运用意识流的手法，展开人物的回忆、憧憬和遐想，作品叙事没有次序，只是随着人的意识活动把自由联想组成故事，充满虚无、朦胧的神秘主义氛围。《鸟儿》体验的是人临终时的心理，展现人类走向死亡时的精神活动。《井井相通》不受时间、空间或逻辑、因果关系制约，是纯粹的现代主义小说。《肿瘤》扑朔迷离，半明半暗，致力于探讨人的潜意识，被认为是超现实主义小说。这些作品不仅涉及对传统文化、政治体制的关注，还涉及印巴分治后巴基斯坦人的身份认同以及现代巴基斯坦社会中人的精神危机。

如果说哈丽达·哈桑和恩瓦尔·赛贾德是乌尔都语现代主义小说创作的先驱，那么拉希德·阿姆贾德、穆兹赫尔·阿斯拉姆、穆罕默德·门西·亚德、穆宾·米尔扎就是后继者。他们在追随前辈创作方法的同时，大胆地走出一条独特的创作道路。他们将传统手法与现代主义相结合，在作品中巧妙融入象征主义、存在主义、未来主义和意识流的叙事方法，小说多采用第三人称全知视角和第一人称叙事结合的方式，故事中的"他"总是以第三者的视角观察世界，中间插入第一人称叙事，用旁观者和自己的语言表达人物的所思所想，人物的活动与思维穿插在过去和现在、角色和角色之间。《井井相通》就是采用这样的视角来叙事的小说。《马城孤独人》《玩偶》《最后一个人》《公正》《丢失的人》《蠕虫》等，都是在现实故事的基础上，关注人物与环境相关的特殊意象，巧妙地运用象征主义、存在主义的艺术手法，营造出虚幻、朦胧的氛围。《马城孤独人》运用意识流和象征手法，其中的一匹马更是被赋予特殊的寓意。人们对于它的追捕，它成功逃脱后又回到清真寺，这些情节都有象征的意味，能够让人联想起历史上穆斯林内部发生的多起惨案。

诚然，巴基斯坦的乌尔都语短篇小说起步比较晚，但是它强大生命力和蓬勃发展的势头值得关注。现在乌尔都语短篇小说已经跻身世界优秀小说之列。

在取舍作品的时候，我们希望尽可能地把最能代表乌尔都语小说成就的优秀作品择选出来，尤其是那些被学界和读者认可，或者被译为多种语言的作品。此译本的后半部分，选择了较多的现代主义作品，这类作品读起来可能有些拗口，但它们真实地反映了现当代乌尔都语短篇小说的创作趋势，而且这种趋势受到了很多新兴作家饶有兴趣的追捧。这些作品是了解当代乌尔都语文学最好的窗口。如果对巴基斯坦的历史文化、社会政治、宗教习俗有一些了解，读起来会更加感同身受。为了帮助中国读者更好地理解小说的深层意义，本书在序言和作家介绍中都作了简单的介绍与分析，希望国内读者能和我们一起体会阅读乌尔都语短篇小说的乐趣，共享乌尔都语短篇小说传达出的独特的文化信息。

由于时间仓促，译本难免出现疏漏，敬请谅解。

孔菊兰

2022 年 12 月

# 艾哈迈德·纳迪姆·卡斯米
(1916—2010)

著名小说家，诗人。出生于巴基斯坦旁遮普省的一个自耕农家庭。早年在家乡上学，父亲去世后，被擅长阿拉伯语、波斯语的叔叔收养。叔叔喜爱诗歌，因而也培养了卡斯米对诗歌的兴趣。卡斯米1935年获得文学学士学位，1942年起相继担任《花》《优美文学》《黎明》《文艺》等文学杂志的编辑。曾任《今日报》主编和巴基斯坦作家协会书记及文学杂志《文艺》总编辑。1956年曾访问中国。卡斯米因诗歌创作而被誉为旁遮普的乡村歌手，但他的短篇小说比诗歌具有更大的影响。他的短篇小说题材广泛，主题鲜明，多数作品反映了下层百姓的疾苦，内容充实，感情真实。他出版过十五部短篇小说集，其中比较重要的有《日出与日落》《门与墙》《寂静》《原来如此》《棉花》和《青石》等。卡斯米在巴基斯坦文坛上享有很高的声誉，是一流的乌尔都语短篇小说家。

# 疗伤

唐孟生　译

在到达巴基斯坦的这座机场时,他的心情和二十四年前第一次来到达卡火车站时的心情完全一样。在这二十四年间,吉拉尔·乌丁多次乘飞机从达卡飞到这里,又从这里飞向达卡。最早的时候,飞机需要飞行四个小时。自从有了高速飞机之后,他用两个半小时的时间,就能从东巴基斯坦来到西巴基斯坦。不过这一次,他从达卡来到西巴基斯坦的这座机场,却用了整整两个半月的时间。为了从祖国的一个城市到另一个城市,他不得不绕遍了整个南亚:先从达卡到加尔各答,再经过巴特那、加德满都和曼谷,最后才从曼谷回到这里。他想,尽管分治运动来势迅猛,速度快得令人难以置信,结果却是把从一个村子到另一个村子的距离,却因此不知延长了多少倍。

吉拉尔·乌丁从窗口看见舷梯正在靠近飞机。机场二楼平台上的铁栏杆里,一大群人正盯着舱门,等着舷梯靠拢。舱门一打开,亲人们那一张张可爱的面孔便会出现在眼前。

旅客们纷纷拿起提包和公文包，站了起来，吉拉尔·乌丁却仍然望着远处俯在栏杆上的男男女女，努力辨认着他们的面孔。他想，也许达赫尔知道他们到了，但是，距离太远了，人们的面孔模模糊糊的，看起来全是一个模样。过了一会儿，人群突然变得像一个掰开的石榴，所有的面孔都显现得一清二楚。他高兴地笑了，那些人他全都认识，他们都是达赫尔，都是巴基斯坦人。他觉得自己简直等不及舱门打开，便想从舷窗口爬出去，像梅花鹿一样欢蹦乱跳地跑到二楼平台上，和大家一一拥抱。

他猛地站起来，说："快起来，阿比达。"随后，他吃了一惊，俯下身去低头轻声问道："大家都在盯着你呢，你这是出的什么洋相？"

"洋相？"阿比达夫人用充满泪水的眼睛瞪了他一下。

"嘿！"他坐回到座位上，"纳兹哈特，孩子，你怎么也哭了？"

一位航空小姐走过来，用甜蜜和蔼的英语问他们："请问您需要帮忙吗？"

"谢谢！"吉拉尔·乌丁连忙站了起来，好像在发表声明似的说："我们是从东巴基斯坦来的，我们的女婿，也就是我内人的外甥，现在还陷在吉大港。这会儿，她想念她的丈夫了。"

"噢！"不知道航空小姐的感叹是表示遗憾还是表示吃惊。她掏出手绢，俯身递给纳兹哈特，让她擦擦眼泪，然后说："别哭了，好姑娘，真主一定会保佑你见到你丈夫的。"接着她直起身，问吉拉尔·乌丁："她是您女儿吗？"

"是的。"吉拉尔·乌丁说，"他们结婚才六七个月。"

"噢！"这次她的语气中流露出明显的同情。她俯下身子对纳兹哈特说:"我向你保证,好姑娘,如果我们航空公司开通了飞往达卡的航线,只要我去那里,就一定去找你丈夫,把他送到卡拉奇,送到你身边。我们一言为定,来,让我们拉拉手。"

纳兹哈特含着眼泪笑了。她亲切地看着航空小姐,同她拉了拉手,又急忙打开手提包,从一本书里取出一张相片,交给航空小姐。

"噢,他长得多英俊啊!"航空小姐说。

"他叫阿西拉夫,"吉拉尔·乌丁说,"阿西拉夫·利扎,本来他去吉大港只要两三天的时间,那时战争①还不太激烈,但两三个月过去了,他还没有回来。我们的处境也十分危险,只好逃离达卡。从达卡到这里,我们又用了两个半月的时间。这么算起来,阿西拉夫·利扎已经六个月没有消息了。你把相片给我,我在背面写上他的名字和地址。"

"为什么?"纳兹哈特从航空小姐手里抢过阿西拉夫的相片,说:"这是我的,为什么要送给别人?"她打开手提包,把相片装了进去,说:"还有一张相片在妈妈那里,让她拿出来吧。"

三个人同时笑了起来。阿比达夫人打开自己的手提包,取出阿西拉夫的相片。吉拉尔·乌丁在相片背面写上了名字和详细住址,还有达赫尔在巴基斯坦的地址。航空小姐接过相片,重复了一遍自己的诺言,说她一定要找到阿西拉夫。

忽然,吉拉尔·乌丁发现机舱里已经空空如也,旅客们早就走光了。另一位航空小姐站在机舱门口正向旅客们告别。送完客后,

---

① 指1971年的印巴战争。

她向他们走了过来,说:"请原谅……"

吉拉尔·乌丁没等她说完话,便解释说:"实在对不起,是这么回事……"这时,前面那位航空小姐打断了吉拉尔·乌丁的话,用某一种欧洲语言把情况告诉了后来的这位航空小姐,还让她看了阿西拉夫的相片。这时候,吉拉尔·乌丁、阿比达夫人和纳兹哈特已经下到舷梯的中间,两位航空小姐急忙追上去,在舷梯的最后一级同他们亲切话别。

但是,吉拉尔·乌丁却站在最后一级舷梯上一动不动。阿比达夫人催他说:"走啊!你在想什么?"

吉拉尔·乌丁说:"我在想,我踏上巴基斯坦土地的头一步,可别给我们带来什么不幸。"他忽然笑了,拉着阿比达夫人和纳兹哈特的手走下舷梯,嘴里还念着:"以至圣至慈的真主之名。"

他们的身上感觉到一阵颤抖,充分的安全感有时也会像恐惧一样使人发抖。

机场大楼里,那些来接客的人都已经散去了。走出机场,迎接他们的是一阵风,他们的衣服被风刮得哗哗作响,吉拉尔·乌丁觉得,整个城市仿佛都向他们扑了过来,在欢迎着他们。外国航空小姐的同情和友善,更加激起了他对祖国的热爱。此刻,他真希望能有一个巴基斯坦人张开双臂,呼唤着他,向他跑来,说:"哎,我失散了多年的兄弟,你回来了?!衷心地欢迎你,快过来吧!你是我最亲的亲人。"但是……吉拉尔·乌丁想,这儿是机场,人们都很忙,有谁会知道我是什么人,从哪儿来呢?……因此,他不是从这个城市的人,而是从它的风那里得到了安慰。他对阿比达夫人和纳兹哈特说:"看到了吧?你们没感觉到巴基斯坦的风是怎样钻进我们的衣服戏弄我们、欢迎我们的吗？"听完他的话，纳兹哈特不禁格格地笑了，似乎真有人将手伸进了她的衣服，用手在胳肢她。

从走下飞机到走出机场大楼，他觉得自己看见的每一个人都是熟人。让他感到奇怪的是，为什么这些人对他视而不见？他们既没有停下来，也没有惊讶地喊着"喂，吉拉尔·乌丁！"然后和他紧紧拥抱，这是为什么？

"对不起，"在机场大厅里，他异常兴奋，笑逐颜开地拦住一个人，"我好像看您很面熟。"

"不过……"那人迷惑不解地说："不过请原谅，我不认识你。"

"我……"吉拉尔·乌丁笑笑说："我是吉拉尔·乌丁，穆罕默德·吉拉尔·乌丁啊，从达卡来。我想，也许我在达卡的什么地方见过您。"

"可我从来没有去过达卡。"那人说，"你认错人了吧？"他把吉拉尔·乌丁撇在一边，径自走了。

"你瞧，"阿比达走到尴尬地站在那儿的吉拉尔·乌丁身边，对他说："别瞎认人了，快点想办法去达赫尔兄弟家吧。"

吉拉尔·乌丁走出机场大楼，就像他第二次离开达卡一样。

他遇到的出租汽车司机，个个都说自己车上的里程表坏了。他真想向他们介绍一下自己，他相信，只要出租车司机听说他们是从达卡来的，就会紧紧地拥抱他。但是，他又觉得这样做似乎是在向别人乞求。

最后，总算有一个司机答应拉他们，虽然他也说车里的里程表是坏的，但他提出要十五卢比的车费。

"十五卢比？！"吉拉尔·乌丁无疑挨了当头一棒，"怎么要这么多，小伙子？"

"走吧，快上车吧，爸爸。"纳兹哈特受不了周围来往行人好奇的目光，"不管怎样，毕竟他还肯拉我们，不是别的司机都不拉吗？"

"这太不公平了！"吉拉尔·乌丁一边开车门一边说。

阿比达夫人和纳兹哈特坐在后排座位上，吉拉尔·乌丁把箱子放在车顶的行李架上，然后坐到司机旁边，说道："走吧，先生。"

"看样子您以前没有来过这个城市。"司机一边拐弯一边说道。

"哎，老弟，我以前来过有几十次了。"吉拉尔·乌丁微微一笑，又转过头对阿比达夫人和纳兹哈特说："这位小兄弟大概看我们的衣服很脏，以为我们是乡巴佬呢。"他对司机说："我们是从达卡逃出来的，小兄弟。"

"达卡？！"司机惊讶不已，好像达卡是火星上的城市一样。他把车开到路边停下，从方向盘上抬起双手，非常恭敬地拱手说："请您原谅我，先生，我完全不知道您是从那里来的，我们应该尊重从那里来的人。看在真主的分上，原谅我吧，不然我开车非出事不可。"

吉拉尔·乌丁激动得热泪盈眶，他握住司机的手，看着他笑了。随后，他又和司机紧紧抱在一起，好像从机场出来到现在，他要找的人正是这个司机似的。坐在后排的阿比达夫人和纳兹哈特边笑边流泪。司机用袖口擦干眼泪，一边发动汽车一边自言自语地说："我太渺小、太卑贱了，见到乘客就想捞一把，从来也不想一想，那些坐出租车的人，不是死了亲人要去奔丧，就是孩子得了急症要赶去医院。我太可鄙了，为了自己的孩子能填饱肚子，竟从别人家孩子的嘴里去抢吃的。"稍微停了一会儿,他又对吉拉尔·乌丁说:"如果您不原谅我,把您送到以后,我会直奔火车站,卧在火车下面……"

"可别这样,小兄弟,你怎么能这样说呢?"吉拉尔·乌丁担心地拍了拍司机的肩膀,内心却感到无比欣慰。巴基斯坦到底还是了解他的。

司机继续说着心里话:"你们从达卡来,那里遭受了一场灾难,天知道你们受了多少苦才回到自己的巴基斯坦,可是我……一个强盗……却在这里等着你们,想对你们敲骨吸髓,我真该死!"

"你千万别再这么说了,听了这话我真不好受,小兄弟。"吉拉尔·乌丁客气地说,心里却感到无比欣慰,也感到非常兴奋。他想,他和这位司机素不相识,两人一个远在达卡,一个在这儿开出租车,然而,同胞之间的骨肉联系是多么奇妙啊!

车停在米尔扎·达赫尔·贝格先生家的门口,司机从车顶上取下箱子,吉拉尔·乌丁为阿比达夫人和纳兹哈特打开车门。他把手伸进衣兜准备付钱,司机却抓住了他的手:"不行,先生,这样可不行。"他说,"您要是掏出刀子来刺穿我的胸膛,那我可以松开;如果您要付车费,那我绝不答应。您原谅了我,就等于我得到了车费。"

周围的人都围了过来,想看看出租车司机跟乘客之间到底发生了什么事,顷刻间,这里就聚拢了一堆人。达赫尔看见门口一下子围过来这么多人,便走了出来。这时,他一眼看到了吉拉尔·乌丁,上前紧紧搂住他,把他举了起来,两人高兴得热泪直流。吉拉尔·乌丁拉着达赫尔的手,把他带到阿比达夫人和纳兹哈特面前,说了几句话之后，吉拉尔·乌丁回头一看，司机已经把车开走了。吉拉尔·乌丁追了几步，然后停下来，好像在向人群说："他——一位真正的巴基斯坦人，一位真诚朴实的巴基斯坦人走了。"

他走到达赫尔·贝格面前，把事情的经过告诉了他，人们屏息静听，就像在听《天方夜谭》一样。

达赫尔·贝格忽然意识到女客人们站得太久了，便向她们介绍道："这些人都是街坊兄弟。"边说边带着他们往家里走。走了两步，他又停下来，对众人说："对不起，这是我最亲密的朋友吉拉尔·乌丁，好不容易才从东巴基斯坦逃到这里。两三个月以前，他们就离开了达卡，历尽千辛万苦才到了这儿。他们抛下达卡的所有家产，只带来这么一个箱子。"达赫尔·贝克从吉拉尔·乌丁手里拿过箱子，举了起来。

人群里有人问："你就是为了他们才租下那套房子的吧？"

"是啊，就是为他们租的。"达赫尔·贝格回答说，"我一收到他们从加德满都发来的信，就立即准备了一套房子。我之所以说这些，是由于吉拉尔·乌丁要住在这里。如果他们在这里安家的话，就应该让他们住在这个区，我们不能让他们住到别处去。还有，我之所以向大家作这一番介绍，是因为我们大家都应该欢迎从东巴基斯坦来的兄弟，他们是经过考验的真正的巴基斯坦人。"

人群里一位长者说道："愿真主赐给他们幸福，赐给我们医治他们创伤的能力吧！"

听了这句话，纳兹哈特像孩子一样哭了起来，吉拉尔·乌丁连忙过去扶住她。忧伤的人群散去了，达赫尔·贝格的夫人和女儿们同阿比达夫人和纳兹哈特一一拥抱，几个人都难过得哭了起来。随后,大家一起吃饭。达赫尔·贝格告诉吉拉尔·乌丁,他的家里已经住了从东巴基斯坦过来的三家人,否则,他就会让吉拉尔·乌丁也住在自己家里,不必去租房子了。"不过,"达赫尔·贝格说,"那套房子离这里很近,距离只有一百多米。房间在二楼,有两间卧室,还有厨房、厕所,水、电、煤气一应俱全。在你开始工作或做生意以前,这套房子就算是你们的。"

饭后,达赫尔·贝格叫佣人扛着箱子,带着他们三个人去看新居。这确实是一套很普通的房子,但达赫尔·贝格的善良和友好给它增添了光彩。三张崭新的床上铺着全新的被褥,浴室里已经准备好了浴巾、肥皂,厨房里摆着必要的餐具,煤气炉也是崭新的。在这里,他们一家人就像房子的新主人一样。见此情景,吉拉尔·乌丁的热泪像泉水一样从眼里涌了出来,他连忙道谢,连声音都哽咽了。达赫尔·贝格紧紧拥抱了他,然后劝他们休息,并嘱咐他们五六点钟去他家喝茶,吃晚饭。他还说:"明天,我让佣人把足够一个月吃用的东西给你们送来,然后我们全家来你们这里吃饭,怎么样,纳兹哈特?"

"那太好了,比斯米拉!②"纳兹哈特高兴地说。

达赫尔·贝格走后,他们三人在各自的床上呆呆地坐了好一会儿。后来,吉拉尔·乌丁擦了擦眼睛,在床上躺了下来。他说:"不错,我们确实遇到了劫难,但是达赫尔·贝格代表了全巴基斯坦,他的款待治好了我们所有的创伤。"

"所有的创伤?爸爸,"纳兹哈特惊讶地问道,眼泪夺眶而出,

---

② 意为"以真主的名义"开始,穆斯林在做某件事之前口诵此句。

顺着面颊流了下来。"您的创伤全都治好了？一点也没剩下？"她使劲咬住嘴唇，不让自己哭出声来。她打开手提包，取出阿西拉夫的相片，让吉拉尔·乌丁看，说："这一处伤呢，爸爸？"

"纳兹哈特，孩子，"吉拉尔·乌丁浑身打颤。他坐了起来，阿比达夫人也走了过来。"现在你应该控制一下自己，我的孩子！"她搂住纳兹哈特，然后他们俩都坐在纳兹哈特身边，抚摩着她的头和背，却一句话也说不出来。

他们知道纳兹哈特内心的创伤难以平复。过了一会儿，阿比达夫人想起了一个话题，她提起拿走相片并且答应到达卡打听阿西拉夫下落的那两位外国航空小姐。

"当时您要把我的相片给她们，"纳兹哈特埋怨说，"如果您给了……如果您从我这儿拿走了这张相片，那么对我来说，就等于永远失去了阿西拉夫。"

纳兹哈特失声痛哭，吉拉尔·乌丁和阿比达夫人安慰了她很久，结果他们自己也跟着哭了起来。

他们准备动身去达赫尔·贝克家。纳兹哈特拿起手提包，阿比达夫人拦住她，说："孩子，这才几步远，你还带手提包？不必了吧。把手提包放到箱子里，再把箱子上的锁取下来，把大门锁上。"

纳兹哈特想了一下，说："那好吧。"她转身把手提包放进箱子，然后取下锁。走出门刚要挂锁，她的手却停住了。"妈妈，"她说，"手提包就算了，我不带了，带着它确实没什么必要，我还是把相片拿出来带在身上吧。"

"你呀，像我一样有点不正常了。"吉拉尔·乌丁亲切地责备她，从她手中拿过锁，锁好大门，把钥匙放进口袋里。三人朝达赫尔·贝格家走去。

在茶桌和饭桌上，他们谈起了许许多多非常有趣的事。达赫尔·贝格事先告诫夫人和女儿，谈话间不要提及达卡。他所说的，都是这座城市的热闹和繁华。他说："有位先生第一次来到这里，走出火车站，进入市区，看到川流不息的车辆和熙熙攘攘的人群，不禁天真地询问主人：'先生，这些人为什么要从这座城市搬出去呢？'"听了达赫尔·贝克的这句话，连纳兹哈特都被逗笑了。

下午，佣人为吉拉尔·乌丁一家买来了足够一个月吃用的东西。阿比达夫人和纳兹哈特留了下来，达赫尔·贝格、吉拉尔·乌丁和佣人一起把东西送往吉拉尔·乌丁的新居。

从外面看去，房间里亮着灯。吉拉尔·乌丁先是一惊，继而又想，在家务事上，女人都是极其细心周到的，也许阿比达或者纳兹哈特在锁门前特意打开了电灯。走上楼，吉拉尔·乌丁准备开锁，刚刚低下头，瞬时就瘫坐在地上。

"你怎么啦，吉拉尔？"达赫尔·贝格慌忙问道。

吉拉尔·乌丁从地上捡起被劈成两半的锁头，拿在手里紧紧攥着。达赫尔·贝格像发疯一样破门而入。屋子里，床上的被褥不翼而飞，厨房里的盘碗盆碟和新的煤气炉无影无踪，连浴室的浴巾都不见了。达赫尔·贝格和吉拉尔·乌丁惊骇万分。他们走进一间屋子，呆呆地站在了那里。佣人把东西放在房间的角落里便回去了。这时，达赫尔·贝格抓住吉拉尔·乌丁的手，关切地拍了拍，说："不要难过，吉拉尔，被偷走的那些都是我的东西。"

吉拉尔·乌丁痛苦万分，他抱住达赫尔·贝格，失声大哭。达赫尔·贝格还没来得及劝解他，纳兹哈特就出现在门口。她迟疑片刻，直奔床边冲了过去。她跪在地上，把放在床下的箱子拖出来，并且急忙打开箱子。可是，箱子盖已经被弄坏了，不用开就自己掉了下来。

这时，阿比达夫人和达赫尔·贝格夫人以及她的女儿们也都气喘吁吁地赶了过来，大家奔向发呆的纳兹哈特。

那个打开的箱子里，脏衣服原封未动，只有纳兹哈特的手提包不见了。

纳兹哈特那双悲伤却干涸得没有眼泪的眼睛直勾勾地盯着上面，就像在达卡时呆坐着倾听外面军队的脚步声似的。

吉拉尔·乌丁叫着："孩子，孩子！"他上前抓住她的肩膀摇晃着，说："手提包里都有些什么呀？孩子，是阿西拉夫的相片吧？只要真主保佑，阿西拉夫一定会活蹦乱跳地回到我们身边……"

"您不知道，爸爸，"纳兹哈特像是宣布一项秘密似的说："我们现在还在达卡啊，阿西拉夫真的死了，凶手连他的尸体都给抬走了。"

# 母爱

张亚冰　译

在旁遮普，一个英国长官招募我去中国的香港岛当警察。居住在那里的大多是中国人，但那个地方一直被英国总督统治。长期以来，英国人一直都在旁遮普招募士兵，然后把他们送到香港做警察。最近希特勒在欧洲发动战争，英国人疲于应战，因此需要加倍征召旁遮普青年到香港执勤。我并不是一个身强体壮的人，之前的几次征兵都把我淘汰了。但这次体检，医生忽略了我突出的肋骨，反而对我高高的个头大加赞赏，还说中国人看到我这样的个头肯定得被吓个半死。那时候派驻香港的警察如果身高低于6英尺，可以说就是政治错误。正是为了修正这样的错误，我被派到了香港。

听以前派驻香港的老兵们说，去香港可是个好差事。去殖民地当差，可以享受各种各样的特权，而香港简直就是警察的天堂。在那儿没什么大任务，要做的事情，无非就是驱赶在大街和市集上讨钱的女乞丐，她们的孩子会像鞋子从脚上掉下来一样从怀里掉落，只要把它当成破布一样捡起来，扔回给母亲，然后再回到地区警署向长官报告，这样，就能因为英勇行为而获得奖章。要不然就是在口岸执勤，寻找那些试图从九龙等边境入港的中国人，先把他们的包裹扫荡一空，再把他们赶回中国大陆。还可以在海滨风景区的年轻姑娘里随便挑上一个，带回营房和兄弟们共同享用，她们身边都有形影不离的妈妈，别忘了给那些妈妈的爪子里扔几个小钱。至于警长，根本不用害怕，突击检查时直接把年轻姑娘送给他，就可以放心地睡了。总之，在香港乐趣无穷。我们的船到达新加坡时，一个马德拉斯船员散布谣言说，战争就要打到这边的东方海域了。我们的英国船长听到这个消息，气得眼睛都要冒血了，当即解雇了那个船员，并且把他移交给驻新加坡的英国警察，以防谣言进一步扩散。

然而，我们到达香港时，谣言已经满天飞，大家都在说战争就要来了，一双双无辜又充满恐惧的眼睛里透出各种信息。人们战战兢兢地走在大街上，仿佛一不留神，胸口就会多出一颗子弹。香港和九龙那一条条弯弯曲曲的马路上，坐着很多从中国大陆过来的沉默的难民，他们一直盯着天空，就像在等待炸弹出现。一个问题一直盘旋在他们心里，又从他们干裂的嘴唇中冒出来："该发生的事儿，为什么不一下子来个清静？"逃难的妇女们在极度恐惧中生下一个又一个早产的孩子，还有更多饥渴难耐的孩子在路上挨家挨户讨要食物。听说英国的一个政府官员在一次正式会议中宣称，养活这么多孩子并不是政府应该承担的职责，甚至建议给父母尚存的孩子像狗一样戴上项圈，那些脖子上没有项圈的孩子，就把他们带到九龙口岸，赶回真正的中国去。

在这些马路上，下级警察们发现很难把老爷们晚上散步的步行道清理干净,因为街道上正在筑战壕,建难民营。楼房前面垒放着成堆的沙袋,原本宏伟高大的形象丧失殆尽,整个香港似乎变成了一个建筑工地。入夜之后,城市一片死寂,香港和九龙都能听到猫头鹰的哀鸣。据说香港从前辉煌的灯光能远远地投射到大海当中,再被海水反射回来,那些魅力四射的光能让卧病在床的老人唤起生活的勇气和希望。可现在,香港、九龙还有周边的大海全都陷入了黑暗之中。经过一天的训练,我累极了,躺在床上试图回忆各种趣事。极度的黑暗和寂静不但没有带给我平静,反而像炸弹一样在我的耳边轰隆作响,让我不由想起母亲。我泣不成声。

白天,我看到的都是人们像石头一样毫无感情的眼睛和充满恐惧的面孔。他们好像与自己的母亲失散,却又无处寻觅,痛苦得就像嗷嗷待哺的孩子忽然离开母亲的怀抱。我一次次地想起妈妈,白天尚且可以借繁忙的训练暂时掩盖一下自己的感情,但夜深人静时,妈妈的声音不停地在我的脑海中浮现,妈妈的样子也不停地在我眼前飘荡,我不禁咧着嘴,像孩子一样哭了起来。

妈妈曾经劝阻我来香港,她说:"香港那么远,我听说它在世界的尽头。儿子!你要是去德里或是加尔各答,我还能在梦里见到你,可是你要去的是香港啊!到时候,我和你之间隔着高山、大海……万一战争打到那里,你受伤了怎么办?你说,那时候,在这个倒霉的村子里,能扶我站起来?别走,我的儿子!我能忍受饿肚子。你到了那儿,谁给你洗衣服,谁给你的头发上抹油?谁帮你擦眼泪?谁帮你缝掉了的扣子?……你要是像去年一样又得了肺炎怎么办?呸!撕我的嘴,我不该这么说。但万一你像前年一样犯了偏头疼,谁用杏仁油帮你按摩额头缓解疼痛呢?别去了,儿子,留下来吧！就算饿死，咱们也要死在一起。儿子！要是你在香港的时候我死了，谁代替你在我的坟上撒土？就像毛拉先生说的那样：'儿子洒下的尘土，在母亲黑暗的坟墓中，像星星一样闪烁着光芒。'告诉我！告诉我！"可是，我决心已定，最终我还是来了香港。离开的时候，我看了一眼妈妈，她布满皱纹的脸上，眼泪已经流成了河，那张泪流满面的悲伤面孔，已经深深刻进了我的脑海，让我永世难忘。夜里我躺在香港军营的时候，除了妈妈的脸，我什么都看不见。那张憔悴的满是泪痕的面孔上，妈妈一直用执着的眼神凝视着我。我想轻声问她："怎么了？妈妈，你怎么不眨眨眼睛？怎么不动一下眉毛？你在看什么？"我不可抑制地想问她这些问题，就像那些中国难民不停地看着天空，等待着炸弹降临一样。据说，一分钟的时间，足可以投下一千枚炮弹。

　　一天，那些眼神还在凝望着天际线，巨大的炮弹已经从其他方向飞降而来。炮弹开始爆炸，曾经被风琴声和钢琴声围绕的香港开始啜泣。地面上的防空武器只反击了几下，就像累惨的龙一般瘫在了一边。高高的电线杆倒在地上，路上到处都是难民的尸体。城市大楼已经移位，花园里到处是残垣断墙，那些花花草草都被推进了房间和大厅。一个正在执勤的旁遮普士兵，肚子被炸弹的碎片击穿，肠子和内脏都流了出来。在临死之前的痛苦挣扎中，他的身体扭曲着，脖子和肠子已经缠在了一起。一个英国官员不顾被炸的危险，取出相机，拍下了这恐怖的一幕。我们这些下层士兵被命令带难民去庇护所。很多英国孩子和母亲都在哭，孩子们在大声叫着"妈妈！妈妈！"一个跌跌撞撞的英国老太太在难民营的入口处注视着每一张脸，眼里满是泪水，一只手紧紧抓着自己松弛的皮肤。

看到最后一张面孔的时候，她再也无法抑制自己的绝望，哭喊着："我的儿子啊！"随后一下子瘫坐在坚硬、冰冷的地上。所有的人看到这一幕，心里都充满同情，也感到无比悲痛。

没过多久，日本人来了，香港被占领了。我原本只是从旁遮普到香港来做政府职员，现在却变成了战俘。那天我大哭了一场，觉得自己失去了生命中最重要的部分——我的妈妈。残酷的战争将她从我手中夺走。我就像坐在母亲的尸体旁边，把她安葬之后，已经一无所有。她的脸似乎被尘埃遮盖，无论怎么努力也看不到了。

我被关在防卫森严的战俘营里，绝望无助，虚弱无力，有时晃晃脑袋，会感觉里面隆隆作响，像有一颗石头从一个耳朵进去又从另一个耳朵滚出来。有时候，我必须狠狠地捶打自己的胸膛，才能正常呼吸。不久，我习惯了这种囚徒生活，也开始逐渐了解日本人。一天，我衬衣上的纽扣掉了，向日本人要一颗纽扣。他揪着我的胸毛，狠狠地拽下一撮，放在我手里，然后说："用它们绑上吧。"被扯得血淋淋的胸膛，是我对日本人的第一印象。又有一天，日本人命令我们排队站好，发布命令的日本军官在我们面前踱着步子。突然，他被地上的坑绊了一下，帽子掉了，一条眼镜腿也从耳朵上掉下来，眼镜歪挂在脸上。站在我旁边的大个子扑哧一声笑了出来。"谁在笑？"一个日本军官问道，紧接着，一颗子弹砰地一声穿过了那个大个子的身体。有那么一瞬间，我觉得自己也死了，但是，日本人放肆的笑声又把我拉回到现实当中。看了一眼，我就明白了他们在笑什么。子弹穿过大个子，又打穿了站在他后面的瓦尔斯的肚子。大个子仰天倒下，瓦尔斯面朝下倒去，临死前，两人的身体纠缠在了一起，从此，瓦尔斯的死就成了日本人的笑料。从那天起,我每个人都深刻地认识了日本人。他们让我们笑我们就笑,让我们看我们才看,让我们咽唾沫我们才能咽,否则我们就只能像一群泥塑的雕塑,毫无表情地站着。我下定决心,无论如何要活下去。等到战争结束那一天,会有一艘船带着我,经过新加坡到达胡格利,然后我再坐火车从加尔各答到旁遮普,那时候,我就能重新回到母亲的怀抱,而且永远不再离开。这个奢望支撑着我,让我对日本人言听计从,他们让我做什么,我就做什么。

很长一段时间,我们一直待在香港服侍新主子。作为回报,他们会发给我们一点食物。我们的裤子破破烂烂,不得不往裤子里塞些纸把破洞挡住,还得用胳膊遮挡从缺失纽扣的衬衣中裸露的胸膛。别说提什么要求了,为了感谢主子保留我们的性命,我们甚至比马戏团里的大象还要温顺。一天,日本军官告诉我们,香港附近的一个海岛上,有150多名渔民试图反抗日本统治,计划袭击香港,日本政府准备派一个青年突击团去消灭他们,这个突击团的成员,包括了一部分对日本忠心耿耿的战俘,其中就有我。夜里两点,我们坐上了一艘蒸汽船。今天的风比平日更加阴冷,风从缺了扣子的衬衣钻进去,身体就像被冰雹裹住了一样,大家只能互相依偎着取暖。在黑暗中,我们靠近了小岛,小心翼翼地登陆后,开始在灌木中穿行。这时,东方的天空就像被染上了红石榴的颜色,我在旁遮普从没见过这么灿烂的黎明,这就像是在闺房看到身无寸缕的清晨一样。麻雀叽叽喳喳地雀跃着,长着纤长细腿的海燕不停地在我们的头顶飞起、俯冲。

这时,我们面前忽然出现了一个小村庄,像一个瓷杯一样,村子中央坐落着几间茅草房,网状的小路穿梭其中,一直延伸到海岸。草屋附近满是葱绿的草丛和树林，后面稍远一点的地方，就是金色的沙滩和美得让人屏息的大海。这幅画面美得不像真实的存在，而更像精雕细琢的玩具。望着远处波涛涌动的大海的时候，我才真正意识到这个瓷杯般的中国小岛蕴含的自然财富。

我们十分诧异，等了这么长时间，茅草屋附近连一个小孩儿都没见着，茅屋里没有半点炊烟，也听不到老人的咳嗽声，只有一条狗懒洋洋地在草丛间走来走去。这时，同样感到疑惑的日本指挥官拿出手枪，朝天鸣枪，我们所有的人都紧张地趴在了地上。枪声没有惊起任何生命的迹象，只有那条狗停下脚步，竖着耳朵看着我们，然后猛地向茅草屋的方向跑去。枪声惊起一群麻雀，它们呼啦啦地向东飞去，像是要飞到太阳里才敢喘上一口气。

这时，我们开始大声吼叫，冲到茅屋附近，噼里啪啦地开了好多枪。日本长官结结巴巴地用中文喊道："里面的人赶快出来！否则我们进去，会把你们全都杀掉，一个都不留！"

忽然间，我们看到的场景就像童话故事里写的那样，好多衣衫破烂的老太太和中年妇女从那些茅草房子里鱼贯而出，仿佛她们一直在等待这个口令。那么多布满皱纹的面孔、皱巴巴的皮肤和无神的眼睛一下涌现在我们面前，我突然觉得有什么大事就要发生。此时的寂静变得无比可怕。黎明的阳光下，我们的影子被长长地投射出去，就像躺在绿色的草丛上一样。那些女人似乎喃喃地在念着什么，空气中弥漫着一种神秘的气氛，似乎这个瓷杯就要翻转过来，里面所有的东西都要被倒进大海。

遵照日本长官的指示，我们拿枪包围了这些女人。长官向前迈了一步，大吼道："男人呢？"

一时间没有任何声音，周围的气氛就像一把塞满子弹的枪在时刻准备击发。

一个满头白发的老妇人往前走了一步，说："去干他们每天的生计了。"

"每天的生计？"日本长官吼道："是预谋推翻我们日本人吗？"

"不是，"老妇人说，"他们去捕鱼了！"

"那孩子和老头呢？"长官问道："还有你女儿呢？"

"今天是海货集市。"老妇人回答着，"他们都去那儿了，还有……"

"过来！"没等老妇人说完，日本长官就一把把她拽了过来，另一个日本人朝她的背上啪啪开了几枪。老妇人呜咽着，身体颤抖，似乎想站起来，却又无能为力，最终倒在地上，抽了几下就不动弹了。她睁着大大的眼睛，像石头一般凝固的眼神一直在盯着我们。其他女人惊恐地用手捂住了脸。我狠狠地咬着下嘴唇，牙齿深深陷在肉里。

被惊走的那群麻雀又朝着哭泣的香港飞了回来，挥舞着长长翅膀的海燕也在海面上不停地盘旋，好像是在躲避四射的子弹。

远处的茅草屋里，两条狗开始嗥叫。

日本人让我们留下看着这群女人，他们则钻进茅草房，开始掠夺、破坏。我一直注视着那些中国女人的脸。出于对死亡的恐惧，她们脸上微微下垂的皱褶在不停地抖动，不大的眼睛茫然地望着远处，像是在思考着什么。日本人从远处的房子里出来，对着空中和灌木丛不停地开枪。

突然，一个女人蹲下身来。我看了看她，她一惊，马上又站了起来，下嘴唇不停地颤抖着。这个女人让我想起了我的妈妈。我马上把目光转向别处，表现出对她毫不在意的样子。在眼睛的余光中，我看到那个女人蹲在地上，躲在其她女人身后，向前爬了几步。她爬到那个死去的老妇人身边，用充满恐惧的眼神看了看，飞快地用一块布盖住了尸体的脸，然后退回去，回到自己的位置站了起来。

我极力克制着自己的感情，使劲用牙咬住颤抖的嘴唇，但是，我的眼泪不可抑制地从眼里冒了出来。为尸体盖布的那个女人往前挪了挪，用力看着我，我也看着她。她颤抖着，脸上的泪水在皱纹的沟壑间流淌成河。冰冷的海风呼呼地灌进我的衣服，盖住了我哭泣的声音。我看了看，其他女人的眼睛里也都含着泪水。我又看了看那个老人的尸体。海风已经把她脸上的布又吹了起来。我冲过去，抬起她的头，把布包在了她的脖子里。这时，一个日本兵看到了我的举动，骂着朝我走来，还在我的腰上狠狠踢了一脚。这时，除了那个为尸体遮布的女人，其他人都把自己的脸埋在了手掌里。我按着腰，慢慢站起来。日本兵把尸体脸上的布踢走了，踢得老远。死去的老妇人的满头白发披散着，飘荡在我们眼前。这时，所有的日本兵都回来了。

在这些女人面前，日本指挥官生气地说："我知道在香港还潜伏着你们的卧底，你们肯定收到了我们要来突袭的消息，不然怎么所有的男人、小孩还有姑娘和老头都不见了？你们别想得太得意，我们不会走的。我们就在这儿一直等着他们。只要他们回来，我们就把你们的儿子、女儿、兄弟、姐妹、丈夫、妻子、父母统统毙了！一个都不留！然后再把你们都扔进海里！"他不停地威胁她们。最后，他把那些女人交给我们看管，日本兵们则走到远处的树荫下，从包里拿出酒壶，开始喝酒、唱歌，甚至还跳起舞来。

女人们坐在我们的包围圈里。太阳被一阵阴云笼罩，好长一段时间，天都是阴沉沉的。冰冷的风不停地钻进我裸露的胸膛。如果用手拉起两片衣襟，手就会被冻麻；如果不管它，那么从头一直到脚趾，全身都会被冻透。天气晦暗寒冷，我们身旁的那具尸体，更让人觉得阴森无比。那些女人们连冻带吓，嘴唇都在哆嗦，而遮盖尸体的那个女人，用那张毫无血色的蜡黄的脸对着我，一直在盯我看。

过了很长时间，一个日本兵通知我们，他们要去附近的一个小岛看看，一会儿从这里出发。他们命令这些女人们做饭，并要求我们待在原地。

女人们回到了自己的茅草房。这时，天上的云层越来越厚，风中飘起了小雪粒，这些雪粒，像坚硬的石头一样，敲打着我的胸口。我想起了自己的家。冬天里，我常和妈妈偎依在家里那个温暖舒适的角落，妈妈总是一次又一次把披肩盖在我的身上。她总是说："胸口不能受凉，不然的话，空气里面的肺炎病毒一下子就会从胸口灌进去的。"恍惚之中，我又看到了已经许久未在我的脑海中出现的妈妈。她眼里含着泪水，清晰地出现在我的面前。她的眼泪流淌在一层层的皱纹之间，那张脸在雷电中闪烁、颤抖，离我越来越近。

为尸体遮盖面孔的那个女人来到我的身边，手里还拿着几样东西。她不停地回头，察看日本人的动静。那些日本人还在唱歌跳舞。

她的脸多像我妈妈的脸啊！可能年纪大的女人看上去都差不多，但是，在她的脸上，眼泪也是在皱纹中流淌的。她在我身边停下，用中文问我："你是战俘吗？"

我没说话，只是点了点头。

"我儿子是个急性子，总是不听我的。他的衬衣就和你这件衣服一样，一颗扣子都没有。"我惊住了。

"你有妈妈吧？"她问。我说不出话，只是点点头，随后再也忍不住眼泪，像孩子一样哭了起来。

她靠近我，开始帮我缝扣子，缝完之后，又笑着流泪。然后，她偷偷看了看日本人，在我的脸颊上亲了一下，又用我的衬衣抹了抹眼泪，回去了。

在这一瞬间，我感到这个瓷杯似乎在空中翻了过来，一下就把我送回了远在旁遮普的母亲的怀抱。

# 随波逐流[1]

张亚冰　译

　　这的确是一对奇特的组合。阿民已经在城市定居,是"大卫与大卫有限公司"的会计师,每天只穿衬衫和西裤,平时就算说乌尔都语,也夹杂着一大半英文。他的未婚妻芭努,却是个地地道道的农村姑娘,整天忙着在地里赶麻雀,嘴里哼着玛赫亚[2]之类的民谣。阿民已经完全适应了城市生活,每次回村子,都要随身带着在城里吃惯了的黄油面包做早饭。妈妈为他烤面包时,他总会想到芭努可能正在家里搅拌传统奶酪,往茶杯里放糖的时候,他又会联想到芭努在酸奶碗里洒盐的场景——芭努摇来晃去的耳环在精心编织的麻花辫子下面若隐若现,浓密纤长的睫毛的投影在脸颊上晃动,牛奶一般嫩白的脖颈,把血管衬托成了蓝色,还有……

　　奇怪的是,每当阿民想到他和芭努之间的文化差异,这种想法

---

[1] 篇名直译为"端人家饭碗就得听人家话"。
[2] 旁遮普民歌。

总会终止在芭努美丽嫩白的脖颈上,这也是他这样一个城市人为什么会和农村姑娘订婚的原因。在城里,不论是在他住的地方还是工作的地方,姑娘想要找到好对象,不单单靠容貌,更被看中的,是她的嫁妆和家里的财富。当然,从经济的角度来说,财富确实是最美的,但是阿民的思想依然植根于农村。当雨水湿润了大地,田野里到处弥漫着土地的芬芳的时候,阿民还是不可抑制地想冲进大雨,和泥土来一场亲密接触。他喜欢玫瑰,就是喜欢玫瑰本身,而不是因为它能被做成玫瑰糖果。正因为如此,他看一个女孩,看的就是女孩自己,而不是她身上的金银首饰。所以,每当他看到芭努美丽的笑脸,总是难以抗拒。

阿民在城里当了英国公司的会计,月薪有三百五十卢比,这一消息传到村里之后,芭努的父母就再也不让她去井边打水了。芭努为此还痛哭了一场,就像已经看到迎亲的队伍一样。那一天,她不断地回忆从家到井边一路上的各种风景,连那些从前根本不在意的东西,也让她难以忘怀。她想起铁匠家附近灌木丛中那一朵朵美丽的紫色花朵;米尔老爹的那条狗,整天趴在门栏边上,看着打水的姑娘们走来走去;谢尔·汗家院子里的树上,攀爬着好多的藤蔓,街上的孩子们一拉它们,整棵树都跟着晃了起来;路上有时还会遇到那个奇怪的邮递员,他脸上的胡子总是一半翘着,一半耷拉着;在井边,理发匠的老婆说过很多黄色笑话,她总是让女孩们摸着自己的耳朵向真主忏悔,然后大家一起哈哈大笑。这些回忆都让芭努十分难过。父亲出门后,她跑去向母亲哭诉:"妈妈!你们干什么都行,就是别让我变成一个淑女!"妈妈笑了,就像那些婆婆听到儿媳妇生产时痛苦地叫喊"天啊!我不想要孩子啦",自己却在不停地微笑一样。

阿民回到村子里准备婚礼的时候，母亲欣喜地告诉他，芭努已经不去井边打水了。阿民觉得这样并不好。"为什么？为什么不去了？我并不是因为他父亲和我爸爸是朋友才要和她结婚的，也不是因为他们家粮食多。我想娶她，就是因为她是一个纯朴的农村姑娘，还有……"

还有……阿民怎么能告诉他妈妈，芭努顶着两个水罐稳稳地走在路上的时候，她的身体线条是多么婀娜多姿；她中午到地里给父亲送饭，没人的时候，就会轻轻地哼唱着玛赫亚；父亲吃饭的时候，她拿弹弓瞄着小鸟，嘴里发出"哈！哈！吼！吼"的声音，目的是吓走庄稼上的麻雀；她割了一大丛草回到家里喂牛，当牛转过头舔自己的后背时，她总是温柔地抚摸着它们，就像抚摸自己的好姐妹一样……可是，这些又怎么好说出去呢？

"还有……"阿民说，"还有就是，我觉得这样不好。"

"怎么不好啊？"妈妈问道。"你觉得我亲手做的油饼不好吃，总是从城里带回这些胖墩墩的面包。哦，现在你又觉得芭努在村子里晃来晃去挺好的。为什么？唉，你简直就像个小孩子一样。小时候，你一见我做豆糊就又哭又闹，结果一会儿又拿着个生洋葱吃得高高兴兴的。"想到这些，妈妈不由得笑了。阿民想："算了，算了，随便你们好了。等婚礼结束，我带她去拉合尔，那时候看你们谁还能管得着。"

婚礼结束两天之后，按照习俗，芭努的哥哥来接她回门。芭努身穿镶着金丝银线的华贵礼服，丝质头巾遮着半张面孔，身上的首饰叮铃叮铃地作响。在哥哥、女友和米拉西③的陪伴下，她出了门。

---

③　一种种姓职业，专职演唱、跳舞。

阿民特别想冲出门，拉住芭努的头巾，把她姣好的面容都藏起来，不让任何人看到。他想盖住她浓密纤长的睫毛、亮闪闪的大眼睛、精巧的高鼻梁、娇艳欲滴的嘴唇，还有玫瑰色的面颊。他不由自主站起来，把手背在身后，不停地走来走去，头略微前倾，就像拿破仑看着他的军队无奈地撤退一样。

他走到外面，感觉空气里都弥漫着曼亨迪的香味。他觉得从路上经过的人们都在伸着鼻子，使劲嗅着芭努身上留下的香气，而街角闪耀的几处光线，就像是从芭努的礼服上掉落下来的刺绣。突然，路上有个刚刚过去的年轻人转身往回走，阿民觉得那个人拿走了芭努的刺绣，很想追上去，扭住他的胳膊，把芭努衣服上的刺绣夺回来。

不久，为芭努定制的精美的白色袍子到了。一整天，芭努都情绪低沉地坐在那儿。婆婆为她制作袍子上用来遮盖眼睛的黑纱，她觉得，那就像一个屠夫在霍霍磨刀，不禁哭了起来。晚上只剩她一个人时，她哭得更厉害了，就像见到满脸皱纹的母亲一样。阿民走进来，捧起芭努的脸亲吻她，发现她已经哭了好久，衣服都被泪水浸湿了。当他明白了她为什么难过的时候，一个想法突然闪现在他的脑海中：这不就像是伽利布的诗歌被配上了错误的曲调一样吗？不过，这个想法像一道闪电，很快就消失在沉沉的黑暗当中了。

芭努还在像孩子一样啜泣，阿民把她拥在怀里，用手擦去她的眼泪，向她解释说，时代已经变了……"最早咱们得骑着驴和骆驼出门，现在大马路一直通到村里，公共汽车到处跑，这是应该哭的事吗？从前，我爷爷、我爸爸，都必须亲自到田里犁地，现在，他们可以雇人去干活，难道他们也要为这个哭吗？咱们村里有那么多赋闲在家的女人，她们的奶奶、姥姥，也曾经像你一样到地里去割草、赶麻雀，现在她们有钱了，就戴着头巾，坐在家里享福，你看到她们哭了吗？你在村里不用穿袍子，那是因为你得去井边打水，到地里除草，穿上袍子没法儿干活。可是，到了城里，你根本不用干这些活。等我们到了拉合尔你就知道了，在那儿，所有的女人出门都穿着袍子。到时候，你可以把这件白色的袍子裁了，做成桌布或者枕巾，我再给你买一条流行的黑色真丝袍子，那种袍子可贵了，得花我半个月的薪水呢。"

终于到了这一天。阿民带着芭努坐公共汽车回拉合尔，一路上，他心神不宁，一直盯着其他旅客，观察他们有没有偷看芭努。只要产生一点点怀疑，他就气得血都要沸腾了。有一会儿，芭努把涂满花纹的手伸出袍子，放了前面的座椅背上，阿民的脸都红了，觉得全车的人好像都在讨论他老婆的手，赶紧让她把手遮起来。芭努刷地一下转过脸，看着丈夫，马上把手缩了回来，藏在袍子里面，那速度快得，好像如果能把手从手腕上扭下来，就直接扔出窗外去了。

到了拉合尔，芭努在阿民像鸽子笼一样的小公寓里激动了一阵，很快就习惯了。与此同时，阿民也在经历着一次大变化，这场婚姻改变了他对人生的态度。现在，他总和朋友们说，实践是人生的精华，"要是没有实践，人和猴子有什么分别？实践使人更加完美，也更加文明。我曾经以为美貌这种财富是可以购买的，现在我以实践证明，贮存美貌最合适的地方，就是家。"婚前热爱自由、具有诗人气质的阿民说出的这些话，让同伴们很是笑了一阵，但他们并不是在嘲笑阿民，这些职员，尤其是高级职员和主任们，很高兴看到一个聪明的小伙子逃脱了对自由的追求。

芭努终于穿上了黑色丝袍，看上去确实高级了不少。这种感觉在几个月后回村子参加亲戚的婚礼时得到了进一步验证。她走下公共汽车的时候，丝质的袍子摇曳着，像暴风雨中大海的波浪一般。她的丈夫阿民穿着精致的西装出现在她身后，从车上拿下皮质旅行箱。所有的人都站在那儿屏息凝神，就像看着一架飞机降落在了汽车站一样。她来到办婚礼那个人家的时候，好多女孩都跑了过来，其实就是为了看她一眼。她和大家一起唱歌、跳舞，感觉自己比她们高级了好多。她的手和脚都涂着闪闪发光的亮丽的红色指甲油，嘴唇也像新鲜的伤口一样红彤彤的，娇艳欲滴，长长的眼线从杏仁般的大眼睛上一直延伸到太阳穴。她的手上握着一条小手帕，颜色鲜艳又修身的衣服，正好衬托出她妖娆的曲线。其他女人掏出零零散散的硬币给米拉西，而她就大方多了。过去的朋友们问起她在拉合尔的生活，她十分夸大地向她们炫耀了自己的生活。事实上，她说了之前那么多年都没说过的谎话。告别的时候，芭努套上黑袍子，带上双层面纱，然后穿上金色的凉鞋，带着灿烂的笑容跟大家说再见。她走了很久之后，女人们还能闻到从她的黑袍子上飘散出来的香气。

现在，袍子和美甲、口红一样，成为芭努生活中不可缺少的一部分。每个月的第一天，她都要和朋友去逛市场，就算回家很晚，她也坚持把袍子熨烫平整。阿民跳槽去了另一家公司，薪水已经是原来的两倍。他们搬到了一栋小别墅的一层。阿民给芭努请了个女佣，给自己买了辆摩托车，客厅里还添置了沙发和玻璃面板的茶几。芭努在家里穿起了居家袍子，每个星期，家里还要开茶话会，请阿民的朋友和同事来喝茶。阿民已经不再和原来那些朋友来往，因为他结识了社会地位更高的新朋友,其中一些人的妻子从来不穿袍子,还和丈夫一起参加聚会。她们会向芭努问好,但更多的时候,她们是在和公司的男人们一起聊天。他们的话题很多,从国际政治到女人的头巾,从白菜的价格到艺术品,什么都聊。有时,这种聚会还会邀请公司经理等高层人士参加,他们的妻子和中层职员的妻子相处得很融洽,和睦得就像从小玩到大的伙伴一样,而那些在聚会中得到老板青睐的人,往往很快就高升了。

"这样做可不对,"阿民说,"这绝对是无耻的行为。要我邀请老板来聚会,然后让我的妻子亲手把食物喂到老板嘴里去,这绝不可能!我们农村人如果这么想,脑子都会被敲出来的。这简直就是罪过!毫无尊严可言!"

公司里有很多人就是这样,靠着自己的妻子,找到了向上爬的阶梯,而阿民却日复一日地原地踏步。一些同事进公司的时间比他要晚很多,却已经升职,成了他的上司。不过,不管怎样,他的薪水每年都会涨一些。就这样,几年之后,他们也过上了不错的生活。阿民和芭努搬进了一座小小的独立屋,阿民卖了摩托车,买了辆小汽车,开始每天刮两次胡子。

这时,芭努已经生了三个孩子。大儿子进了一所教会学校,开始学习英文的"早上好"。芭努给孩子们讲的,也都是英国孩子们熟知的童话故事。童话里面的仙女吃着蛋糕,住着建在海德公园花丛里的房子。她们爱上了王子,随着王子从伦敦飞到巴黎、柏林,或者更远的伊斯坦布尔。事实上,婚后不久,阿民就从A、B、C开始,教芭努学习英文,现在,芭努已经可以流畅地阅读英文童话。他们搬进了新家,全家经常开着车去短途旅行。早上,他们要在床上喝早茶，而且无论高兴还是惊讶，张口就是"Oh my God!我的天啊!"。芭努不再说自己是农民的女儿，而是说"爸爸喜欢住在他的农场，就像艾森豪威尔一样"。

除了这些，袍子也成为芭努信仰的一部分。家里有聚会的时候，客厅经常人声鼎沸，甚至分不清楚那些客人是哭还是笑。即便这时，芭努仍然对孩子、对仆人轻声轻语，好像她说话的时候整个世界都在偷听一样。有时，阿民会从客厅来到走廊，大声喊着："芭努，亲爱的，帮我把雪茄拿来，就在架子上。"聚会结束后，芭努会严肃地抱怨丈夫，觉得他不应该在那么多人面前那样呼叫穿着袍子的妻子。阿民听了笑着说："我知道，之所以叫你的名字，是不想让我的朋友们误会，不然他们还以为我是个可怜的鳏夫呢。"

阿民每天都把车停在公司门前。和其他的高级职员比起来，他的车太小了，就像个火柴盒。有时他去给上司送文件，而这个上司从前是给他送文件的。阿民感觉自己的喉咙里就像被射了一颗子弹。他看到那个人背对着他坐着，玻璃办公桌上反射出他的背影，仿佛他不是在签文件，而是在观赏湖边的风景。阿民身体里沸腾的血液快要冲到太阳穴了。下班时，阿民尽量最后一个离开。有一次，他的车发动不起来，一个朋友说："阿民，坐我的车回家，把你的车装进我车的后备箱就行了。"听见这话，连清洁工都笑了。

阿民知道，要想改变自己现在的处境，除了邀请上司聚会，请他们吃饭，听他们讲黄色笑话，迎合他们哈哈大笑，别无他法。阿民不喝酒，但有时候看到上司的暗示，也会请大家喝酒。喝多了的上司对他颇有微词："阿民!你什么时候介绍你的妻子给我们认识?快把她叫出来，不然哪天我们自己进去看啦!"有一两次，他甚至阻止喝醉了的上司大喊"嫂子！哦！嫂子亲爱的！"上司很不高兴地说："为什么不行？你都见过我们的老婆了，我们进去看看你的老婆，为什么不行？"这样的事情已经发生了好几次，而每次过后的第二天，阿民走进办公室的第一件事，就是向上司道歉。

在这段时间，公司里的一个下层职员结婚了，开始举办结婚派对。那个职员的妻子很年轻，皮肤紧致，上过大学，能说一口流利的英语。那个职员不断升职，没过几个月，就把阿民远远地甩在了身后。从前他对阿民很尊敬，总是"先生"长"先生"短的。升职以后，他的口气越来越放肆，有一天竟然说："喂，阿民，看这儿。"阿民站在那儿，不由得像一尊雕像一样呆呆地愣了一下。随后，他哆嗦着嘴唇说："先生，为祝贺您的升迁，请允许我明天晚上为您举办一个小小的酒会，不知您和夫人能否大驾光临？"

第二天晚上，所有的客人都到了。桌上摆放着精致的高脚杯，旁边放着一大瓶已经打开的白马牌威士忌。和往常一样，阿民开始给大家倒酒，最后，他也为自己也倒了一杯。今天特别邀请的上司问道："这一杯是谁的？"

"我的。"阿民回答说。

所有人都惊呆了，几个女人咯咯地笑了起来。

大家都很高兴，大叫起来："不是吧？"

"为什么不是？"阿民举起酒杯，像白沙瓦酒鬼一样，一抬头就干了。"好啊！"大家一起叫起来。

与聚会的客厅相隔差不多三个房间的地方，芭努正在指挥仆人们干活。听到客厅传来的欢呼声，她停了一下，抬起眉毛往走廊那边看了看，然后又回过头对仆人发号施令去了。

又过了一会儿,芭努觉得自己就像走进了鱼市一样,客厅里传来的高声大笑和持续不断的喧闹声,已经快把房子的屋顶掀翻了。那些人说话的声音像是在喊叫,女人的笑声更像匕首一样尖利。她惊惶地看了看孩子们的房间,幸好房门是关着的。她生气地让仆人去叫先生。

仆人去了,很快又一个人静悄悄地回到她面前。

"叫先生了吗?"她看着仆人有些神色不安的脸。

"叫了,但是先生……"他不敢往下说,垂下眼睛,搓着手,不敢看她。

芭努的神色也变了。她透过走廊开着的门,看到了客厅里面的场景,气得浑身发抖。

在阿民的带领下,那些朋友和他们的妻子都喝得很尽兴。女士们的纱丽短上衣已经卷了上去,纱丽的末端从肩膀上滑下来,拖在身后。她们站在孩子的房门和厕所门外,像卫兵一样,还止不住地哈哈大笑。芭努感到无处可逃,只能贴着墙,紧紧地用头巾遮着自己的脸。

客人们摇来晃去,竭力想要保持身体平衡。他们岔着腿,好像两条腿之间要穿过一条河一样,而阿民的姿势就像在做体操。

阿民已经喝得酩酊大醉,舌头都直了。他含含糊糊地说着话,嘴里像含着一个球。看见芭努,他夸张地指着她,大喊:"这是我的妻子!这是……这是阿民夫人,芭努·阿民夫人!你好啊芭妮雅[4],亲爱的!快来见见我最最亲爱的朋友和他们漂亮的太太。快

---

[4] 对妻子名字的亲密称法。

来……快来,亲爱的……"

客人们大声笑了起来,他们的妻子更是笑得歇斯底里。阿民扶着椅子背,靠着书架,桌上的花瓶和墙上的画都被他晃得掉了下来。他终于走到了芭努身边,随后,他看着客人们,就像魔术师从帽子里变出兔子之前向观众做出展示一样。他向上翻着眼睛,紧闭着嘴,一下子拉掉了芭努的头巾。他本想使劲把头巾扔到地板上,没想到自己猛地撞到了桌子上,头巾也掉了下去。

头巾被拽掉之后,芭努的长发拂过脸庞。她大叫起来,转过头去,把自己的头发拢到一边。她看着阿民,用手把脸遮起来,然后蜷缩在地上,感觉自己好像被扒光了衣服一样。可是,这一幕却激起了客人们莫明的兴奋,他们开始不停地赞美她:"哦!我的天啊!太美了!真是拉合尔的英格丽·褒曼⑤。太完美了!二十世纪的汉密尔顿夫人⑥!"

"谢谢!非常感谢!"听到大家的赞美,阿民不停地鞠躬表示感谢。他醉得厉害,四个女人在身旁撑着他,他才站得住。

阿民身边的芭努,身体缩成了一团,浑身哆嗦,好像有人一直用胳膊肘撞她的肋骨似的。

"别哭,亲爱的!"阿民跪在她旁边大声喊着,"原谅我,亲爱的,原谅我!自从咱俩结婚以后,我一直在压迫你,我请求你原谅我,我是个罪人!一个罪犯!一个混蛋!芭努,你原谅我吧!从今

---

⑤ 英格丽·褒曼(Ingrid Bergman),(1915—1982),瑞典籍电影演员,代表作《卡萨布兰卡》,以美貌著称。
⑥ 汉密尔顿女士(Mrs Hamilten),(1761—1815),曾有"英伦第一美女"之称。

以后,你再也不用穿袍子了!就从现在这一刻起!我的真主就是见证!我的长官们是我的见证,他们的夫人也是我的见证!你们都是我的见证!对吗?"

所有的人都在叫着:"对!对!"

"现在高兴了吧?芭努雅,亲爱的。"突然,不知道怎么回事,阿民的声音忽然顿住了,他的脸开始痛苦地抽动起来,接着又大声喊道:"为了庆祝这个高兴的时刻,你也应该喝点酒!再给那个仆人来一杯!给世界上所有的人都来一杯!来!和他们握握手,给他们表演舞蹈,让他们高兴高兴!哦!芭努雅,亲爱的……"

然后,阿民一头倒在不停颤抖的芭努身上,像小孩一样又哭又笑起来。

# 群山之雪

朱熹 译

我刚要下笔,就传来一个声音:"哎,大婶,看在真主的份上给我一个安那吧,愿您的孩子长命百岁!"我把笔放进笔盒里。如果这支笔的价格不是四五十卢比,我一定把它摔在地上。从早上思考到快一点了,本来想到一个有趣的句子,但女乞丐的声音像一口气吹灭了油灯的火苗一样,让它消失得无影无踪。

那是多么好的一句话!我的小说的第一句话一定会抓住读者的心的。

佣人的房间在房子的三楼。女乞丐的声音未必传到他耳中,否则按照我的吩咐,他肯定会打发女乞丐立即离开,乞丐喊一声,或许也就走开了。

突然,几个已经被遗忘的词句零零散散地浮现出来,就像燃烧着的火柴快要点燃一盏熄灭的灯。它的颜色像山上的雪一样洁白,……但是,不……不是这样,我在雪的色彩上加了一些其他的颜色。火红的沙漠的颜色,亦或是黄昏晚霞的颜色,也有可能。

"哎,大婶,看在真主的份上给我一个安那吧,愿您的孩子长命百岁!"

现在这个晦气鬼还在那里,已经站在了大门口。

刚刚要点燃火苗的火柴一下子熄灭,冒出一缕烟雾。"家里没有大婶。"我喊道。

"没有大婶!"

"没有大婶,那么先生,您以真主之名给我一个安那吧,您是慷慨的,您的孩子长命百岁!"

我保持沉默。同女乞丐们打嘴仗不是我的作风。她们最大的论据是饥饿,在这个论题上,我想不出任何答案。

不一会儿,我思绪的迷雾开始活动起来,故事开头的句子浮现在眼前。

其色如山之雪……

"给我一个吧!慷慨的人!给我一个吧……"

女乞丐的声音在我脑海中回荡。我看到她站在门口的台阶上,整个身子都在外边的楼梯上,只露出一只扒着门的手。这只手的颜色,像山上的雪,白得闪闪发亮,但有些地方还带有淡淡的蓝色,或许那是血管的颜色。但是,她的指甲没有给我思考的时间。她的指甲不仅粗糙不齐,而且指甲缝里沾满了黑黑的脏东西。然后,我看到她的手指在自如地活动着……这是一个毫不拘束的乞丐,为了打发时间,在乞讨时还在门扇上敲起鼓点……应该施舍给这样的人吗?……让这么白的一只手出来乞讨是公正的吗?……难道每一个无奈都是合理的吗?……

我从枕头底下摸出一个安那的硬币,说:"拿着。"

她说:"扔过来吧,先生。"

不知道为什么,我开始讨厌这个乞丐的做派。我没有把钱扔过去,而是狠狠地摔在了地上。安那撞在门板上,落在离房间门口约一码的地方,停了下来。乞丐从楼梯上弯下腰,伸出手。于是,我看到了她一侧的面庞。这一切就发生在大约三分之一秒的时间里,好像一道闪电飞进了我的房间。我只用了两秒钟就到了门口,但楼梯上空无一人。我转身快步走到面向街道的窗前。她光着脚走到街角,褪色的红色裤子上面穿着一件宽大的黑色上衣,头上和背上搭着和裤子一样颜色的披肩。随后,她拐进了另一条街。

女乞丐的侧脸让我离开了我的小说,把我带入了希腊神话的世界:维纳斯,普赛克,阿佛洛狄忒……这张脸与每个神话中女主角的脸都很相似。这张脸的一侧从我面前一闪即逝,没等"面前"两个字说出口,就消失不见了。在那转瞬即逝的一秒钟里,我的脑海里保存了那张脸的很多细节:又细又浓的眉毛,大大的深邃的眼睛,又长又密的睫毛,微微上翘的小巧的鼻子,红红的嘴唇,尖尖的下巴,雪白的面颊,就像群山上的雪。

然后我开始嘲笑自己。其实,这一切都来源于我写小说时的心境。人也是一种不受控制的动物,受自己心绪的影响是何等的强烈!真主保佑。我拿起笔,开始寻找小说里第一个遗失的句子。

而我像那已经熄灭的火苗,感觉再也写不出故事的第一句话,不只是这个故事,也许永远也写不出一个故事了。就好像这是一颗钉子,我必须把所有的想法都挂在上面,而现在这颗钉子断了,我的思想变成了一块石头。我被这堆巨石不断碾压。

街上那个收破烂的,用沙哑的声音一口气喊出二十个字,让我十分恼怒。这几年,这位收废品的小贩每天都要经过这条街好几次,每次都在我家门前停下。他知道我是个有文化的人,在我这里,废品十分常见。我已经习惯了他的声音,即使写小说的时候多次听到这个声音,它也从未干扰过我的创作。但是今天,我被这个收废品的小贩惹恼了。我放下笔,起身愤怒地看向窗外,但是,我的目光先落在了第一个胡同的拐角处,我第一次体会到想象也会变成现实……女乞丐拐进了另一条胡同。

我追了上去,穿过许多大街小巷,却不知道要去哪里。我不知道自己是如何避开车流的,也不知道我如何穿过了十字路口,不知道何时点燃了香烟,抽了多少根烟,也不知道把它们扔到了哪里。然后,当我在商业大道的一个十字路口遇到红灯时,我第一次意识到:我这是要去哪里呢?我要去哪里呢?"这是怎么了?我要去哪里呢?"我问自己。

我懂得爱的所有阶段和过程,我曾经为极小的事情哭泣过,也痛饮过悲伤。但我从来没有过这样恐怖的经历,只要一瞥见那个邋遢、肮脏、只见过半边脸的女乞丐,我就会热血沸腾。我要是走上这条不归之路,恐怕城里的孩子们就要像对待疯子和乞丐一样向我扔石头了……那么,是不是每个人都有一点这样的疯癫呢?我的疯狂并不少,当人们忙于用双手聚敛财富时,我却在写小说。当我的朋友们喝酒时,我却在想,他们的无意识里一定有痛苦的挣扎。我的这种疯狂微不足道,应该知足。

我回家了。我花了大半夜的时间思考我的小说的第一句话。但我想到山上的白雪时,脑海中浮现的却是女乞丐站在台阶上伸出的那只讨要硬币的手,梦境中希腊雕像的脸不断地涌现出来。

早上我准时醒来,就像酣睡了一整夜一样。我走进房间坐下,神情就像太阳一升起中午就会到来一样。女乞丐来了吧?在这个问题上,我和我的思绪激烈地争论了很久。我说:"看,我手里拿着笔。我坐下写小说。"但是我脑子里有个声音却说:"不!你是在等女乞丐。"那时,我已经说服自己,脑子里的想法并不是真的。但下午女乞丐到来的时候,我知道,我等的就是她。

一个声音传了过来:"慷慨的先生,看在真主的份上给我一个安那吧,愿您的孩子长命百岁!"

我在想,难道有诗人写过比这更好的诗吗?

奇怪的是,我既没有从床上跳起来,也没有把笔放进笔盒里。我只是冷冷地说道。"嘿,你今天又来了?"

我仿佛听到她笑了,很短但很悦耳的笑声,就像瓷杯碰在一起发出的清脆的声音。然后她站在我的房间门口说:"先生,愿您的孩子长命百岁!"

她站在房门口的楼梯上,门板挡住了她的身体,只露出一只手,这只手抓住了一扇门,手的颜色如同群山上的积雪。我仿佛感觉她从昨天起就站在这里了,一直站在这里。

突然间,我担心她不会在门板上敲鼓点了。昨天我从她手指有节奏的敲打中感受到了强烈的震撼。施舍不是随便给的,乞丐应该上前来寻求施舍,就连妓女都会为自己定下行为规范,乞丐至少应该学会一些乞讨的规则。所以,也许是为了打败她的漫不经心,亦或是为了熄灭一整天的熊熊烈火,或者没有任何来由,总之,话从我嘴里说了出来。

"拿着!拿着!"

她说话了。"愿真主保佑你，保佑您的孩子。"

一下子，她整个人都走了进来。就这样毫无防备，我快速地把一个安那丢在她粉红色的手掌上，就像她再迟疑一会儿没有过来，没有这样站在我面前，我就要从窗户跳出去了一样。

然而，即便拿着硬币，她依旧站在那里。我紧张地看着她，她的目光落在在书柜上的一个粘土玩具上。

那一刻，我从头到脚打量着她，我想，如果能看到任何瑕疵，我就能更容易地将其从脑海中抹去。但她突然看着我，问道："是鹿吗？"

我说："不，是一头雌鹿。"

她发出瓷杯碰在一起的清脆笑声，走出房门。

我迅速来到窗前。她手中抛着硬币，像个孩子一样一蹦一跳的，然后拐进了另一条街。

女人是大自然最美丽的造物，但称赞造物之美还有另一种方式。看着这朵绽放的花朵，我们的心情愉悦且放松。我们朝前走去，爱怜地看着彩虹中的云彩，然后投身自己的工作。晚上，屋顶上的水滴滴落的音乐仿佛是为我们从天而降了几分钟的弦琴声，之后我们进入梦乡。我一直以这种情调看待美丽的女子，当你一直关注她们的美丽时，那么你几乎无法专注于其他任何事情。一旦被漂亮的女人爱上，你只有两条路可以选择，要么开始憎恨她，像狼一样不断地自虐死去，要么从其他所有的工作中抽身出来，过着像大海沙滩一样的生活。沙滩只做一件事情，每时每刻都张开双臂拥抱大海的美景，海浪时而会给它带来一些贝壳，随即另一波海浪又会将它们带走。尽管如此，沙滩的怀抱永远是敞开的，很明显，单相思没有规律可循。

想到美丽的海浪也正在把我带向海岸,我又自嘲地笑了。想到埃及艳后克利奥帕特拉七世①,我笑了出来,她的鼻子很小,这样的女法老,这么小巧的鼻子,看起来多奇怪。我甚至在想到斯巴达和特洛伊的军队时又笑了起来。海伦的青春陨落之后,双方看到她时,会对自己的愚蠢感到怎样的震惊?笑着笑着,我拿起笔坐了下来,好像今天不仅能写出小说的第一句话,甚至要写完最后一句话才能作罢。

"它的颜色像群山上的积雪一样洁白……""它的颜色像群山上的积雪一样洁白……""它的颜色像群山上的积雪一样洁白……"

然后又传来了瓷杯般的清脆笑声。②

海浪袭来,湿润了海岸的记忆,转身返回大海。

这样的玫瑰色、如此程度的玫瑰色的掌心中,只闪耀着一枚硬币。我咒骂着自己……卑鄙小人,你视她为美女,大自然造出的这只布满血管的手就只值一个安那吗?令人作呕,真是糟蹋了你和你的审美观……

直到第二天中午,我都过得像一个罪犯一样,窥探自己的内心,唾弃自己的良心。……现在一个安那连一张薄煎饼都买不来了!

但是,整个拉合尔并不是只有我一个人会给她硬币,不知道她

---

① 克利奥帕特拉七世(约前70年12月或前69年1月 - 约前30年8月12日),通称为埃及艳后,古埃及托勒密王朝最后一任女法老。
② 瓷杯碰在一起发出的声音,比喻女乞丐的笑声十分清脆响亮。此种比喻在小说中多次出现。又译,她发出格格的笑声。

每天会在多少人面前摊开手掌?那么,她会像来找我一样去别人那里吗?在我看来,整个城市都是我的敌人。这样,叛逆的想法在我心中升起。

昨晚,希腊女神的雕像一直在我的梦境里涌动,但今晚的梦境中出现了一张脸,与此同时又升起了一团火苗,接着烟雾缭绕,石雨纷纷落下,再之后就传来了有人在研磨玻璃碎片的声音。明天一整天我都不打算在家,我要待在外边,我要去看医生,也要去做礼拜。

但我早上很晚才睁开眼睛,做礼拜的时间早已过去,洗澡和早餐也花了很长时间。我坐在顶楼开始读报纸,一直看到中午。当佣人跟我说邻居想要报纸的时候,我看了看时间。突然,有什么东西跳进了我的内心,带着我冲出了房间,我下楼的速度比小孩子还要快。打开房门,我径直走到窗前,眺望外面的街道。两个孩子正在用香烟盒盖房子。一位老妇人在此路过,在灌满风的罩袍里,她显得非常渺小。

然后,我冲到楼上的房间里问佣人:"没有人来找过我吗?"

他说:"先生,您没有睡觉,所以如果有人来,我肯定会告诉您的。"

我一时想不出什么其他问题询问佣人,但佣人却自言自语地嘀咕起来:"早上,卖菜的来过,送报纸的来过,刚刚那个女乞丐来了……"

见我盯着他看,他说:"没有人来过,先生。您和谁约了时间吗?"

我没有回答就转身回去。这么说,她来了,又走了!所以她是那么的无足轻重,她来了,却被说成没人来过。

你最好劝说天使③,不要把今日算作我生命的一日。

我缓缓走下楼梯,来到大街上,然后穿过另一条街来到马路上。我远远望去,想看她是不是正在祈求路人的施舍。也许她正在从商店门前卖的破烂中挑选一些不那么破烂的东西,也许她正靠着树干为自己今天没有得到那一个安那的收入而伤心难过。

路上一切如常,就像什么都没发生过一样。

确实什么都没有发生。奇怪的是,人心里的暴风雨一直在翻涌起伏,如果每个人内心的风暴都翻涌而出,将会出现什么样的灾难呢?

当我回到街道时,孩子们已经用香烟盒盖了一栋五层楼的房子。在我隔壁房子的门口,一位女士正在把孩子的旧书卖给一个收破烂的。

她正坐在我家的门槛上……难道我的施舍对她来说就那么重要?……看见我,她笑了,然后坐着挪了一下给我让路。她的脚很脏,好像这双脚不是她的,而是误带了别人的脚出来一样。不过,她今天洗了手,剪了指甲!我得意洋洋,好像她是为了来参加我的盛会而特意收拾了一番一样。

她把手藏在怀里,好像小偷偷东西被抓住了一样。然后,瓷杯般清脆的声音再次传来。我朝楼上走去,打开我的房门,想把她叫进屋里,但又停了下来,仿佛一句话从我嘴里说出来,就会响遍全城。

---

③ 这里的"你"是指作家自己,这是他在内心对自己说的话。

我示意她上楼，她走过来，但看见我站在门口时，便离开楼梯停了下来。她扬起眉毛抬头看着我，我往旁边挪了挪，好像再不挪动就会掉下去淹死一样。我从枕头底下拿出一个八安那的硬币，递给她。她伸出手，但看到那个八安那的硬币时，她又把手缩了回去。

"不，先生，我没有零钱。"

"你拿着。"我被她的单纯逗乐了。

"所有的？"她问。

我笑着说："是的。因为你没有零钱。"

只讨要一个安那的乞丐突然得到一个八安那的硬币，感觉就像小说家中了百万彩票一样激动。所以我决定，只要她伸手来接硬币，我就抓住她的手腕。当然，我会理直气壮地抓住它。因为我给了她整整八个安那。然后我会握住她的手腕对她说，我会对她说……我小说的第一句话在我的脑海中闪过：黄昏的晚霞落在群山的积雪上。但这个句子还没有在我心里念完，我就看到她要走了。

"把这八安那拿走吧！"我说话的语气就像在朗诵一首赤裸裸的爱情诗。

她转过身，从门后探出头来说道："那我拿走了，慷慨的人。"

直到后来我才想到那一刻，我记不清我给她八安那和她离开之间的那一个世纪里的瞬间发生在什么时候。我把硬币给了她，我把硬币放在她手上的时候，我为什么忘记了要握住她的手腕？

然后，我突然意识到我错过了什么。除了八安那之外，她还把我故事的第一句话带走了。她只给了我她的脸，那张她走后很久还让我一直向门外张望的脸，在那之后，它有时还会出现，再之后，它又朦胧起来。整整五天时间，她彻底消失了。

第六天和第七天，我在城里所有的图书馆里翻阅了大量的希腊雕塑书籍，但我没有从维纳斯、普赛克和阿佛洛狄忒的城市里找到那张脸，在某些细节上，它的确与她们不同。也许女乞丐的鼻孔微微上翘，嘴角扬起时两侧鼻翼边延伸而下的纹理形成了一道更为美丽匀称的弧线。也许普赛克的脖子比女乞丐的脖子更短更细，又或许女乞丐的唇角比阿佛洛狄忒的唇角更深、更富有感情。我不敢肯定，我相信自己大体记得女乞丐那张脸的轮廓。但是，当我想到她的眼睛、脸颊或嘴唇时，整张脸都会像雪一样开始融化。

第七天傍晚，我突然发现自己过着毫无意义的生活。她们的脸不是加利布④的诗，可以让你随时拿起阅读。这些面庞出现在眼前，又消失不见。脸是多个瞬间，那个瞬间又是什么时候回来的？你看到了一张脸。诚然，这是一张非常漂亮、非常奇妙的面孔，你根本无法想象某个女人会有一张这样的脸，就在这个时候，它突然出现在你面前，然后又消失不见，然后就这样又出现几幅其他的面孔，来来回回，反反复复。如果你忘了把目光从每一张脸上移开，总有一天你会知道，你将被送进疯人院。

这是一周以来我睡得最香的一个晚上。当我醒来的时候，太阳已经升得很高了。早饭后我做的第一件事，就是坐下来写小说的第一句话。一根点燃的火柴移向熄灭的油灯，群山上的雪开始发光，仿佛四周有数千面镜子，像成千上万的太阳在其中闪耀，然后，在这场炫目的风暴中，出现了一张脸，听到了一个声音……"哎，慷慨的人！"

---

④ 乌尔都语著名抒情诗人。

我从床上跳下来，透过门往外看去，然后以闪电般的速度下了楼梯，来到大街上，接着，我又去了另一条街，来到路上。这里一切如常，就好像什么事都没发生过一样。

确实什么都没有发生。街上一个赶马车的人在我身边惊讶地问道："先生，您还好吗？为什么赤脚站在这里？"

赶车人只能看到我赤脚站在那里，但他怎能知道我心中的伤口？别说是赶马车的人，谁也无法看到，普通人是无法看到别人心中的伤的。也许因为这些伤口并不是用来展示的，或许因为每个人都有自己的伤口。

那么，我心中的这个伤口，是否其他人也有？如果真有这样的人，他在哪里？我可以把他拥抱在怀里，哭诉出来。毕竟，人们总是要隐藏自己的伤口疤痕的，表面上，人类展现出的都是亲热地互相拥抱彼此。

我没有回答赶车人的问题，很快回到了自己的房间。我躺在床上，用床单从头盖到脚，就像经历了长途的艰辛跋涉一样。我闭上眼睛转向我的思绪，但它也闭上了眼睛。一切都在沉睡，四周弥漫着一种非常恐怖的气氛。今天捡垃圾的人也死在了某个地方。

在睡梦中，我看到那个乞丐站在我的房门口，说道："看在真主的份上给我一个安那吧，愿您的孩子长命百岁！"

我掀起床单。她真的站在门口，她说："看在真主的份上给我一个安那吧！慷慨的人！愿您的孩子长命百岁！"

我说话的语气就像在婚礼上寻求新娘的答复一样："你这些天去哪儿了？"我责备地问："你知道吗？你整整隔了一个星期才来找我。"

我的语气只影响了她的眼睛，今天这双眼睛画着深红的玫瑰色眼影，双眸极其明亮，那种明亮是在有了爱和胆怯后才会有的。

"说吧，你去哪儿了？"我劈头盖脸地说道。

"我就在这里，先生，还能去哪儿呢？"她像孩子一般说着。

"那为什么一个星期都没有来？"我用同样的语气问道。

她说："我拿走了八个安那，慷慨人，一个安那是那天的，剩下的是七天的，今天正好是第八天，所以就来了。"

乞丐的脸像陀螺一样转了过来，刹那间，满山的积雪开始崩塌，山石呼啸而来，砸在我的头上……

我发疯地从床上拿起枕头扔到一边，枕头下放着五块、十块的卢比，我把这些钞票抓在手里，走向女乞丐，像抓一根棍子一样抓住她的手腕，将所有钞票塞到她的手里，大叫道：

"这些卢比有多少安那，你就多久都不要出现在我的面前！如果你早来一天，我就打断你的腿！滚，快点滚开！"

# 萨达特·哈桑·明都
(1912—1955)

短篇小说家，剧作家。生于印度旁遮普邦。早年在阿里加尔上学，毕业后曾在阿姆利则市政府任职。此后，又去孟买电影制片厂工作，1947年移居巴基斯坦。他从翻译外国文学作品开始自己的文学生涯。第一部短篇小说集《火花》出版于1936年。虽然他只活了短短的四十三年，却为乌尔都语文学宝库留下了三十多部作品，其中包括短篇小说集《黑裤》《面纱》《冷肉》，剧作选《明都剧作选》，杂文选《明都文集》，译著《高尔基短篇小说选》等。他是旧世界的叛逆者，一生仇视殖民主义，痛恨剥削阶级。他用自己锐利的笔对资本主义进行了无情的揭露，作品酣畅淋漓。明都写过不少妓女题材的作品，并在其中对妓女的生活进行了一些自然主义的描写，因此引起部分文学评论家的非议。不过，他的优秀作品还是得到了大多数评论家的肯定。明都擅长人物描写，作品构思奇特，结局常常出人意料。

# 热气

孔菊兰 译

他出了家门,朝学校走去。在路上,他看到了一个卖肉的人。那个人头顶着一只大筐,筐里装着两只刚刚被宰杀并且剥了皮的山羊,热气从没有皮的羊肉中不断地冒出来。每当看到这样的肉,马苏德冰凉的脸颊都会涌出一股热流。他渴望着,就像他的眼睛偶尔期待的那样。

这时的时间大概是九点一刻,不过天空仍然灰蒙蒙的,好像天刚亮似的。天并不冷,但路人嘴里冒出的白雾,却像青铜壶嘴里冒出的热气一样,浓烈又滚烫。大街上的各种东西看上去都显得很沉重,仿佛被沉沉的浓雾压住了一样。在这种天气里,穿上胶皮鞋走路,都会产生黏腻的感觉。市场里,各种交易已经开始,商店里也有了生气,各种声音交错在一起,仿佛有人一直在嘀嘀咕咕。人们都在悄悄地、慢慢地交谈,慢慢地迈着步子,好像担心会发出噪音。

马苏德把书包夹在腋下,朝学校走去。今天他的动作慢了一些。看到没有皮的新鲜羊肉冒出的热气的时候，他感到非常舒服。这种热气在他冰凉的脸颊上，织成了一张温暖的网。这种热气让他感觉很惬意。他在想，寒冬里的柳枝抽打着冰冷的手的时候，如果能摸到这样的热气，那该多好啊！

空气中并没有明媚的阳光，仅有的一点光亮也混沌不清，薄雾飘浮在各种物体上，让它们看上去脏兮兮的。不过眼睛的感觉还好，因为能看到的东西，棱角全都模糊不清了。

马苏德赶到学校。他从同学们那里得知了一个不好的消息：因为教务秘书老师去世，学校停课了。男孩们很高兴，他们把书包放在一边，在学校的院子里随便玩了起来。有的同学听到放假的消息，就转身回家了，还有一些同学刚刚来到学校，正站在通知板那里，一次次读着同一个公告。

听到教务秘书老师去世的消息，马苏德并没有感到惋惜，他的心完全没有被触动，但他联想起了去年他的爷爷去世后那些日子，想起了送葬时的艰难。当时天正下着雨，他随着人群一起去送葬。墓地泥泞湿滑，他险些滑进墓坑里。对于这一切，他记忆犹新。严寒，沾满泥浆的衣服，冻得已经变成蓝紫色、按一下就会出现白点的手，像雪球一样的鼻子，还有之后洗手和换衣服的情景——这一切他都清楚地记得。听说教务秘书老师去世，他就想起了过去的这些事。他想到，教务秘书老师的棺柩抬起来的时候，天可能会下雨，那时候，墓地一定会泥泞不堪，可能会有人滑倒，也许他们还会受伤，会大喊大叫。

听说停课的消息之后，马苏德直接回到了自己的宿舍。他走进房间，打开桌子上的锁，把几本书，也就是他第二天要带的几本书放进了抽屉里,然后只带着书包朝家走去。

在路上,他又看见了那两只被宰杀的山羊。其中一只已经被肉店老板挂了起来,另一只还放在案板上。马苏德经过那家肉店的时候,心里产生了一种冲动,很想用手去摸一下还在冒着热气的鲜肉。他走过去,用手摸了一下那块还在抖动的羊肉。肉是热的,马苏德冰凉的手指感到了温暖。肉店老板正在屋里磨着匕首,马苏德用手又摸了一下肉,然后满意地走了。

回到家里,他告诉了母亲老师去世的消息,然后听说爸爸去送葬了。现在,家里除了他,只剩下母亲和姐姐两个人。母亲在厨房做菜,姐姐古尔绣姆在旁边,拿着暖手炉,正在背诵宫廷音阶。

小巷里的其他孩子都在国立学校读书,所以,伊斯兰学校的教务秘书去世,对他们没有什么影响,他们还是照常去上课。这让马苏德觉得特别无聊。今天没有作业,六年级要读的那些书,他在家里已经和爸爸学过了,他也没什么好玩的东西,家里有一副脏兮兮的扑克牌,放在壁龛上,但是马苏德一点也不感兴趣。他姐姐和自己的伙伴们每天都要玩鲁多①,他认为这些游戏的档次比较高。之所以认为这类游戏比较高端,是因为他从没想过要去学,他的性格决定了他不喜欢这样的游戏。

放好书包和外套之后,马苏德来到厨房,坐在妈妈身边,听姐姐背诵宫廷音阶,听着听着,他也学会了几个音阶。妈妈正在切菠菜,她把已经切好的湿漉漉的菠菜一堆一堆地放进锅里,接着又把菠菜锅放在火上,不一会儿,白白的热气就从锅里冒了出来。看到

---

① 鲁多:用数字骰子在纸板上玩的数筹码游戏。

这股热气,马苏德想起了羊肉。他对母亲说:"妈妈,我今天在肉店看见两只刚刚被宰杀的山羊,羊皮已经剥掉了,肉还在往外冒热气,那热气就像早晨从我嘴里冒出来的一样。"

"是吗?"母亲说完,往火炉里加了些柴火。

"是的,妈妈,我还用手指按了一下,它是热的。"

"是这样啊。"说完,妈妈端起装着菠菜的锅走出厨房。

"那羊肉一直在颤抖。"

"是吗?"马苏德的姐姐停止了背诵,听他说话。"它是怎样颤抖的?"

"就这样,这样。"马苏德用手指做出弹动的姿势给姐姐看。

"后来又怎样了?"

古尔绣姆以宫廷音阶的脑子问了这个问题,马苏德的脑子却突然变成真空了。

"之后又怎样了?"

"我正在说,肉店里的肉在颤抖,我用手指按了几下,亲眼看到它在颤抖……它还是热的。"

"热的?好吧,马苏德,你能为我做一点事吗?"

"您说吧!"

"来,跟我来!"

"您先告诉我,究竟是什么事?"

"你跟我来就是了。"

"不行,您先告诉我是什么事。"

"你看,我的腰疼……我躺在床上,你为我敲敲脚……好兄弟!不管怎样……向真主保证,真的太疼了。"说完马苏德的姐姐用拳头敲着自己的腰。

"您的腰怎么了?每次见到我,您都说腰疼,都让我给您敲,您为什么不让您的那些朋友给敲呢?"马苏德站起身来。

"好吧,但是,我对您说,我给您敲,最多不超过十分钟。"

"太好了!太好了!"

姐姐站起身来,把宫廷音阶放在壁龛上,朝她和马苏德睡觉的房间走去。

来到院子里,她伸直了酸痛的腰,朝天上看去。天上乌云密布。

"马苏德,今天一定会下雨。"说完,她看着马苏德,没想到,他却躺在了自己的床上。

古尔绣姆仰面躺下去的时候,马苏德站了起来,看了看手表:"看着,姐姐!现在还差十分钟就到十一点了,我按到十一点就准时结束。"

"好啊,但是现在,看在真主的份上,快别拿腔作调了,快到我的床前来捶捶我的腰吧,要不然,看我怎么拧你的耳朵。"古尔绣姆责怪马苏德说。

马苏德按照姐姐的吩咐按了起来。他靠着床,用脚踩着姐姐的腰。被马苏德的体重压住的古尔绣姆宽宽的腰,略有一点弯曲。当他用脚开始按摩的时候,动作力度准确得就像制陶工人在揉泥浆。古尔绣姆舒服地"哎哟,哎哟"地叫着。

古尔绣姆的臀部很丰满,马苏德的脚踩在上面,感觉就像在肉店用手摸到的羊肉一样,这让他有那么几分钟的时间觉得她既没有头也没有脚。他不太明白自己的这些感觉。在感觉还没有形成完整的思绪的时候,他又怎么能理解呢?

按摩的中间,有那么一两次,马苏德感觉他的脚是在一团肉里活动,这种感觉就是他触摸到热乎乎的羊肉时那种感觉。开始的时候,他按得很吃力,后来却觉得很有趣。在他的脚掌下,古尔绣姆轻轻地哼着,这种哼哼声伴随着马苏德脚上的动作,更是增加了莫名的趣味。

闹钟已经走到了十一点,但是马苏德还在继续为姐姐按摩。按完了腰之后,古尔绣姆把身体躺直,说道:"太棒了,马苏德!太棒了!顺便把腿按一下!就这样……太棒了!兄弟!"马苏德靠着墙,在古尔绣姆的大腿上集中了全身的力量,在他脚下,古尔绣姆的肌肉在颤抖着。她笑了,身体弯成一团。马苏德差一点摔倒,但是,他脚底下的肌肉已经不再挣扎了。他还想靠着墙,再次为姐姐按腿,于是他说:"您干嘛要笑呢?躺直了,要不然我怎么为您按腿呢?"

古尔绣姆躺直了,两条腿的肌肉左右颤抖,觉得痒痒的,甚至身上也开始发痒。

"弟弟,别这样……痒痒,你用无关联的方法②来按摩吧!"

马苏德想,也许自己的方法不对。

"好吧,我不再把所有的力量放在您身上了……您放心吧!我现在按,您不会感到难受的。"

他靠着墙,控制着身体的力量,轻轻地把脚放在古尔绣姆的腿上,这样,他压在古尔绣姆身上的重量减少了一半。他慢慢地开

---

② 一种按摩方法。

始使劲，动作很灵巧。在他的脚下，古尔绣姆腿上僵硬的肌肉开始松弛下来。马苏德曾经在学校看到过魔术师站在绷紧的绳子上。他想，魔术师脚下的绳子就是这样松弛下来的。

在这之前，他曾经为姐姐做过几次腿部按摩，但从来没有感觉到像现在这样的乐趣。热热的鲜羊肉勾起他一次又一次的幻想。有一两次，他甚至想到，如果古尔绣姆被宰了，被剥掉皮，她的肉里是不是也会冒出热气？很快，这样的胡思乱想让他感到自己是个罪人，他马上把这个想法从脑海里彻底清除，就像他用海绵擦洗石板一样。

"好啦！好啦！"古尔绣姆累了。"行了，行了！"

马苏德突然想捉弄一下姐姐。他从床上下来，开始胳肢古尔绣姆的腋下，她笑得直打滚，连掰开马苏德手的力气都没有。但是，当她想用脚来踢马苏德的时候，马苏德一下子跳起来躲开了，然后就穿上拖鞋，走出了房间。

他来到院子里，看到外面正下着毛毛细雨，天上的乌云也多了起来。小小的雨滴无声无息地渗进了院子的砖头里。马苏德感到很舒服，一阵凉风从他的脸颊上滑过，几个雨点落在他的鼻子上，他打了个寒颤。前面阁楼的墙上，有一对耷拉着翅膀的鸽子，像被炖熟了一样。菊花和野生芸香的绿叶在红彤彤的花盆里沐浴着雨水。细雨让人昏昏欲睡，但清凉的空气却让人清醒。人类被柔软的梦幻包围着，就像裹着一层毛茸茸的衣服。

马苏德在胡思乱想，他并不明白其中的意思。他可以触摸这些东西，看看究竟是怎么回事，但这些东西的含义超出了他的理解范围。之后，一种莫名的趣味又走进了他的思绪。

站在雨水里，马苏德的手完全冻僵了，按一下，皮肤上就出现了白点。他握紧拳头，用嘴里呼出的热气暖着手，顿时觉得暖和了许多。但是，他的手已经湿了，于是他来到厨房烤手。饭已经做好了，他刚想吃上一口，他的父亲就从墓地回来了。父亲和儿子没有说话。马苏德的母亲马上起身走到另一个房间，和丈夫说了半天话。

吃完饭，马苏德来到客厅，打开窗户，躺在了地毯上。外边下着雨，还伴着风，天气非常寒冷。但是这寒冷并没有让人感到不舒服，就像池塘里的水一样，表面是冰冷的，深处却是温暖的。马苏德躺在地板上，心里滋生出钻进寒冷当中的愿望，这样可以让身体得到安逸的热量。就这样，他想了很久，想了很多甜蜜的事，这让他的肌肉产生了微微的颤抖，有几次伸懒腰的时候，他感到很舒服。他的身体的某个地方，他不知道是哪里，好像有一个受阻的东西，这是什么呢？马苏德不知道。不过，这个阻滞在他全身产生了一种被压抑的焦躁情绪。他的身体伸了一下，好像瞬间就长高了。

他在柔软的地毯上翻来覆去，随后站起身来，穿过厨房，来到院子里。厨房和院子里都没有人，两边的房间都是关着的。雨已经停了，马苏德取出曲棍球杆和球，在院子里打了起来。有一次他使劲击球时，球落在了院子右边那个房间的门上，里面传出了马苏德父亲的声音："谁呀？"

"是我在打球呢。"过了一会儿，他的父亲说："你妈妈正在给我按头，不要吵闹！"

听到这里，马苏德没去拣球，把曲棍球杆拿在手里，朝前面的房间走去。那个房间的一扇门是关着的，另一扇门半开着。马苏德想来个恶作剧，蹑手蹑脚地朝半开的房门走去，砰地一声打开了两扇门。屋里的两个声音尖叫起来。古尔绣姆和她的女朋友博姆拉正躺在一起，她们吓得嗖地一下就把被子盖在了身上。

当时，博姆拉衣服的领口是敞开的，古尔绣姆正看着她裸露的丰乳。

马苏德弄不明白，脑子好像被一团雾气笼罩着。他从那里转身朝客厅走去，感觉内心有一种深不见底的力量，在一段时间里，那种力量完全削弱了他思考和理解的能力。

马苏德坐在客厅的窗户边上。他用手抓起曲棍球杆，把它放在膝盖上，这时他想，只要稍微用点力气，曲棍球杆就会弯曲，再用更大的劲，球杆就会折断。他已经把曲棍球杆折弯了，但是无论使多大的劲，它也没折断。他就这样和曲棍球杆进行着较量，很快就疲惫不堪，气愤地把球杆扔到了一边。

# 乌拉姆·阿巴斯

(1909—1983)

小说家。出生于印度的阿姆利则，早年在拉合尔上学。1925年开始文学生涯，最初以翻译外国短篇小说为主。1928年到1937年曾担任儿童杂志《花》和妇女杂志《妇女文化》的副总编辑，此后又编辑过全印广播电台的杂志《声音》。印巴分治后来到巴基斯坦定居，在相当长的一段时期里，担任巴基斯坦电台杂志《音响》的编辑。以长篇小说《诗人岛》在文学界初露头角，短篇小说集《阿南迪城》真正确立了他在乌尔都语文坛的地位，阿巴斯以短篇小说创作闻名于世，作品题材广泛多样，充分揭示了人的力量及其自身的弱点，描写了人物内心的矛盾冲突。他的作品语言流畅明快，展现出现实生活中形形色色的现象，引发读者去思考解决社会矛盾的方法。其主要作品有短篇小说集《寒冬的月光》、中篇小说《胶枕》等。

# 阿南迪城

苗赫然　译

　　市政厅正在开会，大厅里座无虚席。今天讨论的议题是将红灯区从城区搬出去。因为到了晚上，总是有很多人去那里花天酒地、买春行乐，所以这座城市的长老们认为，红灯区的存在是对人性、文明和公共道德的侮辱。

　　一位身材魁梧、看上去就像爱国人士和民族主义者的人，正在口若悬河地发表演说："先生们！想想吧！那片红灯区所处的地方，不仅是市中心，还是商业贸易中心。不仅我们每天要从那里经过，我们的妻子、母亲、女儿也会频繁地出现在那里，因为那里是商业街。她们看到那些穿着暴露、打扮俗艳的妓女的时候，难免会好奇、去模仿，甚至会萌生奇怪的、罪恶的欲望。接下来那些女人会怎么做呢？肯定会向我们这些可怜的丈夫索要胭脂、香粉和香水，还有闪光的纱丽和昂贵的首饰，这会毁了多少幸福的家庭和他们原本平静的生活啊！"

　　"还有，朋友们，想想那些担负着国家未来和家庭希望的年轻学子,他们总有一天要戴上复兴民族的花环。每天清晨和傍晚,他们都要从那里路过,那些打扮得花枝招展、毫无廉耻之心的妓女肯定会勾引他们。而我们那些民族的希望思想单纯,毫无社会经验,风华正茂却还不能明辨是非,在那些妓女的勾引之下,他们纯洁的情感和高尚的情操还能保持多久呢?先生们,这些狐狸精最擅长勾引年轻学子了,她们会让那些孩子偏离道德的正途,萌生对罪恶禁果的贪念。这样下去,那些妓女难道不会迷惑孩子们的心智,怂恿他们去做那些永远也不该做的事吗?"

针对这一点,一位曾经做过教师、对统计学有特殊爱好的市议员插嘴道:"先生们,据统计,最近五年内,考试不及格的学生是以前的一点五倍。"

另一位戴着惹人注目的大眼镜的市政委员,是当地一家颇有名气的周刊的主编,他发言说:"亲爱的朋友们,随着时间的推移,我们的城市在日益流失自尊、高尚、正直和节制,如今,那片地区只剩下了无耻、懦弱、邪恶和虚伪,在那里,毒品泛滥,到处是盗窃、破产、谋杀和自杀,犯罪率节节攀升。这一切都要归咎于那些道德败坏的妓女的存在。都是拜她们所赐,纯洁的市民才会被罪恶诱惑,才会抛弃良知,不择手段地满足自己淫荡的欲望,有些人为此身陷囹圄,甚至丧命。这些罪恶的行为,无论在什么地方都不能称之为文明。"

一位受人尊敬的退休老人站起来发言。他是一个大家族的族长,见识过人生的起起落落,现在只希望把余热奉献在子孙后代的幸福上。老人站起来,用颤抖的、几乎是带着哭腔的声音哀叹着:"先生们,我已经年老体弱,晚上却不得不听着那些女人制造出来的刺耳的鼓点,还有歌声、吵闹、打情骂俏的声音和哈哈大笑的声音,常常整夜都睡不着觉。那些经常去找乐子的男人,每一个都醉醺醺的,吵吵嚷嚷,乱成一团。让我来告诉你们,住在那附近的好人们早就受够了,不仅晚上睡不着觉,白天也休息不好。至于说那种地方对家里的媳妇、女儿有哪些道德上的不良影响,只要是有家庭的人都会明白我说的是什么意思。"

老人慷慨陈词,说完最后一句,就激动得说不下去了。在场的每个人都心生怜悯,因为老人的房子就坐落在红灯区的正中央。

另一位议员是历史文化领域的领军人物,这位热爱古代遗迹胜过爱自己孩子的人开口说:"亲爱的朋友们,我们这座历史名城一直有很多游客光顾,要是他们路过红灯区并且询问关于那里的事情,相信我,所有的人都会尴尬得想钻到地缝里的。"

现在轮到市长发言了。市长身材矮小,手脚都很袖珍,却长了个特大号的脑袋,这个脑袋让他看上去与众不同,似乎有超强的忍耐力。他用尽可能威严的语气说:"先生们,我完全同意大家的看法。我们中间存在着这样一种社会阶层,既是城市的耻辱,也是文明和文化的耻辱。不过,这个问题应该怎么处理呢?如果能够劝说这些女人放弃这份卑贱的职业,她们会怎么生存,靠什么养活自己呢?"

"这些人为什么不结婚?"有人突然问道。

这句话引起了哄堂大笑,让原本有些沉闷的气氛变得轻松了许多。大家安静下来之后,市长说:"先生们,类似这样的建议,那些住在红灯区附近的居民以前也提过几次,得到的答案只有一个,那就是:只有那些缺乏家庭荣誉感,不珍惜自己名誉的人才会接纳这些女人。那些社会底层的人,可能会因为钱跟这些女人结婚,但这些女人并不会同意。"

一位先生反驳说:"议会不用关心这些个人问题。摆在我们面前的问题是,要把这些妓女从城市当中赶出去。一定要把她们赶走,不管她们是下地狱还是去哪儿,必须离开我们的城市。"

市长说道:"这可并不容易啊!这不是十几二十个人,是好几百人啊!而且这些妓女大多数都有自己的房子。"

这个议题在议会讨论了一个多月,最后,全体议员一致通过了一项决定:妓女现有的房子将被议会没收,作为补偿,她们可以得到市郊的一块独立的土地。妓女们强烈反对这项决定,一些人甚至因为拒绝服从命令而被罚款或拘留。最后她们发现,除了老老实实接受现实,一切都无济于事。

议会又花了几个月的时间,完成了搬迁房产的明细以及新城的规划草图,另外,他们还在寻找买家,大部分妓女的房子都被拍卖了。那些妓女被限期在六个月内搬去新城。

议会为妓女们选定的新城,距离市中心大约十二英里。在距城区十英里远的地方,曾经有过人烟,但是现在,那里已经成了废墟,成为蛇蝎、蝙蝠和乌鸦的栖息地。那里有几个土坯房子组成的小村庄,不过每个村庄离这里至少也有一英里半。村子里住的都是农民,他们白天到地里劳作时会经过这里,除此之外,这个死城是根本看不到人影的,有时大白天都能看到豺狼在这里溜达。

全城五百多个妓女当中,只有十四个人为了自己的情人,或者因为自己喜欢以及其他原因,动身前往新城。其他那些妓女也都做好了打算,她们有的把老城的宾馆作为自己的住所,有的暂时穿起了禁欲的袍子,藏在城中绅士居住区的某个角落,也有的离开这个城市,去了别处。

那十四个前往新城的妓女都相当富有,在老城里,她们有不动产,而且卖出了好价钱。新城的地价很低,最重要的是,她们的爱慕者真心实意地为她们提供了物质帮助。因此,她们高调地声明,要在这里修建最好的房子,选择平坦的高处,远离破败的墓地。清理了地块之后,她们找来了精明的设计师,没过几天,工程就开始了。

新城里一派热火朝天的景象,每天都有马车、驴车、骡车、板车,拉着房梁、水泥、石灰、钢筋等建筑材料来到工地。文书胳膊底下夹着账本,清点物品的数量,然后在账本上一一记录,工头向泥瓦匠和木匠发号施令,泥瓦匠和木匠又轮流向工人们下令,工人们就只能对他们的女人大喊大叫:"还不快过来搭把手!"这样的场面每天都在持续,周围村庄在田地劳作的农民和在家里干活的村妇,每天都能听到风儿送来的这种喧嚣声。

新城里有一个被废弃的清真寺,清真寺旁边有一口枯井。为了净化饮用水,也为了积累福报,工人们开始修缮清真寺,并重新挖井。这种善举是没有人反对的,不到三天,清真寺和水井就都修好了。

每到吃午饭的时候,两百到两百五十个建筑工人、工头、管理员、书记员、助手,还有那些妓女的亲戚或者监理,都会聚集在清真寺周围,好像赶集一样。有一天,隔壁村庄有个老太太听说了这里的事,带着小孙子过来了。老太太在树下摆摊,出售劣等香烟和用红糖、鹰嘴豆做成的甜点。又过了两天,一个老头也出现了,他带着大水罐,在井边用砖头垒出一个石台,在那里出售用冰和糖做成的冷饮。这类消息不胫而走,很快,越来越多的人来到这里做生意。一个小贩带着一篮甜瓜,来到小孩和老头中间。"我的瓜比蜂蜜还要甜!"他从早到晚地吆喝着。还有个男人准备了羊腿做的大餐,配上烤面饼和水,开始为新城区的建设者提供"丛林家常菜"。

下午和傍晚礼拜的时候,工头、泥瓦匠都会出现。他们让工人们从井里打水,做大小净,然后会有一个人发出礼拜的召唤,号召大家聚集在清真寺。大家都感觉,需要确定一个人为伊玛目,由他来带领大家做礼拜。附近村庄的一个毛拉听说这里新建了清真寺,却没有伊玛目带领大家做礼拜,第二天一早就赶到了这里。他夹着一本用绿丝绸包裹的《古兰经》,还带了很多宗教小册子,郑重地当选了这个清真寺的伊玛目。

每天下午,卖烤串的小贩都会顶着大篮子出现。他在卖甜点的老太太旁边架起炉子,点上火,把烤羊肉串、烤羊心和烤羊肾卖给这里的人。客栈老板娘看到这种情景,让丈夫在清真寺对面搭了个烤饼炉,还用草和树枝盖了一个遮阳棚。一个年轻的理发师也时不时过来,脖子上挂着装理发工具的旧皮袋。他走路的时候,会轻轻踢开路上的石头和砂砾。

新城的房子在妓女们的亲戚或者监理的监督下顺利修建,偶尔也会有一些妓女在爱慕者(恩客)的陪伴下,过来查看自己房子的修建进度,他们一般会在日落的时候回到城里。每到这个时候,工地附近就会出现一大群男男女女的乞丐,如果不给钱,他们就会一直缠着客人。这里也会有从老城过来参观的人,他们大部分都是游手好闲的混混,他们来看这个新城,只是出于好奇。如果他们过来那天碰巧遇到妓女来看房子，他们就会徘徊在女人周围，满口污言秽语，举止轻浮地发出放荡的大笑。不过，在那一天，烤串的生意往往特别好。

几天之前，这个地方还是城市边缘的不毛之地，现在却充满了生机与活力。之前，那些妓女们还觉得被赶到这里像梦魇一样，现在她们安心多了。她们频繁地造访新城，对正在修建的房子表现出了极大的兴趣。人们经常能看见她们在指点工人把墙壁涂刷成她们想要的颜色。

这片荒地之中，有一片废弃的墓地，那片墓地很古老，好像属于某个宗教长老。房子盖到一半的时候，一天早晨，工人们看见墓地的方向升起了浓烟。人们跑过去查看，发现墓地周围有一个苦行僧在忙来忙去，还不停地捡起石子扔到墓地外边。他缠着腰布，身材高大，眉毛被剃掉了，两眼通红。中午的时候，苦行僧从井里打了一罐水，开始擦洗墓碑。往返于水井和坟墓的时候，他发现两三个泥瓦匠和他们的助手站在附近。苦行僧用近乎疯狂的语气质问道："你们知道这是谁的墓地吗？我告诉你们，这是卡勒克·沙赫大师最后的长眠地。我的父亲和祖父是他虔诚的仆人和信徒。"之后，他开始又哭又笑地向建筑工人们讲述伟大的沙赫大师的显赫功绩。

傍晚，苦行僧找来两个陶瓷灯，又拿来了菜籽油。油灯照亮了整个坟墓。午夜的时候，人们还能听到他时不时地喊着"真主啊"，发出充满激情的呼号。

还没到六个月，十四栋房子就建好了。这些房子被统一设计成二层小楼，以马路为分界线，一边七栋。每栋房子的一层都有四家商铺，还有观景台，可以远眺。观景台被设计成了船形，大理石栏杆上雕刻着翩翩起舞的孔雀和美人鱼。每栋房子都有直通观景台的会客厅，里面有精美的大理石柱，墙壁上装饰着精美的金银丝工艺品，地板是用晶莹剔透的绿色玛瑙铺成的。当大理石柱的影子反射到绿色地板上的时候，就好像天鹅把自己细长的脖颈伸进了湖水里。

妓女们挑选了一个黄道吉日，在周三搬进了新城。除了举行乔迁的庆祝仪式，她们还给附近的穷人分发了食物。在一块铺着地毯、搭着遮阳棚的开阔地上，一口巨大的铸铁锅煮着用来施舍的食物。咕嘟咕嘟的声音和黄油的香气，把方圆几英里的乞丐和野狗都吸引过来了。接近中午的时候，这些食物在卡勒克·沙赫大师的墓园里向穷人分发。开饭时候，无数乞丐聚集过来，简直比开斋节时清真寺里的人还多。卡勒克·沙赫大师的墓园被打扫得干干净净，墓碑上面覆盖着一条满是花朵的大帷幔。苦行僧被委任为这片圣地的保护者，还得到了一身新衣服，但是晚上狂欢的时候，他把衣服都撕碎了。

遮阳棚下面的地毯上，铺了长长的白色亚麻布和大大小小的垫子，可以让宾客们休息，此外，这里还提供槟榔盒、水烟袋、痰盂和薰衣草喷雾，满足宾客的各种需求。到这里参加庆典的，有十四位妓女的亲朋好友，还有从其他城市请来的歌女和高级妓女，她们表演了欢快热烈的歌舞。这些女人和她们的情人被安置在一顶五颜六色的帐篷里，入口处挂着鲜红色的布帘。庆典开始的时候，这个地方还没有通电，所以点了无数盏矿灯，这些矿灯同时亮起来的时候，那景象真是令人炫目。

陪同妓女一同前来的，还有黑人乐师。他们个个身材肥硕，穿着绸缎长袍,捋着小胡子,在人群中招摇过市,有的人还喜欢用散发着玫瑰香味的小棉签掏耳朵。那些妓女们穿着比蝴蝶翅膀还薄的闪闪发光的纱丽,在脂粉的香气里搔首弄姿地走来走去。狂欢庆典通宵达旦,把荒凉的郊外变成了灯光璀璨、歌舞喧闹的节日现场。

庆典活动持续了好几天才结束,此后,妓女们开始装饰她们的房子。各种各样的东西陆续被运了过来:吊灯、水晶花瓶、等身镜、四脚床、镶着金框的照片、油画等等。单单收拾房子这一件事,就用了八到十天,才全部完成。妓女们的生活并不清闲。早上,年轻的妓女要在老师的指导下学习舞蹈,背诵诗歌,牢记歌词和与之相对的曲调,还要练习听说读写,学习缝纫编织之类的课程。有时候,她们也会和老师一起下棋、打牌,聊八卦的话题,交换彼此的故事。到了傍晚时分,她们就要开始为晚上做准备。仆人从水泵里汲水,服侍她们沐浴更衣,化妆打扮。

夜幕降临,巧妙地装在半开的大理石莲花中的一盏盏矿灯被点亮了,在灯光的映衬下,这些房子变得璀璨夺目,熠熠生辉。房子的门窗都镶嵌着玻璃制成的花瓣,远远望去,闪烁的灯光像彩虹一样,非常好看。那些妆容精致、身穿绸衣的妓女们在观景台上慵懒地散着步,她们时而和邻居们聊天,时而哈哈大笑。要是站累了,她们就会回到自己的会客室,靠着柔软的枕头,躺在白色的地毯上。乐师们一直在演奏乐曲,妓女们切着槟榔果。夜深人静的时候,她们的爱慕者拿着饮料和鲜花,在朋友的陪伴下,坐着摩托车或马车赶到这里。他们的脚踏上这块土地,整片地区就焕发出了生机。晚上,这里总是很热闹,音乐声、笑声,还有妓女们跳舞时脚链上的铃铛声,汇聚成一种奇妙的声音,在空气中回荡。在尽情的狂欢与放纵之中，夜晚就这样过去了。

大概在妓女们乔迁一周之后，关于临街商铺的询问和申请也纷至沓来。因为这里距离城区比较远，所以这些商铺原来很少有人过问。第一个搬进商铺的，是在清真寺前面的树下卖香烟的老太太，为了让店里的商品看起来丰富一点，她在架子上摆了很多空烟盒和罐子，还往饮料瓶里装了各种各样的颜料，然后把这些瓶子摆在店里，制造出色彩斑斓的效果。老太太把纸花和香烟盒串在一起，挂在小店里，还把一些电影演员的照片从旧杂志上撕下来，贴满了墙面。当然，店里也有真正的商品，香烟有两三种，数量只有四五条；用本地烟叶卷成的小雪茄，数量也不超过十小包；还有半打火柴，一小盒槟榔，三四个烧水烟用的煤饼，三四份小捆的蜡烛。

第二家商铺租给了一个杂货商，这个店铺旁边的一家，是卖甜点的。第四家店的店主是屠夫，第五家是卖烤串和烤肉的，第六家是卖菜的。菜贩每天从村里低价买进四五种新鲜蔬菜，然后再高价卖出去，店里还顺便摆放了一筐水果。因为小店比较空，有个卖花的人就跟他合作了。这个人一天到晚都在用鲜花编织花环、手镯和其他装饰品，到了晚上，街区热闹起来之后，卖花人就会把编好的饰品装到玉米秸篮子里，挨家挨户地推销。他不仅卖花，还会在每个地方坐一会儿，和一些乐师聊天吹牛，再抽上几口水烟。一群寻花问柳的男人们在他面前爬上阁楼的时候，歌舞表演便开始了。尽管乐师常常不给卖花人好脸色，但他也不起身离开，而是坐在那儿，津津有味地听着曲子，像傻瓜一样盯着每个人的脸看。如果夜晚已经过去大半，花环还有剩余，他就把花环挂在自己的脖子上，在街区外边放开喉咙大声唱歌。

在另一家店里，一位妓女的爸爸和兄弟做起了裁缝生意。他们的工作，只需要一台缝纫机。几天之后，隔壁的理发师也加入了他们，还带来了染工。商店外边的晾衣绳上，挂着各种刚刚染好的衣服和披纱，它们在风中轻轻摇摆，看起来赏心悦目。

几天之后，一个支付不起城区租金的小店主来到了这里。到这儿之后，他马上做起了老本行，出售薰衣草、香粉、肥皂、梳子、纽扣、针线、蕾丝、芳香发油、手帕还有牙膏。

来到新城的人，都得到了友善的帮助和庇护。很快，有关新城的消息就传播开来：新城的气氛非常友好，居民一点也不排外，还乐于助人。结果，每天都有在城区经营不下去的小店主来到这里，包括小贩、布商、香料商、制作烟管的人、做饼的人……他们大多是因为市内租金太高而搬到这里来的。和先前过来的那些人一样，他们也受到了热情的欢迎。

一位懂点医术的香料商，因为厌倦了人口稠密的大城市和勾心斗角的商业竞争，带着助手、学徒和全部家当来到了这里，租了一家商铺。接下来的几天里，大家看到这个老头和他的助手们忙忙碌碌，在柜子上整齐地摆出很多瓶瓶罐罐，里面装着药品、调味品、饮料、泡菜等等。屋里的一个壁龛上，摆放着《大医学》《卡特利药典》和其他医学书籍。在靠近门边的空墙上，他们用黑色墨汁写了"特效药"三个大字。每天早上，妓女的仆人们都拿着空瓶子来排队，老头会给他们的瓶子里灌满用石榴汁、紫罗兰汁、壮阳剂、还有能让人身心愉悦的糖浆调配出来的健康饮品。这里还出售一些用锡箔包装的特殊蜜饯，保证可以增强体力，重振雄风。

为数不多的几间依旧空闲的商铺，都被妓女和乐师的亲戚占据了。他们在简易床上或坐或躺，整天不是打牌下棋，就是做按摩或者碾磨大麻。斗鹌鹑也在这里训练，这里还有很多学舌的鹦鹉，一边说着"赞美真主的威力"，一边伴随着人们敲击陶罐的鼓点歌唱。

有个妓女的乐师把一个懂乐器的兄弟安排到了闲置的商铺里，做起了维修乐器的生意。屋里墙上钉着一排钉子，挂着那些破旧的需要修理的萨伦吉琴、西塔尔琴、迪鲁巴琴和冬布拉琴。这个修乐器的人也是西塔尔琴的演奏高手，傍晚他弹琴的时候，美妙的琴声总会吸引周围商铺的人们。他们放下手头的工作，跑过来围观欣赏，一个个站在那里呆呆地听着，如同塑像一般。他还有一个学生，是铁路职工，每天下班后，这个学生都会骑着自行车从市区赶来，练习西塔尔琴。总之，这个琴手让这个街区无比风光。

清真寺的毛拉本来每天都要往返于这里和他在邻村的家。房子盖好之后，信徒们每天两次给他提供美味的食物，所以后来，他就在这里住下了。慢慢地，妓女家里那些亲属的小孩子被送过来，每天跟着毛拉学习宗教经典，毛拉也开始有了收入。

一个穷得去不起城市剧院的流动剧团搬到了新城，在妓院旁边搭起了帐篷。他们根本不懂演出艺术，排演的节目都是老掉牙的，就连演出的服装也特别破旧，衣服上镶嵌的小星星都磨掉了。但就是这样，他们还是很受欢迎，主要原因就是票价便宜。来看演出的观众都是苦力、工人还有穷人，他们只想在繁重的劳动过后找点便宜的乐子。每天晚上，剧团的演员都分成小队，带着花环，吹着长笛，唱着歌来到郊外。他们对路人搞一些恶作剧，开一些玩笑，要是碰见了妇女，也不介意说点荤笑话。有时候，他们也顺便到美人街逛逛，那里也就是大家都熟悉的红灯区。表演开始前，剧团的小丑先出场，他会用鬼脸或者粗俗的动作来吸引围观的人，那些看热闹的人也会大笑，或者以谩骂回击。

每天都有新移民源源不断地来到新城。在老城的中心广场，可以听到马车夫在大声喊着："有没有要去新城的？"新城有一条五英里左右的碎石路，直通城区，马车夫经常在这条路上互相飙车，以此取悦乘客，并获得顾客的奖赏。当一辆马车超过另一辆马车时，车厢里的乘客就会吹着口哨，大声尖叫。不过，对于那些脖子上挂着汗津津的花环的马来说，这可就不是什么愉快的事情了。

人力车夫同样不甘落后。听说这里有生意，他们立刻就摇着铃铛赶过来了。从老城区跑到新城，只需要半价。周六的晚上，那些初中和大学预科的学生，常常骑着自行车，成群结队地偷偷来到新城闲逛。能看得出来，他们平日里游玩的权利早就被长辈剥夺了。

新城变得声名远扬，房价和物价也跟着飞涨起来。那些最初不愿意搬过来的妓女，看到这里日新月异的发展，感到后悔莫及，其中一些人为了及时止损，立刻在毗邻的地方购买土地，建造房子。城里的移民们也在新城的周围用低价买地，并且盖了很多小房子。这些房子不费吹灰之力就能租出去。总之，在城里蒙面住在旅馆或别人家里的那些妓女，纷纷像蝗虫一样钻出自己隐藏的洞穴，住进了新城的这些房子。还有一些小房子里，住着拖家带口的店主，因为他们晚上不方便睡在店里。

新城的人口数量已经相当庞大，可这里还是没有通电，妓女和其他居民联名给政府提交了一份申请。几天之后，申请就通过了。另外，这里还新开了一家邮局，一个老头坐在门口替人写信，身旁的小盒子里装着信纸、邮票、明信片，还有钢笔和墨水。

一天，两伙醉醺醺的酒鬼发生了冲突。他们不仅用没开封的苏打水瓶相互投掷，还用匕首和砖头攻击对方，好多人在斗殴中受伤，有的人伤势还很严重。这促使政府做出决定，在新城设立了警察局。

流动剧团两个月之后才离开，他们以超出自己实力的表演挣到了很多钱。市区的一位影院老板受到启发，决心在新城开一家电影院。他很快就拿到地皮并开始施工，只用了几个月的时间，电影院就建好了。新电影院为候场的客人们建造了一个精致的小花园，电影开场之前，人们可以坐在那里休息。这个花园受到了当地居民的欢迎，很多人都到这里歇息、散步，小花园逐渐成为新城的特别游览地。很快，卖饮料的小贩敲着铁杯子出现在小花园，用饮料为人们止渴。按摩师们穿着马甲，口袋里插着精油瓶子，肩上搭着不怎么干净的毛巾，口里吆喝着"令人满意的春油"，在花园里招揽生意。他们号称自己的按摩有奇妙的疗效，还能治疗头疼。

影院老板在电影院后面盖了房子，还有几间商铺，有一栋房子被改造成了旅馆，剩下的房子被苏打水厂的工人、摄影师、自行车修理工、洗衣工、卖槟榔的小贩、鞋店老板和带着自己的药房过来的医生包了下来。慢慢地，一家酒吧也办下了许可证，可以在这里出售本地烈酒。修手表的人在照相馆门外支了张桌子，人们经常可以看见他头上套着放大镜，趴在桌子上修表。

接下来的一段时间，新城的用水、照明和卫生问题都得到了政府的重视。新城的政府官员和技术员带着测绘仪器和红色的标志旗，上上下下地查看、测量，绘制修建马路和小巷的图纸，随后，新城的土路上出现了压路机。

这一切都发生在二十年前。如今，新城已经成为一座大城市，有自己的火车站、市政厅、初级法院，还有监狱。这座新城现在的人口有二十五万，城里有八所小学、一所大学，还有两所中学——一所男校，一所女校。作为市民的福利，学校教育都是免费的。新城里还有六家电影院和四家银行，其中两家银行隶属于世界最大的金融机构。

新城有很多报纸和刊物，包括两种日报、三种周刊和十种月刊，四种文学、社会和宗教方面的杂志，还有工业、健康、营养、妇女儿童等方面的杂志。在城市的不同区域，分布着二十家清真寺、十五座印度教寺庙、六所孤儿院和五间寡妇之家，还有三家公立大医院，其中一家是专为女性看病的医院。

最初的时候，因为在这里常住的人都是漂亮的妓女，所以这座新城被称为"胡森纳巴德"，意思是"美人之城"。后来人们觉得这个名字不太合适，就做了一点改动，把"胡森纳巴德"改为"哈森纳巴德"，但是一般人经常分不清胡森和哈森，还是常常弄错，于是人们查阅旧书和旧城市志，想去查证这里的原始名字。翻阅了很多文献之后，人们发现，几百年前，这里曾经有个城市叫"阿南迪"，于是，阿南迪就成了新城的名字。

尽管新城非常整洁，非常美丽，但整个新城当中，最繁华的地方，还是那些妓女住的地方，那里是新城最大的商业和贸易中心。

阿南迪城的议会正热火朝天地开会。与平时不同的是，大厅里座无虚席。今天要讨论的议题是将红灯区从城市里搬出去，因为到了晚上，总是有很多人去那里花天酒地、买春行乐，所以议员们认为，红灯区的存在是对人性、文明和公共道德的侮辱。

一位绅士正在振振有词地发表演说:"我不明白,当初怎么能允许这样一个肮脏的社会阶层存在于这样一个历史古城……"

在这次会议上,议会决定,让妓女们搬到距离城区十二英里以外的地方去。

# 大衣

苗赫然 译

一月的一个傍晚，一个打扮考究的年轻人来到了市中心。他沿着戴维斯大街步行，然后又迈着轻快悠闲的步伐转向杰伦路口。这个年轻人打扮得非常时髦：头发梳得整整齐齐，胡子精心整理过，脸颊两边还留着长长的鬓角。他穿了一件驼色大衣，大衣的扣眼里别着一朵半开的黄色玫瑰。他的头上斜戴着一顶绿色呢帽，脖子上围着一条白色丝绸围巾。他一只手插在兜里，另一只手握着一根轻便手杖，走路的时候，得意地将手杖挥来挥去。

这时正值严冬，周六的晚上，刺骨的寒风吹在身上，像针扎一样。在路上的其他行人都不顾一切地加快脚步的时候，这个年轻人对寒冷却好像满不在乎。看上去，他似乎很享受在严寒的天气里散步的感觉。

他看起来风度翩翩。那些招揽生意的车夫们都抽着马，想要招呼他上车，但每次有马车上前，他都挥挥手杖将他们赶走了。一辆出租车也犯了同样的错误，不过这次青年礼貌地用英语拒绝了：

"不用,谢谢。"

他走到有很多大商店的繁华地带时,兴致更加高涨起来。他用口哨吹着一支流行的西方舞曲,边走边有节奏地变换步伐。四顾无人的时候,他还假装自己是一个板球投手在投球。

在通向劳伦斯公园的十字路口,年轻人停了下来。这时,天色开始变暗,薄暮渐渐笼罩过来,让花园看起来有点忧郁。年轻人决定继续朝着查令路口的方向走。走到维多利亚女皇塑像的时候,他的举止显得严肃庄重起来。随后,他掏出一条手帕擦了擦脸——那条手帕不是从口袋而是从左手的袖子里掏出来的。几个英国小孩正在塑像附近的草坪上玩球,年轻人兴致盎然地看着他们。起初,孩子们并没有注意到他,当他们意识到年轻人的存在时,害羞地拿着球跑开了。

年轻人看到了一张空闲的长椅,坐了下来。此时夜色更浓,风也更冷了,但这并不会令人不快,相反,还让人有一种愉悦的感觉,仿佛在催促大家寻欢作乐,共度良辰。这样的天气会让人更想依偎在一起互相取暖,可能正是由于这个原因,这个时间才有那么多人出现在市中心,在餐馆、咖啡店、舞厅和电影院里进进出出。

市中心交通繁忙,汽车、马车还有自行车川流不息,人行道上同样游人如织。道路两旁的商店挤满了顾客,那些买不起东西的人,只能看着橱窗里的商品和商店外悬挂的彩灯聊以散心。

年轻人还坐在长椅上,饶有兴趣地观察着来往的男男女女。比起行人的容貌,年轻人更关注他们的服装。街上人山人海,生意人、公务员、艺术家、大学生、护士、游客,还有公司职员,他们大部分人都穿着厚重的外套,从俄国裘皮大衣到在拍卖会上买到的卡其色军大衣，应有尽有。

年轻人自己的大衣有些旧了，但质地和剪裁都属上乘，看得出来是高级货。大衣的牛角扣子闪闪发亮，领子被精心熨烫过，既没有鼓出来的地方，也没有一丝皱褶。穿着这样一件大衣，年轻人显得怡然自得。

一个卖香烟和槟榔的小贩经过，被年轻人叫住了："嘿，卖槟榔的！"

"是，先生。"

"你能换开十个卢比吗？"

"我没有，但我能给您去换。您要什么？"

"要是你拿着钱跑了怎么办？"

"我看起来像是那种人吗？您要是不放心，可以跟我一起去。"

"算了，我还是自己换吧。我正好找到了一个安那，给我来根烟吧。"

小贩走了以后，年轻人津津有味地抽着烟，看起来十分享受。

一只冻得发抖的小白猫，喵喵叫着蹭他的裤腿。年轻人温柔地抱起猫咪，抚摸着它的后背用英语说："可怜的小家伙。"

过了几分钟，年轻人站起来，穿过马路，来到电影院门口。电影已经开始了，影院门口的人不太多，只有零零散散的几个人，看着即将上映的《未来吸引力》的电影海报，正在试图拼凑故事情节。

那些人当中，有三个年轻的英印混血女孩，她们在看墙上的海报和剧照。在年轻人看来，她们的言行举止非常尊贵得体，于是他走近她们，同时保持着适当的距离。女孩们笑着讨论正在上映的电影，其中最漂亮也最活泼的女孩对站在她旁边的姐妹悄悄说了什么,三个女孩随后哈哈大笑起来。女孩们离开了,年轻人还站在那儿,过了一会儿也离开了电影院。

现在的时间已经是晚上七点,年轻人继续在马路上散步。他路过了一家有乐队演奏的餐厅,外面看热闹的人比里面吃饭的人还要多。这些人大部分是司机、马车夫、水果商贩,这些路过这里的人无所事事,想在这里看看热闹。站在餐厅窗外,可以听到里面传出的微弱的音乐声,有些人就一直站在那儿,用力聆听——餐厅里演唱的那些歌曲大部分都是外国歌。年轻人也停留了片刻,然后又继续向前走去。

往前走了几步,年轻人发现了一间专卖西方乐器和唱片的店铺。他走了进去,随意翻看着架子上摆放的各类唱片。不过,这里的音乐种类不够丰富,不太吸引他。年轻人仔细看了看一把西班牙吉他的价格。吉他旁边,还放着一架德国钢琴。他打开琴盖,摸了一下键盘,又把钢琴关上了。

售货员听见琴声,开口问道:"晚上好,有什么可以帮您的?"

"不用了,谢谢。不过可以给我一张流行曲单吗?"

年轻人把曲单装进口袋,从商店里走了出来,很快又停在了一家书店前面。他匆匆翻阅了几本杂志,又把它们放回了原来的位置。下一家店是地毯店,店主穿着长袍,戴着一顶旧式帽子。年轻人笑着说:"我想看一看波斯货……哦,不用不用,就让它在墙上挂着吧,我能看到。这块地毯多少钱?"

"1432卢比。"

年轻人挑了挑眉毛:"这么贵。"

"如果您诚心想要,可以给您打个折。"老板说。

"谢谢，我再转转。"

"当然可以。"

年轻人从店里走出来，调整了一下插在大衣扣眼里的花。他继续悠闲地散步，嘴角泛起一丝微笑。

年轻人现在走到了高等法院，虽然他已经步行了几英里，但从他的步伐里，一点也看不到疲惫的影子。他试图用一根手指旋转手杖，结果手杖掉在了地上。"哦，可恶！"年轻人用英语抱怨了一句，把手杖捡了起来。

一对年轻的情侣从他身边经过。男孩身材修长，穿着一条深色的灯芯绒裤子和一件带拉链的皮夹克。女孩上身穿着绿色大衣，下身穿着一条白色绸缎的谢尔瓦尔。她看起来略微有些丰满，梳着一条几乎垂到腿部的长辫子。这对情侣开始时一直沉默，后来男孩说了什么，女孩急促地回应了他。

"不行，没门！"女孩说。

"听我说。"男孩乞求道："那个医生是我的一个朋友，没人会知道的。"

"不行！不行！"

"不会痛的。"

女孩没有说话。

"想想你的父母，他们该多伤心啊！想想他们的名誉。"

"闭嘴，我都要疯了！"

从傍晚到现在，年轻人遇到的所有人都没有真正引起他的注意。也许那些人确实没什么趣味，也许是他过于沉迷自己的世界。不过，这对情侣演绎出来的简短故事却深深打动了年轻人，他迫不及待地想跟上去,听听他们的谈话,如果可以,甚至看看他们的脸。

这会儿,他们站在邮政总局前面的十字路口。这对情侣突然穿过马路,走向麦克劳德大街。因为怕他们产生怀疑,年轻人没有马上追过去。他觉得自己最好还是等上一小会儿。那对情侣走出去差不多一百码的时候,年轻人跑过去想追他们。但是,在他跑到马路中间的时候,一辆装满了砖头的卡车不知道从哪儿突然冲过来,把年轻人卷到了轮子下面。司机停顿了一秒之后,突然加速,趁着夜色逃跑了。几个路过的目击者大声喊着:"记下他的车牌!记下他的车牌!"但是,那辆车的车牌,谁也没有看清。

几个人聚拢过来,包括一位骑摩托的巡警。年轻人的两条腿都被撞断了,血流如注。他在不停呻吟。

有人拦了一辆车,把年轻人送到了医院,这时,他还有微弱的呼吸。

急诊室的值班医生汗和他的护士助手沙赫娜兹和古尔站在急救床两边,把年轻人推进了手术室。他的驼色大衣还穿在身上,丝质围巾也围得好好的,但大衣和围巾上面已经溅上了斑斑血迹。好心人捡起了他掉落的帽子,放在了他的胸口。

沙赫娜兹对古尔说:"看起来像是有钱人家的少爷,真可怜。"

"周六的晚上打扮得这么隆重,可能是有约会。"

"抓到肇事司机了吗?"

"没有,跑了。"

"真够无耻的!"

手术室里,医生和护士戴好了口罩,只露出两只眼睛。他们把年轻人挪到了手术台上。年轻人的两条腿都轧断了，可他的头发竟然一丝不乱，隐约还能闻到发油的香味。

医护人员开始脱年轻人的衣服，当他的白绸围巾先被解下时，两位护士不约而同地抬起头对望了一眼。

他的围巾下面，没有衬衫。护士脱掉他的大衣后，发现他的大衣里面只穿了一件满是窟窿的毛背心，毛背心下面有一件肮脏的棉背心，那条丝绸围巾能够盖住他的整个胸膛。年轻人恐怕有几个月没有洗过澡了，但他的脖子却擦洗得干干净净，甚至还扑了粉。他系在腰间的不是皮带，而是一根旧领带，裤子上没有挂钩也没有扣子——扣子早就不知道丢到哪儿去了。裤子上满是斑斑点点的污渍和破洞，但是，因为有大衣的遮盖，所以不会被人注意到。

他的鞋袜被脱掉之后，沙赫娜兹和古尔又相互对视了一眼。袜子全都破了，而且，那两只袜子原本不是一双，脚后跟的污渍已经结成一个个硬块。在脱衣服的过程中，年轻人已经死了。他的身体本来仰卧在手术台上，护士为了给他脱衣服，把他翻了过来。现在他的脸冲着墙，好像不愿意让别人看着他。

人们从他身上发现了一些遗物：一把黑色的梳子，一条手帕，六个安那，一根抽了一半的香烟，记了几个姓名和地址的日记本，一张流行曲单，还有他散步时接到的几张传单。

不幸的是，他的手杖没有找到，因此，这根手杖没有被列在遗物清单里。

# 公爵[①]的别墅

杜佳宁　译

一个初冬的夜晚,约莫下半夜三点多钟时,桑萨姆·道拉突然睁开了眼睛。他听到靠近自己房间的宠物起居室里传出一阵声响。一开始,他想可能是风把什么东西吹倒了,可他想起来,起居室的门窗都是他亲手关上的,家里没有养猫狗,如果养了宠物的话,它们才有可能四处乱跑,碰到家什。他有些担心,便起身在睡衣外套了件袍子,又从房间的一个角落里拿上了自己的银柄匕首。公爵夫人这会儿正打着鼾,睡得正香。他没有叫醒太太,而是自己蹑手蹑脚地朝起居室走去。

公爵桑萨姆·道拉的年纪在五十五岁上下,虽然个子不高,但四肢强健。他的面色白里透红,长着一双明亮的眼睛,留着长髯须,书生气十足的脸上透着出威严、克制和慈祥。

公爵桑萨姆·道拉来到起居室门前,站到帘子后面。他既没

---

[①] 莫卧儿王朝的一个封号,多指印度土邦贵族。

有听到什么动静,也没有看到人影在活动。于是他进屋开了灯。借着灯光,他发现屋里什么人都没有,不过,有个小茶几倒了,原本放在那上面的铜制烟灰缸,这会儿正躺在地板上。可以肯定的是,别墅里进贼了。为了找出那个小偷,他大着胆子开始挨个房间查看。这栋别墅里除了起居室还有四间卧室。除了公爵夫妇住的那间外,其余三间卧室的门都紧闭着。因为公爵的独子长期在国外做生意。两个女儿婚后也都住在婆家。现在别墅里只有公爵和夫人。他们没有请住家佣人,只有一位佣人白天来家里帮忙,晚上会回自己家。

公爵生活简朴,出入并无车马。但他是城里的名流,经常受邀参加城里的各种聚会,这主要是因为他高贵的出身、家族的荣誉以及他的个人修养。让他引以为傲的是,他的家谱可以追溯到纳迪尔·沙阿·阿夫沙尔[2]。最近他过着平静的生活,没人知道他到底做什么,也没人知道他的财务状况如何。有人说,他的地租收入不菲,也有人说他的儿子每隔两三个月就会给他寄钱。他不爱热闹,喜欢独来独往,既不出门会友,也不在家待客,整天在家想着自己的家族荣誉,过着离群索居的日子。

公爵挨个查看了三间卧室,并没有发现小偷,厨房里也没有人。他来到储藏室旁边,想要打开储藏室的门,却发现门从里面反锁住了。他确信小偷就躲在里面。他用匕首敲了敲门,厉声喝道:"谁在里面?"

短暂的沉默过后,公爵又敲了敲门,呵斥道:"不管你是谁,

---

[2] 纳迪尔·沙阿·阿夫沙尔,古代波斯国王,阿尔沙夫王朝开国君主。曾于1737-1738年入侵印度。

马上把门打开出来!"里面还是没有声音。公爵骂道:"听着!你要是一分钟之内不出来,我就把门从外面锁上,然后报警。"

里面传来了门闩滑动的声音。公爵握紧匕首,小心翼翼地从门前小偷出来就会经过的地方退到了一边。小偷缩着脖子,慢慢地踱着步子从储藏室走了出来,手里没有武器。那是个二十五六岁的瘦弱青年,穿着裤子和毛衣,脖子上精心地围着围巾,发型是英式的,后脑勺儿处扎了个小辫儿,脸上留着细细的小胡子和长长的鬓发。

"年轻人!你看起来可不像个小偷。实话实说,你到底是谁?"

公爵温柔的语气给了小偷安慰。他说:"您最好移步起居室,我到那儿再告诉您。"

说这话时,他的语气礼貌又充满自信,公爵不由得说:"好吧,你走在前面。"

到了起居室后,公爵借着明亮的灯光仔细看了看小偷的脸,那张脸上看不出凶相和无耻,也看不出害怕或紧张。年轻人的眼中闪着狡黠的光芒,嘴边挂着淡淡的笑容。他毫不客气地往沙发上一坐,开始说道:"您也请坐吧,好让小的我自我介绍一下。"

公爵有些惊讶,但还是坐在了椅子上。

"小的名叫巴希尔·阿里。我乌尔都语很好,英文却马马虎虎。可惜的是,我已经不再念书了。"

"小伙子",公爵打断他的话道:"这些话可以以后再说,先告诉我你为什么来我家?"

小偷毫无廉耻地说:"我来这儿就是为了偷东西,可我真是上了个大当。"

"上当？上什么当？"

"我看这栋别墅与其他别墅不挨着，还有些荒废，就想来看看有什么可偷的。别墅外头挂着的门牌更是吸引我，上面写着勇士、公爵桑萨姆·道拉·亚尔·江格·巴哈杜尔③。我发现这里既没有门卫，也没有佣人，只有你们夫妇俩住在这里。对于盗窃来说，这是再合适不过的地方了。所以一过半夜，我就满怀希望翻墙进来了。但是，公爵先生，您知道吗？踏进这里的下一秒，我就觉得自己真是又笨又没经验。"

"怎么说？"

"是这样，公爵先生！我无意冒犯，但这座别墅是个彻头彻尾的骗局，是个诱饵。这栋房子里，就没有一件值得偷的东西。瞧瞧您这间起居室，这套过时的沙发，这块旧地毯，上面处处都是破洞。这张旧圆桌，这个又蠢又笨的茶几，漆都掉了。这个长沙发上铺的坐垫都磨得翻毛了，还有这个旧天鹅绒枕头，那个破窗帘。小偷能蠢到偷这些东西吗？就算有小偷蠢到要偷这些东西，偷走了又能拿去干嘛呢？小偷啊，公爵先生，感兴趣的是这些东西：首先是现金，其次是珠宝首饰，再次是奇珍异宝、金银器，像手表或者手镯什么的，然后是丝绸衣服、贝纳勒斯的纱丽、昂贵的男士高级剪裁套装，然后是火器，比如手枪、信号枪，然后是那些消遣用的玩意儿，收音机，半导体，缝纫机也不赖，就是有点沉。公爵先生，

---

③ 勇士，是公爵为自己加的尊号。亚尔·江格·巴哈杜尔（Yar Jang Bahadur）来源于波斯语，意为"勇敢的战争之友"。这是授予莫卧儿帝国军事指挥官和其他高级官员的头衔。这一头衔通常被授予那些在战斗中表现出色，展现出极大勇气的人，是尊重和荣誉的象征。这里表示从名字和头衔就能看出家族门第显赫，十分富有。

恕我直言，我在您家连一根像样的笔都没摸到。还是请您把那门牌摘下来吧，或者给自己改个名，否则不知道会有多少像我这样没经验的蠢贼来您这儿浪费时间。您那三间卧室都是空的，除了破破烂烂的床上用品什么也没有，您自己的卧室……"

"你也进我的卧室了？"

"我没想进去，我在您们夫妻的琴瑟和鸣里享受了整整两个小时，您鼾声如雷，您夫人也一直打着小呼噜。在其他房间，我没有一丁点收获，于是去了您的房间。看到您的保险柜时，我可真是心里乐开了花。我确定我的付出不会没有收获。我不会从这座别墅里空手而归的。我折腾了整整两个小时，终于打开了保险柜。可是啊，公爵先生！您可体会不到我的失望。我在保险柜里除了几张纸之外，什么也没摸到。这都是些什么玩意儿啊？一张是您的家谱，另几张是您自己还有女儿们的结婚证。别紧张，公爵先生！我已经小心地把这几张纸放回到保险柜里了。接着，我又注意到了您的衣柜，可那里除了两三件旧袍子和寒酸的纱丽之外什么也没有，那些衣服都已经褪色了。我把您那几件衣服的兜儿都翻遍了，我保证，一个子儿④也没有。我垂头丧气地从您的卧室出来，又去了一趟起居室，想在离开之前再看一眼。可我不小心把茶几碰倒了。响声把您惊醒了，我只好躲到储藏室里。好吧，公爵先生，这就是我的故事。"

公爵专注地听着小偷的话。他沉默了片刻，问道："你不怕我把你交给警察吗？"

---

④ 原文为 چونی coni，四分之一卢比。表示很少的钱。

"一点也不。因为我相信您，我无意冒犯您，但我知道您不会做这种蠢事。没进来之前，我是有些害怕的，可现在不怕了。也许您能让我在牢里关个一年半载，可与此同时，关于您家族的荣誉、名望的真相就会满城皆知。警官会来查看犯罪现场，然后报上就会登出我的声明。冤啊冤啊！我可真是受了奇耻大辱。因为公爵桑萨姆·道拉·提哈乌尔·亚尔·江格·巴哈杜尔的别墅里连一件值得偷的东西都没有。您哪有脸去见自己的父老乡亲呢？"

公爵不知该如何回答。他沉默着。夜已经很深了，公爵想快点了结这桩事，于是问道："年轻人！现在你想要什么？"

"给我点现金吧。您相信吗？公爵先生，我一整天没吃什么东西了。"

公爵想了想，说道："你安静地在这儿坐会儿，我去安排。"说完，他就去了卧室。

公爵夫人这会儿还沉浸在甜甜的梦乡中，轻轻地打着鼾。公爵轻轻摇晃她的肩膀。

"夫人，夫人，醒醒！"

公爵夫人迷迷糊糊地坐了起来。"怎么了？老爷。"

"给我点钱。"

"钱。哎呀，我哪儿有钱啊？"

"那天早上我给了你五张钞票，在哪儿呢？"

"哎，我都忘了，就在这床头下面呢。"

"拿出来，快点拿出来。"

"你要钱做什么？"

"给一个朋友，他遇上了大麻烦，要不也不会在这么个不合适的时间来找我。快点吧，夫人，我可不想让他垂头丧气地空手而归。"

# 米尔扎·阿迪布

(1914—1999)

剧作家,小说家,儿童文学作家。出生于拉合尔的一个普通家庭。在拉合尔伊斯兰学院读完大专课程后,他放弃学业为生活奔波。曾在全印广播电台担任编辑。印巴分治后,来到巴基斯坦广播电台工作。贫寒的生活,使他与社会下层群众有较多接触,这种经历也为他提供了丰富的创作素材。二十世纪五十年代初期,他曾参与主编乌尔都语《优秀文学作品选》。1949年至1962年担任著名文学月刊《优美文学》的编辑。1982年曾率领巴基斯坦作家代表团访问中国。阿迪布是位勤奋的作家,作品相当丰富。主要作品有短篇小说集《死亡之歌》《毯子》《墙》《越野者的传奇》《越野者的书信》等,还有剧本选《血和地毯》《眼泪和星星》《圆柱》以及儿童文学作品《儿童剧作选》《儿童诗会》等。他的作品风格朴实,富有生活气息,真实反映了社会下层群众的不幸遭遇,揭露和抨击了不公正的社会现象。

# 解放

孔菊兰　译

清晨，市场上的店铺陆陆续续开了门，大街上熙熙攘攘。这时，总会听到一个有气无力、令人伤心的声音："好心人啊，看在真主的份儿上，给瞎子点儿钱吧！看在真主的份儿上给点吧！"

这是法赫朗，也就是瞎姑娘法赫朗的喊声。每天从早到晚，她都一直不断地喊叫着，告诉人们她是个瞎子。但是，她得到的多是无情的嘲笑，从大街上走过的成千上万的人，只有很少的人会注意到她。因此，当她疲惫不堪地收回张开的手回到家时，披巾里有时只有七八个安那的小钱，有时甚至更少。逢年过节时，她讨到的，也不过是一个或一个半卢比。一年的节日最多只有四五个，在三百六十五天里，只有四五次能够讨到比平日稍多一点的钱，这又算得了什么呢？

如果哪一天她讨的钱超过十四安那，她回家的时候准会兴高采烈。因为这种情况几个星期才会有一次。有了这些钱，她和全家人就能吃上一顿肉炒饭，饭后还可以吃点甜食。家里每天吃的都是粗面薄饼、豆子、青菜或生萝卜,她实在是吃腻了。

法赫朗不仅仅是为了自己活命才乞讨的,家里还有两个人也靠她乞讨维持生活,这两个人就是她的母亲和姐姐。姐姐扎努今年已经十八岁,在家里除了做饭洗衣服,没有其他事情可做。因此,她总是躺在床上。她不能出门,因为母亲警告她,如果她敢走出家门,就打断她的腿。法赫朗的母亲长期卧病在床,严重的哮喘病在不断地吸着她的血,把她变成了一副干瘦的骨头架子。床底下总是有她吐的一堆堆的痰,扎努一天要打扫好几次。每当老母亲的胸腔发出咳嗽声时,扎努便默默地从床上下来,拿起笤帚,把地打扫干净,然后回到床上继续躺着。

法赫朗还不满八岁,她个子很高,看上去像个大姑娘。她的爷爷和爸爸都没讨过饭,母亲也从来没在别人面前伸过手,但是她却只能乞求施舍,因为一家人都要吃饭。被生活所迫去乞讨,对于她来说是很大的折磨。她经常在睡梦中爬起来,伸出双手,念叨着每天要说几千遍的那几句话。

分治以前,法赫朗和全家人曾经住在费鲁兹普尔[①]的军营区,爸爸阿卜杜拉在那里做书籍装订工作,每天挣一两个卢比。他是个大烟鬼,每天除了吸五六安那的大烟之外,还要吃三四安那的甜食。尽管这样,家里从来没有断过顿儿。阿卜杜拉的手艺很好,学校的学生总是把新书送到他那里,让他加上封皮。秋季开学的时候,他每天能挣到六七个卢比。一家人的生活虽说不算富裕,但总还过得去。可是,在教派冲突期间,他们不得不来到拉合尔,住了

---

① 位于印度旁遮普邦。

四个多月的难民营,后来在戈姆底市场的一角找到了一间很小的房子。在这间小小的屋子里,他们开始了新的生活。阿卜杜拉想方设法找来了装订书本的工具,在自家门口的平台上摆起了摊子。但是,住在这个市场上的人大多数是难民,这些人为了生活到处奔波,在这种情形下,谁还有心思去想书的事呢?又会有谁来找他装订书本呢?结果,阿卜杜拉在六天里挣到的钱还不到六个安那,饭虽然还能吃得上,但是,阿卜杜拉却抽不上大烟了。他的身体本来就很虚弱,在这以后变得更加虚弱,再加上得了一场重病,七天之后,他便离开了人世。他死后,几家善良的邻居开始接济无依无靠的孤儿寡母。其实,他们各家也都有自己的难处,所以最初几天还可以,后来,他们管得慢慢少了。她们母女三人的生活紧张到连锅都揭不开,几乎活不下去了。说来也巧,有一天,法赫朗坐在父亲曾经干过活的平台上,一个人见她穿着破烂的衣衫,误以为她是要饭的,就把两个安那放在她的手里。这成了她们母女三人生存下去的新的希望。第二天,法赫朗又伸着手,静静地坐在平台上,过了一会儿,她的手里就有了三个安那。从此,她开始了乞讨生活。乞讨的时候,她还会向人们特别强调自己是个瞎姑娘。每当她坐在平台上,脑子里便开始想,什么时候能凑到七八个安那,什么时候就能回到屋里去。讨不到这么多钱,她会发愁,因为没有钱,母亲和姐姐就要挨饿。自己饿点没什么,她不忍心看到身染重病的母亲和姐姐饿着肚子。

她们就这样过了七个半月。现在她已经变得很有经验。每当那双敏锐的耳朵听到有脚步声过来,她马上就会伸出一只手。她相信这脚步声会给她带来美好的信息。硬币落在她手心里的时候,她能判断出施舍者给了她多少钱。此时此刻,她的脑海里就会泛起一股喜悦的浪花。

一个星期天的中午,法赫朗照样伸出小手,尽力用自己的可怜相去打动来往行人的心。这时,有脚步声来到她的跟前。她的脸上泛起希望的光,于是向前伸出一只手,等待着硬币落下来。她重复着"真主赐福于你"的话,可是,什么东西也没落到她手里。这是怎么回事?她还从来没有遇到这种倒霉事。善良的人走过来,总是会给她一些施舍的。这个人是谁?她感觉到有人在看着她。这时,有人说:"姑娘,你为什么要乞讨呢?"

这是多么奇怪的问题啊!她乞讨了这么长时间,还从来没有人向她提出这样的问题呢。她一声不吭地坐在那里。

"可怜的瞎姑娘。"另一个人说。

现在她知道了,站在她身旁的不是一个人,而是两个人。

"姑娘,你怎么不说话?为什么要乞讨?难道家里没有人挣钱?"

"没有。爸爸死了,妈妈有病,我们上哪儿去弄钱吃饭?"她回答说。

"哦,家里没人挣钱。穷人的日子还和从前一样,甚至更难熬了。"第一个人说。另一个人接着说:"在这个国家里,富人得到了解放,穷人还没有得到解放。"说完,他把四个安那放到了她手里。

她等着,想听听他们再说些什么,但他们走了。她手里握着四个安那,默默地坐在那儿,连一句祝福的话也没有说。"富人得到了解放,穷人还没有得到解放"这句话一直回响在她的脑海里。扎努到门口叫她:"法瑚②,你在干什么?"

"有人给了我四个安那。"

"四个安那!好啊。"

"他还说'富人得到了解放,穷人还没有得到解放。'"

扎努对这句话一点也不感兴趣,她到门口来,只是为了走出漆黑的小屋,看一眼外面的世界,同妹妹说几句话。

"他是一个好人。"扎努说。

"是的,是好人,真主保佑,让他天天都来这儿。"

那天,她讨到了将近十三个安那,晚饭时,她吃到了蔗糖甜饼。她非常喜欢吃,这是她盼望了几个星期才吃到的。吃完饭躺在床上时,她又想起了给她四个安那的那个人,同时,那句话也开始在她的脑海里回响。她想,"在这个国家里,富人得到了解放,穷人还没有得到解放。"这句话是什么意思?她想了很久,但她怎么也无法理解。她在苦思冥想,幼稚单纯的头脑陷入了迷惑之中。

扎努还没有睡着,她轻轻地哼着:"世界上穷人得不到安生,他们只有啼哭,没有欢乐和幸福。"

"扎努。"

"怎么,还没睡着?"扎努生气地说。她正在哼唱,却被妹妹打断了,好像很扫兴。

"穷人为什么得不到安生?"法赫朗问。

"得不到就是得不到,我怎么会知道为什么得不到。"

"扎努,是穷人没有得到解放?"

---

② 法瑚是法赫朗的爱称。

"对啊。"

"解放是什么？扎努。"

扎努不耐烦地说："我怎么知道？"

"扎努，告诉我吧。"法赫朗恳求着。

"解放就是解放呗，我们不幸的人哪里还有什么解放？吃不饱肚子，穿不上衣服，爸爸死了，你还得去讨饭……另外……"

不知扎努还要说什么，这时，紧挨着她那张床上，那堆干瘪的骨头发出了叫声。母亲一生气，就会骂个不停。扎努吓得连话都没说完，便翻过身，假装睡着了。过了一会儿，扎努大概真的睡着了，法赫朗却怎么也睡不着。她还在想：穷人为什么得不到解放？穷人什么时候能得到解放？

清晨，法赫朗醒来时，扎努和平日一样在生炉子。烧茶还得等一会儿，法赫朗起来，用手拢了拢蓬乱的头发，又在想着穷人什么时候才能得到解放。这时，扎努一边往炉子上放锅一边问："又在想什么是解放了？"

"什么？"妈妈问。

"这……法赫朗……"

"法赫朗怎么了？病了？"忧伤的思绪揪住了母亲，她担心地问。几个月前，法赫朗病了一场，她们饿了两天。因为家里仅有的一点钱都为法赫朗买药用了。买了药，炉子就生不起来，两者只能顾一头。

法赫朗端着茶碗，往碗里放着昨晚剩下的干巴巴的甜饼。这时，她忽然得出了一个结论：解放的意思就是吃好的，而不是吃一般的东西。她想起了尼格特。尼格特是她在费鲁兹普尔的好友。她家住在一栋非常宽敞的房子里。她去尼格特家时,尼格特告诉她:这是爸爸的房间,这是妈妈的房间,那个房间是哥哥的,这是浴室,那是饭厅。法赫朗用手触摸着雪白的墙壁,从这个房间转到那个房间,心里羡慕不已。尼格特每天坐着小汽车去上学。法赫朗听到汽车的喇叭声,就知道是尼格特来了。尼格特告诉她,今天他们家吃了鸡肉抓饭,她吃了两个又大又红的苹果。听了这些,法赫朗的嘴里流出了口水。每当尼格特坐在她身边的时候,她总是用手去摸她的上衣、大衣或裤子。那些衣料柔软、光滑,不管手摸到哪儿,都会滑下去。她又一次想起解放时,感觉就像摸到了尼格特的绸缎衣服,尝到了抓饭的美味,还吃到了香甜可口的苹果。她想,只要穷人得到了解放,那么,她、母亲和姐姐就不用再穿破烂衣裳,也不用再吃晚上剩下的干饼,不会住在漏雨的房子里。什么时候穷人才能得到解放呢?她不知道。她想:"那个人只是说富人得到了解放,穷人还没有得到解放,他为什么不说穷人什么时候能得到解放?他应该告诉我才对。如果他还会来的话,我就抓住他的手,他什么时候告诉我,我就什么时候放他走。他要是不来,我就去问格利木。"格利木每个星期四都会来送烙饼。他们家和法赫朗家住在同一个区。他的外祖父去世了,所以,现在每个星期四,都是由他给法赫朗家送烙饼。想到这里,她感到有点宽慰,所以,她又出去做自己的事了。

星期四快到傍晚时,她用披巾包好讨得的钱,回到屋里。这时,她的头脑里只有一个期望,就是一定要问问格利木有关解放的问题。可是,她一进屋就听到了哭声。平日里,妈妈有时会骂扎努,可怜的扎努也常常会哭,可这次哭得不一样。扎努这次是在号啕大哭。听到姐姐的哭声，法赫朗的眼睛也止不住涌出了泪水。她一边劝姐姐，一边问母亲："怎么啦，妈妈？"

"这个不知羞耻的东西，太可恶了，不让她干的事，她偏偏要干。"

"什么事？"法赫朗问。

"我说过，格利木来了，你不要跟他说话，你跟他有什么好说的？他是个坏家伙，整天都和妓女们鬼混。"

"我没有和他说什么，他只说了一句'扎努，你好吗？'"扎努哭着说。

"住嘴！不要脸的东西，还敢犟嘴！"

姐妹俩吓得不敢吭声。法赫朗不明白妈妈为什么会发这么大的火。晚上，法赫朗长时间地向真主祈祷：真主，给穷人解放吧，这样格利木就不用给我们家送吃的了，妈妈也用不着去骂可怜的扎努了。一想到解放，她便觉得手指好像又一次摸到了柔软的绸缎，空气中也泛起了抓饭的香气。

姐姐睡着了，她把手放在她肩上说："不要害怕，扎努，我们会得到解放的。"

扎努在睡梦中惊醒："哎呀，你吓死我了。"

"你不是睡着了吗？好吧，快睡吧，我是在说，真主一定会给我们解放的。"

"给个鬼！不知妈妈怎么了，骂得这么凶，这么狠……"

"不要哭，扎努，只要穷人得到解放，一切都会好的。你为什么不做祈祷呢？"

"做啊。"扎努随口说道。

"那好,你快做祈祷,真主很快会给穷人解放的。"

"快点睡吧,我都困了。"

扎努睡着了,法赫朗却还在为解放祈祷着。

天气越来越冷了。家里除了一条毯子和一床被子,再没有可以用来御寒的东西。那条毯子已经破烂不堪,妈妈就盖着这条破毯子。扎努说过几次:"妈妈,你有病,你盖被子吧,把毯子给我们。"但是,母亲说什么也不肯。法赫朗现在想尽一切努力多讨几个钱,因此,扎努再三催她回家,她却一直在平台上待到很晚。她想多讨一点钱,好去买一床被子。她从每天讨来的钱里拿出一半,存起来留着买被子。原来家里每天还煮点菜吃,现在只吃生萝卜,把吃菜的钱也省了下来。法赫朗觉得自己的生命非常重要,因为一家三口人都要靠她讨得的钱来养活。

买被子的钱积攒得差不多的时候,母亲的病情却加重了。无奈,买被子的钱又拿去买了药。几天之后,家里仅有的一点钱花光了,母亲的生命也结束了。妈妈死了,姐妹俩悲痛欲绝。食品店老板阿拉·德达帮着姐妹俩埋葬了母亲,随后,他带着自己的妻子和姐姐一起住到了法赫朗家。法赫朗已经不用再去乞讨了,全家的花费都由阿拉·德达来承担。

现在,法赫朗总是默不作声地坐在一边,整天都在想事情。有时,她想着想着就会把身子转过去,脸对着墙。有时,她的嘴会微微颤抖,露出一丝苦笑。

阿拉·德达有心脏病,一犯病就全身发黄,两三天不能去商店。他请当地的土医和西医看过几次,却不见好转。人们都劝他去求求名医。来到法赫朗家之后,他又犯了病,阿拉·德达的妻子卖了自己最后的一只金戒指,把医生请到家里。病人的情况稍有好转,但这不过是暂时的。就在阿拉·德达生病的第三天,四个无依无靠的女人唯一的支柱还是折断了。

阿拉·德达有一个外甥,住在卡拉奇,听到这个不幸的消息之后,每月寄给她们十卢比,几个女人就靠这笔钱来维持生活。

一天,法赫朗回到屋里,又听到了姐姐的哭声。这几天,她一直觉得姐姐闷闷不乐,现在又听到姐姐在哭,她的心都快碎了。法赫朗叫了一声姐姐,但她没有答应。

阿拉·德达的妻子大声吼道:"怎么说呢?法瑚,她可是高贵人家的小姐。"

"什么高贵小姐,阿姨?"法赫朗问。

"这不是在摆高贵小姐的架子是什么?说什么不跟米拉·伯哈希结婚,说人家跟她爷爷一样大。拉倒吧!这么不懂事,往后的日子可怎么过?谁来养活这高贵的小姐和瞎姑娘?今后大家吃什么?穿什么?"

"阿姨,你别担心,不管怎样,能过得去就行。"扎努哭着说。

"过得去?怎么个过法?难道吃的穿的都能从天上掉下来?你想让瞎妹妹乞讨到什么时候?我不能让她去讨饭,这是在丢我们的脸。要是我们不在了,你们想怎么样就怎么样,但现在,我不能叫一个女孩子在别人面前伸手乞讨。"

"扎努,你怎么这么不懂事?你看看自己的情况,谁肯要像你这样的穷姑娘做妻子呢?"阿拉·德达的姐姐说。

"不管怎么说,你必须跟米拉·伯哈希结婚。"阿拉·德达的妻子说出了自己的决定。扎努抽泣着不吭声,法赫朗的眼泪却流个不停。母亲去世的悲哀、自己的无能为力,还有姐姐的痛苦,三者加在一起,让她的心都碎了。她的头快要炸裂了,泪水如同泉水一样,从那双失明的眼睛里流了出来。最后,姐姐把她搂到怀里,说:"别哭了,妹妹。"法赫朗似乎感到扎努在说:"别哭了,妹妹,穷人就要获得解放了,真主一定会给穷人解放的。"这时,她的眼泪才算止住了。

几天之后,扎努走了。阿拉·德达的妻子和姐姐用刻薄的语言骂着扎努。阿拉·德达的妻子说:"扎努真是丢尽了人,跟格利木私奔了。"阿拉·德达的姐姐说:"我早就看出来这个姑娘要毁掉这个家。她把自己看成是高贵的小姐,这就是最后的结果,这就是她不愿意跟米拉·伯哈希结婚的原因。"

姐姐走了,法赫朗的处境更苦了。有时她对阿拉·德达的妻子说:"阿姨,扎努在哪儿?把我送到她那儿吧。"然而,她得到的却是劈头盖脸的臭骂。除了沉默,法赫朗再也没有别的办法。时间的车轮从她瘦弱的身体上碾压而过,而她只能默不作声,用自己两只瞎眼静静地望着天空,默默地等待着什么。有一天,她听到一个女人对阿拉·德达的妻子说:"扎努在底比找到了工作。"

听到这些话,阿拉·德达的妻子又把扎努臭骂了一通。晚上,法赫朗躺在床上,一边哭泣一边祈祷:"真主啊,让我去见见我的姐姐吧。"没想到,她的祈祷竟然变成了现实。一个星期之后,一天,她正坐在家门口,有人抓住她的肩头说:"走,你姐姐叫你去。"

"扎努?"她急忙问。

"是的。"

"好，带我去吧。"

这人拉着她的手就走。过了一会儿，她坐上了马车。马车在一个地方停下时，她已经投进了扎努的怀抱。

"你为什么扔下我跑到这里来了，扎努？"

"你还好吗，法瑚？"

"我好不好跟你有什么关系？你扔下我就跑了，她们都在骂你，你现在在干什么？你在底比工作，干什么工作？她们都说这工作很不好，阿姨还诅咒你。她真该死！竟敢诅咒我姐姐。"

扎努流着眼泪，法赫朗却一点也看不到。

"你饿了吗，法瑚？"姐姐问。听到这句话，法赫朗忘记了一切。

"是的，有什么吃的吗？"

"有很多好吃的东西，吃点抓饭吧。"

"抓饭，扎努？"她一边说一边用手去摸扎努的衬衣。

"这是高级衬衣吧？"

"你也要穿这样的好衣服吗？"

"是的……"突然，她的耳边响起了小汽车的喇叭声，她的手指上也有一种光滑、柔软的感觉，那些已经沉睡的美好愿望又重新苏醒了。她兴奋地用颤抖的声音说："扎努，底比的穷人得到了解放，对吧？"

扎努没有回答。

法赫朗的眼睛里闪着喜悦的泪光，扎努却用头巾不停地擦着自己的眼睛。

# 拉金德尔·辛格·贝迪

(1915—1984)

小说家。出生于巴基斯坦的拉合尔，祖籍在锡亚尔科特。初高中都就读于拉合尔，之后进入大学预科学习，中途辍学，在邮政总局工作。后辞职来到全印广播电台。他曾在拉合尔建立自己的出版机构。1948年来到德里。之后在电台任主任，在孟买写电影剧本，还做过导演。一生因酗酒而疾病缠身。贝迪共创作过六部小说集，小说的数量不多，但具有自己独特的风格。他巧妙地将社会现实题材与新颖的创作手法相结合，使作品不仅极富表现力，并且给人以强烈的心灵震撼。为了更为有效地传达作品的主题，贝迪在小说创作中运用了象征主义及隐喻、暗喻、借喻等手法。《含羞草》《幼虫》《阿拉·阿巴德的理发师》《一分钟雨水》都是他的著名作品。把外来的创作方法与本土文化充分结合，使得贝迪的作品始终保持形式新颖又言之有物的特点，这既是贝迪始终如一的创作观，也是他对乌尔都语小说发展的特殊贡献。贝迪的创作风格对乌尔都语文坛产生了极大的影响，其作品也受到社会多方面的关注，因此，他被视为现代乌尔都语文学史上著名的短篇小说家之一。

# 月食

张亚冰　译

鲁布、谢布、古图与穆纳……霍莉已经给阿萨利[①]的迦耶斯特家[②]生了四个孩子,再过几个月,第五个孩子也要出生了。她眼窝深陷,眼圈发黑,颧骨突出,脸上的肉已经凹了进去。当初的霍莉总是被婆婆亲昵地唤作"月亮女皇",如今,她曾经被丈夫罗希拉觊觎的身材与美貌都像落叶一般枯萎衰老了。

今晚是月食之夜。傍晚时分,月亮就会进入月食的状态。这天晚上,霍莉有好多事都不能做。她不能撕布,不然肚子里孩子的耳朵会裂开;她不能缝东西,不然生出来的孩子会张不开嘴;她不能给娘家写信,否则歪歪扭扭的字就会长在孩子脸上。霍莉是多么渴望能给娘家写信啊。

一想起娘家,她就会被一种莫名的情绪所笼罩,浑身颤抖。在

---

① 印度地名。
② 家族与种姓名称,多以文书和抄写为职业。

娘家时，她特别渴望结婚，渴望嫁到婆家。但现在，她已经受够了婆家，一心想从那里逃走。关于这件事，她已经下了好几次决心，但每次都无果而终。霍莉的娘家与阿萨利的距离是二十五英里。海边的赫尔布勒渡口每天傍晚都有汽船，坐上汽船，沿着海岸线行驶一两个小时，就能看到娘家村里大庙顶上那个生了锈的金顶。

今天傍晚之前得烙完饼，还得干完厨房的活儿。婆婆说过，月食前要把饼和其他食物吃完，不然就会影响到肚子里孩子的身体和命运。这个难看又固执的大鼻子婆婆难道寄希望于从儿媳哈米达皇后③肚子里生出阿克巴大帝？这是个大家庭，家里有四个孩子、三个男人、两个女人和四头水牛，但是，霍莉在这里却感觉自己只是孤单一人……

霍莉先是洗了一大堆罐子，然后又去浸泡喂牲口的棉籽、油渣和豆子。到了中午，她的屁股已经疼得快要裂开了。肚子里那个不安分的孩子在踢着霍莉，提出微弱的抗议。霍莉筋疲力尽地坐在了小凳上。不过，她不能长时间地坐在凳子或地板上，而且按照婆婆的说法，长时间坐在宽凳子上，肚子里孩子的头会被粘住。要是有藤条坐椅就好了。霍莉偶尔会背着婆婆和迦耶斯特家的其他人，把自己放倒在床上，像个大肚子母狗一样，尽情伸展双腿打着哈欠，用颤抖的手安抚肚里的孩子。

想到自己是希达尔家族的女儿，霍莉就难过得要命。希达尔是萨勒格德乌格拉姆④富裕的放债人，那一带周边二十个村子的农民

---

③ 莫卧儿帝国阿克巴大帝的母亲。
④ 印度地名。

都向他借贷。即便有这样的娘家背景,她在迦耶斯特家依然饱受侮辱。霍莉的待遇比狗还要差。迦耶斯特家想多要几个孩子,于是,霍莉就被打入了地狱,仿佛整个古吉拉特只有迦耶斯特真正理解了儿媳的用途——增加家庭人口。

每隔一年、一年半,他们就会高兴地看到一条新的蠕虫在家里爬动。由于不停地生孩子,霍莉倒是没有为吃喝发过愁,或许只是因为肚子里的孩子需要她,她才能吃上饼,不过不管怎样,怀孕初期她能吃上一些开胃小食,现在还能随意地吃些水果。

"小叔子会打我,"霍莉心里想,"但婆婆的咒骂比殴打更坏,也更过分。被这一家人责骂时,脚下的地好像都要翻转过来了。他们凭什么能要我的命?罗希拉是另一回事。印度教经典给了他神一般的地位,如果他来杀我,那么,他用的匕首都要获得赞美!但是,经典难道会是哪个女人创造出来的吗?从婆婆的情况就可以看出来,如果印度教经典是哪个女人写出来的,那么,它肯定会对同性更为苛刻。"

罗睺⑤乔装改扮,满意地喝着不死甘露。太阳和月亮向毗湿奴大神泄露了他的消息,毗湿奴当即把他砍成两半,头和躯干在天上分别变成了罗睺和计都,太阳和月亮成了他们的仇敌。如今,他们一年要找太阳和月亮报两次仇。霍莉想,神的游戏也真是有意思。罗睺长得多奇怪啊!一个黑色的怪物骑在狮子上,多可怕啊!罗希拉看起来就像罗睺一样。霍莉心想:穆纳出生还不满四十天,我就

---

⑤ 即阿修罗,印度神话中窃饮不死甘露时被毗湿奴大神用神盘斩为两半,其头部受甘露之惠得以永生,其身体化为计都(意为彗星)扰乱天空。他迁怒于告发者日神和月神,在天上追咬日月,形成日食和月食。

又怀孕了,难道我也要还债吗?

听到婆婆和丈夫来了,霍莉用手扶着肚子站了起来,迅速把饼铛放在文火上。她没法弯下腰给炉子吹风点火。她努力试过,但眼睛胀痛得厉害。

罗希拉手里拿着补好的簸箕走了进来。他洗了洗手,嘴里嘟囔着什么。随后,婆婆也进来了,她一进门就问霍莉:"儿媳妇,粮食放好了吗?"

霍莉惊恐地回答说:"嗯,嗯……放好了……哦,没有,我想起来了,妈,我忘记了。"

"那你还坐着干什么?想当公主吗?"婆婆责骂道。

霍莉可怜地看着罗希拉说:"不是,但我搬不动粮袋。"

婆婆没再回答,主要是顾念霍莉肚子里的孩子。也许正是因为这个原因,她只能瞪着霍莉骂:"明知今天是月食,你怎么还抹了眼影?你这个荡妇,要是生出个瞎子,靠你这个荡妇自己养吗?"

霍莉默默地盯着地板,嘴里嘟囔着。婆婆说她什么都行,但是,她无法忍受自己被骂成荡妇。看着霍莉在那里嘟嘟囔囔,婆婆骂骂咧咧地更起劲了。然后,她又开始找钥匙。在脏兮兮的烛台旁边的研磨臼里,她取出一串钥匙,朝仓库走去。罗希拉色迷迷地看着霍莉。这里只剩下了罗希拉和霍莉。罗希拉慢慢地摸到她的衣襟,霍莉害怕地把衣服拽了回来,开始喊小叔子的名字,好像希望这时能有其他人在场。毕竟在她这种情况下,想要推开一个男人可不是件容易的事。罗希拉不满地说:"我问问你啊,怎么那么快又有了?"

"什么这么快?"

罗希拉示意了一下她的肚子，说道："就是这个呀……你难道真是条母狗？母狗？"

霍莉害怕地说："这难道是我的错吗？"

霍莉脱口而出的话，骂出了罗希拉的野蛮、下流、好色，痛击他的要害。罗希拉无言以对。说不出答案的人，给出的答案就是耳光。转瞬之间，霍莉的脸颊上就浮现出手指的红印。这时，婆婆提着一小篮豆子从仓库回来，看到儿子对媳妇动手，就开始责骂儿媳。霍莉并没有生罗希拉的气，听到婆婆的话，却感到备受煎熬："荡妇，该死的！你倒比他还厉害！我儿子说什么你就听着！真是长本事了！"

霍莉想：昨天罗希拉因为我没有回答他的话而打我，今天又因为我回答了而打我。他为什么生气？为什么骂我？为什么看不到我起早贪黑操持家务的不易？这就是我的命。我太难受了，男人总是把女人带到痛苦之中，自己撒手就走，这些男人……

婆婆把香米、豆子和盐胡乱堆到厨房，开始称重。秤是湿的，婆婆一直看着，米粘到秤底的时候，儿媳妇手忙脚乱，她却从容地用新头巾擦拭着秤底。头巾脏了，她把头巾扔给霍莉："去，赶紧洗了。"

此时，霍莉不知道可怜的她究竟应该烙饼还是应该洗头巾，是该说话还是不该说话，是动还是不动，甚至不知道她是母狗还是公主。她想，还是洗头巾吧。月食就要开始了。孩子生出来，样子烂糟糟的，就像一块洗过的破布，一两个月后，婆婆看到孩子可怕的脸，还要责骂她。霍莉有什么错呢？对于霍莉来说，对与错已经没有什么区别，没有人想了解霍莉的难处，反正所有的罪过都是霍莉的。

这时候,霍莉想起了自己的家乡萨勒格德乌格拉姆。印历六月初,她经常和其他女孩一起跳古尔巴舞。嫂子头上顶着的罐子亮闪闪的,照亮了房间的所有角落。所有的女孩子都拍着画满海娜⑥花纹的手,唱起了歌:

产在摩腊婆⑦的海娜

古吉拉特的颜色

也被染得红彤彤⑧

那时她还是个整天蹦蹦跳跳的无忧少女,像一首无韵无律的自由诗。她是家里最小的孩子,虽然不是公主,但无论她想要什么,一切都能实现。她又想到了她的女伴们,她们现在可能也都到了各自的债主那儿了吧?

在萨勒格德乌格拉姆,月食的时候,人们总要倾囊施舍。妇女们聚在一起去德尔维迪渡口沐浴,海面上漂着鲜花、椰子和糖果,海浪像张开的大嘴一样,吞下了所有的花花叶叶。据说在这时候沐浴,可以涤清男男女女的罪恶。人们洗净了过去一年的罪恶,身体和灵魂都变得干净圣洁。海浪冲走了人们所有的罪恶,把它们带到遥远、未知、不可逾越又难以丈量的大海之中。一年后,人们的身体又被罪恶污染,于是再次迎接月食,再次被洗涤,重新回归圣洁。

月食开始时,皎洁的月亮被斑影遮盖。周围沉寂片刻之后,响

---

⑥ 又叫做散沫花颜料,南亚次大陆的人用来涂抹在手上和脚上,以示喜庆。
⑦ 印度中央邦地名。
⑧ 混合语歌谣。

起罗摩名号的念诵,顷刻间,钟声、螺号声共鸣。在一片喧闹中,沐浴后的男男女女唱着跳着返回村子。

月食期间,穷人穿梭于市场和小巷中。跛足的乞丐挥舞着拐杖,拿着乞讨的袋子和碗,像老鼠一样跌跌撞撞四处乞讨。由于罗睺和计都将美丽的月亮全部占为己有,善良的印度教徒为解救可怜的月亮到处布施。渴望得到施舍的乞丐们喊着:"放开,放开,到布施的时候了!""放开"的喊声一直传到几英里以外的地方。

月食快要完全形成了。霍莉把孩子交给公公,裹上脏兮兮的围裤,和女伴们一起去赫尔布勒渡口沐浴。

婆婆、罗希拉、大儿子谢布和霍莉拿着鲜花、花环和芒果叶向大海走去。婆婆还捧着菩提念珠和熏香。她想点燃熏香后,让它在海浪中漂走,这样就可以照亮自己死后的旅途。霍莉突然害怕起来:海水能洗净她的罪恶吗?

海岸边离渡口四分之三英里的地方停泊着一艘汽船。那个地方是赫尔布勒渡口的一部分。港口边侧崎岖的山间小路有些狭窄,简陋的船坞上,几个船员赶着在日落前还有些光亮的时候干点杂活。船舱中透出的微弱的灯光洒在水银般的海面上,随着船上下起伏。什么东西像纺车一样转动起来,一些朦朦胧胧的人影把蟒蛇一样的绳索拉了起来。八点钟,汽船最后一次鸣笛,很快就要出发,前往萨勒格德乌格拉姆。如果霍莉能坐上这班船,一个半或者两个小时以后,就能看到沐浴在月光中的那个熟悉的庙宇金顶,还能见到母亲、闺中女友和古尔巴舞蹈。

霍莉看了一眼儿子谢布。谢布有些惊讶,妈妈为什么要在这么拥挤的人群中俯身亲吻他呢?他感觉到,不知哪儿来的热热的水滴落在了他的脸上。霍莉往前走了两步,抓住了罗希拉的手指。已经到渡口了,从这里开始,男女就要分开,当然,只是分别沐浴几个小时而已。霍莉感到,这些水有一种强大而又难以理解的力量,正如女人被自己的男人所束缚所裹挟一样。远处船只若隐若现的灯光映射到了霍莉的心里。

霍莉想跑却又跑不动。她系紧围裤,又垂下头来。半个小时以后,她来到了汽船前。对她来说,她走到的不只是汽船跟前,更是故乡跟前。寺庙的金顶,钟声,船的汽笛声……这时,霍莉才想起来,自己根本没钱买船票。

她在船上的一个角落忐忑不安地坐了一会儿。差一刻八点的时候,一个船员走过来,要检查霍莉的船票。意识到霍莉拿不出票后,他默默走开了。过了一会儿,霍莉听到几个船员在窃窃私语,黑暗中不时传来微弱的笑声和说话的声音。霍莉隐约听到了几个词,"母鸡……薄毯子……我有钥匙……水很多"。

随后,可怕的笑声变得高亢起来。过了一会儿,三四个男人把霍莉赶到了一个黑暗的角落。这时候,一个管理麻醉品的士兵出现了。对于霍莉而言,就在她即将被黑暗笼罩的时候,她看到了希望的光芒。那个士兵是她的同乡,算是霍莉娘家的兄弟。六年前,他带着雄心壮志离开家乡,不知道去了什么地方。有时候,危急的状态能够激发人的神智,霍莉听出了那个士兵的声音,于是使劲喊着:"格图拉姆!"格图拉姆也认出了小时候的玩伴,那个同乡的小女孩霍莉,他回答道:"是霍乐⑨啊!"

---

⑨ 霍莉的昵称。

霍莉非常激动，急切地说，"格图兄弟，送我回萨勒格德乌格拉姆吧。"

格图拉姆走过去，瞪着那几个船员，问霍莉："你要回家乡？"然后，他质问面前那几个男人："你们为什么把她推到这儿？"最前面的船员说："这个可怜的女人好像遇到了麻烦，没钱买票，我们正在想怎么能帮她。"

图格拉姆带着霍莉下了船。走到船坞上之后，他问她："霍乐，你是从婆家跑出来的吗？"

"是的。"

"这是正经女人该干的事吗？要是我告诉你丈夫呢？"

霍莉吓得浑身直哆嗦。她既不是公主也不是正经女人，不过事已至此，她也没法解释。她静静地听着海浪声，深深感觉到自己的无能为力。就在她的面前，汽船的绳索解开了。伴随着沉闷的汽笛声，萨勒格德乌格拉姆从霍莉的视野中慢慢消失了。她回头看了一眼，在微弱的灯光中，一串泡沫跟在汽船后面渐渐远去。

格图拉姆说："别怕，霍乐，我会尽力帮你。离这儿不远有艘小船，天亮了我就带你走。别害怕，今天晚上先到旅店休息一下。"

格图拉姆把霍莉带到旅店，店主疑惑地打量着格图拉姆和他的同伴，悄悄问格图拉姆："这是谁啊？"格图拉姆回答说："我妻子。"

霍莉呆住了。她扶着肚子，靠着墙慢慢坐下。格图拉姆开了一个房间，霍莉心怀恐惧地踏进了房门。过了一会儿，格图拉姆也进来了，带着满嘴的酒气……

海上波涛翻滚，鲜花、糖果、芒果枝、花环和点燃的熏香全都被冲走了，海浪也带走了人的罪恶。在遥远、未知、不可逾越又难以丈量的海的那边，是无尽的黑暗。螺声响起，此时，一个女人从旅店里飞奔而出，像脱缰的野马一样，跌跌撞撞地跑着。跑到海边，她抱着肚子坐下来，喘了口气，又接着跑起来。这时，天空中的月亮已经完全消失了，罗睺和计都的债终于得到了偿还。两个模糊的人影慌慌张张地跑过来，要帮助这个女人。周围一片漆黑，远远地从阿萨利传来微弱的声音：

到布施的时候了……

放开……放开……放开

赫尔布勒渡口也传来了声音：

抓住……抓住……抓住

放开吧，到了布施的时候了，抓住

放开吧……

# 艾哈迈德·阿里

(1910—1994)

小说家，评论家。出生于德里。1931年在勒克瑙大学获得硕士学位，此后长期从事教育工作。曾在新闻界、外交部、工商界任职，1947至1948年间曾担任中国国立中央大学的客座教授。他自幼爱好文学，学生时代就发表过英文诗作和短篇小说。1932年发表了第一篇短篇小说《雨夜》。这篇小说在当年被收进乌尔都语著名的短篇小说集《火星》，他也因此受到文学界的重视。他先后出版过四部短篇小说集，即《火焰》《我们的小巷》《牢房》和《临死之前》。阿里是1936年成立的进步作家协会的主要筹建人之一，其作品具有浓厚的浪漫主义色彩，寓意深刻，反映了社会现实。

# 我们的小巷

唐孟生　译

我的房子坐落在潘迪特城的一条小巷里。房门分上下两扇，关闭下扇门，上扇门就像窗户一样敞开着。房子前面，有一条狭窄的小路，对面是米尔扎开的牛奶店。我家的隔壁是赛迪克老板的粮店，再过去是阿齐兹的修理店。附近还有几家洗衣店、药店、槟榔铺、肉店、杂货铺和甜食店。

穿过我们这条小巷，人们可以去别的街区，所以小巷里总是行人不断。抄近路从我家门前走过的人当中，有在烈日下打着阳伞的阔老爷，也有在傍晚时分穿着外国皮鞋、头戴英国帽的绅士。他们怕水溅到自己的衣服上，总是躲着洒水的人，而且常常一边躲避孩子们的追跑，一边吹胡子瞪眼地吓唬他们。有时，过路人会气得捡起棍棒或手杖追打孩子，可那些孩子跑开一点，便又会"嗷嗷"地叫起来。随后，人们就会听到牛奶店老板米尔扎沙哑的声音。

"喂，孩子们，你们在干嘛？家里没活干吗？"如果有人坐在旁边，米尔扎就会说："你瞧瞧，他们的妈妈把孩子放出来，让他们像野牛一样满街打闹,这些坏东西,除了骂人打架就没事可做了。"

米尔扎长着两只布满血丝的眼睛,那双眼睛虽然小了点,却炯炯有神。他常常一边摸着自己发白的山羊胡子,一边和顾客聊天,同时从奶罐或是奶锅里舀出牛奶,再加上一块奶皮,递给顾客。

人们常说,米尔扎的血管里流着贵族的血液。小时候,他因为不肯读书,被父亲从家里赶了出来。折腾一阵之后,他开了一个商店。后来,父亲求他谅解,他们的关系也和解了,不过那时候,米尔扎已经成家立业了。他做的奶皮闻名全城,店里的牛奶味道也很鲜美。晚上有人来买奶皮时,他总是用力搅动奶锅或奶桶里的牛奶,直至泛起一层白沫,然后,他会用奶勺利索地打下一块奶皮,牛奶却纹丝不动。他的妻子经常在店里陪着他。她已经老了,脸上满是皱纹,背驼了,牙齿也都掉光了。不过,高高的额头和白净的皮肤,还是一下就能让人看出,她出生于有钱人家。

现在他们的生意已经越来越萧条,因为他们年龄大了,干不动了。他们的独生儿子死了,身边连个帮手也没有。在不合作运动[①]时期,渴望独立的浪潮波及天南海北。有一天,米尔扎的儿子跟朋友们一起参加游行示威,"甘地万岁""祖国啊母亲"等口号响彻云霄。当时,钟楼上站着全副武装的白人军队[②],上尉警官、副专员,还有几个英国人也站在那儿。他们望着激昂的示威人群,束手无策。游行队伍要前进,军队挡住了他们的路,群众设法冲了过去,

---

① 指1920年印度人民反对英殖民统治的运动。
② 指殖民地时期的英国军队。

这时，副专员下了开枪的命令。枪林弹雨中，有许多人丧生，米尔扎的儿子是其中之一。尸体被获准抬走的时候，人们把米尔扎的儿子抬了回来。

冬天的阳光微弱又寒冷。街上所有的商店都关了门，凄凉笼罩着大街小巷。街上的水沟无人清扫，散发出腐烂的气味。尸体送到家时，米尔扎和妻子当场就昏了过去。他们怎么也不相信，儿子刚才还活蹦乱跳，有说有笑的，现在却离开了人世。早上，儿子还做了奶皮，刷洗了奶桶之后，才换上衣服去会自己的朋友，现在，活生生的孩子却变成了一具满是血迹的冰冷的尸体。米尔扎的妻子嚎啕大哭，人们用力拉着她，但她怎么也不肯走开。她一边叫着"我的心肝"一边痛哭流涕。同时，她还大声喊着：

"愿真主惩罚这帮英国佬吧！他们夺走了我的心肝，愿真主惩罚他们！"

米尔扎像疯了一样在家里家外转悠，杂货店老板赛迪克已经开门营业，头发蓬乱的米尔扎从这儿走过时，有人问他："老兄，真是太不幸了，怎么会出这样的事？"

米尔扎没有流一滴泪，但眼里满是悲愤。他说："我的命不好，好不容易抚养长大的儿子死了。"说完，扭头就往家走。

站在那里的顾客问这是怎么回事。赛迪克弯腰看了一下。这时吹来一阵风，街上刮起了灰尘，一块小纸片飞起，又旋转着落下。米尔扎蓬乱的头发在风中飘着，很快，他就消失在了小巷里。

"怎么了？参加不合作运动游行，中弹死了。我不明白，这些人为什么这么不安分守己？瞧吧，这就是跟政府作对的下场。一个棒小伙子，如今缠上了裹尸布，变成地狱里蚂蚁的食物了。"

赛迪克一边说话，一边把长柄勺子伸进缸里。店里的墙边放着很多大缸，像一排排站着的顾客一样。他舀出一勺豆子递给顾客。顾客没有心思听他说话，只是用自己的衣服去包豆子。忽然，他看见了豆子，说道："哎呀，我的先生，你给我的这是什么豆子？我要的是绿豆，快点，快点，回去晚了老婆子又要嘟囔了。"

米尔扎的妻子在家里哭得死去活来，边哭边念叨儿子。她诅咒英国人，也诅咒甘地。亚民的母亲听到这个不幸的消息，赶过来安慰她。她自己的儿子是被倒塌的墙压死的，现在她做裁缝，抚养着孙子们。她们两人抱在一起痛哭了一场，米尔扎的妻子得到了一点宽慰。她的儿子被埋葬了，黑夜像一张无情的网，笼罩了整个街区，寒风凛冽，潮湿的街路让这里显得格外寒冷，昏黄的灯光下，小巷呈现出凄凉、阴森的气氛。街上看不到活物，只有米尔扎商店里的几只猫在酣睡。

这件事发生之后相当长的一段时间里，人们经常可以听到米尔扎的妻子在唱"突然发生的革命扰乱了我的心……"，之后就默不作声做起事来。

我家门口有一棵很老的椰枣树。这棵树曾经果实累累，蜜蜂常来采蜜，树枝上常有鸟儿栖息，迷失方向的鸽子也常来这里过夜。但是现在，树叶已经凋落，树枝也枯朽了。在凄凉的黑夜，干枯的树干就像插在田地里用来吓唬飞鸟的竹杆一样。现在的树上既没有飞鸟，也见不到蜜蜂。有时，乌鸦落在枯树上嘶哑着嗓子哇哇乱叫；有时，老鹰在树上扑打一会儿，很快就扑扇着翅膀飞走了。清晨，天色刚刚发亮，光秃秃的树干就呈现出来。到了傍晚，随着夜幕的降临，枯枝也渐渐地隐去，很快被黑夜吞没。晚上，当我走进屋里时，粗大而又可怕的树干便会闯入我的眼帘。繁星点点的夜晚，我看到最后一颗北斗星挂在树尖上，但是，树干横在我和天空之间，我看不见满天的星辰。

一个女疯子常常来我们街区。她的头发被人剪了，在她健壮的身体上，那个脑袋就像一个果核。经常有一些善良的人给她穿上衣服，可过不了几个钟头，她又变得赤身裸体，这或者是有人扒了她的衣服，或者是她自己把衣服扯碎扔掉了。她的嘴里总是淌着口水，两只手非常僵硬。她经常在马路上手舞足蹈，像哑巴一样哇啦哇啦地乱叫。她一走进街区，一群男孩子就跟在她后面拍巴掌，一边喊着"疯子，疯子！"一边用石子打她，捉弄她。而她总是一边"呃呃"地叫着，一边朝角落躲去。每当这种事情发生在米尔扎的店门口时，他便会向孩子们嚷道："哎！捣蛋鬼，你们怎么不去死！快滚开！离开这里！"

但是，没过一会儿，孩子们又会围拢上来。

有些成年人也会捉弄她。她确实很丑，可年龄并不大，她的肚子总是隆起的。莫努是有钱人家的孩子，现在跟地痞流氓鬼混在一起，他经常用手摸摸她的肚子，说："怎么样？什么时候生？"

疯子发出揪心的叫声，伸出自己僵硬无力的手，向过路人或者商店老板指指莫努，刺耳的叫声中包含着求救的信号——那是一个孤苦伶仃、软弱无能的人向自己的保护者或社会的强者发出的"行行好，救救我"的呼声。然而，她得到的却是更多人的捉弄和哈哈大笑。

在印度斯坦③有成千上万这样的人，他们除了吃喝和死亡之

---

③ 指印度和巴基斯坦分治前的印度。

外,对任何事都茫然不顾。他们出生、长大、挣钱、吃喝,就这样过一辈子,直到死亡,除此之外,他们和世上的任何事情都毫不相干。他们不懂得人情,也不知道人生的意义,他们就像奴隶,只知道干活,其他任何事情都不在乎。对于他们来说,白天意味着干活,晚上意味着睡觉,这就是他们理解的生活的本质。只有死亡才能把他们从这种艰难的生活中解救出来。

还有一种东西经常出现在我们的街区,那就是狗,一群半死不活的饿着肚子的狗。它们时常龇出大牙,用爪子搔痒,抓得满身皮肉模糊。它们常在肉店门口为争夺一块骨头而相互撕咬,咬得鲜血淋淋。它们常常夹着尾巴,沿着污水沟闻来嗅去,慢腾腾地向肉店聚拢,一旦发现一块碎肉,就猛扑上去。但是,有时它们发现一块肉或骨头的时候,老鹰也会从空中俯冲下来,从它们面前把肉抢走。这时,它们就像软弱的失败者一样,夹着尾巴在马路上溜来溜去,或者相互撕打,以同类的血来洗刷自己的耻辱。

天刚蒙蒙亮,街上就传来了希拉叫卖鹰嘴豆的吆喝声。他的筐里装着刚刚炒好的热气腾腾的豆子,走街串巷地叫卖。他大概还不到四十岁,可是人已经瘦成了一把干柴,脸上出现了皱纹,胡子也已经花白,眼睛周围出现了一道病态的黑圈,饥饿、贫困、痛苦和不幸好像都写在他脸上。他的眼睛里布满血丝,好像醉酒之后饿了几天或者发高烧刚刚痊愈的样子。他头戴一顶脏兮兮的布帽,身穿一件破烂不堪的衬衫,围裤短得把两条细细的小腿暴露在外面。

起先,他从附近的农村来到城里找工作,晚上寄宿在清真寺,白天在城里到处奔波。但是,在城里找工作并不比农村或小镇更容易。后来，希拉还是没有找到事做。米尔扎先生常来清真寺做礼拜，希拉把自己的难处告诉了他，米尔扎先生同情他的处境，把他领到了家里。希拉为人善良、忠厚。过了一些日子，米尔扎先生给了他五卢比，说："我给你钱，你拿去做点小生意吧，有了钱再还我，没有钱也别放在心上。"

就这样，希拉摆起了卖炒豆的小摊，没过多久，街区的很多人都认识了他，他的生意也开始兴旺起来。只用了一年的工夫，他就还上了米尔扎先生的钱，还把妻子和孩子接了过来，一家人住在一间很小的房子里，生活得很幸福。

在这期间，阿卜杜尔·拉希德因为被指控犯有杀人罪而被判处死刑，全城的穆斯林闹了起来。执行绞刑的那天，监狱外聚集了几千人，人们试图破门而入。警方拒绝交出阿卜杜尔·拉希德的尸体时，大家个个义愤填膺，他们想冲进监狱，像对待烈士一样为这位勇士送葬。

那天，希拉有事去大清真寺。天空阴沉沉的，马路上像墓地一样寂静荒凉。他看见几只饥饿的狗正在舔食树叶做的盘子，一只一只死鸽子躺在小水沟里，脖子歪在一边，两只腿僵硬，双眼紧闭。希拉正站在那里看着，这时，对面马路的转弯处传来大声诵经的声音，抬着灵柩送葬的人群一眼望不到头，朝着希拉这边走过来。希拉加入送葬人群，帮着抬起灵柩。突然警察出现，拦住了灵柩队伍，抓了几个人，其中包括希拉。当局指控他参加了暴乱，希拉被判了两年徒刑。

如今他已经刑满出狱，但他的顾客早已忘记了他的声音。他没有钱再去摆摊，大伙救济他，每人给他凑了两卢比，于是希拉重操旧业，走街串巷卖起了炒豆。他的声音不再像从前那样清脆，每声叫卖声里都包含着不幸和忧伤。可是，孩子们听到他的声音，还是跑着去买，这时候，他就用手抓出豆子称给他们。

还有一个人，每天晚上都会来到我们街区。他是一个瞎子乞丐，个子很矮，长长的胡子上总是挂着一层灰尘。他手拿一根用来探路的破竹杆，噔噔地向前走。在这个小巷里，他就像垃圾堆上的苍蝇，或者死猫的骨架不招人待见。冬天里，他凄凉的叫声从远处传来，会传遍整个街区。到今天为止，我没有听到过比那种唱诵更能触动人心的声音。他唱诵的是巴哈杜尔④皇帝的诗句，人们从他的声音里听到的不仅仅是巴哈杜尔皇帝的悲伤，还能听到印度斯坦被奴役的哭泣。

　　我举目无亲，

　　无牵无挂；

　　无用的人啊，

　　我犹如一把黄沙。

但是，居民们不敢给他钱，因为他吸大麻烟……

一个夏天的晚上，我坐在屋里，大概十点钟了，大部分店铺都关了门，只有格瓦比和米尔扎的商店还开着。马路两侧，人们都躺在自己的床上，有的睡着了，有的还在闲聊。天气又干又热，污水沟里散发出腐臭的气味。米尔扎商店的木板下蹲着一只大黑猫，像

---

④ 印度莫卧儿王朝末代皇帝。

是在窥探什么猎物。一个人过来买了一安那的牛奶,喝完之后,他把小碗放在地上,黑猫立即从木板下钻出来,舔起碗来。这时,姑鲁从我门前走过。她的肤色虽然黑了一点,可她很年轻,青春给她的脸上增添了光彩和美丽。她的身材健康又苗条,动作大大咧咧的,走起路来矫健又轻盈。她在一位作家家里当佣人,是作家夫人把她养大的。现在她成了寡妇,守寡已经三年,不过,街区里那些小伙子的眼睛还是死盯着她不放。

她来到小巷口,莫努上来抓住她的手,姑鲁生气地说:

"哪儿来这么厚的脸皮!看见寡妇孤女就动手动脚,真主会惩罚你的。"

莫努说:"你还年轻,别误了好时光。"

"滚开!放开我的手。"

对面房顶上传来两只猫打架的叫声,这时,姑鲁用力一推,挣脱出来。

"谁欺侮老娘,我就请他吃笤帚,打得他一辈子都忘不了。"

米尔扎给一个顾客打完牛奶,听到了姑鲁说的最后一句话,便问:"啥事?姑鲁,怎么啦?"

姑鲁连头也不回地走进小巷。在商店门口睡得正香的阿齐兹·海拉迪被吵醒了,看见莫努站在那儿,便问:

"喂,莫努,啥事啊?"

莫努又失望又生气,两只眼睛射出蛇般阴冷的凶光。垃圾堆上闪现出了一只猫明亮的眼睛,但是一会儿就消失不见了。莫努用沮丧的声音说:"没什么,朋友,刚才是姑鲁。"

"哎,老兄!牵到手了吗?"

"没有,她甩开手跑了,但西茜⑤能跑到哪里去?"

母猫还在厮打,它们发出可怕的吼叫,然后又大叫起来,感觉像是要吃了对方。之后,它们喵喵地跑了,公猫吼叫着,紧追在后。

阿齐兹·海拉迪让莫努坐在床上,又从床头取出卷烟给他。莫努从衣兜里掏出一个银色的烟盒,对阿齐兹说:"来,我请你抽高级的,你一辈子也忘不了。"说完,他抽出一支烟,递给阿齐兹。

"噢,这又是从谁那儿拿的?"

"老兄,朋友手头缺过什么?真主不赐贵人给,相信真主,事事如意啊。"

"兄弟,你要小心点,这样下去要进地狱的。"

"去你的!你说的是什么鬼话?我就知道吃喝玩乐,别的东西,师傅没教过。我可不在乎那一套,哪儿来的地狱?就算有地狱,我也不怕,看能把我怎么样?"

"得了,朋友,别口出狂言,一切都得向前看,真到了那时候,你再也不会这么狂妄了。"

"好吧,朋友,你要这么说话,我就走了。"

"你听着,朋友,有件事我一直弄不明白,你能发誓告诉我实话吗?"

"好啊,什么事?我保证告诉你。"

"你说说,你到底为什么要偷东西呢?"

"老兄,这有什么不好的?"

---

⑤ 旁遮普民间传奇故事里的女主角。

"瞧，你刚保证过。"

"好，你赢了，我输了。说实话，我从来不偷。你知道，我的亲戚都是些富裕的大户人家。"

"祖宗，那我就更糊涂了。"

"这是十年前的事了，我有一个兄弟，小伙子长得很英俊，但我和他有些不对付。我们两人在同一个学校念书，有一次，他向先生告我的状，让先生用教鞭抽我，一下子把我气火了。我说：'小舅子⑥，这个仇我要是不报，就用尿水刮胡子。'有一天，我偷了他的书包，发现里面有很多好东西，从这之后，我就收不住了。还有一次，我看上了舅舅的烟盒，我不能向他要，但我把它偷来了。后来我想，这帮杂种既有钱又有东西，为什么不偷呢？于是，我就干起来了。说真的，这帮人有时看到穷人都快饿死了，也不给一点东西，想从他们那儿要东西，就只能偷。"

"你怎么又说那些废话了？好了，我再不回去，家里又要吵起来了。"说完，他站了起来，用力在阿齐兹的腰上打了一巴掌，扬长而去……

尼沙尔·艾哈迈德一直在我们街区的清真寺里呼唤礼拜。他长得结实魁梧，个子很高，肤色黝黑，胡子比朱砂还要红。他的头顶光秃秃的，但两鬓和后脑勺都有一撮长发，前额正中有一大块土灰色的老茧，离得老远就能看见。他经常一边咳嗽一边从我的门前走过。唤礼时，他身穿土布肥腿裤和圆领上衣，肩上搭着一条红色印花手巾。他的声音清脆而又响亮，这种声音是一般人没有的，所

---

⑥ 骂人话。

以，他的唤礼在远近都很闻名，他的声音在很远的地方就可以听到。唤礼开始时，他的声音具有呼唤穆斯林教徒去做礼拜的感召力，到尾声时，他那声音不再洪亮，而是散发出一种凄凉、忧伤的情调。

一天，我独自坐在房顶上，天空浮现出一层薄云，阳光透过云层照射到地面上，城市里扬起的尘埃和远处烟囱里冒出的浓烟都弥漫在空中，把天空污染得雾蒙蒙的。城市的喧嚣就像苍蝇的嗡嗡声，那种气氛令人沮丧。悲惨苦难是我们的城市特有的象征，给人以贫穷、肮脏、耻辱、无奈的感觉。充满灰尘的薄雾里，飞过一只野鸽，很快消失在土灰色的雾霾里。远处传来工厂的哨声和火车的声音，很多鸽子从城市高高的建筑尖塔和瞭望台或飞走，或落下。放眼望去，看到的是肮脏又破乱的楼房，还有那熙熙攘攘的人群，偶尔还能看见正在修建的两层楼房，建筑用的脚手架好似通向天空的通道。天地之间，到处让人感到凄凉和无奈，只有竹子和猫的颜色不会让人厌烦，它们的颜色融入云彩，看上去淡淡的，有些模糊不清。

这时，我听到了尼沙尔·艾哈迈德清嗓子的声音，紧接着，他那洪亮的唤礼声开始在空中飘荡起来。这声音既忧伤又舒缓，把乏味的人间生活变成了一种沉默的痛苦。那个声音里没有华丽，也没有庄严，反而让人感到生命的脆弱。听着那个声音，我顿感生命的卑微，绝望和无助，就好像天空的云朵附上一层灰尘。我在幻觉中聆听了着呼礼声，直至结束。"永远高贵的祝福"声在耳边回荡，"永远高贵的仁慈"声遮盖了无奈的寂静。短暂的时间由洪亮的声音开始，又经过舒缓的声调悄然结束，让人无法确信究竟是唤礼声停止了，还是整个世界被寂静所笼罩。这种寂静让人感到，在世界的另一个遥远的地方，还有一个永恒无垠的世界，那是一个看不见的梦幻世界。

这个世界是渺小的，是虚幻的。声音回荡在那个空间，如同到了天边的大地就会消失一样，分不清究竟是天空的开始，还是大地的结束。那个虚幻空间的声音也这样轻轻地消失，分不清是声音还是寂静。声音还在回响，但令人疑惑的是，似乎只有寂静飘荡在耳边。

我一直在想，这种唤礼声是多么完美地体现了我们的现实生活啊！它包含着已经注入我们血液的无奈和忧伤，包含着绝望和对客观现实的恐惧，这些都在唤礼中完整地体现出来。我们做着永恒的美梦，想离开这个世界，专心去寻求真主。我们生活中的每一个东西都在引导我们这样去做，我们的每一支歌都是唱给自己的催眠曲。我们戴着脚镣，而我们已经习惯于这种折磨，丝毫感觉不到它的存在。我们戴着手铐，脖子上套着枷锁，我们的嘴被封闭，但我们却没有任何感觉。我们的身体已经失去了知觉，我们的灵魂已经睡死过去。我们沉醉于自己的无能，过着麻木的生活，甚至当死神伸出魔爪，把我们拖向他那黑暗的怀抱时，我们仍然无所察觉。对于我们来说，荣誉和耻辱没有区别，生和死是一样的。就像唤礼声一样，从出生到死亡，谁也说不清我们究竟是醒着还是在做梦。说到底，我们是死神的朋友，靠着它的催眠曲，我们都在昏昏地沉睡。

一天晚上，米尔扎商店里有三四个人坐在那儿聊天，那几个人里，有阿齐兹、格瓦比，还有另外两个人。他们面前摆着水烟袋，几个人轮流吸着。其中一个人说:"朋友们,我发现世上的每种东西都有自己的绝活。"

这句话吸引了我,我开始仔细听。

这时来了一位顾客,他向米尔扎买了五卢比的鲜奶,然后站在一边。米尔扎拿起一个陶制小水杯,把奶壶拿出来倒奶。那个声音接着说:"有一天,我在月光广场散步,突然面前来了一头小母牛,恰巧那里躺着一个小孩,牛来到孩子身边站住了,我想看看母牛要干什么,但是先生们,这头小母牛把四个蹄子弯起来,跳了过去,孩子安然无恙。在这头牛身上,我就看到了它的绝活。"

米尔扎的一只手放在大锅沿上,另一只手拿着陶杯,眼睛盯着说话的人。阿齐兹说:"哎呦,这可真是了不起的绝活啊!"

米尔扎从奶壶里取出奶,上下晃动起来。这时另一个人说:"是啊!兄弟!这绝活可不得了啊!有一次,素莱曼先知得到指令,要建造一座宫殿。先知开始准备,精灵们立刻搬来了大石头和条石。你知道精灵们做事有多神速,今天还什么都没有,明天就天翻地覆,没几天的时间,一座摩天宫殿就建成了。素莱曼先知每天都到那里查看,看看有没有人偷懒。宫殿建成了,需要做的事情,只剩下了在宫殿里边贴砖和清扫。第二天,素莱曼扶着手杖站在那里,下令把垃圾扔到外边。就在这个时候,这个地方又有魔鬼来捣乱。现在来看看那个气派的宫殿吧,这边在忙着打扫,那边,素莱曼的手杖已经生了蛀虫。但是,他还坚持站在那儿,眼见着虫子越长越多,已经长到了把手上,他还是毫不在意,直到木棍变成一堆木屑,他自己也断了气。不过,宫殿那边的事情已经做好了,精灵们看到,魔鬼的威风也已经无影无踪了。但是我不明白,那些帐篷和宫殿,现在由谁来打扫呢?"

　　阿齐兹手里的水烟管还放在嘴里,他在盯着那个说话的人。米尔扎那只拿着奶壶的手也向下垂着,完全被故事所吸引。

　　我大声笑着,然后陷入深思。的确,那些帐篷和宫殿由谁来打扫呢?

　　突然吹来一阵风,煤油灯被吹灭了,马路上一片漆黑。这时,人们才从米尔扎的小店站起身来,我也回到了屋里。

# 喀穆尔·阿巴斯·纳迪姆

(1946—1981)

短篇小说作家。生于印度勒克瑙。幼年丧父，一直跟随母亲寄居在舅舅家中。1952年迁居巴基斯坦卡拉奇，1969年在卡拉奇达澳医学院获得医学学士学位，毕业后在卡拉奇的一家地方医院工作，此后在信德省职工社会保险处供职。去世前在真纳医学研究中心攻读病理学。他从学生时代起就酷爱文学，参加工作后对文学的兴趣有增无减，常与文学界的朋友来往，并得到他们的鼓励和支持。他的第一部短篇小说集《脆弱的尊严》于1975年出版，第二部短篇小说集《紧闭着的风门》在他去世后于1983年出版。由于英年早逝，他只出版过两部作品集。尽管作品数量不多，但他的作品寓意深刻，反映了现代社会生活中人们普遍关心的问题，因此受到文学界的重视。在创作方法上，他在保持象征派艺术特点的同时，把反映客观现实与人物内心世界的矛盾有机地结合起来，体现出独特的艺术风格。

# 离奇的盗窃案[1]

唐孟生　译

据报道，昨天夜里发生了一桩离奇的盗窃案。法医验尸时发现，罪犯在深夜窃走了一位死者的左肾。这位死者是镀金工厂的工人伊都，他因患肾结石而住院。法医告诉记者说，专家们认为这块结石是由金属粉末凝聚而成的。对此，警方正在调查。

一束强光。

一千瓦灯泡的强光照在一批金灿灿的首饰上，然后又照在伊都那双正在观察首饰的眼睛上。

老板郭尔克吉让他看的首饰是装在一只盒子里的。强光刺得他睁不开眼睛，他顿时觉得天旋地转，险些晕倒在地。

"这不是真的，"老板郭尔克吉的话提醒了他，"是假的，镀金的。"伊都眼巴巴地盯着盒子，他不是要注意盒子的外观，而是要

---

[1] 原题为《金结石》。

看清它里面的东西。

"这些首饰里只含有百分之三的真金,其余成分是黄铜,表面上镀了一层金的黄铜。"

"对,"听到这些,伊都咽着唾沫说,"是,是镀金。"

"胡说!我以前是怎么跟你说的?"

"对,不是镀金,是真金。您说,这件事除了你不要让任何人知道。"

"金子!"伊都想,"原来我也上当了。"他把老板交给他的布袋换到另一只手里。金子!为了它,他背井离乡来到城里,日夜奔波,忍饥挨饿。他在老板郭尔克吉的皮革厂里鞣皮子,腐烂发臭的皮子和老板的肚皮一样肥厚、僵硬,而且毛茸茸的。在这个倒霉的皮革厂里,他自己腿上的皮也被烧掉了一层。现在,给首饰镀金,成了老板最主要的生意。

"哼,老板这个杂种!"伊都心里骂道,"在孟买的时候,老板名叫郭尔克达斯,来到这里,却变成郭尔克吉了。他到底有多少钱,完全是个谜。他有一个皮革厂,整天在剥牲畜的皮。其实何止是剥牲畜的皮,还剥人皮呢。"此时,伊都又想起了自己那条受伤的腿。除了加工皮革之外,老板最重要的事就是做镀金生意了。

走路让伊都的左腿又疼了起来,"这条该死的腿!"他说着,在腿上捶了两三下,可是,腿却疼得更厉害了。他坐在人行道上,气得使劲地抓那条受过伤的腿。腿上的皮肤被烧伤后,变得非常光亮,汗毛不见了,皮紧紧地裹在腿骨上,就像老板家的糊墙纸,又像黄铜上那一层镀金。

金子!金子!伊都站了起来。这布袋里装的算是什么呀?既不能吃，又不能传给后代。它的颜色像土一样，可是，土壤有清新的气味，还能长出东西来，比方说芒果树吧。此时，他的脑海里浮现出一棵又一棵果实累累的芒果树。唉，如果能从哪儿弄到一个芒果，吃上几口，那该多美呀！

"唉呀，我这是在想些什么呀？是不是这些首饰把我的脑袋给搞晕了？"伊都想。为了摆脱这种种幻想，他快步跑了起来。这么一跑，他那条伤腿像针刺一样疼了起来，不过，疼痛倒是把他从幻想中解脱出来了。

伊都来到工厂。他气喘吁吁，狼狈不堪。他还是头一次看到这个工厂里面的样子呢。

他把布袋交给一位镀金工人，然后用疲惫的目光看着工人把首饰一件件地挂上。他靠在机器上，冰凉的铁皮顶着他的腰，他觉得舒服极了。

机器隆隆地转动起来，震得他的身子发抖。

"喂，走开点！"那个工人说，"小子，金子可别镀到你身上了。"

伊都打起盹来，在朦胧中，他觉得机器的轰隆声好像来自很远的地方。过了一会儿，那个工人抬头一看，伊都闭着眼睛睡着了。

"哎哟，我的朋友，你靠着机器就睡着了。"

"哦！"伊都惊醒过来，揉着眼睛。

"喂，赶快走开！"那个工人大声吼道。

伊都离开工厂，回到了家，可是他的意识好像留在了那里。夜已经深了，他怎么也睡不着。为什么睡不着？他在想，是床上有臭虫吗？他躺在了地上，可还是没有睡意。"真该死，"伊都嘟囔道，

"莫非是看到金子以后,连头脑都变样了?"

早晨刚起床,他就有点萎靡不振。他回想起了夜里做的那些稀奇古怪的梦。他在梦中看到了金墙壁、金屋顶,还有金床和金人。所有的一切都那么漂亮,那么光彩夺目,而且显得那么安静。他好像被金子包围了,唯独老板不是金子铸成的。

伊都走到水罐跟前去倒水,可是水罐子里一点水也没有了。他狠狠地骂了一句,把水罐往头上一顶,就到公用水龙头打水去了。

他顶着水罐往回走的时候,觉得水罐比平时重了许多。虽说水罐还是原来的水罐,伊都还是原来的伊都,但他今天感觉到腰间有些异样的疼痛。他把水罐往地上一放,想伸伸腰,却觉得从左肋下到大腿根儿之间有一股电流通过,就好像他的胸肌和胯骨之间是用弹簧联结起来似的。

"真主保佑。"他把水罐放到地上,便坐了下来。

他喝了一瓢水后,想试着站起来。疼痛在加剧,他费了很大的力气,才终于站了起来。这时从学校传来了第一节课的铃声。天哪,已经七点半了!他忍痛走出家门。

老板把他从头到脚打量了一番:"你说什么?腰疼,不舒服,发烧?你们这些人怎么不去死呢?每个星期都有人请假,不是这个蠢驴的妈死了,就是那个猪猡的老婆病了。这回你他妈的又腰疼!我说了,没有假。现在你不马上去上班,工作就没有了!滚出去!"

伊都从门里出来,提着布袋向工厂走去。一路上,他疼得直哼哧,一直想找出一句骂人的话来。他想,只要自己骂上几句,让老板的腰也会像装上一根弹簧似的难受。

他在机器旁边猫了一会儿就睡着了。机器不停地转动,轰隆隆、轰隆隆地响着,金粉一点点地镀在首饰上。这时,伊都被疼醒了。

到了晚上,疼痛还在不断加剧,他真想叫出声来。但是,他紧紧地咬着嘴唇,把呻吟像喝水一样咽了下去。疼痛变成了沸腾的水,在他的体内翻滚。由于他紧咬双唇,水无法从嘴角流出,于是变成眼泪,从眼睛里涌了出来,然后又变成痛苦浸入体内,流遍全身。他实在忍不住,终于哭出了声。

他的哭喊声惊醒了正在熟睡的人们,他们觉得这哭声似乎是永远不会停止的。

跟伊都住在一起的,有迦奴、秋代、阿尔巴布和乌拉姆·穆罕默德。

"这小子,大哭大叫的,让别人也睡不成。"秋代说。

"哎,你哭叫什么,要生孩子还是怎么的?"听了这话,大家哈哈大笑起来,然后他们嘻嘻哈哈地把他抬到医院,丢在医院门口就回去了。

他躺在医院门前的人行道上呻吟时,门卫仔细地查看了一番,想弄清他疼痛的程度。抬担架的人把他抬起来时,又把他从上到下摸了一遍,想确定他身上有多少肉、多少骨头、衣兜里有多少钱。最后,他站到了一条通往诊室的长队里。人们在一点点往前移动,速度十分缓慢,和蚂蚁向前爬行的速度差不多。蚂蚁和伊都的生活是非常相似的,他们都不引人注目,在他们周围,有无数只脚来回走动,随时可能把他们踩死。一只蚂蚁死了,谁会停下来表示出一点遗憾或者掉几滴眼泪呢?蚂蚁爬来爬去,伊都也在爬着。终于向前移动了几步,但看到前边弯弯曲曲的长龙,他被吓得又闭上了眼睛。他来到医生面前时,医生摸了摸疼痛的部位说:"你需要透视,过三天再来看片子。"

老医生给学生们上完课,正在洗手。

"把片子放在阅片机上。"他站在那儿说。随后,他擦着手走过来,仔细地看了看,又走到机器跟前,取下片子,看了很久。接着,他看着年轻医生的脸说:"这是谁的片子?"

"伊都,一个工厂的工人。"

"好,马上收他住院。"

年轻医生正要离开。

"等等,你看过这个片子吗?再仔细看一遍,发现什么没有?"

"有一块结石,在左肾里。"

"你再仔细看看它的密度。"

"我不明白,老师。"年轻医生有点吃惊地说。

"还不明白吗?我亲爱的耐克,这种不透明的物质,我从来也没有看到过。我认为这是金属的阴影,这块结石很可能是一块金子,对,是金结石!懂吗?赶快收他住院……"

"哦。"片子从耐克医生手里掉落在地。

"记住,这件事你不要对任何人说。"

耐克医生对这位教授的脑子早就产生过怀疑,今天可以肯定地说,他确实是老糊涂了。哼,金块!看了透视片子,就能断定那是一块金属?好一个权威!

"看来他应该弃医从商,去做珠宝生意了。"他嘟囔道。

"什么?"站在他面前的护士问道。

"没什么,就这样吧,……对了,那位新来的病人有床位了吗?把他安排在十七号病床吧。"

"可是,你刚才在跟谁说话?"

"跟谁?就是那位老医生呗。你知道他在说什么吗?他说那位病人左肾的结石是一块金子,金子!懂吗?好了,这话可别对其他人说。"

她确实对谁也没有说,但是,病房里的清洁工格里姆瓦尔听到了,他又告诉了古尔邦。古尔邦的小舅子在老板郭尔克吉的工厂里当职员,所以,郭尔克吉知道了他工厂的伊都左肾里有一块金结石。

老医生微笑着接待了老板。

"请说吧,有何贵干呀?"

老板先是很随便地谈了谈自己在医学方面的见解,又向从事医疗工作的人们表示了自己的敬意。谈话过程中,他提到了伊都的病,表现出一副忧虑的样子。他请求医生允许他把伊都接回去。

"那好啊,可是我听说你已经把他解雇了。"

老板笑了笑说:"别提这些了,我愿付给你们医院一笔钱,不需要任何收据。"

"哦?"医生为了表现得和气一些,微笑着说,"我想,我们应该做一笔交易,你能出多少钱?"

"两千。"

"得了,这只不过是我一次手术报酬的四分之一。"

"五千。"

医生想让老板明白一张羊皮和一张人皮之间的差异。

"一万五千，不，两万。"

医生站了起来，"你可以走了。两万？两百万也不干。我的职业道德不是你能买到的。"

伊都还在不停地呻吟。被教授称呼为耐克的医生急得踱来踱去，被耐克医生称呼为苏一迪的护士正要去给病人送药，她用甜蜜的目光望着耐克医生，然后拉着小药车走到他面前停下来，问："喂，干嘛绷着脸？发生了什么事？"

"没什么事。苏一迪，你回答我一句话，我像小偷、贪心鬼、饿死鬼吗？"

"哪儿的话？不过，你问这个干嘛？"

"是这么回事，苏一迪，那个老板要收买我，贿赂我。"

"真的？"

"你不知道，他说：'我送你去英国读书，条件是不要给十七号床的病人化结石的药，要给他用药，让他继续凝结结石，让结石扩大，手术之后，把结石交给我。'"

到了深夜，所有的病人都睡了，病房里偶尔传来病人轻微的呻吟。值班护士在织毛衣，突然，病房里一片漆黑，瞬间什么也看不见了。紧接着，一伙人钻进病房，病人顿时惊叫起来，混乱中，根本辨别不出究竟是谁的声音。护士急忙叫醒了值班医生。

"怎么了？"医生从屋里走出来，"怎么了？"

在手电筒的亮光下，他看到一伙人正在从病房往外跑。

"停电了，先生。"

"怎么停电了？赶快……"医生大声喊道，"护士，你在哪儿？没事儿吧？"

电灯亮了,医生用惊讶的目光看着护士。

伊都的嘴被捂着纱布,样子显得十分恐惧。

"我不在这儿住了,放我走吧。"一解开纱布,他便叫了起来。

"这是怎么回事?"护士问。

"没什么。"医生小声地说。"那个老板很吝啬,他说过,他知道怎么样用弯曲的手指把油渣都抠出来。"

伊都每时每刻都感觉到有一种刺痛,不时突发的剧烈疼痛让他忘记了一切。他流着眼泪,紧咬着嘴唇,双手一直在颤抖。

早上五点半钟的时候,护士看到伊都在大声地嘶喊、痛哭,不免产生了怜悯之心。

"怎么了?"她和蔼地问。

"疼死我了!"伊都大声哭了起来。

护士把她柔软的小手放在他的腰间,盯着伊都的脸。伊都脸色蜡黄,额头上渗出了亮晶晶的汗珠。当然,护士亲切的抚摸,让伊都感到了莫大的安慰。

"还疼吗?"护士轻声地说,"你要知道,你的疼痛是多么值钱啊!"

"我什么也不知道,给我打一支止痛针吧!"他说。

"金子,你的疼痛就等于金子!金子像毒蛇一样盘在你的肾里。你感觉到有东西在刺痛你,你知道吗?长在你的肾里的结石是一块金子,金子!"

金子!伊都的眼睛转了起来。那一瞬间,他忘掉了疼痛。金子!他想起了自己的家乡,妻子儿女,老板的工厂,机器的隆隆声。还有,那一次他靠在机器上就睡着了,是一位工人把他赶走的。

"不，我不要金子！"他忍受不了这种痛苦，"我不要，疼死我了。"

疼痛一直在折磨着他，一次又一次地向他袭击。

最终，病痛还是占了上风，伊都和医生都失败了。一天早晨，医生接到病房打来的电话。

"你说什么？"他叫了起来，"晚上我离开时他还好好的呀？"

他放下电话，"怎么会死呢？晚上还很正常，他还向我道了晚安，现在怎么死了？我没想到他会死呢，可怜的人啊！"

他又给病房打了电话："喂，护士吗？尸体不要交给任何人，要妥善保管病历，赶快通知教授和法医，我九点钟赶到验尸房。"

医生、教授和法医都站在手术台旁，雪白的手术台上，停放着伊都的尸体。

"怎么搞的？"教授问耐克医生。

"夜里护士可能睡着了，病人们说他们听到一阵吵闹声，早上护士去送药，发现伊都已经死了，床上还有血迹。"

"哦，我们开始吧。"法医戴上手套说。

伊都的前胸、肚子和头部没有任何的伤痕。尸体刚刚翻过来，听诊器突然从医生的手上掉了下来。

死者的腰部有一条三英寸长的刀口，伤口四周，血已经凝结了。

医生的眼前顿时一片漆黑，他好像看到了老板弯曲的手指，耳朵里也回响着老板的吼声："我知道怎么样用弯曲的手指把油渣都抠出来！"

"啊，死者的左肾没有了！"法医一边放下器械一边说。

老板郭尔克吉取出包在手帕里的东西，那个东西闪着耀眼的光。老珠宝商眯着眼睛，反复地看着。"你快看看，"老板迫不急待地说，"整整一个半巴奥[②]，噢，一个半巴奥的金子！"

"哎呀，这不是纯金，含金量最高不超过百分之三，其余部分都是黄铜，只是表面镀了一层金子。"说完，珠宝商就去忙自己的事了。

---

[②] 重量单位，1巴奥约合中国0.5市斤。

# 乌拉姆·萨戈兰·纳格维

(1923—2002)

小说家。生于克什米尔地区的焦基本登。父亲是教师，在父亲的指导下学完初级课程，此后，在锡亚尔科特的麦瑞学院获得文学学士学位，又在拉合尔中央师范学院获得教育学学士学位。毕业后，他当了教师，一边工作一边继续自学，1958年获得旁遮普大学乌尔都语文学硕士学位。1962年担任昌格国立学院的乌尔都语文学教员，后来在拉合尔国立学院乌尔都语系工作。其作品多以农村生活为题材。他继承了普列姆昌德和艾哈迈德·纳迪姆·卡斯米的优良传统，善于描写普通人的生活，作品文笔细腻，朴实自然。主要作品有四部短篇小说集《死胡同》《霞光的影子》《歌与火》和《时光的墙》。此外，他还在文学月刊《篇章》上连载发表了长篇小说《我的家乡》，这部小说经改编后被搬上了电视屏幕。

# 焦土的芬芳

唐孟生　译

虽说没有一条公路通向他住的那个村庄，但坐上十几英里的汽车，再步行两三英里，对他来说并不困难。今天，他在锡亚尔科特没能搭上公共汽车。因为战争①刚刚结束，逃难的人们还没有返回家园，所以交通也还没有恢复。

靠着真主的保佑，他徒步上了路。天气晴朗，风和日丽。刚刚下过几场好雨，一出锡亚尔科特，他就看到田野里那一片诱人的景象，在温暖的阳光下，麦田里翻滚着绿色的波浪。

从战争爆发到今天，他一直住在古吉兰瓦拉县的一个亲戚家。在那个村庄里，他帮他们种麦子，享受着湿润泥土的芳香。尽管这也是自己国家的土地，但他还是觉得，这土地的香味和自己洒满汗珠的土地并不一样。得知敌人已经撤走，他便急不可待地想返回家乡，操起犁耙。他的手急得发痒，两臂的肌肉似乎也在跃跃欲试地

---

① 指1965年的印巴战争。

跳动。

公路两旁长满了青草,散发着一种说不出的芳香,树枝上已经绽出嫩绿的新芽。他高兴地想着:"我的地里一定也长满了野草吧?野草是土地的被子,它从来不忍心看着土地赤裸裸地毫无遮掩。可是,我们却要撕开土地的胸膛,所以,首先就得揭开被子,拔除那些野草……"想着想着,他突然站住了,"我到哪里去找犁呢?家里还有两头牛——古拉和拉卡……还有布里,那时,它生下小牛犊还不到一个星期,奶水嗞嗞地喷出来,散发出诱人的奶香……"想到这里,他不由得笑了起来,好像真的看到了挤奶的情景:布里的乳头正流着奶水,两股奶流喷到黄铜奶桶里,发出非常好听的声音,就像被拨动的琴弦。奶桶里泛起洁白的泡沫,像茉莉花的蓓蕾那样香气扑鼻,又像十四晚上的月亮那样闪闪发光。

布里的奶和用它制成的奶油在他的家乡颇有名气。莫斯德布尔区区长曾经揣着一千卢比来找他,想把布里买走。可是他说:"乔杜里,布里是我的命根子呀!天底下哪有人卖自己的命根子的?"想到这里,他不禁十分难过。"不知道现在布里在哪里。那天晚上……"他不由得浑身哆嗦了一下。那天晚上的情景真的让人感到恐惧,在这么明媚的阳光下,他真的不愿意回想那天夜里发生的一切。他加快了脚步,然而,他的思绪却好像比脚步更快,总是紧追不舍。古拉、拉卡和布里一次又一次地出现在他眼前,尽管他摸不着它们,但他好像闻到了古拉和拉卡身上的汗味以及布里的奶香……

"哎哟,公路上有这么大的一个坑!"他大吃一惊,"这里一定落过炸弹。"他想,"现在我到了打过仗的地方。"

战争。

战争来得那么突然，它趁着黑夜，无声无息地降临了……那天，他和平时一样睡在水井边。他挨着古拉、拉卡和布里，放好绳床，躺了下来。整个雨季雨水不多，拉卡和古拉拉了一天水车，给稻田放水，这会儿它们已经筋疲力尽，累趴下了。他自己也困了。夜空晴朗无云，四周一片寂静。他躺到床上就睡着了。睡得正香的时候，战争悄悄地降临了。

他沿着公路向前走，突然停了下来。这里以前有一条弯弯曲曲的小路，一直通向他的村子。沿途有很多水井，也有很多村庄，每一个村子外面都有榕树或者芒果树，人们坐在树下乘凉、抽烟。过路的人经过这里，只要说一声"您好"，就能喝上一杯水或一杯酸奶，抽上两口烟，歇口气再往前赶路。公路修好以后，这条小路被人们遗忘了。后来，敌人强占了公路，人们沿着这条小路撤到了安全地带。现在，小路已经不见了，田埂被毁坏殆尽，空旷的田野里没有一丝痕迹可以表明这里曾经有过一条小路。好在离公路不远的树丛依然存在，这是过往行人第一个歇脚的地方。他向树丛奔去。树丛中的水井早已变成了一口枯井，野草和枯枝败叶遮住了井台，离树丛稍远一点的地方，打仗时修筑的工事还清晰可见。他背靠树干，在树荫下坐了下来。

那天夜里，他从死一般的寂静中惊醒过来，只觉得一种无名的恐惧像蛇一样向他袭来，吓得他毛骨悚然。这时，边界线上传来了枪声。公路上，军车的隆隆声撕破了黑夜的寂静。他把古拉、拉卡和布里丢在井边，急忙向村里跑去。布里看见他向村里跑了，就在圈里站了起来。回到村里，他才知道战争爆发了。他连忙跑回家中,带着吉娜和孩子们踏上了这条羊肠小道。这条小道远离公路,两边全是庄稼和树丛,小道经过他的井边,可是,他竟然没有牵上古拉、拉卡和布里。他已经自顾不暇,把这些一直和自己同甘共苦的伙伴抛到了脑后,只想着赶快逃命。那个时候,他是多么无情无义啊!

那是一个令人恐惧的夜晚,是一个骨肉离散的夜晚,似乎世界末日即将来临。他的妻子儿女一直跟他在一起,他带着他们逃命。他没有把他们丢下,一家人没有走散,这已经很不容易了。他们走了一夜,拂晓时赶到了小路和公路的交叉处。就在这口井旁,士兵们正在挖战壕、修工事,炮口对准天空。"现在我们安全了!"他说。

但是,一个士兵向他大声喊道:"别在这儿待着,快往前走!这儿还是危险区呢!"

他们还没走出几步,树丛里就落下一颗炸弹,脚下的大地摇晃起来,紧接着,天上又传来轰隆隆的响声,一架飞机投着炸弹从他们头顶上飞过。士兵们纷纷卧倒,他和吉娜抓住孩子们的手,呆呆地站在那里,不知所措。一个士兵喊道:"快卧倒!小伙子,快趴下!飞机马上就会飞回来的。"

他们连忙趴倒在地,这时,"哒哒哒"的机枪声响了起来,周围一片天昏地暗。那架飞机从他们头上飞过时颤抖了一下,接着尾部冒出一股浓烟,掉了下去。趴在战壕里的士兵们高呼着:"真主至大!"纷纷站了起来。

他抓住吉娜的胳臂,把她从地上拉了起来。他领着孩子们继续赶路的时候,只觉得两腿发抖,脸色也变得煞白。太阳升起时,他们终于远远地看见了锡亚尔科特的建筑物。

"吉娜,感谢真主,我们得救了!你瞧,已经看见城市了。"

"是啊。"吉娜说。

"现在用不着害怕了。"

"是啊。"她的回答带着哭声,接着,她真的哭了起来。

"瞧你,这会儿哭什么?现在咱们连一根毫毛都没伤到,敌人一步也前进不了啦。"

"布里……"吉娜抽抽噎噎地说。

"布里!"他哈哈大笑,说:"你想起布里来了,还有古拉和拉卡……"他的笑声戛然而止,像是突然被噎在了喉咙口。"我从井上回家时,它们仨还拴在圈里。"

"古拉和拉卡都是烈性子,听到炸弹爆炸,肯定会挣断缰绳跑掉。可布里和小牛犊还拴在圈里……"

"吉娜!"他的笑声变成了叫喊。

"也许布里正在等着我,正在向村里张望。昨晚我给它们拌好了棉籽和油菜籽料。这会儿小牛犊准是又渴又饿,围着木桩转来转去……"

"吉娜,别说了,我也没有办法,那时候,我哪儿还顾得上它们?"

"你要是把布里的缰绳解开了……"

"我哪儿想得到现在连井边都去不了啊。"

吉娜不作声了,脸上流露出一副茫然的神情,像是在想着什么。他领着孩子们继续向前走,心里忐忑不安。他仿佛看到被拴在牛圈的布里正可怜巴巴地望着主人离去的方向,好像在说:十年来我一直跟着你们，有了我，你们家里的牛奶就像小溪一样长流不断。我是孩子们的第二个妈妈，我也是你的妈妈，因为你喝过我的奶。现在大难临头，你却扔下我不管，你是多么自私啊！我再也不给你们奶喝了。不！我不想埋怨你们……命中注定的东西，谁也无法改变……

"吉娜！"

"嗯？"

"你知道去合木查奥斯的路吗？博斯罗尔车站往南的河上有一座桥……"

"嗯。"

"乔杜里·格勒木·丁就住在那儿，他到我们村里来过好几次，每次都住在我们家。"

"是的，我认识他。"

"你带着孩子去他家吧。"

"那你呢？"

"我回去把布里从圈里放出来就回来……"他说着，心情显得十分沉重。

吉娜开始似乎没听明白他的话，反应过来之后，她一头扑到了他的怀里。

"吉娜，我要是不回去，布里会死在圈里的。"

"不！"吉娜的嘴唇簌簌发抖。

"现在这儿已经没什么危险了，让我去吧！"

"你瞧，天上炮弹乱飞，子弹也到处乱打，你能平平安安地回来吗？"

"真主会保佑我的,别担心,吉娜。"

吉娜放开了他,带着孩子们朝锡亚尔科特的方向走去,每走一步,就回过头来看看他。他也一直目送着她们,直到她们消失在逃难的人群里,他还一动不动地站在那里,那双脚就像被大地吸住了一样。在他转身要向自己的村子走去的时候,一发炮弹从锡亚尔科特方向飞了过来,呼啸着从他头顶上越过,不知道落到了哪里。他只觉得大地发出一阵剧烈的抖动,自己摔倒在地。

他爬起来,在庄稼的遮掩下,沿着小路向井边跑去。炸弹在远处接二连三地爆炸,坦克在身边隆隆驶过。这时,不知从哪里飞过来两架飞机,公路上顿时一片混乱,坦克也惊慌失措地在田野里东奔西窜。他躲在一个弹坑里,飞机俯冲着从他头顶上掠过,差一点儿撞在树梢上。随着一阵弹雨,树枝噼里啪啦地断落下来,公路上弥漫起一片尘土硝烟。他又看到,飞机像雄鹰一样,扑向正在逃窜的敌人的坦克,喷射出一股股火焰,一辆坦克顿时被炸得粉碎。他不禁害怕起来,觉得自己真不该往回跑,紧张得浑身都被汗水浸透了。过了几分钟,飞机又飞过他的头顶,消失在遥远的天边。然而公路上和周围的几个地方,仍然在冒着浓烟。他一直在弹坑里躲着,几乎忘记了自己在什么地方。忽然,他想起了自己要去做的事,才感到身上有了力量。他觉得那两架飞机正张开翅膀保护着他,在敌人的包围圈里,他并不孤单。于是,他借着庄稼的掩护,继续向前走去。

他平安地来到井边的时候,已经是傍晚时分。周围一点儿声音也没有,布里正趴在圈里,无可奈何望着村庄。听到他的脚步声,它一下子站了起来。他上前搂住布里的脖子,说:"布里,我回来了。"接着，他用手抚摸着布里湿漉漉的嘴。布里舐着他的手，小牛犊围着木桩转来转去。布里的乳房被奶水胀得鼓鼓的。他解开小牛脖子上的绳索，小牛便向母牛布里扑去，把滴着奶水的奶头衔在嘴里，美滋滋地吃了起来。他站在那里看着，小牛一吃饱，他就抓住了乳头，温和香甜的牛奶立时流入他的嘴里……

他解开布里脖子上的绳索，说："布里，这一大片地都归你了，只要你有吃的、喝的，就不会有危险了。谁知道我和你今后的命运会怎样呢？"布里饿了一天，但还是站在圈里不动。他在它的屁股上拍了一下，它才向前走去，钻进高粱地，吃起了青苗。他趁着夜色，离开了布里，转身向锡亚尔科特的方向走去。虽然累得全身瘫软，浑身上下酸痛难忍，但他心里感到很高兴，因为他尽到了自己的责任。即便到了末日审判那天，在不会说话的布里面前，他也是问心无愧的。

他沿着公路向前走去。公路上到处是弹坑，有些地段的路面已经完全毁坏了，公路两边土地荒芜，田埂都见不到了，荒凉凄惨的景象随处可见。他觉得脚下的土地似乎经历了一场大火，一切都被烧得精光，一阵忧伤突然袭上心头。到今天为止，他从来没有发过愁，即便是在背井离乡、无家可归的时候，他也是乐观的。听到打仗的消息，他曾经感到热血沸腾，似乎每根血管里都奔流着饱含战斗激情的血液。他是勇敢的战士，肩负着民族的重任，为了尽到自己的责任，牺牲自己的一切也在所不惜。现在，他并没有落在别人后面。他正在重返家园，重整家业。然而，一股失望的情绪笼罩着他的全身。"我不应该悲观失望。"他想，但是，这种失望的重负却在不断地增加，他越向前走，这种负担就越重，就像头顶重物一样,要走的路还很长很长,头上的重量却每时每刻都在增加。在这样的压力之下,他好不容易才走完了回村的路,感到疲惫不堪。

他的村庄已经变成了一片废墟。他家的房子,屋顶被掀掉了,门窗也被烧毁了,断壁残垣上,满是烟熏火燎的痕迹,只有灰烬在随风飞扬。他在自己被烧毁的房子前面站了一会儿,荒凉凄惨的景象吓得他转身向田野里跑去。

庄稼地里同样尘土飞扬,树枝被炸断了,井边的树丛已经无影无综。看着那些被炸断的枯树枝,他的心都凉了。井棚的顶已经塌了,所有这一切,看上去都显得阴森可怕。他不由得紧紧地闭上了眼睛。当他睁开眼时,发现自己站在牲口圈里,给拉卡、古拉和布里钉的木桩还在,上面还系着一节早已朽坏的缰绳。井台被炸塌了,水车也被炸得七零八落,遍地都是生锈的铁片,绳链已经掉进了井里。院子里,只有一棵小树还挺立在那儿,虽说树干也被炸断了,但还剩下一根绿枝,树枝上还落着一只灰色的小鸟。这只小鸟瞪着圆圆的眼睛,惊讶地看着他。

突然,小鸟叫了起来,"叽叽叽叽……"好像在说:"你回来了!我孤单单地等了你许久了。"

他一下子惊醒过来,揉了揉眼睛。他听到小鸟在唱歌,此时,初升的太阳已经射出了一缕金光。

他来到井棚后面的地里。地里的土是黑色的,他抓起一把土闻了闻,土里还有一股炸药的气味。他把土扔掉,心想:"土壤已经变成了灰烬,灰烬里是长不出庄稼来的。"他又回到井棚里,在废墟中摸起来。他摸到了一把锄头,锄把已经断了,锄头上也长了一层铁锈。他的手不由自主地抓紧了锄把,胳臂上的肌肉也跳动起来。他拿着锄头走进地里，嘴里念着真主的名字，用手掂了两下，在地里锄了第一锄。小鸟兴奋得叽叽喳喳地唱起了赞歌。一下、两下、三下，锄头翻出了几块红色的土，他抓起一块，在手里轻轻一搓，松软的土壤散发出一股清香，清香中还夹杂着春雨的潮气。他觉得土里仿佛涌出了生命的泉水。

"土壤还活着！"他兴奋地望着漂浮着白云的天空。四周的空气中洋溢着土壤的清香，在这种清香的气味中，他觉得那些被炸断、烧焦的树木又绽出了新芽，长出了青枝绿叶，而且果实累累。古拉和拉卡在圈里转来转去，布里的乳头流出的奶水汇成了小溪。水车飞转，水像一条银线，弯弯曲曲地向池里流去。顷刻之间，大地披上了绿装，正午金色的阳光在绿色的大地上跳跃，一瞬间，他的井边又出现了生机勃勃的景象。

他拿着锄头，望着春意盎然的田野，高兴地笑了。

# 伊斯玛德·玖厄泰伊

(1915—1991)

女作家。出生于印度北方邦，1939年开始尝试写作。1940年就任阿利格尔市女校校长，开始接触文学界人士，受到他们的影响，开始进入文学创作领域，并且一发而不可收。她被认为是乌尔都语长篇小说的先驱，一生创作了11部长篇小说，还出版了11部短篇小说集。长篇小说《曲线》是她的代表作。她的短篇小说多以女性的视角观察世界，揭示穆斯林中产阶级家庭生活的方方面面，尤其是写出了那些衣食无忧、闭门不出的女性的焦虑、压抑和渴望。她还大胆地涉足性的禁区，短篇小说《被子》是这方面的代表作。她的作品在题材和体裁上都别具一格，描绘细致入微，具有出其不意的效果。她的创作对其他作家产生了深远的影响，在乌尔都语文学史上占有独特的地位。

# 被子

袁雨航 译

在冬天盖上棉被的时候,被灯光反射在墙壁上的被子的影子宛若一头大象在摇荡。这让我的思绪猛然回到过去的帐幕里。不知为什么,一些回忆涌上了我的心头。

抱歉,我不会对你诉说有关我和被子的那段罗曼史。被子似乎也无法让人联想到"罗曼史"这三个字。尽管毯子没那么舒服,但它却不像墙上被子的影子那般可怕。

这是我童年的故事。那时,我整天和自己的兄弟以及他们的朋友打打闹闹。有时,我不禁在想我为什么会如此好斗。在其他的姐妹忙于诱惑追求者的时候,我却沉迷于和身边的男孩女孩们打打闹闹。

正因为如此,母亲启程前往阿格拉之前,把我交给她的干妹妹,让她照看我一周。母亲清楚地知道她孑然一身,家里连一只老鼠都没有,所以,我在那里找不到任何人打架。对我来说,这可真是严厉的惩罚。妈妈把我丢给了这位夫人①，而这位夫人的被子给我留下的阴影，仿佛烙铁的印记一样无法释怀。这位可怜的夫人，她的父母把她许配给年长的纳瓦布②，仅仅因为这位纳瓦布不算太老，人又好。从来没有人见过他家里有妓女或者不正经的女人进出。他已经去过麦加朝圣，还帮助过很多人去朝觐。别人喜欢养鸽子、斗鹌鹑、斗鸡，纳瓦布老爷却非常憎恨这种无聊的活动。他有个奇特的癖好。他的家里住着很多"学生"，一些长着细腰的白皙的男孩，纳瓦布老爷为他们打理一切花销。

和夫人结婚后，纳瓦布把她和所有的家具都封存在家中，这位纤细苗条的太太只能每天沉浸在孤独的痛苦之中。

不知道应该从何时开始讲述夫人的生活。是从她错误的出生开始，还是从她成为纳瓦布夫人、躺在四柱床③上艰难度日开始？再或者是从纳瓦布带回越来越多的男孩子开始？这些男孩子享受着各种美味佳肴，夫人从门缝里瞥见这些细腰男孩的大腿和散发着清香的轻薄衬衫，心中不禁燃起了欲火。

或者从她放弃使用那些符咒、不再在夜晚念诵咒语以挽回自己的丈夫开始？磐石永远无情，纳瓦布正如磐石一般，对夫人毫不动情。夫人的心碎了一地。她开始试图从求知中获得慰藉，却一无所获，而且，那些罗曼蒂克的小说和情诗让她更加抑郁。她开始整夜无眠，从此变得郁郁寡欢。

---

① 夫人，即 Begum，在南亚传统社会中，一些贵族穆斯林妇女常被称为"夫人"。
② 纳瓦布，即 Nawab，是印度莫卧儿帝国时代副王和各省总督的称谓，英国殖民统治时期指代印度一些土邦王公。
③ 即 chhapar khat，南亚地区的一种有四个柱子带天篷的床。

她想把自己的衣衫都丢进炉子。穿衣打扮本来是为吸引别人的注意力，但纳瓦布忙着和那些年轻的男孩周旋，根本无暇关注夫人，当然，他更不会让夫人随便出门。尽管家里有时会有亲戚拜访，但他们最多也就是住上几个月，然后便离开了，剩下的只有如囚徒一般无助的夫人。

　　提起家里那些亲戚，夫人更是心绪难平。这些人个个都过着一掷千金的生活。他们都是托夫人的福，才得以尽享锦衣玉食，可是，夫人自己就算盖着崭新的棉被，也感受不到丝毫温暖。夫人每晚辗转反侧的时候，棉被总是在墙上映射出不同的影子，但任何一个影子都无法让她重获生机。她究竟为什么而活？这就是夫人的生活，也许这种悲惨是命中注定的。

　　但是，某一天，她居然重获新生，而且活得有滋有味。

　　当她的人生跌落在无尽的深渊时，拉布拯救了她。很快，她干枯的身体开始有了风韵，脸颊也变得红润起来。夫人仿佛是在某种神药的滋润下重获了生机。不过，这种神药的配方，恐怕在最高级的杂志上也找不到。

　　我和夫人相识的时候，她大概有四十一二岁的样子。啊！夫人的样子，真是让人过目难忘。她优雅地倚靠在长凳上，拉布贴着她的背坐在旁边，正在按揉她的腰部。紫色的披巾躺落在夫人的脚上，看上去，她如同女王一般光彩夺目。我真的喜欢看她的样子，甚至宁愿一直盯着她那张脸。她雪白的肌肤竟然没有一点瑕疵。她的秀发乌黑油亮，我从没见过她的青丝有过一点杂乱。她长着一双黑色的眼睛，浓密的眉毛如弓箭一般挺拔。她的脸上有厚厚的眼皮和长长的睫毛，但那张脸上最引人入胜的部分，还得说是嘴唇——她的嘴唇总是涂着红色的唇彩，嘴唇上面能够看到细密的丝丝绒毛。

凝视她的脸庞，有时会让人产生一种奇特的感觉。她有着和那些年轻男孩一样白皙光滑的皮肤，似乎有人用针线把她的身体绷紧了一样。在她伸展着双腿让人按揉的时候，我时常会偷偷欣赏她的美貌。她身材挺拔，由于比较丰满的缘故，她的身材除了高大之外，还显得十分壮硕，但是非常匀称。她的手掌宽大光滑，腰部很匀称，那也是拉布经常按揉的地方，或者说，是她经常花数个钟头按揉的部位。按揉身体是她生活中的必备项目，甚至比很多生活必需品还要重要。

拉布不需要做其他家务，她的职责，就是整天在床上为夫人按揉身体，有时按揉双腿，有时按揉头部，有时按揉身体的其他部位。有时候，拉布那些按揉的姿势让我的心不禁怦怦直跳。我不知道别人会怎么想，对于我来说，如果有人这么抚摸我，我的身体肯定会腐烂消失的。

对于夫人来说，这种从早到晚的按揉似乎还是不够，在夫人沐浴的日子，拉布还会用精油和香膏给她按揉两个小时，那种按揉的场景让我想起来就觉得无法忍受。她们关上浴室的门，点燃取暖的炉子，开始按揉身体……通常，只有拉布可以留在房间，其他女仆只能守在门口为她们提供需要的东西。

还有一件事情，夫人患有皮炎。这种皮炎非常严重，不停涂抹各种精油和香膏还是无济于事。医生总是说："皮肤本身没什么问题，或许皮下有什么感染。""绝对不是，这些医生都疯了吧？您没病，不过是血液躁热而已。"拉布总是这样笑着说，边说边温柔地凝视着夫人。哦,这位拉布,真是和夫人形成了鲜明的对比。夫人那么白皙,她的皮肤却是黝黑的;夫人那么白净,她的皮肤却像一块猩红的烙铁。她的脸上有天花治愈后留下的斑点,身材矮小壮硕,但腹部很平坦,那双手小而灵巧,但厚大的嘴唇却总是湿漉漉的,而且,她的身体总是散发出一种怪异而令人作呕的恶臭。她那双肥硕却灵巧的小手总是在夫人的身体上来回移动——时而在腰部,时而在臀部,时而从大腿下滑到脚踝。我坐在夫人身边时,目光总是无法从她那两只移动的手上拿开,我总想看看她的手在哪里,在那儿干什么。

无论冬夏,夫人都穿着海得拉巴式的库尔塔[4]长衫。她总是穿着洁白的长衫和深色的裤子。在炎热的天气里,风扇转动时,她总会用一条轻薄的披肩盖在身上。她特别喜欢冬天,我也喜欢在冬日去她家拜访。她很少出去,平时总是躺在地毯上嚼着干果,拉布则在旁边按揉她的背部。其他的女仆都嫉妒拉布,觉得她像女巫一样,居然整天和夫人一起吃饭、闲坐,甚至一起睡觉。拉布和夫人之间的关系是女仆们闲暇时的八卦话题。每当有人提起她俩的故事,人群中总会爆发出哄笑。你不知道她们编出了多少有意思的故事!不过,夫人对这一切一无所知,因为她已经与世隔绝。在这个世界上,她只有拉布,还有拉布的挠痒和按揉。

我之前已经提到,当时还是孩童的我曾经多么痴迷夫人。同样,她也很宠爱我。母亲前往阿格拉之前,知道我如果留在家里,一定会和兄弟们打得不可开交,于是她把我送到夫人那里,让我在

---

[4] 一种传统的南亚服饰,是一种长款的无领上衣。

那儿生活一周。我很开心，夫人也一样。毕竟，夫人是母亲家族的女眷。

现在的问题是，我在哪里睡觉呢？按说，我应该睡在夫人的房间。出于同样的考虑，她在自己的床边为我支起了一张小床。我们一直聊到夜里十一点，我和夫人一直在打牌。后来，我就躺在自己的小床上睡了。在我快要睡着的时候，拉布还在按揉夫人的腰。"丑恶的女人！"我心里说。半夜时分，我从睡梦中睁开眼睛，突然感到一种恐惧。房间里漆黑一片，黑暗中，夫人的被子剧烈地晃动着，好像里面关着一头大象。"夫人……"我恐惧地叫出声来，大象随即停止了摇动。

"什么事情？快睡觉。"夫人的声音不知道是从哪里传过来的。

"我有点害怕。"我发出像老鼠一样微弱的声音。

"快睡吧，有什么害怕的！心里默念一下库尔席⑤。"

"好吧。"我于是开始默念库尔席，但每次背诵到"他知道凡是出现在人们面前…⑥"的时候总是卡壳，其实，我当时是会背诵整段经文的。

"我可以去找您吗，夫人？"

"不行，我的孩子，你快睡。"夫人严厉地说。随后，我听到两个人窃窃私语的声音。我的天，另外一个人是谁呢？我更加害怕了。

"夫人，有小偷吗？"拉布的声音突然传了过来。我马上用被子

---

⑤ 库尔席是《古兰经》第2章第255节的一段诗歌。伊斯兰教认为，睡眠之前念诵这段经文，会受到真主的保佑，整夜不会被恶魔接近。

⑥ 这是"库尔席"中的一句话。

蒙上脸，继续睡下了。

到了早晨，我已经把昨晚的可怕场景抛在了脑后。我常常疑神疑鬼，到了晚上总是感到害怕，时而梦游，时而梦呓，这几乎就是我童年的日常，所以人们总是说我被精怪附身了。正是因为这样，我并没把前一晚的事情当回事。早晨起床的时候，那床被子看上去十分无辜。但这天夜里我再次醒来的时候，又听到夫人和拉布似乎在小声争吵着什么。我不知道她们在吵什么，也不知道最终结果如何，只听见拉布在低声抽泣。随后，我听到了一种声音，像是猫在舔舐盘子……我被吓坏了，好不容易才睡着了。

第二天，拉布去看自己的儿子。那是一个脾气暴躁的年轻人。夫人帮了他不少忙，帮他开商店，帮他在村子里找工作，但是，他永远都不满足。他曾经在纳瓦布家里住了一段时间，夫人还给他置备了新衣服和其他礼物，但不知为什么，他逃离了这里，甚至不愿意回来看看拉布。

拉布去亲戚家了，不知道夫人为什么会同意她去。当然，拉布也很无奈。

夫人一整天都郁郁寡欢。她的每个关节似乎都在隐隐作痛，但她无法忍受其他人的按揉。她不吃不喝，就那么闷闷不乐地躺在床上。

"夫人，要我给你揉背吗？"我一边兴致勃勃地洗牌，一边问道。夫人盯着我看了看。

"我给你揉背吧，我说真的。"我收起纸牌。

我为夫人按揉了一小会儿，夫人就那么安静地躺在那里。拉布本应该在第二天回来，但她失约了。夫人变得愈发烦躁，她一杯一杯不停地喝茶，头也开始疼了起来。

于是，我又开始为她按揉——在她像桌面一样光滑的背上按压。我轻柔地按着，为她服务也让我感到欣慰。

"再用力一点……把腰带解开，"夫人说，"这里……肩膀下一点，对对，啊，真舒服……"她在欢愉中不停地喘息，似乎十分满足。

"那里，那里……"尽管夫人自己的手也能摸到那个地方，但她还是吩咐我来揉，而我因为能帮她按揉，也非常高兴。"这里，哦哦，你在挠我吗？哈哈……"她笑了起来。我一边聊天一边继续给她揉着。

"明天我送你去市场吧。说，你想要什么？是不是想要那个会眨眼睛的洋娃娃？"

"我不要，夫人，我不想要娃娃了，我现在不是小孩子了。"

"不是小孩子，难道是老太太？"夫人笑了起来。"不想要女娃娃的话，给你买个男娃娃好了，你可以自己给他做衣服，我给你提供布料，好不好？"

"好啊。"我回答说。

"这里。"她拉住我的手，将它们放在让人发痒的地方，她总是这么做。而我还在想着刚才说的男娃娃，一边机械地按着，一边随声附和夫人说的话。

"听着，你的裙子不太多，明天我叫裁缝给你做几件新的。你妈妈还给过我一些布料呢。"

"我不喜欢红裙子，穿起来像个鞋匠。"我也不停地说着，没有注意手放在了哪里。我一边闲聊一边按揉，夫人只是静静地躺着天啊！我猛然甩开自己的手。

"喂，孩子，看看你在按哪里呢？怎么在挠我的肋骨？……"夫人调皮地笑了起来，我感到非常尴尬。

"来吧，和我一起躺下。"她让我躺下，把头放在自己的手臂上。

"哎呀，你怎么这么瘦？肋骨都露出来了。"她开始数我的肋骨。

"啊……"我试图拒绝。

"喂，我又不会吃了你。你的毛衣也太紧了吧？而且，你怎么没穿一件暖和的内衣？"听到这些话，我感到浑身麻酥酥的，身上像是有虫子在爬。

"人到底有多少根肋骨呢？"夫人突然转变了话题。

"一边是九根，另外一边是十根。"我凭借记忆中学校生理课程上学到的知识脱口而出，不过，我也有可能是在胡编乱造。

"你把手拿开……对，就这样，我数数，一、二、三……"

我真的想逃跑，但夫人紧紧按住了我。

"啊……"我试图摆脱夫人，她却大笑起来。直到今天，我一想起她那张脸，还是会感到茫然无措。她的眼皮耷拉着，唇上能看到黑色的绒毛。尽管天气很冷，但她的鼻子上却冒着颗颗汗珠。她的手冰冷而又柔软，像是被剥去了皮一样。她脱下披肩，穿着精美的卡尔加式库尔塔，衬衣被解开的金色纽扣垂落在一侧，身体像面团一样闪闪发光。这时已经是傍晚时分，房间渐渐笼罩在一片黑暗当中。一种怪异的恐惧感突然让我不知所措。夫人用深沉的目光注视着我，我心里有一种想哭的感觉。我像泥娃娃一样被她压在下面，她温暖的身体让我喘不过气来，但是，我就像被某种鬼怪附身了一样，叫也叫不出来，哭也哭不出来。

过了一会儿，她终于筋疲力竭地躺了下来。她的脸上失去了光彩，变得毫无生气，还喘着长长的粗气。我以为她快要死了，起身逃出了房间。

谢天谢地，当晚拉布终于回来了。我还是感到非常害怕，只想蒙着头赶快睡去，但是，我却一直也睡不着，就这样醒着，熬过了夜里的几个钟头。

母亲还没有从阿格拉回来。我对夫人怕得要命，整天都在女仆的陪伴下度过。一迈入夫人的房间，我就心惊胆战。但是，我又能对外人说什么呢？说我害怕夫人，还是说夫人对我心生爱恋？

这一天，拉布和夫人之间再一次发生了争执。对我来说，这可不是一个好兆头。果不其然，夫人很快就发现我在寒冷的户外闲逛，于是开始批评我，说我会因为肺炎而命丧黄泉。

"孩子，你是想羞辱我吗？要是你出了什么事，那可是一场灾难。"她让我坐在身边，自己在水盆里洗手洗脸。茶已经放在了旁边的三角桌上。

"你泡茶吧，给我也泡一杯。"她一边说，一边用毛巾擦了擦脸。"我换件衣服。"

我在喝茶，而她一直在换衣服。让理发师的老婆按摩的时候，夫人有什么事就会派人叫我进去，我总是很不情愿地进去，听完吩咐就马上逃出来。她换好了衣服之后，我又开始紧张起来。我赶紧转过脸，喝了一口茶。

"妈妈啊……"我的心在无助地呼喊。"现在我经受的事情，可比和兄弟打架受到的惩罚痛苦多了。"母亲不喜欢我和男孩子们玩耍，但是现在，谁倒是说说看，男孩子是豺狼虎豹吗？他们难道会吃掉母亲的心肝宝贝吗？那些男孩是谁？他们只不过是我自己的兄弟，还有他们的伙伴。母亲总是坚信男女授受不亲，但她没有想到，这里的夫人却比世界上所有的流氓都可怕。好吧，算了，我不如逃到街上，或者跑到更远的地方。可是，我无处可去。我是那么的无助，只能无奈地呆坐在那里。

更衣之后，夫人精心打扮着自己，香炉充满暖意的香味浸润了她的身体，她开始向我倾诉自己的爱意。

"我想回家……"无论她说起什么，我总是一遍遍重复这个回答，而且，我哭了起来。

"快来，到我这儿来，我带你去市场，你听我说……"

我退缩了，所有的玩具、糖果都无法打破我要回家的急切的愿望。

"回家以后，你的兄弟会揍你的，你这个小女巫…"她深情地轻轻拍了拍我的脸颊。

那就让他们打吧，我心里想着，然后闷闷不乐地坐着。

"那些生芒果太酸了，夫人。"嫉妒的拉布生气地说，夫人突然暴怒起来，把刚才给我戴上的金项链扯断了，又把软薄的头巾撕成了碎片，她那一头从来也没有一丝杂乱的秀发，居然也变成了一团乱麻。

"啊！"她痛苦地尖叫起来，我赶快逃了出去。

折腾了一阵之后，夫人终于恢复了理智。我蹑手蹑脚地走回到房间睡觉时，瞥见拉布正依偎在夫人身边，为她按揉着身体。

"把你的鞋脱掉吧。"拉布一边抚摸着夫人的肋骨一边说道。我像老鼠一样躲进了被子。

外面又传出了奇怪的沙沙声……夫人的被子在黑暗中如同大象一般摇晃起来。

"上天啊!"我用微弱的声音呼唤着。被子里的大象耸起身体,随后坐了下去。我不再发出声音。大象随后又开始摇晃,我吓得汗毛都竖了起来。但我决定,今晚无论如何都要鼓起勇气开灯看看。大象又扑腾起来,似乎要坐下去。此时,又传来了咂嘴的声音,好像是有人在品尝美味的菜肴。我明白了!夫人一整天都没吃东西,女巫一样的拉布又是一个远近闻名的饕餮之人。她一定是在捣鼓什么好吃的东西。我使劲儿地闻了起来,但除了闻到了香水、檀香和散沫花的味道之外,一无所获。

被子又开始摇动。我试着安静地躺下,但被子却开始呈现出怪异的形态,让我恐惧到了极点。我看到的场景,就像是一只不断膨胀的巨型青蛙在朝着我扑来。

"啊,妈妈啊……"我鼓起勇气喊了出来,可是,无人应答。被子的影像似乎钻入了我的大脑,而且不断膨胀。我惊恐地把腿伸向床的那一边,摸索着打开了电灯开关。大象在被子里翻了个跟头,随后瘪了下去。大象翻跟头的时候,被子的一角居然一下子升起了一英尺。

天啊!我倒吸一口凉气,倒在了床上。

# 英迪扎尔·侯赛因

(1925—2016)

小说家。出生于印度北方邦的一个小城市，1944年获得学士学位，1946年获得乌尔都语文学硕士学位。1947年印巴分治期间迁居巴基斯坦的拉合尔。他曾在多家大型报刊做专栏专家，还为电台、电视台写过剧本。长篇小说《居民》曾获阿达姆吉文学奖。他很早就展现出了文学天赋。他出版的作品包括四部长篇小说，九部短篇小说集。第一部小说集出版于1956年，最后一部问世于2002年。

英迪扎尔·侯赛因是乌尔都语文学中第一位采用现代主义方法创作的作家，作品具有象征主义特点。他的小说大量运用《古兰经》故事、民间传说故事来传达意象，作品中隐喻、暗喻的手法比比皆是，其特点是暗示多于解释，含蓄多于畅尽。《最后一个人》和《黄狗》是其短篇小说的代表作。作为最早采用现代主义方法创作的作家，其小说创作艺术为乌尔都语小说开创了一个新的发展方向，对现代乌尔都语小说的发展产生了极大的影响，在乌尔都语文学史上具有独特的地位。

# 最后一个人

孔菊兰 译

阿利亚·赛弗是这个村庄里的最后一个人。他发誓说:"向真主保证!我是以人的面貌出生的,也一定会以人的面貌死去。"为了以人的面貌活着,他进行了最后的斗争。

三天前,这个村庄的猴子全都不见了。开始的时候,人们很吃惊,然后很高兴,因为猴子总是糟蹋庄稼和果园,这下子可好了。但是,那个阻止人们在安息日捕鱼的人说:"猴子就在你们当中,只不过你们看不见而已。"人们觉得他的话很刺耳,不中听,便说:"你是不是在戏弄我们?"他说:"毫无疑问,是你们戏弄了真主。他禁止在安息日捕鱼,可你们却违反了禁令。你们就这样想吧,戏弄你们的,其实是真主。"

这之后的第三天,发生了一件事。阿勒耶厄兹尔的女佣古杰尔·杜姆来到阿勒耶厄兹尔的卧室,蹑手蹑脚地走到阿勒耶厄兹尔妻子的身边,然后转身回来,又走进了阿勒耶厄兹尔妻子的卧室,神情紧张地跑了出来。随后,一个消息很快就传开了。人们从四面八方来到阿勒耶厄兹尔的家。卧室的场景令人震惊：躺在阿勒耶厄兹尔的卧室里的，不是阿勒耶厄兹尔，而是一只猴子。在安息日里，阿勒耶厄兹尔捕的鱼是最多的。

之后，一个人对另一个人说："哎，朋友！阿勒耶厄兹尔变成猴子了！"另一个人大声说："你在是在开玩笑吗？"他咧嘴一笑就走了，笑得满脸通红，牙齿也呲了出来，整张脸变得扭曲，瞬间就变成了猴子。卡玛尔惊呆了，他张着嘴，两眼之间的距离越来越宽，很快，他也变成了猴子。

阿勒亚布看到伊本·泽布隆的样子，心里非常害怕，说："哎，伊本·泽布隆！你怎么了？你的脸都变形了！"伊本·泽布隆觉得他的话不中听，气得咬牙切齿。这让阿勒亚布更加害怕了，他大声叫道："哎，伊本·泽布隆！你妈妈正为你守丧呢！你一定是出了什么事。"听到这里，伊本·泽布隆非常恼怒，咬着牙扑向阿勒亚布，阿勒亚布吓得魂飞魄散。伊本·泽布隆火冒三丈，脸变得通红，阿勒亚布的脸因为害怕也在扭曲。这两个人，一个气得浑身发抖，一个吓得缩成一团。他们扭打在了一起，两个人的脸在扭曲，肢体在变形，随后声音也含糊不清，很快又变成了可怕的尖叫声。最后，他俩都变成了猴子。

阿利亚·赛弗是这些人当中最聪明的一个，直到最后，他依然保持着人的样貌。他不安地对人们说："唉，我们一定是出了什么事了！我们去见见阻止我们在安息日捕鱼那个人吧。"阿利亚·赛弗带着众人来到那个人的家。他们围成一个圈，喊了很久，但没有听到回音。他们灰心丧气地返回来的时候，阿利亚·赛弗大声说："那个阻止我们在安息日捕鱼的人今天抛下我们走了，你们想想,这对我们很不利啊!"大家听了这些话,心里都有些害怕。恐惧的气氛笼罩着他们,在惊恐之中,他们的脸开始变得扁平,面容也扭曲起来。阿利亚·赛弗睁大了眼睛看了一圈之后,惊呆了。走在他后面的人都变成了猴子。他朝前边看去,除了猴子,没看到一个人。他又朝左右看去,看到的依然是猴子。他被吓坏了,赶快离开了那群猴子。他没见到任何人,他知道,那里曾经是一个居民区。那里有一片高门大院的圆顶豪宅,海边市场总是熙熙攘攘,人头攒动。但转眼间,市场冷冷清清,高大的房子里不见了人影,那些高门大院金碧辉煌的屋顶上,能看到的都是猴子。阿利亚·赛弗紧张地朝四周看去,心想:难道只剩下我一个人了吗?想到这里,他有些害怕,血液似乎开始凝固。不过,他想起了阿勒亚布。因为恐惧,阿勒亚布的面貌变得狰狞、扭曲,最后变成了猴子。阿利亚·赛弗控制着自己恐惧的情绪,暗自向真主发誓:我以人的面貌来到世上,就应该以人的面貌离开这个世界!他得意地看着那些扭曲了面孔的同类,心里在说:"我和他们本来就不一样,他们是猴子,我是人!"

阿利亚·赛弗仇视自己的同类,看到他们赤红的脸和长满粗毛的躯干,心中涌起一阵厌恶,结果,他的脸也开始扭曲起来。这时,他想起了伊本·泽布隆。由于仇恨,伊本·泽布隆的面孔变得极其丑陋。他对自己说:"哎,阿利亚·赛弗,不要仇恨,仇恨会让人变得丑陋。"于是,阿利亚·赛弗放弃了仇恨。

阿利亚·赛弗不再仇视自己的同类。他对自己说:"我原先是他们当中的一个。"他想起了自己和他们在一起的时光,心里开始激动起来。他想起了阿赫兹尔的女儿。她就像一匹奶白色的法老的坐骑。她们家有一座大宅子,那座宅子有柏树的大门和松树的房梁。他想起了过去的日子。他曾经从房子后面进入那座有着柏树大门和松树房梁的房子,在挂着幔帐的床上摸到她。他喜欢她,他看到她的头发已经被夜晚的露水浸湿,乳房像小鹿一样跳动,微微隆起的腹部像一堆小麦,身边还放着檀香木杯子。想到阿赫兹尔的女儿,阿利亚·赛弗脑海当中的小鹿、小麦堆和檀香木驱使着他来到了她的家。看到空空荡荡的房子,他叫道:"阿赫兹尔的女儿!你在哪里?我爱的那个人!哎,你看哪!炎热的季节已经过去,鲜花盛开,绿树成荫,斑鸠在高高的树上扑闪着翅膀。你在哪里?哎,阿赫兹尔的女儿!哎,躺在挂着幔帐的床上的你,你就像奔跑在荒野的梅花鹿,藏身在岩石缝隙里的鸽子,你下来和我相见吧!我向你发誓,我想拥有你。"阿利亚·赛弗一次次地呼唤着她,伤心欲绝。想起阿赫兹尔的女儿,他就会流泪。

忽然,阿利亚·赛弗想到了阿勒耶厄兹尔的妻子。看到阿勒耶厄兹尔变成猴子之后,她哭得声嘶力竭,不停流淌的泪水让她姣好的面容逐渐扭曲,哭泣的声音也变得如野兽一般。阿利亚·赛弗意识到,阿勒耶厄兹尔的女儿也是他们当中的一员,最后和他们在一起了。毫无疑问,凡是属于他们那一伙的,都会被带走,都会变成猴子。阿利亚·赛弗对自己说:"哎,阿利亚·赛弗!不要爱他们,千万不要成为他们当中的一员。"阿利亚·赛弗远离了爱,把同类看作异类,同他们断绝了关系。阿利亚·赛弗忘记了小鹿、小麦堆和檀香木的杯子。

阿利亚·赛弗远离了爱。看到自己曾经的同类赤红的脸庞和翘起的尾巴,他笑了。他又想起了阿勒耶厄兹尔的妻子。她是这个村的美女，她的身材像一棵棕榈树，乳房像葡萄串。阿勒耶厄兹尔曾对她说过："你相信我，我一定要摘到这串葡萄。"像葡萄串的那个她挣脱后，朝着海岸跑去，阿勒耶厄兹尔紧跟在她身后，摘了果实，并把棕榈树带回了家。现在，阿勒耶厄兹尔的妻子正蹲在一个高墙垛上咯嘣咯嘣地吃着虱子。她翘着尾巴，蹲坐在自己肮脏柔软的爪子上。阿勒耶厄兹尔颤抖着站起来，两只前爪搭在她长着乱毛的肮脏的后背上。看到这里，阿利亚·赛弗笑着走开了。他对自己的笑感到很奇怪，但是，他忽然想起了那个笑着笑着就变成猴子的人。阿利亚·赛弗对自己说："哎，阿利亚·赛弗！你可千万别变成笑的牺牲品！"于是，阿利亚·赛弗不再笑了。

阿利亚·赛弗避免一切情绪的流露。他不再爱，不再仇恨，不再愤怒，不再同情，也不再有哭泣和微笑。他控制着自己所有的情绪，与自己的同类断绝了关系。他们在树上上蹿下跳，龇牙尖叫，为了争抢野果而互相撕咬，弄得鲜血淋漓。每当想到这些的时候，他就为自己的同类感到悲哀。他鄙视他们，看见他们打斗在一起，他会大声斥责他们。之后，又对自己的声音感到惊愕。有些猴子见他不属自己的同类，也会朝他扑过去。阿利亚·赛弗的语言功能正在消失。他与自己的同类没有沟通，为此，他感到很遗憾，为自己的同类遗憾，也为自己遗憾，因为他和他的同类都失去了语言功能。"太遗憾了！他们已经失去了人的语言。真的遗憾啊！他们的语言仿佛只是放在我手里的空碗！快想想吧！今天是多么遗憾的日子啊！就在今天，语言已经死亡了！"

阿利亚·赛弗沉默了，他没有爱，没有仇恨，没有愤怒，没有同情，也不再哭和笑。他把自己的同类看成异类，远离他们，在自己的内心筑起一道防线。阿利亚·赛弗在内心找到了一块可以庇护自己的地方,那里就像一座孤岛,是茫茫大海上的一小块干涸的土地,与外面的一切完全隔绝。孤岛说:"我一定要保住海上这一块土地。"

阿利亚·赛弗逃避着一切。他在自己周围垒堤筑坝,无论是爱慕、仇恨、愤怒,还是同情、痛苦和兴奋,都不能击中他,情感世界的漩涡也不能把他卷走。阿利亚·赛弗开始对自己的情感有些担心。但是,堤坝筑好时,他又感觉自己的内心已经长出了结石。他忧心地说:"主啊!人的内心有变化,才会有外在的变化。"他感到那些结石在向外扩散,皮肤变得干燥失色,血管也逐渐干瘪。之后,他又想了想自己。他已经被恐惧所包围,总是感觉全身都被毛发覆盖,而且那些毛发越来越难看,越来越扎手。他开始担心自己的身体。他闭上眼睛,害怕地把身体蜷缩在一起。这时候,他感觉自己的腿、胳臂和头都在变小,这让他更加害怕。他想:难道我已经残废了?

阿利亚·赛弗想起阿勒亚布由于恐惧而蜷缩着变成猴子的样子。他说:"我一定要控制住内心的恐惧,就像控制外在的恐惧一样。"阿利亚·赛弗控制住恐惧的情绪,萎缩的肢体开始放松并伸展开来。他的手指变长,头发也变长并且立了起来,手心和脚板变得扁平而柔软,关节也张开了。阿利亚·赛弗知道,自己的肢体快要散架了,于是他下决心,咬紧牙关,攥紧拳头。

阿利亚·赛弗无法直视自己丑陋的肢体,于是闭上了眼睛。闭着眼睛的时候,他能感觉到自己的肢体在不断变化。他胆战心惊地问自己:"难道我不是我吗?"想到这里,他的心情变得沉重起来。他害怕地睁开眼睛,悄悄看了一眼自己的肢体,终于放心了。他的四肢还是原来的样子。他大胆地睁开眼睛,放心地看着自己的全身,说:"毫无疑问,我还是自己原来的样子。"但是他很快又担心起来,因为他的四肢好像还是在逐渐变形,于是他又闭上了眼睛。

阿利亚·赛弗闭上眼睛的时候,注意力会转到内心。他知道,他好像陷入了一个漆黑的深井。阿利亚·赛弗痛心地说:"我的主啊!我的外部也是地狱,内心也是地狱!"尽管这样,那些已经陷入深井的同类的老样子还在追逐着他,过去的记忆也包围了他。阿利亚·赛弗想起了在安息日捕鱼的同类。由于他们的缘故,原本到处都是鱼的大海只剩下了海水,但是他们的欲望还不停歇,在安息日也开始捕鱼。那位阻止他们在安息日捕鱼的人说:"向主保证!你把海变成有深水的地方,把深水变成鱼儿的安全地。大海祈求人类的欲望之手放弃暴力,在安息日不要对鱼儿施暴,否则,人类就会受到真主的报复。"阿利亚·赛弗说:"向真主保证!我一定不在安息日捕鱼!"

阿利亚·赛弗是一个绝顶聪明的人。他在离海不远的地方挖了一个坑,又挖了一条沟,这条沟与大海连在一起。安息日那天,鱼浮出了水面,它们游着游着,就顺着那条沟进入了水坑。安息日的第二天,阿利亚·赛弗在这个水坑里抓到了很多鱼。阻止人们在安息日捕鱼的那个人看到之后说:"现实已经证明,凡是愚弄真主的人,最终一定会受到真主的愚弄。毋庸置疑,真主才是最会愚弄人的。"阿利亚·赛弗后悔极了,他感到害怕:"我是不是也堕入了这个圈套?"他立刻面向真主殿堂的方向跪了下来,说道:"造物主啊!你创造了我,赋予我四肢健全的躯体,让我出落成一个完美的人。造物主啊!你会愚弄我,把我变成卑鄙的猴子的模样吗?"阿利亚·赛弗哭了。他挖的土坝出现了裂缝,大海的水涌进了岛屿。

阿利亚·赛弗为自己的处境而哭泣。他离开住满猴子的地方,朝森林走去。这会儿，他觉得人类居住区看上去比森林更恐怖，对他来说，墙和有屋顶的房子，就像字词一样，完全失去了意义。晚上，他把自己藏在了树枝上。

清晨醒来时，他感到浑身疼痛，脊椎骨更是疼痛难忍。他看了一眼自己的肢体，发现它们的变形已经越来越严重了。他感到害怕，心里想：我还是我吗？这时，他希望村庄里能有人类告诉他自己是什么样子的。想到这里，他问了自己，然后自己回答道：当然，一个人不可能独来独往，人总是要和别人交往的，凡世间互相交往的人，在末日时也会一起复活①。想到这里，他的灵魂被痛苦折磨着，他大声喊道："哎，阿赫兹尔的女儿！你在哪里？没有你，我不是一个完人。"这时，阿利亚·赛弗开始强烈地思念小鹿般跳动的胸脯、小麦堆一样的腹部和檀香木的杯子。岛上的水越涌越多，阿利亚·赛弗痛苦地叫道："哎，阿赫兹尔的女儿！哎，那个我爱的人！我会在屋顶的幔帐、浓密的树枝和高高的尖顶屋里找到你！对着奔驰的乳白色骏马发誓，你快来吧！我希望你②一定要在天空里鸽子的高度翱翔，快点来吧，我望眼欲穿！你要在夜幕刚刚降临时来到我身边，否则，你就只能在漆黑的夜晚来到我的身边！在深夜，在我睡眼惺忪的时候，你也可以与我相见！③因为我很想你。"这些声音当中，很多字词都混在了一起，就像锁链缠绕在一

---

① 这是伊斯兰教的信仰，人死后进入另一个世界，行善者会复活。
② 原文是"发誓"或"保证"，按逻辑译为"希望"。古代阿拉伯人喜好发誓，任何东西都可以用来发誓。这种表达方式来自《古兰经》，用于表达内心的渴望。
③ 作家创作的背景是古代阿拉伯地区，在荒芜的沙漠里，夜晚的露水打湿土地，会让人感觉非常寒冷。沙漠的夜晚一片漆黑，也是非常可怕的。主人公在这种情况下发誓，表示了他的决心，意思就是说：这些我都不怕。

起一样，字词在消失，声音也在变化。阿利亚·赛弗仔细听着自己变化的声音，想起了伊本·泽布隆和阿勒亚布，他们俩的声音为什么变了？听到自己的声音，阿利亚·赛弗有些害怕，他想："哎，主啊！难道我变了吗？"这时，他有了一个奇异想法：但愿有一个东西能让我看到自己脸。但是，他知道这个想法是不可能实现的。他痛心地说："哎，真主！我怎么才能知道自己变没变呢？"

阿利亚·赛弗想去村子里，之后又改变了主意。那些空无一人的村子和高大的房子让他害怕。之后，森林里高大的树木在向他招手。阿利亚·赛弗不想回村子，却走进了密林。走了很远之后，他的眼前出现了一个湖，湖水非常平静。他坐在湖边喝了水，心情好了很多。就在这个时候，他看着洁净的湖水，彻底呆住了："这是我吗？"在湖水中，他看见了自己的样子，不由尖叫起来。阿利亚·赛弗的尖叫声在四周回荡，然后，阿利亚·赛弗跑了。

阿利亚·赛弗的尖叫声包围了阿利亚·赛弗，他拼命地跑啊跑，仿佛湖水在他的身后扑上来了一样。跑着跑着，他的脚底开始痛了起来，脚板变得越来越僵硬，腰也开始痛。但他还是一直在跑。这时，他的腰更痛了。他知道，自己的脊椎骨就要弯曲了，他马上弯下了腰，不由自主地把手心垂向地面。阿利亚·赛弗低下头，嗅着阿赫兹尔女儿的气味，用手脚撑着地，像射出的箭一样，飞快地跑开了。

# 失踪者

孔菊兰　译

头上受伤的人睁开了眼睛。他把头靠在树干上,问道:"我们出来了吗?留着胡须的人长长地舒了一口气说:"感谢真主,我们安全地出来了。"

肩上背着袋子的人点点头说:"毫无疑问,至少我们保住了性命。"之后,他朝受伤的人头上缠的绷带看了一眼,问道:"你头上的伤怎么样了?"

受伤的人说:"我觉得现在还有点渗血。"

留胡须的人又长舒了一口气说:"朋友,不用担心,血会止住的。真主保佑,你的伤口很快就会愈合的。"

受伤的人努力睁开眼睛,挨个看了看每个人,举起手指一个个地数了起来:"留胡须的人、背袋子的人、年轻人……"然后,他惊讶地说:"还有一个人哪儿去了?"

年轻人吃惊了:"怎么,少了一个人?"

留胡须的人恼怒地看着年轻人,之后用温和的口气埋怨受伤的人:"朋友,我们的人数,并没有多到你数不清啊。"

背袋子的人随声附和着留胡须的人,信心十足地一个个数了一遍:"留胡须的,受伤的,年轻人……"然后,他停了一下,说道:"另一个人在哪里?"

年轻人害怕地看着背袋子的人,自己也亲自数了一遍,留胡须的人、受伤的人、背袋子的人。随后,他也不安地说:"还有一个人去哪里了?"

留胡须的人用愤怒的目光看着那三个人,之后,他自己举起手指开始清点。他看了看受伤的人、背袋子的人,还有年轻人,然后惊呆了。随后,他又数了一遍,怔住了。他认真地数了第三遍,愣在了那里,慢悠悠地嘟囔着:"奇怪了。"

四个人用惊恐的目光互视了一遍,那句话几乎在同一时间从四个人的嘴里蹦了出来:"奇怪了。"然后,他们全都沉默了。

沉默了很长时间以后,远处传来狗的狂吠声,年轻人用惊恐的目光看着大家,轻声地说:"这只狗在哪儿叫?"

受伤的人答非所问地说:"那里有人吧?狗是在对人狂叫。"

"它面对的一定就是那个人。"留胡须的人坚定地大声说:"他应该就在不远的地方,一定是在什么地方和我们走散了。"

受伤的人拿起身边的拐杖,站起身来说:"如果真的就是那个人,那么,他肯定是被狗拦住了。我现在去把他带过来。"

受伤的人拿起拐杖,朝狗叫的方向走去。另外三个人默不作声地坐在那里。后来,背袋子的人说:"难道真是那个人吗?"

留胡须的人说:"除了他,这会儿还能有谁在那里呢?"

"一定是他。"背袋子的人也平静地说:"他刚才还走在前面,他怕狗，如果路上遇见狗，他就不敢往前走了，他会原地不动地站在那里。"

年轻人疑惑地说："但是，你注意到没有？这会儿听不到狗叫声了。"

背袋子的人竖起耳朵听了一会儿，"是啊，这会儿听不到狗叫了，不知道是怎么回事？"

留胡须的人平静地说："一定是他们俩把狗赶跑了，这会儿他们应该在回来的路上。"

三个人又沉默了。他们注意着受伤的人离开的方向，背袋子的人死死地盯着那边，好像看到了什么。他说："他一个人朝这边走过来了。"

"一个人？"留胡须的人问道。

"是，只有一个人。"

受伤的人回来了，三个人都在看着他。他把拐杖放在一边，坐下来说道："那里根本没有人。"

背袋子的人吃惊地问："那狗在对着谁叫呢？"

年轻人说："狗不会无缘无故地叫吧？"

受伤的人说："可那里确实没有人啊！"

"真是奇怪。"背袋子的人说。

年轻人竖起耳朵听了听，说道："怎么，这不是狗的叫声吗？"

所有的人都竖起耳朵听了起来。留胡须的人说："你是从哪里听到的呀？狗叫的声音来自哪个方向？"

背袋子的人拿起受伤人身边的拐杖，站起来说："我去看一下。"

留胡须的人也站了起来:"我们干嘛不一块去看看呢?"他说。

剩下的两人听了这话,也站了起来。四个人朝着刚刚传来狗叫声的方向走去。他们走了很远,可什么也没看见。背袋子的人边走边嘟囔着:"这里什么也没有啊!"

留胡须的人却说:"喊一声试试。他应该就在这里,他总不会是什么精灵,就这样消失了吧?"

受伤的人有些担心地说:"对呀,喊一声看看!"他的身体有些颤抖,忽然停住了脚步。背袋子的人说:"我记不清他的名字了,他叫什么来着?"

"名字?"受伤的人使劲地想着,"我也想不起来他的名字了!"随后,他对年轻人说:"年轻人!你记得吗?"

年轻人说:"别说名字,我连他长什么样儿都没记住!"

"长什么样儿都想不起来了,"背袋子的人沉入了沉思,"真奇怪,我也想不起来他长得是什么样子了!"接着,他对留胡须的人说:"哎,前辈!你也许记得他的长相或名字吧?"

留胡须的人也陷入了沉思中。他在极力回想着,然后垂头丧气地说:"朋友们!回去吧!现在想找到那个人,恐怕很难了。"

"为什么?"

"是这样的,现在我们既不知道他的名字,又不知道他的长相,在这种情况下,能有什么线索呢?我们以为他是我们要找的人,可我们不知道他是不是,也许他是别的什么人。现在是非常时期,我们在路上。"

四个人转过身,走回了他们出发的地方。他们点起火,从袋子里拿出剩饭,放在火上煮。吃过饭后,他们在火上烤了烤手。年轻人又想起了那个被他们扔下的人,眼里不由得涌出了泪水。

"那个人是谁呢?"年轻人问道。

所有的人都茫然地问:"哪个人?"

"那个和我们同路,之后又和我们分开的人。"

"那个人,那个人……我们早就把他忘掉了,他是谁?"

"奇怪了,"背袋子的人说,"我们既没记住他的名字,也没记住他的长相。"

"难道他不在我们中间吗?"

年轻人的问题让大家陷入沉寂。肩背袋子的人说:"如果他不在我们中间,他又属于哪里?他为什么要和我们在一起呢?他就这样消失了……突然消失了……突然消失了!"他说着说着就沉默了。他们相互对望,仿佛都在思索:那个人和我们在一起,走着走着就不见了。为什么不见了,怎样不见了?

最后,留胡须的人鼓足勇气说:"朋友们!不要怀疑了,对我们来说,怀疑是没有好结果的。他一定是我们当中的一员。我们因为那场灾难走出家门。不过,在那场灾难中,谁能认识谁?谁又能收容谁?"

"难道我们连这个都记不住了吗?"年轻人再次问道;"我们出来时有几个人?"

"我们是从哪里走过来的?"年轻人接着问。

留胡须的人在努力回忆,说:"我只记得,我是从厄尔纳达[①]出来的……"

---

① 印度北方邦的一个地名。

"厄尔纳达！"所有的人都惊呆了，一起盯着留胡须的人看。

之后，背袋子的人大笑起来。留胡须的人看到大家吃惊的样子，感到很紧张，笑声变得非常可怕。他一直在笑，后来他说："我说我是从杰汗·阿巴德来的……这是我随口说出来的。"

"你来自杰汗·阿巴德！"大家都诧异了。

肩背包的人刚才还在嘲笑留胡须的人，这会儿惊讶得不笑了。

这时，受伤的人苦涩地笑了笑说："现在对我来说，我来自厄尔纳达还是来自杰汗·阿巴德，我从麦加出来或者从克什米尔出来，又有什么区别呢？……"说着说着，他停了下来。

受伤的人这番话打动了所有的人，每一个人都沉默了。留胡须的人流着泪说："我们出来的时候，已经丢掉了一切，难道我们把记忆也丢了吗？"

背袋子的人想了一下说："我只记得，我们的家噼噼啪啪地被大火烧着，于是我们往外跑。"

年轻人心情沉重地说："我只记得我的父亲正坐在那里做祈祷，他手握念珠，嘴唇在微微地颤抖，满屋里都是浓烟……。"

留胡须的人用忧伤的声音问道："你父亲活着看到了后来的一切吗？"

年轻人没做出任何回答，泪水夺眶而出。

受伤的人很平静，他说："朋友，不管我们的回忆里还剩下什么，对我来说都没有任何意义。我的头上落的是矛还是棍棒，或者棍棒被刺刀砍成了两截，都是一样的。对我来说最重要的事情是：这会儿我的头疼得厉害，我的伤口还在从里边滴血！"

大家同情地看着他。

留胡须的人一直盯着受伤的人，他说："我胸口的伤比你头上的伤还要严重呢！"他叹了口气，说道："那是一个不可多得的村子，现在已经被烧成灰烬了！"

"那么多的好人都跑散了！"背袋子的人叹了一口气。

"那些多美好的面孔都消失了！"年轻人心情沉重地说。他被带到了遥远的回忆之中。他尝到人生的第一个吻时，认为在时间和社会面前，爱才是永恒的。现在，那个时刻却只能成为他的痛苦回忆。他喃喃自语道："此时此刻，如果她在这里，那就太完美了！"

"如果她在这里？"留胡须的人吃惊地看着他。"她是谁？"

"是谁？"

年轻人没有回答，一直向远处看着。留胡须的人和背袋子的人盯着他。受伤的人靠在树干上，眯着眼睛，仿佛听腻了似的。背袋子的人看着年轻人，之后轻轻地问道："那是一个女人？"

"女人？"留胡须的人大吃一惊。

受伤的人吃惊地睁开眼睛。"如果她是个女人"，背袋子的人说："向真主保证，我们失去了一个很好的旅伴！"

留胡须的人气愤地看着他说："如果她是个女人，向真主保证，和她同行会让我们倒霉的。"

受伤的人一直在笑，他说："难道现在我们没有倒霉吗？"

"但是，那种倒霉是另一回事。"

这时，受伤的人严肃地说："唉，老人和妇女带来的霉运，总比我们毫无缘由遭遇的厄运要好吧？"说完之后，他闭上眼睛，把头靠在了树干上。

随后，又是一片沉寂。背袋子的人从周围捡来一些干柴，放在了篝火上。他们默不作声地沉浸在各自的思绪中,在思绪中挣扎,同时在篝火边烤着手。留胡须的人嘟囔着说道:"真是奇怪了,我们想不起他的名字,也想不起他的模样,还想不起他是男人还是女人。"

背袋子的人紧锁眉头说:"我真不明白,他是谁,又能是谁呢?"

随后,背袋子的人疑惑地说:"有没有可能他不是人?"

"不是人?"年轻人有些发蒙。

留胡须的人犹豫了一下,轻轻地说:"是的,这也是有可能的。"

之后又是一片沉寂。年轻人陷入疑虑之中,说道:"如果他不是人,又能是什么?"

留胡须的人和背袋子的人开始思考这个问题。受伤的人睁开眼睛,看了年轻人一眼,说道:"如果不是女人也无所谓,我不在意他是谁。"然后,他闭上了眼睛。

"不在意?"那三个人吃了一惊。

迟疑了一会儿后,留胡须的人说:"朋友,别这样说!可别让我们失去对人的信心。"

受伤的人睁开眼睛,看了一眼留胡须的人,极其痛苦地微笑了一下,然后说:"哎,前辈!你对人还有希望吗?"随后,他又闭上眼睛,低下头,倚在树干上。

留胡须的人看到他很不安,于是问道:"朋友,你的头更痛了吗?"

受伤的人还是那样闭上眼睛,摇了摇头,一声不吭。

留胡须的人再次问道:"你还记得什么事吗?你是被什么东西打伤的?又是怎么从人群里出来的?"

受伤的人闭上眼睛,用痛苦的语调说:"我什么也不记得了。"

"奇怪!"年轻人说。

"没什么可奇怪的。"留胡须的人说:"受伤太重的话,脑袋就会变得麻木,短时间会失忆的。"

"我的脑袋没有受过伤,"背袋子的人说:"但是我也感觉我的脑袋已经麻木很长时间了。"

留胡须的人对他说:"人在受到打击的情况下,确实会这样的,会害怕的。"说着说着,留胡须的人呆住了,纹丝不动地坐在那里,好像在听着什么。过了好一会儿,他用询问的目光看了看背袋子的人,说:"这是不是那个声音啊?"

背袋子的人竖起耳朵听着,说:"就是那个声音。"三个人都竖起耳朵在听着什么,然后用惊恐的目光相互对视。留胡须的人站了起来,背袋子的人也站了起来,他们走了。受伤的人睁开眼睛,看了他们一眼,艰难地站起来,跟在了他们后面。

他们走了很远,先朝着一个方向,之后又转向另一个方向。再到后来,他们恐慌起来,背袋子的人说:"怎么走了这么远也见不着人影呢?"

留胡须的人说:"有人的时候,狗才会汪汪地叫。"

"狗在哪里?"年轻人问。这一问,大家都蒙了。到这时候还没有人想到,其实他们一直都没见到狗。

背袋子的人说:"现在狗也成了谜了!"

留胡须的人说:"谜不是狗,而是人。"

受伤的人不客气地抢话说："只要我们能和他保持距离。"

留胡须的人听了这话，装作没听见，转过身说："走，回去！"

"为什么？"

"我们不应该走得太远。"

他们转过身，静静地走着，很快又来到先前他们坐过的地方。年轻人一坐下就紧张地说："究竟是我们在跟踪他，还是他在跟踪我们？"

"他在跟踪我们？"背袋子的人害怕地说："你是怎么知道的？"

"我觉得我们往回走的时候，有人跟在我们身后。"

"你回头看了吗？"

"没有！"

留胡须的人点头表示赞许："年轻人，你做得好，你不应该回头看。"

受伤的人已经累得躺倒了，听到这话立刻站了起来，睁大眼睛，怔怔地看着年轻人说："我也遇到过这种情况。我去找他时，转头的时候感觉有人迈着大步跟在我身后。"

留胡须的人不安地说："朋友，你当时就应该告诉我们。"

"我忘了。听年轻人一说，我才想起来了。"他说着说着又停下来，开始沉思。

"为什么？发生了什么事情？"

"等一会儿！让我想想。"他一直在想，但好像想不出答案。他说："朋友，如果你想起来，就告诉我，我数数的时候，是不是把自己算在了里面？"

"自己？"背袋子的人不解地问。

受伤的人又想了一会儿，然后说："大概我没把自己算在里面……是这样的，我完全忘了自己，没把自己算在里面！"

三个人都蒙了，说："好吧，然后呢？"

"然后？那个丢失的人就是我！"

"是你？"大家吃惊地看着他。

"是我！"

听到这里，大家都沉默了，都在看着受伤的人。随后，年轻人警觉起来，他意识到，他数数的时候也没把自己算在里面。他说："那个丢失的人就是我！"

这时，背袋子的人想起来，他数数的时候也把自己忘了。他想：那个丢失的人就是我自己。留胡须的人也在绞尽脑汁地想，然后满腹心事地说："朋友们！我犯了不应该犯的错误。我在数数的时候，把大家都算了进去，却把自己忘了，所以那个失踪的人就是鄙人！"

这会儿大家不由得都想到了一个问题：到底少了谁呢？这时，受伤的人又想起来，当时他是第一个回头去寻找那个失踪的人的。他说："那时候我就觉得，那个人就在我们周围，但那个人是不是我呢？"

留胡须的人劝慰他说："哎，朋友，是你。"听了这句话，受伤的人又看着另一个人，看上去他并不相信留胡须的人的话。但是，每个同伴都确信，那个人就是他。他深吸了一口气说："因为你证明那人是我，所以那就是我！多么可悲啊！我现在还活着，却需要别人为我作证了！"

留胡须的人说："哎，朋友，你还是感谢这三个人吧，他们能为你作证。但是如果没人为他们做证的话,他们也不存在了!"

受伤的人说:"这就是说,如果你反悔你作证的内容,我也就不存在了。"

听了这话,所有的人都摸不着头脑,每个人想到这件事,都会觉得害怕,生怕自己成为那个失踪的人,而且每个人都在担心,如果那个人不见了,那么,他究竟存在还是不存在。他们的眼神充满恐惧。他们互相看着,忧心忡忡地讲出自己的怀疑,然后相互鼓励,相互作证,彼此取证之后,再次相互作证,然后才安下心来。但是年轻人再次产生了怀疑,他说:"这真是奇事,因为我们彼此证明,所以我们才是我们。"

受伤的人笑了,其他人问:"哎,朋友!你为什么要笑啊?"

"我想到我能为别人作证,却不能为自己作证,于是就笑了。"

这话又让大家发蒙了,猜疑再次笼罩着他们,他们又重新数了起来。这次,每个人都从自己数起,但数完之后他们就开始嘀咕,问其他人:"我数自己了吗?"一个人看另一个人,另一个人看第三个人,第三个人又吓唬第四个人。最后,年轻人问道:"我们本来有几个人?"

他这一问让大家不约而同地产生了疑问,大家都在问:"我们到底有几个人?"留胡须的人听了所有人的话之后说:"朋友们!我只想知道,我们离开的时候,每个人都在吧?那时候没缺任何人吧?后来,我们越走人越少,少到用手指都数得过来。再往后,我们的信任就从手指上流失了。我们挨个儿数了,却发现少了一个人。我们当中的每一个人都想起了自己的疏忽,我们都没把自己算在里面。"

年轻人怀疑地说:"难道我们的人真的丢失了?"

留胡须的人恼怒地看着年轻人,因为他把刚刚解开的结又弄乱了:"没少一个人!我们都在呢!"

年轻人生硬地问道:"我们怎么知道我们都在呢?我们到底有多少人呢?"

"我们有多少人?你说的是什么时候?"留胡须的人问。

"我们出发的时候。"

受伤的人恶狠狠地瞪着年轻人,说:"我们什么时候走的?"

年轻人盯着受伤的人,眼泪汪汪地说道:"我一点也记不住我们是什么时候出发的了。我只记得家里浓烟滚滚,我的父亲坐在祈祷的毯子上,闭着眼睛,嘴唇在颤抖,手上转着念珠。"

受伤的人盯着年轻人,带着羡慕的口气说:"年轻人,你多少还记住了一些事,可我现在什么也想不起来了。"

年轻人焦虑地说:"但是我一点也想不起来那时她在哪里。"

留胡须的人带着哭腔说:"但愿我们能记住我们从哪里来,什么时候来,还有,我们是怎么出来的。"

"还有为什么出来的。"年轻人接着说。

"对,为什么出来的,"留胡须的人附和着说,好像这句话已经被他遗忘,现在年轻人提醒他,他又想起来了似的。

年轻人还在想着什么。他说:"如果我真的是从杰汗·阿巴德出来的,那么我只记得,雨季过了,杜鹃已经飞离芒果林。我们家院子里的秋千绳早就从棕树上摘了下来。"说着说着,他又开始凝神思索,语气也缓和下来,好像在自言自语:"但是,我家的秋千绳摘下来以后,她还一直来我家。"他的思绪越来越远。雨季里那些潮湿的日子里,院子里那棵浓密的楝树下散落着黄黄的楝树果实,她坐在秋千上摇荡,还唱着歌。"雨季里,毛毛细雨一直在下,我的秋千……雨季后,她还经常来我家……!对,没错……!但是那天她在哪里?"他在拼命回忆,之后觉得累了,说道:"我想不起来了,那天她在哪里?"

受伤的人目不转睛地看着年轻人。背袋子的人说:"如果你来自杰汗·阿巴德,那么……?"

"也就是说……"年轻人吃惊地看了他一眼。

"如果正如我们的先辈所说,我们来自厄尔纳达,那么……"背袋子的人用自嘲的口气说着,又好像是在嘲讽留胡须的人。年轻人踌躇起来,他不停地想着:"厄尔纳达?厄尔纳达?"然后,他遗憾地说:"不知道我是不是来自厄尔纳达,我什么也记不清了!"

"如果我们来自厄尔纳达,"留胡须的人压低声音说:"我记得,天还没大亮,阿格萨大清真寺的尖塔……!"

肩背袋子的人突然笑了:"阿格萨清真寺的尖塔?厄尔纳达!"

留胡须的人沉默不语,年轻人好像什么也不明白,看着留胡须的人。"阿格萨清真寺?"他先是嘟囔了一会儿,之后也沉默了。

受伤的人觉得索然无趣,说道:"真的没意思,对我来说,记住那一刻是什么时间、什么季节,那地方是什么村子,到底有什么用?"

"对啊!现在能不能记住那是什么时间,那里是哪个清真寺的尖塔,又能怎样呢?"留胡须的人叹了一口气:"不过,如果我们能记住我们是什么时候出来的,是从哪里出来的,还有为什么出来,也是一件好事。"

年轻人接着说:"对啊,我们是为什么出来的呢?"

"还有……"年轻人接着说:"我们出来时到底有多少人?"

留胡须的人用规劝的口气对年轻人说:"当时我们可都在!"

年轻人听了留胡须的人的话,问道:"我们出来时,他是不是和我们在一起?"

"谁?"留胡须的人惊讶地问。

"那个离开我们的人。"

"他?"留胡须的人看着年轻人:"没有人!"

"没有人?好吧!"大家再次陷入恐惧的气氛当中。"最奇怪的是,他不是任何人!"一个人看着另外一个人,第二个人看着第三个人。所有人的脸上,都写满了疑惑和恐惧,最后,他们就这样沉默地坐着。

如果一直这样下去,他们就不会说话了。

年轻人稍微动了一下,竖起耳朵想听听声音。看到他的动作,其他人也竖起耳朵听了起来。大家都在听,而且都想听得真切一些。

"有人吗?"年轻人悄悄地问。

"是啊!伙伴们!有人,现在狗在狂叫呢!"背袋子的人说。四个人互相看着。年轻人又轻轻地问:"是不是他呀?"

"谁?"

"那个人!"留胡须的人瞪着眼睛看着年轻人,陷入了沉思,随后又立刻站了起来……其他人也站了起来。接着,他们朝着声音传来的方向走去。

# 恩瓦尔·赛贾德
(1934—)

小说家。出生于拉合尔。父亲是专职医生,他本人也于1961年获得医学学士。瑟贾德是一位多才多艺的人,职业是医生,但他喜欢表演,在电台配过音,写过剧本,还有很高的绘画天赋。1965年开始为电视台创作剧本。1970年任拉合尔文学社书记,还担任过拉合尔艺术委员会的主席。他的文学生涯始于诗歌,后转向小说创作。1953年发表第一篇作品《与风肩并肩》。他出版过三部小说集,收录短篇小说62篇,此外,他还创作过两部中篇小说。他的早期创作追随现实主义传统,后来在西方现代派小说的影响下,投入现代主义小说创作当中。他借鉴西方现代主义的创作手法,通过意象渲染气氛,营造意境,展现人物心理。他的小说还通过隐喻、暗喻来揭示政治、社会、经济问题。他也因这种独特的创作方式而驰名乌尔都语文坛,成为乌尔都语现代主义小说的重要作家。

# 肿瘤

孔菊兰　译

冰冷的太阳忍受着夹杂着冰粒的寒风的拍打,在阴冷的黑云后面,在天空和大地的缝隙中落山了。现在能够看到的,只有云彩后面颤抖着的橘黄色的光线和躲在青黑色岩石缝隙里被冻得发抖的螃蟹的腿。

现在的太阳,正位于黄道十二宫的巨蟹座上。

太阳落山了,这个世界在几分钟之内就变得阴冷黑暗。

但是,花盆里独自绽放的花儿却很鲜亮。那盆花放在敞开的窗户里面,窗户上的玻璃已经破碎。盘子一般的花朵上布满小小的黄点,花朵长长的叶片娇嫩鲜亮。这朵向日葵似乎拥有几个太阳的热量,它忍受着寒风的拍打,黑云也未能让它变色。它总是朝着一个方向,在那里,有两只带着爱和希望的大眼睛每时每刻都在看着它。

那双眼睛和花儿满含爱意地互相对视,看到这一情景的人,都能感受到光明和温度在互相传递,而且难以分清向日葵和眼睛究竟是谁。

向日葵和眼睛。

向日葵和眼睛都是一个黄脸女孩的财产。这个女孩身体日渐消瘦,肚子却日渐膨胀。她的身体就像没有秒针的钟表一样不停地变化,却看不见它在动。她的面色蜡黄,似乎是那些随着光线一起飘舞的黄色绒毛落在上面,又被她身体慢慢吸收了一样。这种变化无声无息,就像无云的夜晚透过窗户上的碎玻璃看到的星星一样,它在不断地运行,你却看不见它在转动。

对于这个女孩来说,钟表的表针和星辰运行的速度都毫无意义。从窗口照进来的太阳总是朝向她,而且总是那么明亮。她的目光的温度不断地被太阳折射回去,所以她感觉不到寒冷与酷热、夜晚与白天的区别。

在夜里,她的呼吸深沉、甜美,就像年轻女孩身体里涌动而出的焦躁的秘密,很快,这些秘密又变成了散发在空气中的汗水。

白天,她的耳朵很敏感,她能感知到空气中散发的汗液的每一个秘密,甚至包括小小的细节,于是,她自己也大汗淋淋。

夜晚是过去一天和未来一天之间的记忆的帘幕。

冷风穿透窗户,快速地钻进屋子,向日葵晃动着。女孩蓝色的嘴唇上绽放着黄色的微笑。

不,她并不需要毛毯或被单。她的肚子在不停地膨胀,日渐萎缩的身体上,只有那双眼睛,还闪烁着向日葵般温柔和煦的黄色光芒。

她一直在微笑。

多么可爱的天气呀!这样的天气最适合猫儿嬉戏,也适合把铺在床上的干净床单揉成一团,去吸干身体流出的汗液。这种事情发生在很久以前。这个季节，就是吸取天地精华又给予天地新生命的季节，就像很久以前她所经历的那样。

她听到了隔壁房间里盆碗碰撞的声音，父亲的怒斥声中夹杂着谩骂，还有母亲轻轻的抽泣。

她的肚子开始疼了起来。她攥紧拳头，闭着眼睛，用尽气力，把胸腔里要发出的尖叫声压在了喉咙里。隔壁房间里，传出饥饿贪婪的公狗肆无忌惮吃着狗粮的声音。

不知从何时起，这个女孩觉得，世界上那些贪婪的狗的本性都汇集在她爸爸身上，那种饥饿、贪婪和为了吃到狗粮的肆无忌惮，似乎从她爸爸的肚子里扩散到了整个世界。同样，整个世界的抽泣声好像都汇聚了她妈妈那里，好像妈妈的抽泣声从她的心里被散布到了整个世界。

又一次疼痛袭来，她用双手按着肚子，睁开眼睛，看着向日葵。

向日葵在朝她微笑。

她也朝着日葵微笑。

每天她听到的声音就是妈妈的抽泣声和爸爸牙齿的撞击声。爸爸已经把她彻底忘记了。妈妈有时来到门边，睁大眼睛，看她一眼就转身回去了。对于女儿可以吃些什么东西，医生没有给出建议，于是爸爸认为，医生的意思就是不要给她任何东西吃，这样女儿的病就不会继续发展，同时，家里食物短缺的问题也可以得到解决。医生没有开出任何处方药，因为做了各种检查之后，医生仍然无法诊断这个女孩到底得的是什么病。

"……他在哪里？他摧毁了你的梦，还把你的肚子弄大了。我们是给你治病,还是给你吃的?"母亲的声音从非常遥远的地方传来,这个声音依然在她的耳边回荡。

"……快看!它在窗户里笑呢,妈妈。"女孩的声音传到了多少个世纪之前,一个嫉妒的魔法师把她变成了那朵花。

"……嫉妒的魔法师?"母亲用那条满是窟窿的披巾擦着泪水问道。

"……是的,妈妈,那个魔法师让爸爸成为暴虐的人,把他的下巴取下来,贴在了狗的下巴上,还在你的心里灌满了抽泣的泪水,让你的嘴发不出其他声音。那个嫉妒的魔法师是谁?妈妈,把他找出来,把他塞进爸爸的下巴里。"女孩笑着笑着,眼里涌出了泪水。

也许她的肚子里的确是长了瘤子,不是我想的那样。妈妈在想。这个瘤子大概从女孩的肚子里跑到了脑子里,要不然,她怎么说起了疯话?

母亲用满是窟窿的披巾擦着眼睛,抽泣着走了。女孩情不自禁地发出一声叹息。这个声音冰凉冰凉的。

瘤子里一个个小小的分子分裂之后,已经在身体的各处安下了家。那些分裂出来的细胞像狼一样,把健康的细胞当作粮食,随后又分裂成很多个小块,跑到了更远的地方。总有一天,医生会给出诊断的。

女孩笑了,因为她的目光里,那个季节在旋转。它是那么可爱,它把每个东西都吸收进来,又诞生出新的东西。它把梦打成碎片,填满了女孩的肚子。

她和向日葵互相看着,笑着。

慢慢地，夹杂着冰雪的寒风减弱了，寒风下的黑云也开始有了一点暖意，变得明亮起来。女孩的身体不再僵硬，肚子却在膨胀，就像钟表的指针，毫无声息地走着，令人察觉不到。她的脸和身体吸收了向日葵的黄色绒毛，闪着黄色的光亮，就像无云的夜晚从破碎的窗户里看到的星辰，它们在天空中慢慢地运行，同样令人察觉不到。冬天里寒冷的空气慢慢变成了雨季电闪雷鸣的天空，人们在穿上厚衣服不舒服的时候，才能感觉到天气已经变暖了。

漆黑的天空密布着水气十足的云，雷鸣中，闪着光亮的雨淅淅沥沥下着。女孩的乳房在颤抖，心也在怦怦地跳。她艰难地站起身来，用双手扶着自己的肚子，跌跌撞撞地扶着断裂的椅子来到窗前，汗津津的脸庞被带着雨水的柔软的风淋湿了。

她把向日葵搂在自己的胸前，朝外面的市场上探头看去。

倾盆大雨让市场里积满了水，城市的照明也被淹没了。孩子，外面有数不清的孩子。那些孩子都有鼓胀的肚子、干瘪的手臂和骨瘦如柴的腿，还有蜡黄枯干的脸。孩子们吵闹着互相撩水，在大雨中，他们开心地让雨水浸透了自己的毛孔。

在她身体里躁动的神秘之处涌出的汗水已经干燥，散发在弥漫着香味的天空，她把汗水收在自己的嘴唇上，又把嘴唇贴在向日葵的嘴唇上。她打开后门，和外面市场里在雨中嬉戏的孩子们一起玩起了撩水，而且喊着，叫着，成为孩子中的孩子，和这些同时出现的，还有叫声中的叫声，雨水里的雨水。

产房外面，她的妈妈坐在那里，把满是窟窿的披巾盖在手上，不停地抽泣。这声音，时常被远处女孩爸爸吃饭的声音所淹没。

在产房里，医生诊断出女孩的肚子里是孩子，而不是肿瘤。医生感到很尴尬。他很担心,这个孩子可能已经六个月了,不知道能不能活下来。他控制住颤抖的手,拿起手术刀,割开女孩的肚子,又打开了她的子宫。他看到的一幕让他大感震惊。

女孩的子宫里,有一朵硕大的向日葵,它黄黄的叶片散发出的光芒,仿佛已经和这个女孩连为一体。他吃惊地把目光从女孩昏迷中的脸上移开。

她在昏迷中微笑。

那是在窗边独自开放的明亮的向日葵的微笑。

和煦的风中,涌动着明亮的云彩,太阳出现在云彩后面天地相交的缝隙里。云彩后面,是太阳柔和的红色、橘色、黄色的光芒。在青黑色的石头缝隙里,还能看到带着暖意和温度在外面爬行的螃蟹的腿。

也许因为太阳正在黄道十二宫的巨蟹座上升起。

# 巴奴·古德西亚

(1928—)

女作家。出生于印度旁遮普邦,印巴分治后随家人迁居巴基斯坦。获得文学硕士学位后,开始投身文学创作。她的作品包括长短篇小说、戏剧、广播剧和舞台剧等,其中长篇小说六部,短篇小说集八部。长篇作品中,以《兀鹫王》为最著名。她的作品关注现代社会出现的阶级分化、人的地位变化、新旧价值观的冲突以及传统思想的羁绊,尤其关注中产阶级的困扰和无奈。巴奴·古德西亚的创作以现实主义手法为主。她以女性敏锐的观察视角,完美地把握生活的方方面面,丰富了乌尔都语小说的创作题材,为乌尔都语小说的发展做出了不同凡响的贡献。

# 风水轮流转

胡雅然 译

他开着车在这条直路上转了三圈。奇怪了,这条路上第一家别墅的门牌号是 82,最后一栋别墅的门牌号是 142。他心里一边骂着城镇的规划设计者,一边寻找乔杜里的地址。他来到规划区外的一条有点偏僻的马路上,穿过六七十米的荒凉地带,看到了眼前的一栋宫殿似的大房子,房子的四面都贴着红砖。他按了大门上的门铃,然后等着……或许在这里能找到乔杜里。很有可能,规划已经向 D 区扩展了。

"您可以告诉我,这是规划 B 区第 111 号别墅,乔杜里先生家吗?……"

"就是这里……您找对了。"

他撸起自己的衣袖,看了看价值一百一十万的手表。寻找乔杜里,他已经用了四十五分钟的时间。他优雅地打开钱包,拿出名片,递给仆人。那个仆人看上去不太愚钝,只是更低贱一些。

"告诉乔杜里先生,美国来的巴希尔·艾哈迈德先生来了。"

面容呆板的仆人进去了。巴希尔站在车外，关掉了崭新的白色小汽车的喇叭。他在想：真主真是太伟大了。他曾经连拥有自行车都不敢想。他住的地方是一个生机勃勃的小村庄，远离城市，那里住着制陶工人、送水工、理发师等下层人……后来不知道为什么，他的儿子阿格拉姆从农村去了拉合尔。这个奇迹不是奋斗的结果吧？是真主的恩赐让阿格拉姆成为有才干的人……现在他所遇到的，都是各种各样的好事……想到这些，他感到有些惊讶，不知为什么真主只赐福给巴希尔·艾哈迈德，剩余的世界万物却只能依靠自己。

乔杜里先生伸开双臂亲自迎接他，并且让人把车停在门廊里，两个人像老朋友一样走了进去。巴希尔按照老规矩，进去之前想要脱鞋。

"不，不，朋友……现在已经不是脱鞋子的时代了……现在不用脱什么鞋子了。"

巴希尔瞥了乔杜里一眼。这栋别墅很阔气，家具和地毯的质地非常好，但是乔杜里的脸就像泄了气的气球，松弛的脸上布满皱纹，而且，他的腰背也有点弯了。很快，装满吃食的小车推来了，上面有几种点心。乔杜里亲手将奶茶递给巴希尔，对于巴希尔说，这种经历独特而又难忘。

"那您呢？"

"你知道，我没有喝这个的习惯。我这辈子都没过喝奶茶，这种东西只是城市里装腔作势的摆设罢了。你喝……你已经习惯了吧？……在美国。"巴希尔想起来了，他的妈妈曾经从乔杜里先生家里带回酸奶，有时他会往酸奶里放点辣椒，和酸奶拌在一起吃。

那时候，妈妈根本没有钱买菜。

"啊，阿格拉姆在做什么事呀……？"

巴希尔很吃惊，乔杜里先生居然还记得他儿子的名字。

"他是医生，肿瘤医生……现在他是会诊医生，名字后面会加上先生，不把自己称作医生……"

乔杜里很难理解这些信息。对于刚才谈的这些话题，他感到有些尴尬，因为他只知道那些普通的医生，但是他不知道现在的时代已经不一样了，除了普通医生，还出现了许多专家，比如说鼻骨医生、鼻毛医生、鼻管医生……

"时代变了，巴希尔……现在出现了很多新词，说话的方式也变了。"

巴希尔心想："我觉得乔杜里现在就是一个动物，他的话没人能听懂……"

巴希尔吃了一块蛋糕之后，清清嗓子说："乔杜里先生，这个巧克力蛋糕非常美味，您也吃点吧……我在美国吃面包圈已经吃腻了。"

"不，不……我知道这些东西，不过我还没吃过，我的女儿拉比雅和我妻子乔特伦喜欢吃，我不太习惯，我属于吃蔗糖和白糖那类人。"

"是……是……"，巴希尔用假惺惺的奉承语气说道。他已经有很多年没有说过"是，是"了，此时他面前的乔杜里十分狼狈不堪。真实的人跑到哪去了？真实的人又是什么？财富的光辉，家族的荣耀，服饰的绚丽，车马的排场，直到今天，那些外在的华美还把乔杜里藏在茂密的树影下。真正的乔杜里是谁？他属于爬行动物中会飞的类别,还是属于机械动物玩具的一类?如果脱去人类装饰的外皮,这类玩具内部通常只剩下蝴蝶般的灵魂,不会飞多久。

"噢……"巴希尔说:"您离开了比噶勒瓦尔……。"

乔杜里长长的胡须下面露出了笑容。巴希尔说:"每一个人都想逃避自己的过去。你去了比噶勒瓦尔?你想去那里?……现在比噶勒瓦尔怎样了?我已经逃离了那里,逃离了自己的过去。"

"唉,真傻呀……小乔杜里先生去了美国,每次回来都卖地,然后就拿着钱走了。我一直以为曼苏尔在那里读书,但是,兄弟,我乔杜里的儿子哪里会勤奋读书呢?……他完全就是一个贾特人①,填饱肚子,享受生活……跑到田里睡大觉……从小娇生惯养……他声称有权利,就把所有的可耕地都卖了……与村里的地连在一起的那点地也荒了,现在那块地上,到处都是乌鸦抛下的骨头。"

巴希尔说:"这就是曼苏尔做得不对了,卖了祖宗七代的财产……。"

乔杜里吓得颤抖了一下,说:"做得好啊,巴希尔,做得好……现在的土地是他的……我死了以后剩下的一切都是他的……。现在我把剩下的土地买了,来到这里居住……曼苏尔在那里和信基督教的女士结了婚,她会用鞋抽他……他在加油站卖油,有时黑人也收拾他……她不想来这里,没有她的鞋,他也活不下去,白种人的威风就是这样的。我的父亲大人乔杜里常说……乔杜里一般不会上任何人的当,除非他自己踏上五光十色的绞刑

---

① 贾特,印度古老的种姓,其职业是种地。

架……和帕坦人攀亲戚就是引火烧身，疯子才会和没用的白种女人结婚……"

"但是你住在比噶勒瓦尔……这个决定不好……乔杜里先生。"

"那里没有歌手，又没有警卫，日子怎么过呢？……人只要不怕羞辱，任何陌生的地方都能住。你忘了……只要没了尊严，就应该迁徙到别的地方。失去了尊严，就离开那里，迁到别处，这样做是对的……说吧，你是怎么中彩票的？"

他津津有味地讲了穆罕默德·阿格拉姆的成功故事。为了刺激乔杜里，他故作谦虚，眼里泛着泪光，还唱着歌颂真主仁慈的赞歌。有时为了证明这是真主的威力，他到处都宣扬这是阿格拉姆努力的结果。一开始，乔杜里的头还抬得起来，但是听了这番话后，他的心里很受伤，头也耷拉到了胸前。看到气氛紧张起来之后，巴希尔开始同情乔杜里。当年的乔杜里是多么神气十足啊！他想到了自己的童年。当他和自己的穷朋友们一起在大房子的后院吃着菱角、瘪豆、剩萝卜、胡萝卜、陈糖，还有大房子里的剩饭时，那栋豪宅的高墙就是令人生畏的。虽然他们不曾偷东西，但也怕得发抖，因为他们害怕别人看见他们吃残羹剩饭。他们把后背靠在墙上坐着，唯恐遭到惩罚。他不害怕被骂，也不怕被揪耳朵或者打耳光，因为他已经习以为常了。他害怕的是，因为他们的不当做法而影响他爸爸在大宅子里的工作，对于布希尔说，这个问题是非常严重的……有好几次，他们都想离开大房子的后院，但是那个地方对于当时那几个男孩子来说，就像是妓女的阁楼，有一种奇特的吸引力。他们的想法坚持了一阵，很快就像沙子做的玩具房子一样倒塌了。

现在，乔杜里像个胸膛中了枪的士兵，可怜地坐在那里，接连不断地嗯哼应答,就像在呻吟……穆罕默德·阿格拉姆的旗子插在如同珠穆朗玛峰一样高的豪宅上,巴希尔感觉自己好像报了祖宗七代的仇。

"我……这次来有点事要办,阁下……这事挺难办的,但如果你能帮忙的话,就有可能……"

"只要不要钱,巴希尔,剩下都好说……"

"是这样的,穆罕默德·阿格拉姆已经到了结婚的年龄,如果我们现在不为他找媳妇,我担心他做出什么错误的决定。我在古尔博拉格② 租了别墅,在报纸上打了几个广告,也联系了婚姻办事处,但是阿格拉姆想要的女孩,却一直没找到……到现在为止……"

"阿格拉姆想要什么样的女孩……?"

"怎么说呢?乔杜里先生,他一直强调说要找一个出身名门的女孩……七代人都受人尊敬的家庭……穆罕默德·阿格拉姆什么都不缺,乔杜里先生……但他不是名门出身,又不是高种姓……我不知道该怎么办……他是个医生,倒是很有钱。"

乔杜里轻轻地笑一下:"出身名门是旧时的说法了,傻瓜,现在已经没有人问这些了……现在是财富至上啊,低种姓的人有钱了,就会攀上好亲事……"

如同布希尔叙述的阿格拉姆的故事刺痛了乔杜里的心一样,乔杜里所说的话,把所有的刺痛都扎到了巴希尔的心里。

"哦,我和乔杜里夫人说说,她知道的多。在这件事上,阿格拉姆也是个疯子,在美国,谁会关心这样的事?……出身名门的女

---

② 巴基斯坦拉合尔城里的一个繁华街区。

孩，在那里又能做什么？"

"不，不，乔杜里先生……人类的历史……这种事情在每个地方都存在。"

乔杜里低着头，无精打采地进屋去了。乔杜里夫人和拉比雅两个人坐在里面的客厅，正在把切好的大头菜用细线串起来，准备晒干。

"跟你说点事儿，听着，苏曼尔他妈。"

"来了，来了……"

他们俩走到离拉比雅有点距离的帘子旁边。

"巴希尔来了。"

"巴希尔是谁……？"

乔杜里没有直接说出巴希尔的种姓，但强调了他的低种姓印记，然后他给乔杜里夫人讲了阿格拉姆的事情。

"现在，我的好老婆，你告诉我，有没有不太时髦、能操持家务又出身名门望族的女孩？"他在"名门望族"这几个字上特别加重了语气。

"名门望族是什么意思，乔杜里先生……？"

"就是高种姓人，祖上七辈没人对她的家人用'哎'字打过招呼的姑娘……"

乔杜里夫人沉寂片刻，然后慢慢说道："你这么想啊，乔杜里先生，你看看拉比雅，她已经三十二岁了……要在名门家族里找到自己的伴侣，究竟要等到什么时候？"

乔杜里·蒙泽尔有些发蒙。

"拉比雅和阿格拉姆在一起？……你在说什么呢？夫人，她可是个纯洁的少女……"

过了一会儿,乔杜里低着头慢慢地说:"……我们的家族一辈子都在为那些下层人服务,苏曼尔他妈……给他们钱,给他们嫁妆,帮助他们把女儿嫁出去……为了他们孩子的教育而建学校……为那些家庭里的病人治病……为穷人打官司,为没有食物的家庭送吃的……可是,我们为什么没有得到好报呢?……你说说吧,夫人,真主怎么会让我陷入这种地步?难道我要真的要把拉比雅嫁给阿格拉姆?……"

"长命百岁!我们做的所有善事,都是为了把自己的头冠立得更高。我们需要立得更高,我们渴望成为救世主,乔杜里先生……我们对人施恩,是为了让人崇拜我们,为了拯救他们的灵魂,乔杜里先生……我们帮助他们,获得他们对我们的敬意,我们因此感到高兴……算了,我们从来没有把别人看作自己一样,哪怕是存在疏漏,我们也没有把任何人等同于自己……从前有谁会因为大家都是人就觉得他们与我们的地位一样呢?谁敢有这种想法呢?……我们……曾经是法老,法老,乔杜里……法老是自己的主子……对于那些尊崇自己的人,他一定给了很多,所以魔法师才对他如此吹捧赞赏。"

"你什么时候变得如此聪明了,乔杜里夫人?"

"羊获得自由的时候就会反省自己……在真主和使者面前膜拜,就会明白……人如果想成为骄横的大法老,他就会遭到真主的惩罚,而放弃骄横,求得真主的原谅,这种惩罚随之就会消除。"

"但是……我怎么能亲口问拉比雅……?"

"这件事交给我办吧,乔杜里……真主让我现在成为巴希尔,现在我去厚着脸皮问她……。"

乔杜里迈着沉重的步伐回到客厅，走到帘子旁却站住了。他从来没有想到自己会遭到如此严厉的惩罚。

巴希尔又看了看表。他一直生活在快节奏的美国，所以有些等不下去了。他走到晃动的网状帘子后面，看着乔杜里。他在想：这个世界上的各种竞争真是奇怪，凡是参加竞争的人，一定会遇到某些困扰，每个人都会遇到一些困难。如果有人没有祈求就得到真主的恩宠，那他的确是真主的宠儿……

乔杜里不情愿地从帘子后面走了出来，沮丧地说："……来吧！巴希尔，进来吧！你自己和乔杜里夫人说吧……我一生都难以面对自己，面对自己的主，面对别人……我的见识短……我又能为你做些什么呢？……"

# 古拉都·艾·海德尔

(1927—2007)

女作家。出生于一个开明的家庭,父亲是乌尔都语小说家瑟加德·海德尔·耶勒德勒姆。高中毕业后进入大学预科学习,获得学士学位,1948年在勒克瑙大学获得英语硕士学位。她钟情音乐舞蹈,对西方音乐和戏剧非常感兴趣。1961年从巴基斯坦移民到印度。做过英语报纸的编辑和访问学者,1990年获得印度最大的文学贡献奖。她创作了七部长篇小说、三部中篇小说,出版了八部短篇小说集。长篇小说《火河》是她的代表作,被誉为杰出的乌尔都语长篇小说。短篇小说题材主要涉及流离失所、迁徙、人的堕落、人性以及民族文化的印迹等,写作技巧独特。她一生致力于乌尔都语创作,为乌尔都语小说发展做出了很大的贡献。

# 摄影师

胡萍萍 译

远处，一座漂亮的旅馆坐落在郁郁葱葱的山尖，被春天盛开的花朵簇拥着，非常迷人。山下是一片湖。一条崎岖不平的小路从湖边一直通向旅馆的大门。一位留着海象胡子的摄影师静静地坐在一把镀锡铁皮的椅子上，将设备摊在大门口。这座无名的山城不属于旅游区，游客很少光顾。因此每当有蜜月情侣或者旅客入住，摄影师必然是满心欢喜的。他拿着相机，在旅馆的花园里假装漫不经心地走来走去。他和园丁约好，清早园丁给入住的年轻女士送花的时候要告诉自己。所以，当蜜月情侣在早饭后来到花园逛逛的时候，园丁和摄影师已经在那里等候多时了。

摄影师在旅馆工作已经有一段时间了。他没有去外边开店。他就是这个镇子上的人，离开家乡的山水，他又能去哪儿呢？守着旅馆的门廊，他可以看到五彩缤纷的世界。之前来住店的人，大多是英国的种植者、带着白帽子的殖民者、政府官员或者有权势的人，他们带着妻子，还有英国人的印度后裔来到这里。他们整晚喝酒，沉溺在音乐里，在旅馆客厅的木地板上纵情舞蹈。第二次世界大战期间，美国人来了，再之后，国家独立了，零零散散的游客开始涌了过来。这些人当中，有政府官员、新婚夫妇、想要独处的画家和艺术家，还有那些想要在雨天的傍晚去湖边看彩虹的人，那些苦苦寻找安宁和爱而不得的人。欢愉只是片刻，无论走到哪里，毁灭都伴随着我们；无论住在哪里，毁灭都与我们同在。毁灭才是我们永恒的伴侣。

旅馆里人来人往。摄影师透过相机镜头，静静地看着这一切。

一天傍晚，一个男青年和一个女孩来到旅馆。他们看上去不像是度蜜月的情侣，但是却比蜜月夫妇更兴奋，也更谨慎。他俩自己拿着行李上楼。楼上的房间都是空的。楼梯旁边是餐厅，还有三间卧室。

"我住这间房。"男青年说着，走进面向湖水的第一间卧室。女孩已经把雨伞和大衣扔在了床上。"拿上你的东西。"男青年对女孩说。

"好吧。"女孩收起东西，穿过客厅，去了另一个房间。这间房后边有一条走廊，透过房间的大窗户，可以看到外边登着梯子忙着修理后墙的工人们。

一个服务员拿着女孩的东西走进来，帮她拉上窗帘，然后走了。女孩换了件衣服，来到客厅。这时，男青年正坐在壁炉旁的扶手椅上写着什么，他抬起头，看了看女孩。外面的湖水已经被黑暗笼罩。女孩站在窗前，看了看花园里昏暗的灯光，然后也坐在了椅子上。两人不知在谈论着什么。坐在大门口的摄影师透过相机把房间里发生的一切看得一清二楚，但他像个聋子一样，完全不知道他们在说什么。

过了一会儿，两人一起到了餐厅，坐在了靠窗的桌子旁边。湖的另一边，小镇上已经灯火阑珊。

旅馆里还住着一位来自欧洲的游客。他静静地坐在餐厅的另一个角落写着信，面前的桌子上放着一些明信片。

"他给家人的信里一定写着：'我正在神秘东方的一个神秘邮局里。一位身穿红色纱丽的神秘的印度女孩坐在我面前。多么浪漫的气氛啊！'"女孩悄悄地说，男青年笑了起来。

吃完饭，两人回到了客厅。男青年给女孩读了会儿书。夜色渐暗，女孩打了个大大的哈欠，舒了口气，说道："该睡觉了。"

"别忘了吃感冒药。"男青年担心地说道。

"好的，晚安。"女孩应了一声，走向自己的房间。

房间后边的走廊一片漆黑。屋子里很安静，凉爽又舒适，让人感觉平静、舒服。女孩换了衣服，打开梳妆台的抽屉，取出一瓶药。这时有人敲门，她穿着黑色睡袍打开了房门。敲门的是男青年，他似乎有些紧张。"我也咳嗽得很厉害。"他说。

"好的。"女孩把药和勺子递给了他。勺子从男青年手中滑落到地上，他弯下腰捡起勺子，然后走回了自己的房间。女孩关了灯，睡了。

早上，女孩来到餐厅吃早饭。楼梯旁的大厅里满是花香。大大的铜制花瓶被打磨得闪闪发光，在大厅锃亮的木地板上一字排开，花瓶里插满了鲜花。外面，阳光照亮了湖面，黄白相间的蝴蝶在绿草丛中翩翩起舞。过了一会，年轻人笑着出现在楼梯上，手里拿着一束玫瑰。

"园丁在楼下，这束花是他送给你的。"他走进房间，笑着说道。男青年把花放在了桌上。女孩拿起一朵花，漫不经心地插在头发上，开始看报。

"一个摄影师正在楼下闲逛，他一脸认真地向我打听你的事儿。他问你是不是电影明星。"

男青年坐在椅子上泡了杯茶。女孩笑了。她是有名的舞者，但这座山城里没人听过她的名字。这个男青年是比女孩更有名的音乐家，在这里也没有人认得他。他俩非常享受这不做名人的短暂时光，这种时光是多么的安静和美好啊！

昨天碰到的那个欧洲人在餐厅的另一个角落吃早饭。他抬起头看着他俩，微微一笑，分享着他俩无声的喜悦。

早餐后，两人下楼来到花园，站在开着红花的树下，望着湖水。摄影师像蜥蜴一样突然出现，用一个富有戏剧性的动作摘下帽子，微微鞠躬："女士，照相吗？"女孩看了看表："我们现在准备出去，要迟到了。"

"女士，"摄影师站在花园的台阶上，摊开双手，指着外面说，"外边残酷的世界里时刻都在争名逐利。我知道，你俩来这儿就是为了逃离你争我斗，享受片刻的快乐。你们看，湖上的彩虹转瞬即逝，当然，我不会占用你们太多时间，过来吧。"

"这个摄影师真是巧舌如簧。"女孩低声对旁边的男青年说。

和摄影师打配合的园丁此刻从另一棵树的后面走出来，又给女孩递了一束花。女孩开怀大笑。她和男青年一起站在无比美丽的帕尔瓦蒂[①]雕像旁，光线有些刺眼，女孩笑着，微微眯着眼。

---

① 印度教女神。

咔嚓,咔嚓,照完了。

"晚上相片就洗好了……谢谢女士……谢谢你……"摄影师俯身再次摸了摸自己的帽子。女孩和同伴朝着汽车走了过去。

两人出去逛了一圈,傍晚的时候回来了。夕阳的余晖中,两人靠在草地上的躺椅上。后来,外面起雾了,他们换了地方,坐在了一楼宽敞安静的客厅里。橘色的灯光下,不知道他们在谈论什么,他们就这样一直说着笑着,直到上楼吃饭。说话间,他们早就忘了摄影师和照片的事。明天一早,他们就要回去了。

早上,女孩在房间里整理妆容,服务员进来,递过一个信封:"这是摄影师昨晚给我的。""放在前面的抽屉里吧。"女孩漫不经心地说,继续整理着头发。

吃过早饭,女孩收拾好行李,全然忘了抽屉里的信封。临走的时候,女孩瞥了一眼空荡荡的房间,转身坐进车里。男青年开车驶出大门。车子经过门口的时候,摄影师从椅子上站了起来,摘帽致敬。女孩和同伴微笑着与他挥手告别。汽车驶下了斜坡。

那个留着海象胡子的摄影师现在已经很老了。他一如往昔,坐在旅馆门口的镀锡铁皮椅子上,不断地给来往的游客拍照。随着新航空服务的推出,大量的游客开始光顾这座山城。

一辆从机场来的旅游大巴停在旅馆门口。车上只下来一个妇人。她提着行李箱走进来,看到摄影师,迟疑了一下。摄影师看到旅游大巴,立刻起身准备迎客,紧接着他发现,车上下来的不是年轻貌美的女孩,而是一位中年妇人。他沮丧地坐回到了自己的椅子上。

妇人在前台登记了信息,然后上了楼。一群游客刚刚离开,此时的旅馆空无一人。服务员已经擦好了地板。铜花瓶摆在大厅,但还没有插上鲜花。餐厅里,靠窗的桌子上整齐地摆放着亮铮铮的刀叉。新来的妇人经过楼梯口的卧室,来到里边的房间。她放下行李出来,看着远处的湖水。喝完茶,她一直坐在空荡荡的客厅。到了晚上,她起身回房间睡觉。

妇人感到好像有人从走廊向屋里张望。她起身来到窗边。工人们干完活,把梯子靠在墙边,已经下班走了,走廊里空无一人。她再次躺在床上。几分钟后,她听到了敲门声。妇人打开门,却发现外面没有人,客厅里也空空荡荡的。她又躺了下来,感觉房间里阴冷阴冷的。

早上起床之后,妇人开始整理东西。她打开梳妆台的抽屉,在深处的纸堆里发现了一个露出一角的信封,信封上写着自己的名字。她惊讶地拿出信封,一只蟑螂从里边跑了出来,落在女人的手指上。她的手指一滑,一张照片从信封里掉出来,落在了地上。照片上,一个男青年和一个女孩站在美丽的帕尔瓦蒂雕像旁微笑着。相纸已经发黄了,妇人盯着照片看了一会儿,把它放进了包里。

服务员来告诉妇人,去机场的大巴已经准备好了。妇人下楼了。摄影师在花园的路上等待着新的客人,妇人走近他,毫不客气地说:

"真是太不可思议了!十五年了,这个梳妆台应该被打扫过很多次吧?这张照片就这样放在那儿,"她的声音里有了恼怒的成分,"这个地方的管理是有多糟糕啊!房间里除了蟑螂就是蟑螂。"

摄影师一脸震惊地看着妇人,努力想认出她来。他看了看妇人满是皱纹的脸,又把目光移向别处。妇人一直在说话,声音越来越尖厉，神情也越来越严肃，语气焦躁又无奈，就这样一直说着，停不下来。

"我已经退出舞台了，现在谁还会给我拍照呢？从前我回老家的时候，晚上住过这里。现在新的航班已经开通，正好从这里经过。"

"那个……那个……你的同伴呢？"摄影师轻声问道。大巴车在按着喇叭。

"你说过现实很残酷。他早就不知所踪了。"

喇叭声再次响起，催促着妇人。

"我已经失去他很久了，再见！"女人说完，大步流星地朝大巴车走去。

留着海象胡子的摄影师走到大门口，坐在了他那把镀锡铁皮椅子上。

生活吞掉了曾经的甜蜜与柔情，只留下了一地蟑螂。

# 山水相隔

胡萍萍　译

塔拉的眼睛里闪烁着星星,惊讶地看着周遭的一切。塔拉的眼睛特别大,给人的感觉似乎占满了她的整张脸。她是个瘦弱干瘪的女孩子,在阿尔玛斯夫人那里工作只有几个月的时间。

她看着阿尔玛斯夫人家里的东西,这些东西如此奢华,塔拉做梦都想不到。她来自戈勒克布尔[①]村庄,是个寡妇,公公和父母去世后,在孟买做挤奶工的舅舅把她介绍到了孟买。

阿尔玛斯夫人结婚三四个月了。打小一直照顾她又从娘家跟过来的佣人已经去了天国。阿尔玛斯的姨妈乌斯玛妮是有名的社工,非常讲究规矩。她打电话给劳务市场,眨眼间的工夫,塔拉就被带到了坎巴拉山[②]摩天大楼的十层。在这里,她第一次见到了她的主人阿尔玛斯夫人。

---

[①] 印度北方邦东北部城市,位于拉布蒂河左岸。
[②] 印度孟买南部高档社区。

阿尔玛斯对塔拉非常满意。其他佣人把塔拉称作舞女塔拉的时候，塔拉非常生气，她抗议说："难道我是什么坏女孩吗？"但现在，她已经习惯周围的人叫自己舞女塔拉了。塔拉默默地干活，静静地观察着主人阿尔玛斯和她的丈夫胡尔希德。

阿尔玛斯夫人一秒钟都不会允许丈夫离开自己的视线。说来也怪，她从来不同意家里雇用年轻的女佣，但是看到像塔拉这样蔫头耷脑、规规矩矩的女仆的时候，她却相信了自己经验丰富的姨妈，没有拒绝姨妈的选择。

一大早，塔拉会把茶送到主人的卧室。她非常仔细地给胡尔希德擦鞋，熨衣服，准备好刮胡水。擦拭房间的时候，她总是好奇地抚摸着那些精美的器物。那些东西都是胡尔希德从巴黎带回来的。有一把小提琴，胡尔希德把它放在了衣柜上。塔拉第一次打扫卧室的时候，她的手不由自主地停在小提琴上很久。但是前天早上，塔拉和往常一样仔细地清扫小提琴上的灰尘时，温和的绅士胡尔希德走进了房间。他一把从塔拉手里抢过小提琴，小心翼翼地放回柜顶。胡尔希德质问塔拉为什么要碰他的小提琴，塔拉眼含泪水，被吓坏了。胡尔希德反应过来之后，有些不好意思，走到了外面的阳台上，阿尔玛斯夫人正在那里喝茶。忘了说了，阿尔玛斯夫人的上午大多是在美发店或美容院里度过的。美甲、修脚、按摩、面部护理或者桑拿浴，是这位阔太太的日常生活。她的衣柜里放着数不尽的漂亮纱丽、几十种进口香水、各式各样的香料、价值连城的珠宝。在塔拉看来，上天给了夫人财富，给了她帅气的丈夫，却在姣好的容貌方面对她非常吝啬。

是的，和阿尔玛斯相反，胡尔希德非常帅气，听说他因为长相的缘故在夫人的圈子里很受欢迎。两人结婚之后，阿尔玛斯对丈夫管得非常严。胡尔希德去上班，阿尔玛斯每天都要和他打上几通电话。晚上要是丈夫出去应酬，阿尔玛斯也必须清楚地知道他的行踪，还要亲自打电话去确认。就算是晚上他俩出去约会散心，阿尔玛斯的目光也一刻都不离开丈夫，以防他偷看其他女孩。

胡尔希德欣然接受妻子的管束，毕竟妻子那么富有，自己的工作也是有钱的岳父大人给的。结婚之前，胡尔希德一穷二白，拿着奖学金在法国苦苦学习工程学。回国之后，他一直找不到工作，焦头烂额的时候，是阿尔玛斯一家将他从困境中解救出来的。

主人的这些八卦是塔拉从家里的厨师、搬运工和其他仆人那里听到的，知道这些之后，她惊讶得目瞪口呆。

胡尔希德的小提琴拉得非常好，但阿尔玛斯夫人非常讨厌小提琴。出于对妻子的爱，胡尔希德结婚之后再也没有拉过小提琴。他非常感激妻子，因为这段婚姻彻底改变了他的生活。出于感激，他可以牺牲一切，包括对音乐的爱。毕竟胡尔希德曾经是蜗居在老房子、出门要挤公交车的穷小子，现在，他摇身一变，成了豪宅的男主人。对于一个男人来说，没有什么比财富更重要了。

胡尔希德再也不会拉小提琴了。

\* \* \*

一年半以前，阿尔玛斯还住在巨贾父亲的豪宅里，从事社会工作。随着年龄的增长，她已经失去对婚姻的渴望。在一次聚会上，她遇到了胡尔希德。阿尔玛斯的姨妈敏锐地捕捉到了她对胡尔希德的爱意，很快帮她调查了胡尔希德的背景。胡尔希德来自北方邦，刚刚从欧洲回来，正在找工作，近期不想结婚。胡尔希德在法国有女朋友，他自己先一步回国，正在等待爱人的到来。

阿尔玛斯立即开始追求胡尔希德。她父亲以每月一千五百卢比的高薪雇用了胡尔希德，让他在自家的一个商店做事。阿尔玛斯的妈妈常常邀请胡尔希德来家里，就这样，两个年轻人的见面水到渠成。然而，胡尔希德对她并没有表现出热情。一天下班之后，胡尔希德不情愿地留在了阿尔玛斯家。他不喜欢阿尔玛斯俗不可耐的言谈，于是一个人站在阳台上，望着远处的大海。他幻想着有一天爱人的船缓缓靠岸，他朝思暮想的人儿走下船来。他俩本应一起回来的，但是爱人在巴黎大学里的工作还没有完成。胡尔希德的目光顺着阳台的栏杆，定在了远处的海平线上。阿尔玛斯走过来，把手轻轻地搭在他的肩上，问道："你在想些什么？"胡尔希德笑而不语。

胡尔希德和阿尔玛斯的父亲共进晚餐，聊着最近的热门话题，比如说高额财政是政治游戏的结果之类的。他回到自己的小公寓时，已经相当疲惫。他拿出小提琴，演奏着之前和爱人在巴黎合奏的曲子。他和爱人每三天就会通一封信。上一封信里，他告诉爱人，自己在孟买找到了一份相当不错的工作，但对于阿尔玛斯的事却只字未提。

就这样，一年过去了，胡尔希德并没有表现出要娶阿尔玛斯的意思。这位富家小姐的姨妈准备找胡尔希德把事情说清楚。就在这时，从胡尔希德的老家布尔塔·布格尔传来消息，胡尔希德的父亲病重，于是，他请了假，赶紧回家。

胡尔希德回老家布尔塔·布格尔有些日子了，阿尔玛斯的心已经凉了。一天傍晚,阿尔玛斯和朋友去泰姬陵饭店听一个德国钢琴家的音乐会。和往常一样,水晶厅里聚集了很多信仰祆教③的老人。一个祆教女孩正在分发音乐会的节目单。她长着一双漂亮的眼睛,那双眼睛明亮又澄澈。阿尔玛斯的一位老朋友介绍她和女孩相识。"这是佩洛嘉·杰罕吉尔"·德斯杜尔小姐。"简单寒暄之后,朋友离开了。

和往常一样,阿尔玛斯用挑剔又锐利的目光看着这个女孩。女孩非常漂亮。"你叫什么名字?鲁斯塔姆④小姐?"阿尔玛斯热情地问道。"佩洛嘉·德斯杜尔。"女孩简单地回答道。

"以前我在音乐会上没见过你。"

"我之前在巴黎待了七年,上周刚刚回来。"

"在巴黎待了七年!那你应该能说一口流利的法语了?"阿尔玛斯有些嫉妒地问道。"是的。"佩洛嘉笑着答道。

贵宾们正和德国钢琴家一同前往休息室。佩洛嘉向阿尔玛斯告辞,朝着一位英国女士走过去,非常专业地点评着刚才的音乐。阿尔玛斯来到休息室,说来也巧,她又碰到了佩洛嘉。宾客们开始喝茶。

"我们坐在这里吧。"佩洛嘉微笑着对阿尔玛斯说。两人面对面,坐在一张靠窗的桌子旁边。"你是西方音乐的专家?"阿尔玛斯冷冷地问道,她不喜欢年轻漂亮的女孩。"是的,我在巴黎学的

---

③ 即琐罗亚斯德教,又称拜火教,产生于古代波斯,现今信徒人数较少,但信徒重视教育,多为精英阶层。

④ 鲁斯塔姆是波斯史诗《列王纪》中的主人公,闻名遐迩。这里指来自鲁斯塔姆的家乡人,即古代伊朗。

是钢琴。"

巴黎？阿尔玛斯的意识深处突然拉响了警报。

她看着外面湛蓝的海面，突然殷勤地说："正好，我们家也有一架钢琴，哪天来家里弹一曲？"

"一定，一定。"佩洛嘉笑着回答。

"周六你有什么安排吗？我家里有女士聚会，我的朋友们一定很想见到你。"

"谢谢你的邀请，我会参加的。"

"佩洛嘉，你住在哪里？"

佩洛嘉说了塔尔·戴欧⑤的一条街道的名字。阿尔玛斯松了口气，塔尔·戴欧现在已经沦为信仰袄教的穷人聚居社区了。

"我和叔叔住在一起。我的父母已经过世了。我没有兄弟姐妹，叔叔和婶婶抚养我长大，他们没有孩子。我叔叔是一家银行的职员。"佩洛嘉闲聊着家事。她看着平静的海面，突然说道："多么奇妙啊！上周我坐的船驶向海岸的时候，我还在想，过了这么久，我回到孟买，已经像一个陌生人了。阿尔玛斯，你知道的，这是一个又大又冰冷的城市，在这里很难交到真正的朋友。今天能遇见你，真是太高兴了。"

阿尔玛斯满是同情地点头附和着。休息室里，大家都在低声细语地交谈。过了一会儿，阿尔玛斯又问道："你是怎么去的巴黎？"

"我拿到了奖学金，去那里学钢琴。毕业后，我在音乐学院做了几年的研究。虽然在巴黎我很开心，但是叔叔婶婶这边没有人

---

⑤ 印度孟买的一个社区。

陪。他们年纪大了,我可怜的婶婶已经老得完全听不到了。我回来是为了照顾他俩,而且……"

"哎呀,阿尔玛斯,原来你坐在这儿!快点,马莱冈夫人正找你呢。"一个女人走近桌子说。佩洛嘉的话就这样被打断了。"周六早上十一点,我派车去接你。"阿尔玛斯起身告辞,很快消失在宾客中。

周六,佩洛嘉来到了阿尔玛斯家。女士派对进行得欢快热闹。派对上播放着披头士乐队的唱片,几个女孩正在大声讨论着几天前的时装秀。虽然这些女孩的母语是乌尔都语、印地语、古吉拉特语还有马拉地语,但在派对上,她们只说英语。她们穿着紧身的裤子,有那么一瞬间,佩洛嘉觉得自己仿佛并不是在印度。她曾经的小圈子也都是西方主义者,在欧洲生活了多年,她知道欧洲人看到非常西化而不够传统的印度女生的时候是多么失望。因此,在巴黎和罗马的时候,佩洛嘉对于自己传统的印度风格总是感到非常自豪。她不喜欢这些假装美国调子的孟买女孩,于是独自一人站在阳台上发呆。阳台对着大海,旁边能看到袄教人的寂静塔[6]。她突然醒过神来,定睛一看,几只秃鹰和乌鸦正在茂密的森林上空盘旋,周围一片死寂,令人毛骨悚然。

佩洛嘉有些害怕,赶紧回到热闹的派对,靠在了沙发上。房间的角落里摆放着一架钢琴,收音机里正播放着哈利·贝拉方特的《再会牙买加》。男歌手迷人的声音回荡在整个房间。

---

[6] 即天葬台,袄教信徒施行葬礼的地方。

夜晚享受欢乐时刻，

白天阳光洒在山尖。

我扬帆远行，

在牙买加停下脚步。

我不得不说，

我还要继续前行，

不知哪日归来，

心里十分难过。

转过头来挥泪告别，

爱人啊，不得不把你留在金斯顿城。

阿尔玛斯悄悄走了过去。歌声刚落，她就对佩洛嘉说："真是太好笑了，专业的钢琴家就坐在这里，我们却在播放唱片。来吧，佩洛嘉，弹上一曲。"佩洛嘉笑着坐上了琴凳。

"你们想听什么？我只演奏古典音乐。"

"啊！没有流行音乐么？"姑娘们喊道。"要不演奏一首好听的印度电影歌曲吧？"

"我也不太知道电影歌曲。哦，我知道一首厄泽尔⑦，是，是那个……"佩洛嘉欲言又止。

"厄泽尔？我太喜欢乌尔都语诗歌了。"一个穆斯林女孩高傲地说道。厄泽尔一般是用母语乌尔都语写的。

---

⑦ 乌尔都语抒情诗。

佩洛嘉将手指放在琴键上，开心地开始弹奏，美妙的旋律缓缓而出。"佩洛嘉，边弹边唱吧。"女孩们起哄说。

"我不会唱歌，我的乌尔都语发音不好。"

"好吧，那告诉我们歌词，我们唱。"

"歌词是这样的，"佩洛嘉说，"你在前面，请告诉我你到底在哪里？我们之间有山水相隔，我又如何能看见你？"

几个女孩开始一起唱："我们之间山水相隔，山水相隔。"

一曲弹罢，掌声雷动。

"现在弹几首西方的曲子吧。"一个女孩说。

"要不我来演奏一首肖邦的《即兴幻想曲》吧？我和未婚夫在巴黎的时候，总是一起演奏这首曲子。他用小提琴给我伴奏。"佩洛嘉说。

"你的未婚夫也是音乐家吗？"一个女孩问道。

"他不是专业的，只是爱好而已。"说完，佩洛嘉开始演奏。

在接下来的几周里，阿尔玛斯和佩洛嘉成了好朋友。佩洛嘉找到了一份工作，在女修道院教钢琴。修道院还在放假，很快就要开学了。另外，她还给一个十岁的美国女孩辅导钢琴，每周三次。美国人的妻子最近去世了，为了走出悲伤，他带着女儿来到印度旅游。父女俩住在珠湖的阳光沙滩酒店。

虽然塔尔·戴欧离珠湖有点远，但美国人给佩洛嘉的报酬很高，而且那个人也特别好。佩洛嘉对于现在的生活感到非常满意。几天之后，未婚夫就要从老家回孟买了。佩洛嘉还没告诉他自己在孟买已经找到了工作，她想给爱人一个惊喜。

一天，佩洛嘉到阿尔玛斯家做客，两人一起在院子里散步。走到喷泉边上,阿尔玛斯突然问佩洛嘉:"那天演奏的厄泽尔,你是从哪里学来的?"

"哦,那个,在巴黎。"

"巴黎!真有趣!是谁教你的啊?"

"我的未婚夫。"

"哦,是这样。对了,佩洛嘉,你还没给我讲过你俩的事儿呢。"

"他和你一样,是穆斯林。"

"哦?真的?"阿尔玛斯在喷泉边坐下。

"我家非常传统,但我叔叔很开明,他已经同意我们俩的事儿了。"

"他叫什么名字?"

说起名字,还有一个很神奇的故事。胡尔希德非常喜欢佩洛嘉像水仙花一样漂亮的大眼睛。他们是在印度驻巴黎大使馆的一个活动上认识的。朋友向胡尔希德介绍佩洛嘉时,胡尔希德调皮地说:"你的名字应该叫水仙。"

"哦?水贤?那是我姑姑的名字。"

"真是奇迹……"胡尔希德看着她,好像两人认识了很久。"胡勒习德,霍尔希德,佩鲁嘉,你们那儿的人总是把这些好听的伊朗名字读错,把水仙读成水贤,把胡尔希德说成霍尔希德。还有佩洛嘉,你不介意我叫你费洛嘉吧?"

"不会的啊。"佩洛嘉笑着答道。

一次,胡尔希德在河边散步时对她说:"你勇敢的眼睛,像七种东西:萤火虫,流星,钻石,珠宝,明媚的阳光,晶莹的雨珠,水仙花,哦,它已经在你眼里了。"

"我是在问他叫什么名字?"

佩洛嘉被阿尔玛斯尖厉的声音吓了一跳。

"胡尔希德。"佩洛嘉回答道。沉默片刻后,她紧张地抬起头。阿尔玛斯身穿黑色纱丽,手放在腰上,像一头黑骆驼一样站在她面前。"亲爱的,多么巧啊!我未婚夫的名字也叫胡尔希德,也会拉小提琴。他也是从巴黎回来的,这几天回老家去了。"

八月的天空中出现了一道闪电,没有人注意到,那道闪电击中了佩洛嘉。她静静地坐在那里,看着眼前这座豪华的建筑,又想了想自己又旧又小的公寓。她终于明白为什么胡尔希德从来没在信中没有提到过阿尔玛斯,也明白了他为什么一直回避结婚的话题。她缓缓站起身,轻声说道:"阿尔玛斯,恭喜你订婚,再见。"

"佩洛嘉,你要走了?等等,我派车送你……司机……"阿尔玛斯平静地说道。

"不用了,阿尔玛斯,谢谢。"她狼狈地从阿尔玛斯家里逃了出来。正巧,一辆公交车停在了马路对面,她迅速穿过马路,上了车。

阿尔玛斯站在喷泉旁边,看着大门的方向。倾盆大雨哗哗地打在棕榈树上。

三天之后,阿尔玛斯的父亲收到了胡尔希德的来信。信中说,因为父亲病重,胡尔希德希望延长休假,但信里并没有说,事实上,父亲之所以病重,是因为胡尔希德不想娶阿尔玛斯这个穆斯林贵族女孩,却想和一个袄教女孩结婚。这位在宗教上十分保守的老父亲已经被自己的独生子气得奄奄一息。在胡尔希德的信中,可以明显地感受到他沮丧的心情。阿尔玛斯亲笔给他回了信。

"你在老家待多久都没问题,我爸爸没有把你当成外人,我们都理解你,支持你。你为什么不带父亲来孟买治疗呢?布里斯班和我昨天去珠湖游泳,在那里我遇到了一个非常有趣的袄教女孩——佩洛嘉。她会弹钢琴,也来自巴黎,好像是一个美国人的女朋友,他们好像住在珠湖。之所以告诉你,是因为你可能在巴黎见过她。嗯,带你的父亲来孟买吧,可以给他在肯尼迪医院安排一间病房。您忠诚的阿尔玛斯。"

傍晚时分,出租车停在了塔尔·戴欧的一栋破旧的公寓前,胡尔希德下了车。他从口袋里掏出一个笔记本,看了一眼上面的地址,从大楼一侧非常陡峭的楼梯上了楼。

胡尔希德面前的门框上,早晨用粉笔做的印记还清晰可见。里面一个昏暗房间的窗边,可以看到一位袄教老人。他穿着带有污渍的白裤子,头上戴着一顶圆帽,正在房间里念经。房间的一边放着一把脏兮兮的椅子,屋子中间的桌子上放着一块五颜六色的蜡布。墙上挂着一张琐罗亚斯德[8]的大画。房间里弥漫着椰子和鱼的味道。一位穿着红色乔其纱纱丽的袄教老妇人,头上戴着围巾,摇摇晃晃地从里边走了出来。

"佩洛嘉小姐在吗?"

"佩洛嘉?"老人目光迷离地看着胡尔希德·阿拉姆说道,"她去珠湖了,对,阳光沙滩酒店。"

"什么?佩洛嘉搬到珠湖去了?"

---

[8] 袄教创始人。

耳聋的老人摇头表示同意。

"她和谁在一起?"胡尔希德结结巴巴地问。老妇人走进屋里,拿来一张名片,交给胡尔希德,名片上写着一个美国人的名字。

"你是胡尔希德吗?佩洛嘉说过,如果你来这里找她,让我马上给她打个电话,别告诉你她去哪儿了。"她从上衣口袋里掏出二十五派沙。胡尔希德不解地看着老妇人,说道:"你们一点都不介意这种事儿吗?"

老妇人摇摇头说:"我们都是穷人,但现在佩洛嘉是一个美国人的……"忽然,老人想起还没有招呼胡尔希德进来,她弓着背说:"来吧,进来慢慢聊。"

胡尔希德愣住了,转身离开公寓,上了出租车。"再见!再见!"老妇人摆了摆手。

老妇人的丈夫做完祈祷,赶忙跑到外面,但是,出租车已经走远了。

阿尔玛斯和胡尔希德订婚那天,大雨滂沱,雷电交加。晚餐前,雨变小了。胡尔希德和阿尔玛斯父亲的朋友、眼科专家西迪基医生站在阳台上。这位医生最近刚刚搬到孟买。远处,黑漆漆的袄教的寂静塔静立在潮湿的空气里,周围死一般的沉寂。客厅里传来一阵阵笑声,钢琴上摆放着银色蜡台,烛光闪烁,气氛欢乐而浪漫。这时,走廊里的电话响了,一个佣人过来告诉阿尔玛斯:"有人来找胡尔希德先生。"刚刚成为新娘的阿尔玛斯立刻过去接了电话。电话是当地的一家医院打来的,那里的护士焦急地问:"胡尔希德先生在吗?"

"你找胡尔希德做什么?"阿尔玛斯厉声问道。

"佩洛嘉小姐病重，已经住院一个月了。今天她的病情突然加剧，非常危险。她说，如果胡尔希德先生能来医院几分钟……"

"胡尔希德先生不在这里。"

"你确定吗？"

"是的，我确定。"阿尔玛斯厉声回答，"你认为我在撒谎吗？"说完，她挂断了电话，满脸怒气地回到客人中间。

两个小时后，电话又响了。

"西迪基医生，您的电话。"佣人在走廊里喊道。"医院要您马上回去。"西迪基医生赶紧去接电话。

医生不好意思地对阿尔玛斯说："非常对不起，我得马上走。"

阿尔玛斯来到门口："您明天一定过来啊，我们一起去普纳度周末。"

"当然，晚安。"西迪基医生说完就走了。

\* \* \*

胡尔希德的父亲在肯尼迪医院治疗康复后回老家了。

结婚之后，阿尔玛斯的陪嫁——位于坎巴拉山的公寓还没有准备妥当，在那之前，小两口暂住在阿尔玛斯的父母家。胡尔希德早晨上班前，会在阳台上站一会儿。楼下，一条崎岖不平的小路穿过山间茂密的花园，一直通向袄教人的寂静塔。他时不时会看见穿着白色衣服的袄教信徒，用毛巾牵起手，排成一排，抬着尸体，爬上远处的山坡。乌鸦和秃鹰在树上静静地等着。寂静塔的大门正对着远处校园的一个角落。门口，一位老人安静地坐在那里，他蓄着浓密的胡须，样子很吓人。送葬者身穿白色衣服，戴着白色假发，死者下葬之后，送葬的人从郁郁葱葱的山上下来，坐进自己的车里。大门外面，就是热闹非凡的世界。对面大楼上挂着印度航空耀眼的君王广告，以最新的方式吸引人们搭乘他们的飞机，去散落在世界各地的城市旅行。

她曾在一封信中写道："脑有千眼，心却只有一只眼。当爱消失了，整个生命就停止了。"

海浪转瞬间就不见了，天空中的云也无影无踪。她死的时候，乌鸦和秃鹫是怎样迎接她的呢？那个雷雨交加的夜晚，她在医院去世后，灵魂已经飞上了天空。在另一个世界的黑暗之中，某个灵魂可能撞见她，问道："你是谁？"她会回答说："我不知道，我刚死。"

现在，她的灵魂肯定已经到了某个地方。死了的人往往走得更快。

\* \* \*

塔拉用明澈的眼睛，惊奇地看着胡尔希德家中的一切，也惊讶地盯着胡尔希德。阿尔玛斯已经有了身孕，塔拉要承担两倍的工作了。

今天早上，眼科专家西迪基医生来了，塔拉给站在阳台上的医生端茶。西迪基看到塔拉吓了一跳，他高兴地问道："塔拉，你在这里工作啊？"

"是的，先生。"塔拉害羞地回答。

"现在能看清楚了吗?"

"是的,先生。现在看得很清楚。"

"很好。"医生西迪基对胡尔希德夫妇说:"这个女孩十岁就失明了,幸运的是,她的失明是暂时的。阿尔玛斯,你还记得你们订婚那天晚上我去了医院吗?一位名叫佩洛嘉的女士那天去世了。她在去世前,将眼角膜捐给了角膜银行。所以她一去世,我就被医院叫去取角膜。多么漂亮、多么无辜的眼睛啊,不知道她怎么会这么可怜。一位耳背的袄教老妇人站在床旁,泣不成声,那场景,真是太让人悲伤了。几天之后,塔拉的舅舅带着她来找我。医生告诉过她,新的角膜可以帮助她恢复视力。我把佩洛嘉女士的角膜取出来,移植给了塔拉。看,塔拉用的是别人的角膜。真的,现代医学正在创造奇迹。"

西迪基医生说完,满意地点起了一支烟。阿尔玛斯的脸色十分难看。

胡尔希德跟跟跄跄地站起身,像盲人一样,摸索着逃向自己的房间。塔拉看到他们的情况,跑了进去。胡尔希德转身愣愣地盯着塔拉。塔拉什么也不明白,不知所措地去厨房洗碗了。远处,秃鹫和乌鸦正在寂静塔上盘旋。

乌鸦分食着尸体,它们什么都吃;

但从不碰那双等待爱人的眼睛。

# 哈丽达·哈桑

(1938—2019)

女作家，现代主义小说家。出生于巴基斯坦拉合尔的一个中产阶级家庭，受父母影响，青少年时就接触到一些乌尔都语的诗人。在旁遮普大学东方学院攻读乌尔都语硕士学位后，在多所女子学院任教。她创作了一部长篇小说和六部短篇小说集，小说集收录了93篇作品。2008年出版《哈丽达·哈桑全集》。哈丽达·哈桑是乌尔都语现代主义创作的杰出代表。她融合了超现实主义、存在主义、自然主义以及象征主义的创作手法，突出意识流和意象的结合、意识和现实的交融，细腻地描写人物的内心世界，在聚焦现代人内心世界的同时，关注社会现实，表达现代人彷徨、紧张、孤独、茫然和厌世的情绪以及现代女性自我意识的觉醒。她的作品从心理感受出发，表现生活对人的压抑和扭曲，用荒诞的意识流去表现异化的人的危机。她的小说有卡夫卡的特点，情节支离破碎，思路不连贯，象征意义很强。如果说英迪扎尔·侯赛因吹响了乌尔都语现代主义小说创作的号角，哈丽达·哈桑则大胆地进行了全新的尝试，丰富和繁荣了现代主义文学创作。因此，她在乌尔都语文学史上具有独特的地位。

# 千足虫

周佳 译

我打开了门。从阴凉灰暗的室内出来，外面的酷热和刺眼的光亮让我顿时一惊。门的颜色是石灰白和深土黄色的，随着机簧的一声轻响，门关上了。那扇关上的门里散发着酊剂、碘酒和酒精的气味，人们坐在包着皮革的长凳和掉漆的椅子上面，漫不经心地翻看着各种报纸和杂志，其中包括《明镜》《时代之声》《巴基斯坦时报》等。我站在屋外的高台上。几秒钟之前，我还在屋里……现在我在外面……这个高台的前面，就是我现在站的位置……有一片小小的草坪，周围有一圈浓密的香橼篱笆，从那儿再往前，能看到一个半圆的花坛，里面开着血红色的玫瑰花，还有像小酒杯一样的黄色花朵，我叫不上来它们的名字。从草坪延伸出去的一条土路一直通到木制的白色大门，我走下高台的五级台阶，沿着香橼篱笆走到大门边。我打开了门，门的合页发出吱吱嘎嘎的开合的声响。门外是一条宽阔的大路。

一出门，我闭了一会儿眼睛，只为了更清楚地看看我看见了什么。深红色变成了深绿色,黄黄的光线斑点有时变成偏黑的蓝色……有时又变得白茫茫一片,一些物体的边缘也变得模糊起来。

随着那些忽明忽暗的光亮,我喉咙里的那个结子突然落下,下颌慢慢地开始松弛,嘴也自动张开了。我试着咬紧牙关,攥紧的拳头开始疼痛,但上下牙还是无法合上。最后,我从口袋里掏出一个小玻璃瓶,拿出一粒药放进嘴里。我知道,我身体里有一只千足虫,长着长长的脚的那种虫子。它长在我的血管里,慢慢地伸展着无数的脚。我知道这些,但我并不敢相信。刚刚在房间里,医生是这么告诉我的。可是,我的身体里怎么可能长出虫子来呢?我认为这完全不可能。药丸在我口中融化,我的上下颚慢慢合上了。

我又看着眼前一直延伸的宽阔的大道。街上车水马龙,有很多人,还有三轮车、出租车、自行车和摩托车。对面的赫米德综合商店里,有一个戴着粗黑框眼镜的男人,他一边看报纸,一边用一只手摸着自己的头发。在他旁边,有一位穿着布尔卡①的女性。对面的柜台上,一个头发浓密、有些塌鼻子又驼背的男孩正在摆放五颜六色的润肤霜盒子和贴着标签的瓶瓶罐罐。商店的橱窗里,摆放着各种各样光彩夺目的商品。

赫米德综合商店……我已经从这里经过几十次了,今天才第一次发现这个商店,这让我感到很震惊。这家店后面,是穆斯林鞋店、阿敏药店还有金家美发沙龙。一个系着围裙的理发师模样的小伙子正在给人染头发,染发人那张脸变得越来越红,鬓角上的青筋也暴了出来……收音机里放着扎西达·佩尔温的歌,她的声音即使混在

---

① 布尔卡:伊斯兰教妇女穿的一种能遮盖全身的罩袍。

其他人的歌声和或者噪声中,我也能远远地就分辨出来。令我吃惊的是,有些人,比如我的很多朋友,就没法分辨出声音之间的区别。

从穆斯林鞋店里走出一个瘦瘦的男人,他牵着孩子的手,孩子手上拿着一个用丝带扎好的鞋盒,两眼闪闪发亮。看到这儿,我突然觉察到,我走到了另外一个小区,而不是我家所在的小区。于是,我溜达到了三轮车站……那儿停着三辆车,其中两辆是空的……第三辆车的司机舒服地坐在车里抽着烟。我头一次感觉到,三轮车的形状像一头奇怪的野兽,我感觉我不像是在看三轮车,而是在看一种形似兽类的东西……这个东西如果走着走着转过头看到我,大概也会发出叹息,就像我体内的千足虫回过头来叹息一样。

司机深吸了一口烟,看着我。

"先生要去哪儿啊?"他漫不经心地问。

"西姆纳巴德。"

"上来吧!歇歇脚吧,哪怕在归一的路上……"② 他哼着歌打开计价器,发动了车子。

车里的座位上套着崭新的红绿色花纹塑料布,司机座位背面的木框架里镶着镜子,左右门边垂着五颜六色的丝质流苏。天很热,空气里混着汽油和泥土的气味。闻着这股混合的气味,我突然感到很惊讶:我居然在去西姆纳巴德的路上。西姆纳巴德是什么?我在心里纠正了一下"西姆纳巴德"的发音。这时我第一次意识到,我正在忘掉一些事物的名字。事物的名字要是丢了,这件事物就会消失,但我不想忘掉这个名字。因此,我在路上试着读每一块路牌,

---

② 这里是司机唱的一句神秘主义诗歌。

文学的摇篮、谢赫·阿达·阿拉的倡议、杀虫剂、谢布娜姆辣香料、爱的魔咒、狠心的情人,一个个招牌和广告迎面而来。但是,许多路牌和墙上的广告都是一晃而过,根本读不了。所以,我开始试着回想着手边事物的名字。三轮车里有许多东西,长衬衣、领带、领带夹、笔、钱包、钞票、零钱,但是不知道为什么,这些东西都与自己的名字分开了。我试图记录下那些东西的名字,从这个时刻开始,我把所有东西的名字都记在心里。其实,我想从字词中看到事物,所以我的脑海里总是在记录一份长长的名词表,好像我必须要把这个单子念给谁听一样。

那个记录名字的单子日渐加长,我开始时不时地嫉妒周围的人,然后这种嫉妒变成了恨,这种恨像倒霉的疯子一样把我包围起来。周围那些人记得住许多我不知道的名字,但他们永远不会成为我的记忆的一部分。我觉得这些人悄悄地把很多名字藏在了自己心里,所以,我觉得我得写点什么。其实,二十年前我就有了这种想写东西的感觉。所以,我买了一刀纸,在桌上摆好必须的东西,但我一提起笔,就觉得我或许并不想写东西,现在还不是写作的时间,未来会有写作的时间的。于是我开始读书,读了没几行,又感觉现在应该写作。我提起笔,却写不了东西。实际上,没有任何词汇能表达我想要写的事情,所以我把笔放在一边,又开始阅读。过了一段时间,我知道我不想读了,所以就不读了。十五年之后的现在……奇怪的是,现在我突然觉得我想去写些什么,而且能写出来。所以我又买了一刀纸,把写作用具摆到桌子上。然后我提起笔,一写就是好几个小时……一直写到额头被汗水浸湿,笔开始颤抖,手指感觉疼痛……写完之后,我回头看时,却发现纸上只有事物的名字，原来我想写的仅仅是东西的名称而已，所有我看过的和我现在正在看的那些东西的名字。如果我把所有东西的名字都写下来，肯定能写满几百张纸，但是，我哪有时间做这件事情呢？我的身边每时每刻都有人，他们在这里，是为了照顾我，为了喂我吃药。虽然我对他们说过，我自己可以吃药，我有计时的秒表，但是他们还是围着我。我现在不想让任何人知道我创作的秘密，这也是有特殊原因的。我曾经对一个从事写作的朋友做出过一点暗示，那就是，连续的叙述不能算做什么，写作的人应该把名词堆积在一起。每个人都应该把只属于自己的名词汇集在一起，这就足够了……我说的这些话，让我的那个朋友嗤笑起来：

"这么说，字典就是世界上最伟大的文学作品了？"

我对他的这种理解十分无奈。字典里只有词汇，但没有名称。名称其实是和人联系在一起的，在他的内心。一个人千万不能忘了自己所属的那一部分名字，所以每个人都应该保存好自己的知识、自己的事物。但我说的这些，并不被我的朋友理解，所以我沉默了。现在，我只能在夜里像做贼一样写自己的作品，好像有什么东西正在从我的身体里往外爬，一爬出来就结束了一样。难道我正在扼杀它们吗？……正在把自己的皮肉、骨头、血液一点点撕开并且扔掉吗？收藏事物、获取知识，或者说活下去，还有别的路径吗？只有在获得事物之后再把它们消灭，才是唯一的路径吗？每到夜晚，我还没进入梦乡的时候，总会有意识地想起一些东西的外貌，然后给这些东西命名。

但是，无名的事物越来越多，逼得我在深夜都在不停翻看我的作品，所以，和我同住的人都对我有意见。这些人把名字藏在心里,却不明白收藏这些名字③有多么困难,所以他们的胸膛随着呼吸不停地起伏,一会儿扩张一会儿收缩④。

我时常厌倦自己的作品。每当我感到体内那只长着长腿和触角的簌簌作响的虫子在动的时候,我就会感到我的动脉中有个结子,随后,下颌就会松弛,嘴里泛起大量唾液,既咽不下去,也吐不出来……与此同时,我的头也开始歪到一边。在那个时候,我开始感觉到我的作品毫无价值,不仅仅是这部作品,而是每件事物都不复存在,除了这只伸开腿脚的千足虫之外。这只虫子超过了所有的名字、所有的字词……它在变大,在变宽,在啃食,在吞咽。它本身就是有含义的。

我的妻子马上掏出小玻璃瓶,取出药丸。

"来,赶紧吃了……你看,都超过半个小时了。"

我不想把药吞下去,但是说着说着,我的声音已经变了,有时甚至发不出声来。在这种情况下,我想起了杰基尔医生和海德先生的故事⑤,于是很想看看自己在变化的这一刻是什么样子。我通常不照镜子。事实上,我的房间里一面镜子也没有。好长时间以来,我理发或刮脸都找理发师,每当我洗完澡在镜子面前梳头发时,并没有发现什么变化。有一天晚上,我把一面镜子放在身边,然后忙于写作。我觉得我已经把所有的名字都写完了,现在一天也写不出三四个名字

---

③ 伊斯兰教对"名称"非常看重,认为名称(如真主的99个美名)代表了拥有这些名称的对象的真实属性,因此,"名字"在这里还有一层含义,暗示穆斯林传统文化的印记,本句可以理解为"要继承发扬好穆斯林文化也是十分不易的"。

④ 同前,这里指伊斯兰教在发展的过程中有时遇到困难,有时蓬勃发展。

⑤ 指英国作家史蒂文森的《化身博士》,主人公杰基尔白天是医生,晚上人格分裂为海德。

来，只是拿着笔，一坐就是好久。其实，名称已经以一种方式完结了，因为我把它们从自己的内心带出来了，出来之后，它们已经变成了词语。所以，我感觉自己已经空空如也了，除了那只千足虫在我的身体里伸展触角、啜吸血管、爬来爬去的那么几秒钟。那天晚上，我拿着笔一直坐着。时钟的指针马上就要指到一点半，那时会响起闹钟声。我的妻子晚上睡觉前会设好闹钟，每两个小时起来一次给我喂药。但是这次，我伸手按掉了闹铃的按钮。然后，我的下颌缓缓张开，与此同时，我的眼皮开始向下耷拉，我攥紧拳头，试着把上下牙合上，累得大汗淋漓。然后，我的喉咙里和我的胸腔里，有什么东西翻了个身。这就是那只长在我的身体里并且发出声响的虫子。

因此，现在我不太关心名称，反而对实在的事物更加关心，实在的事物才是真实的存在。把这些实在的事物不加冠名地记下来，是非常重要的。所以，我开始检查家里不同的东西。有时，我会突然想起某些非常老旧的东西。比如说，有一天晚上，我突然想起了我用来吸烟的老烟枪，于是从睡眠中坐起。现在我必须看到、触摸到这件东西……不知道这么多年它被放在哪儿了。我叫醒妻子，问她六七年前我抽烟用的烟枪放在哪儿了，我的妻子眼泪汪汪地说："去睡吧，去睡吧。"但我一再坚持，看到妻子眼中流下的泪水，我感到十分惊讶。我起身，在房子的各个角落翻找烟枪，箱子、衣柜、抽屉，最后，终于在废纸盒里找到了它。我看到它，摸了摸它，然后把它丢回原处。现在我知道它确实存在，但如果我没找到，那么……这个念头就已经让我无法承受了。

慢慢地，我不再去想那些特定的东西，也不再去找某样东西，只是盲目地不断地找。东西，数不清的东西。有一天，在抽屉里很多很多的纸张、铅笔还有小小的纸片下面，我发现了一些黄色的纸。那些黄色的纸里面有几张黑色底版的 X 光片。我想起来了，几个月前我去拍了这些 X 光片。我把黑色底版的半透明 X 光片举到灯下，看到了上面圆圆的肋骨的外壳，中间有蜈蚣一样的触角在向外延伸，肋骨之间充斥着一片黑色，空荡荡的……我的额头上传来一阵危险的感觉。那只千足虫伸展着自己长长的腿脚，扎根在我的大动脉中。思绪像暗流一般涌现出来。这时，我伸手拿起了镜子。看过镜子之后，我确定，名字对我来说毫无意义。我活了这么多年，却只能通过名字认识自己。这种认知是表面的，这种表象的深层里还有另一个认知。坚硬的外壳里有一个果核，这个核心没有任何形状，所以它没有名字，但是它还有一个认知。我自己看着自己，随着一下爆炸，我的鬓角突然烧灼起来。

"哎，都已经两点了……"我的妻子醒了，把一杯水端到我的桌上。

"来，快吃药……这么晚了还不睡。"

"是的。"我以一种死灰般的声音说……。"看呐，我的下巴正在往下掉。"我对妻子说，妻子迅速地扭过头，开始用头巾擦拭脸上的汗，我知道，她其实在哭。

"没什么。只是吃药吃晚了，没什么别的事。"

那天之后，我对自己的作品完全失去了兴趣。每样东西上都有一层壳，壳里面有一个热热的正在跳动的内核，那就是一只千足虫。每样东西里都藏着伸出触角、压迫血管的千足虫，因此，在不知道名字的壳里，我的记忆常常与各种不同东西的名字磕磕绊绊。现在我能记住的名字为数不多了，有时我连必需品的名字都说不上来。我的孩子们时常扭过头去擦眼泪，之后又在我面前强颜欢笑，假装十分开心。在我的身体里，和千足虫同在的，还有伸展着的蜈蚣触角一样的东西和合不上的方形下巴，那个东西的额头上，还有两个雕刻出来的洞，洞里充满了黑暗和空虚……那两张纸下面的角落里写着一个名字，那是我的名字。那时候，我看到了藏在皮肤下的肋骨，还有藏在浓密头发下的头，然后是圆圆的肋骨形成的壳……还有那只千足虫，它在我体内伸开腿脚爬行，践踏着我的血管……我感觉，那只千足虫会转过头来看着我，并且发出叹息。这种认知将是绝对流动的黑暗……永恒、延伸、永存，每样东西的开端和结尾，唯一的认知。

"瞧瞧，其实我就是这样的一个人。"我对妻子说，然后把 X 光片在她面前展开，但她并不理解。

"对了……现在这张 X 光片没什么用了……随便把它放到哪儿吧。"那时我知道了，不仅仅是我，不仅是我的妻子还有孩子……朋友、熟人、小区里、街道上在晨光中来来往往的人，所有的存在……我对他们都一无所知，除了写在角落里的名字。可是，名字一旦离开人，就彻底终结了。

但是，即便名字终结了，每个人与众不同的躯体和内在的东西也不会消失⑥。它们包含很多的特性，只有我们才了解自己的特性，虽然我们的眼睛让我们确信，外在的世界无法知晓这些特性。

---

⑥ 原文的意思是空白、空虚、空间，在这篇小说里，作家以它来比喻 X 光片的"空壳"作用，病人 x 光片呈现给人的就是一个骨架，就是空壳，作家借用这个影像，试图告诉我们，表面是空的，人不存在，但真实的人是存在的。虽然有时代表个体的名字没有了，辨认我们的标记没有了，但躯体里包含着的各自的特质、特性都存在，并没有消失。这些特性就代表了不同的人。

因此，从那之后，我的注意力几乎全都放在了在我体内生长的那只千足虫的身上。我希望能够看到它，能够认识它。但是医生说，无论什么 X 光都显示不出它是真正的生命，不断伸展的、簌簌作响的生命。有一天，我坐在桌前，面前摆放着写满了无数词语的一沓稿纸，但是我却认不出纸上的任何一个单词，因为我身体里那只躁动的虫子突然开始爬动，好像就要冲破皮肤出来了……它在我的体内伸展，吮吸着我的每一滴血。我试着控制住呼吸，额头上流下了一滴滴汗珠。我的妻子急忙掰开我的嘴，把药灌了进去。但是，我的舌头的位置却像藏着无数的针一样，药里面也融进了很多根针……有什么东西在我的身体里向前爬，不停地伸展……我的皮肤快要破了。这时我知道了，那个呻吟的时刻已经来临，那就是最初的也是最终的词语，是第一个也是最后一个声音。

我听到了医生的话。

"把这只千足虫杀死吧……打死它吧！"

不不……我想说些什么……这个有毒的、跳动的骨髓……它在我身体内已经扎下了根……到处都是，在我的每根汗毛上，控制着世界的每个词语。我想说些什么，但我不记得我说了什么……也许我说了什么，但我发不出声音……我知道现在他们要把我带走了，带到荒凉、黑暗、寂静的外面……我的千足虫……它最初的也是最后的声音就要被扼杀了，在黑暗和寂静中。

# 鸟儿

周佳 译

是的,我能分辨出她的脚步声。楼梯有整整十一级台阶,然后,门会发出轻微的响动……那脚步比柔软的流云还要快。她会从那边的门口进来,之后,这个房间的状况就会有所改变。在这个房间里,我的、她的,一切东西的周围都会蒙上一种看不见的寓意。她将用自己冰冷的手轻轻握住我的手腕,轻若无物的手指会触摸我的脉搏,钟表的滴答声会弥散在周围,并且开始流淌。

"好的。"她会埋头填写床边放着的表格。①

"晚上睡得怎么样?"她会把椅子向我这边拖过来。

那时我就会想起所有被遗忘在遥远的边边角角里已经积满灰尘的事情。突然,就在一瞬间,我会一口气对她说:瞧啊,在我和你脑袋里的直线的惯性都是骗局。我刚刚明白,根本不存在前与后、开始与终结、未来与过去,一切都是一体。时间彼此融为一体,就

---

① 这里是一个护士为病人查血压、把脉搏问讯病情的场景。"好的"是护士的口头禅,下文还会出现。

是溶液。它就在我的面前、我的舌上，或许还有我的眼睛里，无色无味的溶液，就像无用无味的舌头，这就是所有的一切。实际上，关于存在，还有所有这些，我都可以轻松简单地对她说，她也可以带着那种淡淡的笑容理解我的话。但是，说着说着，所有的词语就搅在一起了。我又想到在这个房间的后面还有别的房子，所有房间，每一个房间，是的，在每一个房间里，大家都是在这样的床上等待着某个时刻。我对它非常害怕，但又想从它那里获得庇护。而且，谁知道我是他们当中的一个什么样的人呢？因此，我只是这样问她：

"你是不是也在等待着一个时刻，等待着那个随后向前飞奔的时刻？而且你既害怕，又带着希望进行探寻。"

"是的，我们都在等待那一刻。我们害怕它，又要去探寻它。"

"你又在说那些令人费解的话了。看呐，我不明白这些优越、超越等等的事情。我只知道那些空话……都是些无稽之谈。"

"无稽之谈？那你是不是也……"

"是的……你是个怪人……虽然我并不想说，但还是对你全盘托出了那些我从来没有对任何人讲过的话……用词语思考……还有感觉，都是完全无用的行为。"

"那应该怎么去思考、去感受呢？"我在彼此交谈的时间中漂浮着，舌头上有一种无色无味的感觉，这种感觉覆盖了一切。

"这的确令人困惑，因此我放弃了写作。"她把头靠在椅背上平静地说。她的这种自欺欺人让我感到好笑，我第一次自信地感觉到，无论从哪方面而言，我都超过了她。我有优势。

"你不是个好作家，你可能是因为这个才无法写作的。写作的人从来无法放弃写作。这些全都是谎话,是伪装……"

"是的,也许吧……也许你是对的……我什么时候说过我是写东西的人呢?"她怒气冲冲地看着我。"能写东西的人是很少的。对呀,只有极少数的人能继续写下去……他们不断地写下去……实际上,我突然明白了……在一个极其安静、祥和的下午……我突然获得了启示,生命可不是叙述文……"

"叙述文?"

"是的!从来不是叙述文……是的,是词语。还有行为和时间。凡是发生的事情,都是一段时间、一些不完美的话语和未完成的行为,实际上,这正是我们自己创造出来的。用词语把行为写下来是一种罪过,犯下这个罪过的人就是我们自己。因此,我们创作的那一连串的叙述,其中的逻辑,我们都不知道它的真假。那些东西仅仅是在一个假想的框架下写下来的,因此它是错的。"

"可是,就算我们不把它写下来,我们也必须要用语言思考啊。"

"思考,没有行动的思考是极其低劣的,没有价值的。"

"那我们要怎么办呢?"

"行动……只有行动……写作和思考是属于先知和圣人的事情。"

"你让我吃惊……非常吃惊。"我试着抬起肘弯。

"躺着吧……躺好……"她把手缓缓地放在我的胸膛上,让我躺下。

我想起了一切。我等待着,所有人都在等待着。坐在我面前这个人究竟胜过我多少,数都数不清。

"啊……我们把自己的想法带入到讨论中,这是极其错误的,以后我们不会这样做了。"

"……那么,我和你对存在的理解有什么关联?这不仅是和我的关系,还包括其他所有的人……你像这样,已经变成了一个符号,这是极其错误的事情。不管怎么样,我本来要跟你说,我又去了那里……"

"你去过那儿吗?"她掩饰不住自己的惊讶。

"……我去了那儿。但是你什么时候会相信呢……"也许我的声音充满了愤怒。

"不……不……如果你希望的话,我会相信的。你去了那里了?"

是的……我又去了那里。当天的阳光很强烈,马路上非常热。我的头好像装满了开水的水壶一样。太渴了,我的舌头上好像扎了刺。但是,听着,这事儿多奇怪啊!那里的路还是那个样子。巷子两侧,路沿上的砖石已经有多处松脱,其他的一切都是老样子。各家各户窗户上的彩色芦苇挂帘还是那样垂着。角上那个,就是金娜特大妈的房子。草席帘子在风中摇摆着,到现在,她都没有修补上面的窟窿。排水沟里散落着甜瓜籽和芒果皮。我穿过学校的那条巷子再往前走,看到了我家半开的木门。尽管绵羊、山羊经常在巷子里乱窜,但那里的人家还是喜欢敞着门……我没敲门就走进了家里。里面很黑,也很凉爽。我穿过过道,来到院子里。院子里洒满了宁静的阳光,眼睛的感觉很舒服。前面的门廊下,妈妈正坐在席子上炒菜,嘴里还叼着水烟管。看到我进来,妈妈说:"天热得昏昏的,你又跑到巷子的什么地方闲逛了?去,喝一杯咸酸奶。"

"罐子放在那边的桌子上。"我往桌子那边走,妈妈在身后说。

"你又闯什么祸了?你知道,我照看这么一大摊子可不容易,别说水不干净,你爸爸还发着好大的火。"

我吃了一惊,往妈妈那儿看去。

"为什么……他为什么生气?"

"喏,瞧你干的好事。"她向屋顶的方向示意。我这才看到,门廊的屋顶上原本挂风扇用的大铁环上,用彩色的绳子挂着……一个鸟笼。

"里面有什么?"我放下杯子往前走。那个笼子上蒙着布,我想掀开它,妈妈叫出了声。

"不要掀开……别动这块布!可怜的小东西生病了……它会害怕的……是你把它拿来的,什么也没说,放下就走了。"

"我……?……啊,那又怎么了?……对……是我放在这儿的……"我生气地往外走。

"你知道那个鸟笼为什么在那儿吗?"我问她。

"不……我不知道,那你知不知道那栋房子,那条巷子……二十年前就被推平了,那可是你妈妈的命啊!②"

"不,不……我不知道……我只知道我去了那儿。"我无可奈何地说。

"是的……你说得对。好了,现在我要走了,时间到了。"她看

---

② 此处按照2008年"里程碑"出版社出版的《哈丽达.侯赛因全集》译出。本短篇小说最初发表时,此句结尾单词与《全集》结尾单词有一个字母之差,句意为"(房子和巷子)20年前你妈妈还活着的时候就被公司的人推平了"。目前无法确定此处用词是否为哈丽达·侯赛因本人的改动,特此注释。

了看表说。但是她走之后……她一离开,我就开始想第二天她过来的时间。时间融合在一起,变得流动起来,从我的眼睛、耳朵、我的整个身体里向外流淌出来。她说了,用词语去思考以及思考关于思考的事情,都是没有价值的行为。多么奇怪啊!她和我……我们两个人都如此地害怕"庸俗无用"。但是她怎么会不知道跟它相关的事儿呢?她的眼睛里有一种已经知道了什么的神秘的感觉。她肯定知道,清楚地知道我家门廊的屋顶上为什么会挂着鸟笼,难道是我把它放在那儿的吗?妈妈说……还有蒙在它上面的布,是的,晚上鸟儿会害怕禽兽……或许是因为这个……但是妈妈说它生病了。如果掀开罩布,它会害怕,它会死的。她真的对与它相关的事情一无所知吗?也许她在对我隐瞒。她来的时候,就像一堵闪光的墙立在我身后的某个地方,而我就站在墙的阴影中。现在,在这堵闪光的墙来到我身边的时候,声音、词语与未完成的动作组成的的蠕动爬行的块状物挡在了中间。

听到她的脚步声,我一下子坐了起来。我浑身上下都变成了钟表,滴答滴答的时钟海洋开始在四面八方流淌。

"好的……"她慢慢地把椅子往前拖。"晚上睡得怎么样?"

"听着,每天都是你问我……今天你说说……你晚上睡得怎么样?"她踌躇了一下,然后面带微笑说:"睡眠……?睡眠实际上是非常非常个人的……无比私密的事情,我认为它戴着面纱是很有必要的[③]。"

"你让我吃惊。"我说,"你我之间有一个无声的协定……所有

---

[③] 此句的意思是不想谈关于睡眠的事情。

的，关于交谈的……然后你……"

"是的，你说得对……但是我正要告诉你，睡着之前，有那么几个瞬间，我们完全处于孤独的毫无招架的状态之中，周围的堡垒全都破碎了，那个时候，只有恐惧包围着我们……对于这个，你了解吗？……"

"是的，我认为我明白你的意思。"

"嗯，如果这个手无寸铁的恐惧的时刻永远不会终结，那么……如果这个瞬间成为我们的生命的全部时间，那么……"

"没错……你说得对。但是和我相比，你是有优势的。你不应该思考这样的事情，你自己说这是庸俗的。"

"这不是思考……也不是用词语思索……这是感觉，仅仅是感觉……白天的时候，我们总是把自己内心的烦恼对别人述说，好让那个时刻停止。但是这全都错了。夜晚、睡眠以及死亡，我们都要独自面对。你听到了吗？独自一个人。"

"是的……我听到了……我听到了。但是我在想，是不是还有一种可能，就是不用独自面对。这难道不可能吗？难道它是完全不可能实现的吗？"我杵着胳膊肘说道……但是她用自己美丽的手稍稍加力，让我躺了下来。

"躺着吧……这我不知道……"她马上避开我的目光，不去看我，而是朝窗外看去。

"你知道，现在已经是秋天了，外面凉飕飕的……风很大，天又特别干燥，干枯的……干枯的树叶正从树上不断落下，每分每秒，从早到晚……有时，我会突然在无边的忙碌中停下来。"

"我会突然想到，这是可能的，也就是说，这是我的末日。于是，我注视着我生命的最后一天，看着洒落的阳光和安静的墙壁，并且想着，这是我的最后一天。这是什么感觉呢？或许每个人都会在某个时刻突然停下，并且思考着他最后的一天。但是我忘了，我们约定过，不会再聊自己那些想入非非的事情。"

"不……不……我们必须讨论。因为很多话如果不讲出来，就会变成实在的事件，那时候想要结束它或者避免它，就会无比困难了。"我有意让她停下。她正在看表。

"你很遵守时间……为什么这么守时呢？你总是不早不晚地出现，卡着点来。你连说出要停下一两秒的勇气都没有吗？"

"为什么？你说的这些不过是你想象出来的。实际上，我要按时到家，只是因为孩子们要回家。当我把他们喂饱的时候，所有那些无用的想法就都死掉了，我会很高兴。但是之后，再过一段时间，他们就像滚动的珍珠一样离开我，独自远去，这个进程也会停下来。时间一直在流动，人言可畏，而所有的东西都是无用的。"

"对……你说得对……但是……"

"好了……别忘了吃药……把头放到枕头上……"

她走了，脚步像云朵一样轻。门关上了……哦，真主啊！怎么她一走，我就把所有的事情都想起来了？我本来要问她关于那个鸟笼、关于鸟笼里的生物的事情，现在，这些又得推迟到明天了。不过，睡觉前这个无助的瞬间如果拉长了，又融化了，那么，所有东西的颜色在一瞬间都会发生变化……味道也会变化……而且，我们所有的人都将在其中流动。

忽然，我听到隔壁的房间传来拖动床和椅子的声音……然后是拖着重物下楼梯的纷杂的脚步声……然后，所有的一切都停止了。

看来，这确实是某个人、跟我在一起的某个人的最后一天。他是什么样的人？我试着透过窗户四处打量……外面零零星星地飞着两三片叶子，别的什么东西都没有……跟其他的日子没有什么区别。接着，我突然笑了起来，一次……又一次，他是别人……不是我。我的内心发出隐晦模糊的咕咕的笑声。太好了，明天她会首先告诉我这个消息。

但我想错了。第二天，她并没有告诉我这个消息。她还是装出那副温柔可亲的样子，数了我的脉搏，低头填写表格。看到她低垂的双眼，我想起昨晚被遗忘的时间，好像那是几个世纪之前发生的事一样……那些时间这么快就积上了灰尘。我抬起头看着她。

"怎么了？"她和颜悦色地问。

我想看到……看到她和我之间对于存在的理解有什么联系，但是，她还是那样低着头在表格上写着字，或许她并不想弄明白那种联系。我突然愤怒起来，热血涌上我的太阳穴和眼眶，血液开始沸腾起来，头像是正在喷发蒸汽一样。

"别数我的脉搏……别记录我的血压值……把那张纸撕了……"我好像在往嗓子里咽着毒药一样说道。

"你要是没来又怎么样？这是你的责任，你告诉我，你还有些什么责任？……我……我看到你了。"我的声音因为愤怒而发抖，紧紧地攥着拳头。

"安静……别激动……躺下吧。"她轻缓地把我放倒在床上。

"不，不！你撕毁了与他们的约定，又对我掩饰所有的一切。"

我想把她的手推开，但我没有那个力气。她静静地坐在椅子上。我开始等着她说话，但她沉默不语，只有时钟一直在滴答滴答地响。

"听着……如果你能听到就听着……我又去了那里。你对我说了谎,说你什么也不知道……我今天去那里的时候,妈妈坐在地垫上挑拣米里的杂物,家里的院子很乱,好像爸爸刚刚发过火然后骂骂咧咧出门的那个样子……妈妈说,坐下吧。今天不知道怎么了,那里面什么声音也没有……什么动静也没有。"

"什么里面?"我问,她示意挂在门廊房顶上那个蒙着布的鸟笼。我跑上前,想看看出了什么事,但妈妈阻止了我。

"不不……别动它!可怜的家伙,它病了。它会害怕的,会死的。它会死掉。她④会来的,会自己来看的。"

"她是谁……?"我问道。她向我示意门的方向……"我看到你站在那里,但是你说你从没去过那儿。"

"我站在那儿?"她用一种故作玄虚的口吻说。

"是的,你……然后,你知道那是最无助的时刻。你看见我,也好像没有看见一样。你就那样悄悄地走过来了。"

鸟笼的罩布掀开了……然后,从你口中发出了一种满是惊异又带着厌恶的声音:"哦吼。"你用拇指和食指捏着铁环把它拎起来。

"哦……全都是虫子……"你把笼子的门打开,把它用力地往外面的水沟里倒……那个笼子里的它。可以听到它落水的声音……我冲过去想看看……我要看看它……但你站在中间,而我被那种恐

---

④ 由乌尔都语原文可以看出,此处所述对象为阴性名词,故而翻译为"她"。此句中的"她"实际指称"死亡","死亡"一词在乌尔都语中就是阴性词汇。另一方面,故事中的"我"在某种程度上将女护士视为死亡的代表,此句主语为阴性名词,亦有双关含义。

惧压倒——那个无助的时刻,可千万不要开始啊!我停下了。

我回来了……跑着回来了。"你看,我的脚上都起水泡了。"

"不……不……不要给我看……"她把自己冰凉的手放在我的额头上。……别给我看。这是我们的约定……我们不会看彼此的伤口。但是你能确定,昨晚传来的声音来自隔壁那个房间,而不是你的房间吗?

# 谢赫扎德·门泽尔

(1933—1998)

小说家，出生在西孟加拉，获得学士学位。有多部文学评论集，为乌尔都语十几个著名小说家的作品写过简评，曾撰写过关于现代主义乌尔都语的多篇评论，受到文学界关注。他的短篇小说《乌托邦》涉及到印巴分治引发的教派冲突、1965年因克什米尔地区争端而爆发的第二次巴印战争和1971年第三次巴印战争，小说以第一人称叙述的方式，讲述"我"拼命带着家人移居巴基斯坦，几十年后又拼命返回印度，这几十年里"我"的家人一直过着胆战心惊、颠沛流离的生活，最后"我"的父母和妹妹都成为冲突的牺牲者，经历过一桩桩惨案，"我"不再关注自己的穆斯林身份，决心义无反顾返回祖籍。小说真实地展示了冲突和战争给人民带来的不可逆转的摧残、伤害和精神上的打击。

# 乌托邦

孔菊兰　译

从库尔纳发出的快车在杰苏尔车站停下,他带着老婆孩子下了车,来到站台上。和他们一起下车的,还有一些从达卡乘坐汽艇过来准备穿过边境线的人,他们来自七个家庭,有二十五个人。在蛇头的带领下,他们朝着印度的方向走去。为了这个目的,这些人从卡德大门来到库尔纳,又从库尔纳乘车来到这里。他们的心砰砰直跳,神情紧张地朝萨特凯拉走去。在那里,一般不需要护照和签证就可以进入印度。不过,路途漫漫,这一路上,要经过几十里的长途跋涉不说,还要时刻担心被抓回去。尽管如此,他们还是下决心尽早越过边境,为此,他们每人付给蛇头的报酬由原定的一百五十卢比增加到了二百卢比。

所有的人从火车上下来之后,都检查了随身携带的物品。看到自己的东西都在,又清点了人数,他们才长舒了一口气。这支队伍里有老人、孩子,也有中年妇女和小伙子。吃奶的婴儿像蚂蝗一样静静地趴在母亲怀里,稚嫩的孩子用自己柔弱的肩膀扛着行李。

火车在下午两点准时到达。按计划，他们应该在傍晚前到达边境，所以他们应该继续赶路。可是，通宵坐在汽艇上，让他们个个疲倦不堪。蛇头鲁菲戈提议，在候车室里稍事休息，大家在那里洗漱一下，吃过中午饭再出发，因为他们要走的路上找不到吃饭的地方。

所有的人都要乘坐大巴车来到萨特凯拉。他们在那里洗漱、沐浴、吃午饭，还有很多人从车站外的小旅馆带了饭回来。虽然那里的饭店很舒服，但是价格太贵，他们都住不起。出发前，泽娜德已经准备好了椰枣、呼拉马炸豆和加了干果的烙饼，这会儿，她从小袋子里拿出这些吃食，放在大家面前。为了付给蛇头报酬，她变卖了自己的耳环和手镯，现在只留了几个卢比，准备到达目的地之后再用。

到达印度之后会出现什么情况，这些钱能维持多少天，以后的日子怎么过，这些问题他们都不知道，也没想过。现在他们只有一个目的，那就是无论如何都要到达印度。

一点之前，所有的人都朝着大巴车终点站走去。大巴车上坐满了乘客。鲁菲戈经常带人走这条路，所以，他和大巴车的乘务员以及这里的警察都很熟悉。他不仅给他们槟榔、香烟，请他们吃早餐，还用钱关照他们。所以，这些人都是他的朋友，不会说不该说的话。如果没有蛇头鲁菲戈，想去印度的人是过不了边境的。过去的五年来，他一直从事走私人口的生意，把人从印度带到巴基斯坦，又从巴基斯坦把人带到印度，赚了很多钱。

他把泽娜德和两个孩子安排在靠窗的座位上，其他人则自己随便找座位，哪里有座就坐在哪里。

从杰苏尔到萨特凯拉,有二十五公里,大巴车要走两个半小时。一路上,他一直沉默不语,他知道,未来的前景和目前的情形一样暗淡无光,看不到一点希望。但是没有办法,他只能回印度。

他来巴基斯坦已经五个月了,在这里,他已经站稳了脚跟,而且在报业有了一份不错的差事。他曾经对自己的生活很满意。但是有一天,他突然决定要回印度。他为什么会做出这个决定?连他自己都说不清楚。

他对巴基斯坦怀有深厚的感情,因为他从学生时期就开始参加巴基斯坦独立运动。虽然他的父亲千方百计地阻止他参加那些活动,但他还是偷偷地和街区里的朋友一起参加穆斯林联盟的游行。整个街区里的人都站在穆斯林联盟一边,只有他父亲除外。

他读小学的时候,第二次世界大战刚刚结束,印度兴起了独立运动。之后,从起诉自由的印度军队士兵[①],到海军舰队的起义[②],从内阁使团[③]的到来,到穆斯林联盟和国大党的临时政府,还有加尔各答支持巴基斯坦成立的直接行动……这一切都是他亲眼所见的,直到今天,这些事件在他的脑海里还像影片一样清晰。他对所有的事件都有极大的兴趣,因为那时他只是一个没有思想却热血沸腾的青年,对英国人十分仇视。

---

① 日本投降后,印度国民军官约两万人(其中穆斯林有数千人)向英军投降并被遣回印度,殖民当局为转移人民的视线,决定从1945年11月起,以"瓶谣罪"对国民军参谋长沙·纳瓦兹上校等一批军官进行公审。
② 1946年2月,孟买海军起义爆发,起因为英国军官对印度士兵的种族歧视和生活虐待。
③ 1946年3月23日,由英国内阁三人组成的内阁使团到达印度,他们的任务是与印度各党派领导人接触,磋商独立后印度建国及穆斯林联盟提出分治的有关事务。

刚刚结束中考，他就加入了国民警卫队。他把街区所有的男孩都组织在一起，建立了地方警卫队，自己成为司令。他的父亲开始时并没有在意，认为他只是孩子，这种热情是短暂的，过一段时间就会冷静下来。但是随着时间的推移，他的积极性并没有减弱，而且他的父亲越是反对，他就越是要参加穆斯林联盟的活动。他的父亲毕业于戴吾本德大学[④]，在灵魂深处是反对民族主义和巴基斯坦的。

……之后，纳瓦卡利、伯哈尔还有整个印度都发生了可怕的教派冲突。他在加尔各答亲眼看到人们像绵羊一样被宰杀，商店遭抢劫，民居被焚烧，妇女被欺辱。

……再之后，巴基斯坦成立了。

大批的人背井离乡，从加尔各答和印度各地来到巴基斯坦。他童年的伙伴和市区的很多朋友都去了巴基斯坦。但是他没能走，留在那里的，只有他们一家……他的父亲毛拉维波尔格德·阿里是崇拜真主的虔诚的民族主义穆斯林，无论如何都不肯离开自己眷恋的家园。他声称，哪怕是印度教烧了他的家，他也不离开印度。母亲体弱多病，身体一直不好，这让毛拉维比以前更加烦躁。当他向父亲提起巴基斯坦有很多做生意和从业的好机会，可以把房子卖掉移居那里的时候，毛拉维耐心地听着，然后振振有辞地说："穆斯林要和所有的穆斯林一起同生死共患难，那些把自己的目的看得高于一切的穆斯林不是真正的穆斯林。我承认，你要去巴基斯坦发展，

---

[④] 印度北方邦的一所伊斯兰教学校，建于1867年。这所学校开始时是一所很小的宗教学校，后来发展成为当时世界上最大的大学，很多印度名人毕业于此。

有好机会,也有前途,但是你想想,我们走了以后,留下的五千万穆斯林会遇到什么?如果你的巴基斯坦能如此同情印度穆斯林,那么,它为什么不把五千万印度穆斯林都叫到巴基斯坦?为什么不把自己的地方让给他们?"

这样的问题让他——杰米尔沉默无语,无法回答。他虽然天资聪慧,悟性高,但是在推理辩论中,他只能败给毛拉维波尔格德·阿里。

1950年,加尔各答再一次爆发了大规模冲突,到处出现了骚乱景象,很多穆斯林的家园被烧毁,成千上万穆斯林无家可归。这一次,又有大批穆斯林迁徙到东巴基斯坦。但是,毛拉维波尔格德·阿里还是没有改变主意。

杰米尔童年的伙伴安瓦尔从库尔纳给他写信:

"东巴基斯坦的人民热情地欢迎难民,为了欢迎难民,政府和民众在各个市区建立了救济委员会,政府安排他们定居,分给他们土地和住房,就业问题也会很快得到解决,不需要太长的时间。孟加拉的穆斯林很落后,高中、大学预科毕业的人来到这里,都能得到很高的职位。这里需要受过高等教育和有技能的人才。这是一个新兴的、贫穷的国家,这里有很多工业和贸易的发展机会。如果有人投资两万卢比做生意,几年后就会成为大富翁。这里除了水稻和黄麻之外,什么也没有,所有的东西都来自外边,所以这里有各种生意的机会,来到这里,有可能很快就成为千万富翁。"

他上大学预科时的朋友赛义德从达卡写信给他:

"加尔各答的教派冲突使巴基斯坦的印度教徒惶恐不安。达卡和库尔纳的骚乱还在继续,印度教徒以低价变卖自己的财产,转手给印度的穆斯林,然后逃之夭夭。我自己在波求赫利夏区,只用一万卢比就买下了占地有一个比卡⑤的楼房。现在正是低价购买印度教徒财产的最好时机。所以快点来巴基斯坦吧!如果你想和某个印度教徒置换自己的财产,我可以来帮忙操作。我的邻居,一个印度教地主求我帮忙,要把占地一个半比卡的王宫卖了,如果我能帮他转手的话,他会十分感谢的。他的别墅位于玛登姆赫柏萨科,一般情况下,这栋别墅至少要值十五万卢比,但是这个人同意以五万卢比的价格出售。如果没有现金,在印度有五万卢比财产的话,他也愿意交换。"

赛义德还告诉他,现在自己已经开始做财产置换的生意,低价买下印度教徒的财产,再以高价卖出。在真主的恩泽下,他现在已经在银行里有了十万卢比的存款。赛义德邀请他马上来达卡,加入他的事业。他想把生意做大,但是靠他一个人是不可能的,所以,他需要像他这样的人才。

通过赛义德,他知道扎赫德最近已经成为 E.P⑥水电局的财务委员,每月到手几千卢比,此外,公家还给他配备了小轿车和别墅,虽然他只有本科的学历。赛义德在自己的信中还提起了他们共同的朋友。那些去了巴基斯坦的朋友,现在都在政府或私人公司就任高职。赛义德写道:"如果你能来,像你这样受过高等教育的人,想找到一两千卢比的职位是不难的。

面对这样的诱惑,毛拉维波尔格德·阿里还是不许他去巴基斯

---

⑤ 比卡:印度面积单位,约等于0.6英亩。
⑥ 东巴基斯坦

坦，他自己也没有对去巴基斯坦表现出那么强烈的兴趣。他们认为现在的动乱是暂时的，不可能持续太久，政府必定会出来掌控大城市，不需要多少天，形势就会恢复正常。事实上，他们的想法得到了证实。几天之后，一切恢复正常，政府完全控制了动乱的局面，城市也恢复到平时的状态，穆斯林可以安心地入睡了。城市如此广阔，如此繁华，很快就让穆斯林忘记了这里曾经发生的动乱。

1950年之后，又过了十四年，加尔各答没有发生任何不悦的事件，在十四年的时间里，穆斯林一直过着祥和安静的生活，很多曾经考虑去巴基斯坦人也改了主意。经历了这么长时间和平的生活，他们哪里会想到加尔各答还会发生骚乱呢？但是，1964年，一切都变了。

这一年，由库尔纳选举产生的骚乱发展到教派冲突。达卡和纳拉扬·甘吉也被暴乱席卷，对达卡产生了极大的影响。多家孟加拉语报纸的夸大渲染和近似煽风点火的报道，更是引发了加尔各答大规模的动乱。毛笛齐耳、伯利亚可达、纳尔格尔当噶、博德瓦尔、勒岗、基拉玻钢、波季波季、瓦基·甘吉和芒斯拉地拉血流成河。穆斯林居住区接连被焚烧和抢掠。在这次动乱中，杰米尔的家没能幸免。虽然区里的印度教徒都知道，毛拉维波尔格德·阿里是铁杆的国大党党员、孟德尔国大党的主席，是坚决反对巴基斯坦的人，但是，他们并没放过他。因为毛拉维波尔格德·阿里是穆斯林，在教派纷争中，要看的不是政治观点，而是你是那个教派。

杰米尔恰巧就在自家遭到袭击前，把妹妹萨吉达、妻子泽娜德，还有父母转移到了其他地方，这才保证了他们的安全。

他们在哈吉·穆萨·萨勒赫的旅馆住了两个月。这个事件深深地打击了毛拉维·波尔格德·阿里。他热爱自己的故乡，本来他已经决定，至死也不离开自己的故乡，但是，这一事件却对他的心灵造成了沉重的打击。杰米尔再次建议全家去巴基斯坦时，毛拉维波尔格德·阿里没有反对，默默地接受了杰米尔离开故乡的决定。除此之外，他没有别的办法。无奈地前往一个他一直反对的国家寻找庇护，让他体会到了莫大的挫败感。这一事件之后，他一直沉默不语。他把家庭的责任全都放在了杰米尔身上，自己则与世隔绝。

杰米尔带着貌美的妻子、吃奶的孩子、年轻的妹妹和体弱的父母越过边境，来到巴基斯坦，在杰苏尔难民营避难。他们的家早就被烧毁了。通过一个玛尔瓦利人，他把土地低价卖了。这位玛尔瓦利人在巴基斯坦也有生意，顺利地把钱转给了他。在难民营里住了几天后，他们办理了难民卡。后来，他们来到达卡，在米尔布尔的一个小房子里住下。卖地转过来的钱，够他们全家生活一阵子了。

在这期间，杰米尔打听到了那些在巴基斯坦的朋友的消息。他们个个身居高位，家里都有别墅和小轿车。看到他们体面的生活，再看看自己落魄的样子，杰米尔感到非常尴尬。他的朋友得知他也离开祖国来到了巴基斯坦，都对他们表示了欢迎。每到一处，他都受到了热情的招待。他们共同沉浸在对过去美好时光的回忆之中。朋友们知道他的家已经被烧毁之后，表示愿意出钱帮助他，但是他没有接受。在谈话中说起就业的事，那些朋友都耷拉着脑袋，用抱歉的口吻说，最近，非孟加拉人就业有很多困难，他们都得到了指示，在就业安置上，要优先考虑本地的孩子，所以他们无能为力，不过，最近会有机会的。他们还宽慰他说，他们会争取把他的名字加入到自己的社交圈里，尽力帮他找工作。有些朋友临走时，还不好意思地从口袋里掏出一些卢比给他，但被他拒绝了。他说："现在还没到这个程度。"

他从来没有为此埋怨过朋友。他知道，这不关朋友的事，形势的确变了。虽然那些朋友曾经在信里给他承诺，说他来巴基斯坦保证会得到高位。但是，这么多年来，东巴发生了翻天覆地的变化，难民就业面临很多困难。省级政府的职位只限本地人，中央政府所属机构也规定，名额仅限定东巴的市民。这些职位只招收那些东巴土著居民，私人公司也优先聘用本地的孩子。现在，这里的人被分东巴、西巴或者孟加拉人和非孟加拉人，没有巴基斯坦人。他想：伊斯兰教教派的联系真的太脆弱了，在两个民族的理论上建立的国家，贯彻的却是几个不同民族的理论。

他的确来晚了，与前些年相比，这里已经发生了非常大的变化。在巴基斯坦刚刚建国的时候抛弃祖籍来到这里的人，如今已经定居下来，在物质上获得了极大的满足。很多人先是占有了印度教徒的房屋和土地，再以极低的价格把它们买下来，扩充自己的财产。大多数难民都被安置在米尔布尔和穆罕默德布尔由政府分配的住宅里。那些在印度极其普通的人，现在已经拥有了巨额资产。那些原来就有地位的人，现在更是成了大企业家。在这期间，难民当中产生了一个新的阶层，他们通过非法的许可证囤积粮食，在企业和贸易中进行非法的粮食交易，挣得上千万卢比。他们的生活只有一个目标，那就是尽一切手段获取财富。

那些在1964年迁徙过来的人，面对的形势已经发生了变化。他们必须经过艰苦的努力，因为就业和贸易的大门已经对他们关闭了。不过，杰米尔最终在"青年观察家"项目里，以国家编辑的身份得到了一个职位。被所有的非孟加拉人机构拒绝后，他竟然在一个孟加拉机构里得到了这个职位。这一职位是经过激烈的竞争后才得到的。他在报纸上看到广告后，心不在焉地申请了这个职位。结果，他收到了招聘信，允许他参加面试和笔试。他曾经是英语文学硕士，对政治也很关心，就这样，两次考试他都通过了，最后，他得到了这一职位。在学院学习时，他曾经用英语写过文章和小说，还在加尔各答有名的和无名的杂志上发表过文章，这些经验在面试时都发挥了作用。他得到这份工作之后，家里人都感到非常高兴，他的妹妹和妻子还小小地庆祝了一番。四个月来一直失业，让全家人都闷闷不乐。他的母亲彻夜祈祷，希望他能找到工作。毛拉维波尔格德·阿里沉默不语，看上去还算平静，但他内心里也非常着急。加尔各答沦陷后，家里一直没有经济来源，积蓄也在逐渐减少。杰米尔每次都以沉默来回答母亲关于工作的询问。听到儿子的回答，毛拉维波尔格德·阿里只能沉默不语，只有深深的长叹在空中回荡。得知儿子在报业找到一份好差事之后，他走进祈祷室，磕头拜谢真主。

杰米尔就业后，家里的情况开始有了改变。拿到薪水后，杰米尔为母亲买了当噶伊尔的棉布沙丽，为毛拉维波尔格德·阿里买了皇族赛利姆式样的皮鞋，为萨吉达和泽娜德买了凉鞋和裤子，随后，他又把萨吉达送进印度女子学院读书。在加尔各答初中考试结束时，骚乱开始，学校关停。杰米尔知道，时代正在变化，在当今这个时代，必须让女孩接受教育，不然女孩出嫁时也会困难重重。萨吉达发育得很快，杰米尔和父母的想法一样，开始考虑萨吉达的婚事。

来到巴基斯坦之后，杰米尔的生活方式发生了变化。首先，他不再让萨吉达和泽娜德戴面纱。以他们的生活条件以及达卡交通上存在的问题，让她们戴面纱乘坐大巴车是很难的。在巴基斯坦这种环境里，毛拉维波尔格德·阿里也不反对他这样做，因为一个人抛弃了祖籍之后，所有的传统和尊严就已经不复存在了。在已经改变的环境里，固守原有的尊严是毫无意义的。他的威风和气魄曾令全家人胆战，家里没有人敢违背他的意愿，但如今，他已经不是原来那个毛拉维波尔格德·阿里了。

杰米尔工作的这家报社，除了他，还有几名非孟加拉人员。闲暇时间里，他们会聊起国家的政治形势，特别是孟加拉人和非孟加拉人的关系。他们都感到，孟加拉人和非孟加拉人的关系在加速恶化，他们自己已经成为西巴基斯坦新的殖民对象[7]，非孟加拉的企业家和商人正在剥削他们，过去的十年间，这种掠夺越发加剧。国家的资产阶级和孟加拉工人一起剥夺非孟加拉工人，但是，人们却把这种剥削仅仅理解为孟加拉人的剥削。民族主义政治家在本地和非本地人民间散布憎恶仇恨的情绪。在柯尔娜佛理和阿德姆吉的小巷里，孟加拉人和非孟加拉人发生了大规模的冲突。在过去的十年间，"省偏袒"[8]已经生根发芽，现在，人们竟然公开谈论东巴基斯坦要从巴基斯坦分离的事情。就这样，在孟加拉人的极端主义出现

---

[7] 该是因为当时东巴基斯坦（即今孟加拉）人认为西巴基斯坦人在剥削自己。
[8] 1947年印巴分治时，大批由印度迁来的穆斯林进入东巴基斯坦的达卡，他们继承了一些印度教徒留下的职位、土地、房产等，逐渐占据了孟加拉政治和经济的重要位置，这让孟加拉人感到不适，于是产生了本地人和外来人利益上的矛盾。后来，孟加拉地方政府出台了一些只有本地人才能享受的政策，这在外来穆斯林看来就是"省偏袒"。

后，非孟加拉人也滋生出极端主义，两派之间根本看不到协商的可能性。

对于这种恶化的形势，杰米尔感到很担忧。他不知道自己做什么，或者不做什么。有时，他后悔自己来到巴基斯坦；有时看见印度的形势，又觉得巴基斯坦的生活更为珍贵。这时，母亲坚持说，萨吉达没有必要继续上学了。她已经初中毕业，应该尽快把她嫁出去。他正在考虑这个问题时，一天，他在真纳大街见到了阿卜杜拉·拉赫曼叔叔[9]。拉赫曼叔叔在铁路工作，他和毛拉维波尔格德·阿里交情甚好。巴基斯坦建国后，他就搬了过来，从那时起直到退休，他一直住在帕尔婆迪布尔。他从促进基金那里得到了一笔钱，盖了一座漂亮的楼房。现在他面临的问题，就是解决孩子的婚事。大儿子已经结婚了，现在，他想为二儿子找一位漂亮而且人品好的女孩子。他不知道杰米尔和毛拉维波尔格德·阿里已经来到巴基斯坦的事。当他听说毛拉维波尔格德·阿里住在达卡的时候，马上表示要见自己的老朋友。杰米尔把他带回了家。

毛拉维波尔格德·阿里见到拉赫曼叔叔很高兴，两人谈了两个多小时，回忆过去的时光，也说了各自现在的情况。当拉赫曼叔叔知道毛拉维·波尔格德阿里想尽快把自己的小女儿萨吉达嫁出去的时候，就为自己的儿子赛里姆求亲。萨吉达小的时候，拉赫曼叔叔抱过她。那时候，叔叔是毛拉维波尔格德·阿里的邻居，两家的关系很密切，彼此非常熟悉，萨吉达和赛里姆小时候还在一块儿玩过。拉赫曼叔叔对毛拉维波尔格德·阿里说："我什么也不要，不

---

[9] 以下均用拉赫曼叔叔。

要首饰,不要衣服,不要嫁妆,我只要领着你闺女的手进家门,我要把她捧成皇后。"

听到这里,毛拉维波尔格德·阿里高兴得热泪盈眶。他控制着自己的泪水,激动地抓住阿卜杜拉·拉赫曼的手,心里十分感谢他。

拉赫曼的妻子疾病缠身,不可能出门远行。于是他们商定,拉赫曼下个月来达卡,把毛拉维波尔格德·阿里和他的妻子,还有萨吉达带到帕尔婆迪布尔,这样婶婶、他的母亲都能见到萨吉达,所有的事就可以定下来了。

随后,拉赫曼叔叔按照原来的约定来到达卡。但是这时候,城市的形势令人担忧,所以他们没能立即出发前去帕尔婆迪布尔。拉赫曼叔叔本想尽快把所有人带去帕尔婆迪布尔,但是他来达卡之后,这里的政治会议、示威游行和抗议一直接连不断。民众长期的压抑无法缓解,纷乱和骚动最后演变成一场风暴。民众和学生运动席卷了整个省,达卡及周边的城市、地区、乡镇,都出现了示威游行和抗议。民众之间本来就存在"省偏袒"和教派纷争,骚乱期间执政党和反对党又煽风点火,结果,人民运动很快就演变成了教派争斗。孟加拉人和非孟加拉人之间的关系变得更加紧张,更加不信任。用英语、乌尔都语写的各种牌子和名字都被抹掉。城市建筑的墙上和商号的门上都写着"孟加拉人觉醒吧!跑啊!比哈尔人"的大标语。孟加拉比哈尔人的骚乱,更是火上浇油,仇恨和偏见的隔墙越来越高,种族相互间的不信任达到极点,难民不敢用乌尔都语在大巴车、火车和电影院里交谈。在这种情况下,拉赫曼还是坚持要带他们去帕尔婆迪布尔。毛拉维波尔格德·阿里无法拒绝,因为毕竟关乎女儿的终身大事,杰米尔也没有反对。这样,除了杰米尔和泽娜德,其他的人都上路去帕尔婆迪布尔了。

他们出发的第二天,电台就播出了在帕尔婆迪布尔发生孟加拉人和非孟加拉人冲突的消息。杰米尔六神无主。据报纸报道说,学生之中的两派在"黑色之日"的问题上发生了冲突,接着,这场冲突演变成了派别冲突。比哈尔人的营房、赛迪加市区、拉赫门德纳格尔、古尔巴拉、美国营房和那拉特亚拉德,都有无数的民房被烧毁。匕首、刀子、棍棒和枪支统统被用上,数百名受到煽动的乡民在考拉哈提车站袭击了达卡邮车,杀害了老人、孩子和青年,妇女被劫掠、蹂躏后,她们的尸体又被扔进了水塘。

这个消息让杰米尔魂飞魄散。他像疯子一样朝卡米拉布尔车站跑去,到了那儿才知道,帕尔婆迪布尔和周围的地区已经宵禁,禁止车辆通行。他想通过长途电话了解他们的消息,但是没能成功,达卡和帕尔婆迪布尔间的电话也中断了。这一事件过后的第三天,火车通了,他急忙赶往帕尔婆迪布尔。到达那里后,他所看到的一切,还有从拉赫曼叔叔的儿子那里听到的事情,让他彻底疯掉了,接连好几天神志不清。他的意识恢复一些之后,就像孩子一样号啕大哭起来。巨大的打击彻底击倒了他。暴徒杀死了火车上所有的人,包括拉赫曼叔叔、毛拉维波尔格德·阿里,还有杰米尔的母亲。萨吉达和火车上的其他年轻妇女一起被掳走,她的尸体是在池塘里被找到的。

他问自己:"我来到这里,究竟得到了什么?"

他感觉自己提出的问题很可笑。今天,当他离开这个国家时,这个问题已经毫无意义了。不过,在离开巴基斯坦之前,他再一次把目光投向过去,衡量着未来的利弊。

大巴车到达萨特凯拉,所有的人都下了车。太阳已经偏西,暮色慢慢降临。经过长途跋涉的人们走进了一间茅草屋,准备在那里过夜。夜幕降临,离边境五公里的地区已经宵禁,夜晚不可能穿越边境,他们只能在这个茅草屋过夜,天亮之后再出发去自己的目的地。这个茅草屋很大,里边能容纳二十多人,蛇头把这里当作了驿站。他们到了那里以后,又来了一支由几个家庭组成的队伍。他们刚刚穿越印度边境来到这里,他们也要在这间茅草屋等候。在这个队伍里,他见到了大学同学阿斯勒姆,他们两家住在同一个街区。阿斯勒姆刚刚和家人从加尔各答到达这里。

他们见面后,高兴地拥抱着。阿斯勒姆埋怨他不回信,一口气把要说的话都说了出来。两人通信时,阿斯勒姆在信中向他表达了自己想来巴基斯坦的愿望,他想听听他的建议。杰米尔建议阿斯勒姆放弃离开家乡的念头,不要来巴基斯坦。可阿斯勒姆的来信说的都是想要来巴基斯坦的事情,所以他无法回应。

这时,杰米尔再一次劝说他:"阿斯勒姆,跟我回印度去吧!这里没有我们的未来!"

"不,朋友!你知道穆斯林在那里过的是什么日子吗?"

"我能不知道吗?"他心里想:我怎么会不知道穆斯林在那里过着怎样的生活呢?这四年里,阿斯勒姆把我混入了那些来到巴基斯坦就忘记自己在印度是少数派的人里。他只能对阿斯勒姆的智力感到遗憾,什么也没说。

他们俩读的是同一所小学和同一所大学,阿斯勒姆是他非常要好的朋友,他尊敬他,所以他也尽力劝说朋友。他说出了自己痛苦的经历和感受，想让朋友跟自己回去。他们一直在讨论。由于长途跋涉，泽娜德十分疲劳，早就和孩子睡着了。但是，他们两人却完全没有睡意。在茅草屋的外面，他们正在做出生命中最重要的决定。

阿斯勒姆给杰米尔的回答只有一个："印度的穆斯林已经厌倦了一切。除了生命和财产之外，他们的生活根本没有尊严可言，在这种环境里，人们怎么生存呢？"

杰米尔心里想：难道在这里，人们的生命财产和尊严声誉就没有受到威胁吗？帕尔婆迪布尔事件难道还不能证明吗？一整夜的时间，他都在和阿斯勒姆交换意见，但是，两人谁也没能说服对方。黎明时分，远处传来鸡鸣，东方泛起鱼肚白，几分钟后，太阳就会脱掉衣服，耀眼地登场。在清晨的阳光里，他们俩就要分道扬镳，今生永远分离。

过了一会儿，两人都朝自己队伍的方向走去。出发前，两人拥抱在一起，热泪盈眶，之后，又都带着哭腔说："再见！再见！"

两人随着自己的队伍出发，去往完全不同的方向，寻找自己的未来。一支队伍已经越过边境，另一支队伍正在准备穿越边境。杰米尔想：难道我们要永远这样为寻找和平和未来不断地奔波吗？

# 穆罕默德·门西·亚德

(1935—2011)

小说家。出生于巴基斯坦旁遮普省的一个村庄。1957年毕业于民用科技学院,之后在首都发展局工作,直到退休。他的大部分时间都是在伊斯兰堡度过的。他是文学界的先行者,一直担任伊斯兰堡的文学社书记。他的第一部小说集《手心里的萤火虫》出版于1975年之后,他又先后出版了八部小说集,最后一部小说集出版于2005年。此外,他还创作了两部旁遮普语小说和几部电视剧。亚德的小说汇聚了传统和现代主义的创作风格。从题材来看,他的小说的场景大多涉及人们日常生活,语言极具特色。他的小说触及到了军管时代社会政治的压抑、人们内心的孤独以及对爱的渴望等。他提取民间故事的精髓,运用意识流和二元论①的手法,把现实和意象联系在一起。他笔下的角色比现实生活中的角色更加富有生气,作品传递了人类的善意与同情。他的创作别具一格,在乌尔都语文学史上占有独特的地位。

---

① 指精神和物质两个独立本源的理论。

# 井井相通

孔菊兰 译

他们俩乘坐伊斯兰堡飞往北京的飞机去旅游。此时正是午夜，他的同伴阿里和其他乘客都已进入梦乡，只有他完全没有困意。

他游览过世界的很多地方，无论路途多么遥远，他在飞机上都睡不着，这并不是因为惧怕坐飞机。飞机本来就比地面交通工具更安全。他向来认为，地面上的小汽车、面包车常因飞车①司机的愚昧、固执和贪婪而出车祸，所以，地面交通是最危险的。只要乘坐在地面行驶的交通工具出游，他就会像摇篮车里的婴儿一样睡得昏天黑地，小汽车、面包车一开动，他的困意就会袭来。在学生时代，暑假的时候，他在星期天去看电影，需要乘车从乡下到城里。在车上，他看着书或者杂志就会睡着，有时还会睡过站，只好再乘其他汽车或马车回家。

只有心理学专家才会明白，小孩在摇篮里为什么会很快入睡，

---

① 这里指把车开得飞快的司机。

大人在奔跑和喧闹的交通工具里为什么也会很快入睡。同样，他在火车上也很快就会入睡。火车一开出夏赫德拉或者金格拉拉，他的眼睛就会情不自禁地合上，接着就会打起呼噜。在家的时候，哪怕有一点动静，他都会突然睁开眼睛。但火车不断发出的咔哒咔哒的声音和不停的晃动，都像在拍着他入睡，鸣笛的声音和警卫的哨声，都让他感觉像是催眠曲，仿佛他坐在月亮的秋千上或者神话中的飞椅上。每到这时，神奇的倦意就会让他一直沉睡。他知道火车经过的站台，也能隐约听见小贩的叫卖声和乞讨者的声音，只是听不清他们在喊什么。他猜想，火车转过弯，鸣过笛，似乎就和睡眠产生了一种连带关系。有时在家里，睡觉的时间已经过了或者某件烦人的事搅扰了他的睡意，他就会闭上眼睛想：我不是躺在舒服的床上，而是躺在火车僵硬的木板上。这样想着想着，真的会有效果，他很快就会打起呼噜。

夜晚已经过去大半，他们正朝着曙光驶去。大飞机的电视屏幕上，有一个小飞机翱翔在喜马拉雅雪峰上。黎明时刻就要到来，不过现在外面还是一片漆黑。冰雪覆盖的山峦间，偶尔能看见阑珊的灯火。他开始想到了人类的奋斗和执着。人类的足迹似乎没有到达不了的地方，不管是陡峭的山峦、无边无际的海洋还是一望无际的沙漠。随后，他又想到了生活在地球上的最早的人类，在黑暗而又险象丛生的大地上，他们是如何生活的？他们的祖先长成了什么样子？……

天空露出鱼肚白，黎明逐渐清晰起来。他感到仿佛一块宇宙大小的乐泰② 粗布被人抓住两角从中间向外撕开一样。他一生见过几

---

② 流行在次大陆的一种粗布。

次由夜晚变为黎明、由独裁变为民主、由暴虐变为光明的景象,但是这么美丽、清澈、持久的黎明,却是第一次看到。他感到自己就是来迎接曙光的,今天的曙光一直在等待着他。

透过舷窗,可以看到外面奇异的景色。大地上的山谷刚才还被夜幕笼罩,此时,山峰上的白雪已经在朝他微笑了。天空闪闪发亮,飞机的机翼清晰可见。天上到处都是一团团的白云,犹如刚刚弹好的棉絮,这些云团组成了一个个村落。太阳升起后,云团也变得越来越清晰,越来越洁白。他在心里想着那些云团村落的名字:平格布尔,赫马儿科特,尼德那格尔,哈布格尔,蛇村、曙光村……

很快,白色云朵的四周开始筑起金色的围墙。他好像从天空中听到了拉埃③的歌:"从远离大地的遥远的白云飞下,在此居住,来到新世界,转世人间。"听了一遍之后,他用自己脑海里的点唱机又放了一遍,就这样,在几千里的路途中,他反复不断地听着这支歌。

之后,他在自己记忆的文件夹里又找到了一个文件,那里收藏着大地上的传说故事,是他准备讲给自己认可的仙女们听的。他认为,她们已经在天穹的圣洁环境里住了成千上万年,厌倦了禁欲的生活,所以,她们一定会觉得大地上的传说故事有趣、纯洁,又很独特。这个记忆的文件夹里还封存了几个场景。

第一个场景是青芒果的季节。那天狂风大作,暴雨倾盆,彻夜风雨交加。果园的主人通常都会允许路人捡拾被风雨吹落的青芒

---

③ 歌手的名字。

果。但是,他家在村子里的另一端,远离大路,所以他没有机会和借口去那里。他知道,她喜欢生芒果,她一定会在清晨去芒果园。于是,天蒙蒙亮的时候,他就到了果园。她和其他姑娘确实在那里。因为起得太早,她看上去十分疲惫。凉风吹来,她干燥的黑发在前额晃动,一次次遮住了她的脸庞。

第二个场景是她的邻居办喜事。直到深夜,她都在和其他女孩子一起唱婚嫁歌,通过歌词和他说话。这些歌让他焦躁不安。他彻夜在小巷后面踱步。她的声音很动听。她会唱很多首歌,自己也能编歌,她唱的"玛赫亚"④非常好听。一天夜里,她找借口爬上屋顶,坐在墙脊上自言自语,说了很长时间。然后,不知道她是怎么想的,从十几英尺高的墙上跳了下来,后来那几天,她一直瘸着腿走路。对于她的疯狂举动,他感到有些害怕,不过她的感觉却很好。

第三个场景是一个夏日的中午。这天他骑着自行车从别处回来,她正给照看西瓜田的父亲送午饭。这时一阵龙卷风袭来,两人被卷到一起,跌倒在流动的大风箱里,全身都湿透了。他从龙卷风的旋涡里挣脱出来,却无法从湿透的身体上小小的旋涡里⑤自拔。他已经永远淹没在了她蓝色的眼睛中。书已经湿透,食物也被吹走,衣服上沾满了泥土,但是,她看到他嘴上沾的泥巴,一直在笑个不停。

乌云和灰团慢慢地消散了,下面的山谷、村落和树丛尽收眼

---

④ 流行在南亚民间的一种婚礼喜歌。
⑤ 这里指浑身发抖。

底。他的脑海里出现了伊克巴尔的诗句:"沉睡的中国人已经觉醒,喜马拉雅山的泉水已经沸腾。"飞机飞得很高,而且远离喜马拉雅山,看不到山上沸腾的泉水,但是几处山地丘陵里升腾的烟火,让人感觉中国人确实已经醒了。

山坡上铺着绿色的地毯,天空浓云密布,远处什么也看不见,不过可以想象啊……远处绿色的森林里有高高的茂密的大树,还有各种各样的果树,树林中回荡着鹦鹉、八哥和布谷鸟的啾啾叫声,蝴蝶一定在翩翩起舞,鸟儿一定在空中展翅翱翔,燕群一定时而俯冲下来,时而快速冲向天空。如果能走在清晨凉爽的空气中,他会怀疑这美景是专为仙女而设的,那些好运的人可别说自己在天上白白待了千万年,仙女们一定是看着地面上的美景过日子的。

太阳还在太平洋群岛上洒着鲜花,喜马拉雅山的溪谷刚刚开始放亮,山谷里也许可以闻到花香,但远处却看不到人影。他紧张地朝四周看去。阿里和其他人都在睡着。或许有人和他一样,早就悄悄地醒了,谁知道呢?晨曦越来越明媚,太阳已经从太平洋的水里露出头来,尼德那格尔、蛇村、曙光村这些云朵村也更加明亮。太阳金色的光芒洒满了天空,又从舷窗钻进了机舱。

"你一直没睡?"

"嗯,是的。"

"好啊!飞机也需要有人监护呀。"

"你可真是睡足了。"

"是的,我做了个好梦。"

"什么梦?"

"我梦见了已故的父母,"他说,"第一次梦见他们。"

"感觉怎么样？"

"很高兴，看到的都是年轻时的事。"

"他们一定在天堂。"

"两三岁的斯厄拉坐在母亲的怀里。"

"斯厄拉是谁？"

"我的妹妹，她四十三岁时就去世了。"

"那你梦见的是四十年前的事了。"

"或者是未来世界的一个镜头？"

"朋友，要是另一个世界能在这个世界里，那该多好啊！在这个行星上，那些与我们分离的人，能在其他国家或者某个地方见面。"

"如果我们愿意，现在就可以。"

"怎么可能？"

"你没听说过吗？这是我们的世界，是我们相信的世界。"

"我也想起了艾赫桑·阿克巴尔的一首赞美先知的诗。"

"吟诵一下吧！"

"'关注我马上要经历的，在一个大地里，在一个时代里。'"

"太好了！"

"好吧，我们可以花些时间，提出一些新的观点。"

"是观点还是假设？"

"都是一回事儿，每个观点都是由假设开始的。"

"你打算去另外的某个时代？"

"是呀。"

"那时也要关注我呀。"

"放心吧!"

这是那个下午或者是前两天的事。我们坐的中巴车在一条宽阔的马路上行驶,他被一阵吵闹声惊醒了。

"停车!停车!"一个老人在喊着,"我是病人,撑不了多少天了。"

中巴车停在碧绿的粮食作物和树丛中间,旅客纷纷下车走开了。

不远处有一个苹果园。他们俩走到果园门前。在那里可以看到,孔雀在果树丛中追逐着捉迷藏,各种美丽的鸟儿用自己的喙弹唱,啾啾声不断,仿佛埋下了音乐的种子。在那里,他看到了那个来取生芒果的女孩。清晨凉风习习,大门前有两个女人在卖苹果,她们面前摆着一筐苹果,看上去,她们两人不是母亲和女儿就是婆婆和媳妇。她们比比划划地讲着价钱,阿里想要拍些照片,老太太不让,年龄小的那个女人一头黑色的短发在风中飞舞着,她一直在撵他们,让他们离得远一点,而她们自己一次次地遮着脸。

"那个岁数小的在盯着你看,好像认识你啊。"阿里说。

"我也觉得这里的环境和她的样子都有点熟悉。"

"可你不是第一次来这里吗?"

"是啊,不过我感觉这里一点也不陌生,好像也不是处在不同时代。"

"在这个世界还是在另一个世界?"

"不,是假设。"

突然他想起了她,问道:"你是杰米拉?"

她没有回答,但脸色却变了。她紧张地朝老太婆看过去。他确信，她就是杰米拉。这么多年过去，她的样子有些变化，但那双灵动的蓝眼睛和令人心动的脸蛋还是记忆中的样子。

她读完硕士学位以后回到了乡下。在上学的时候，她已经有过几次爱情的尝试，回乡之后也没消停，常去邻居家搞点小浪漫。她去得最多的地方是吉奶奶的家，她向她学习赛勒弗·阿勒马利克⑥的诗歌，经常找机会去她家转一圈，用赛勒弗·阿勒马利克的诗歌表达自己的情感。可现在，她在回避他，不想和他说话。这不仅是因为她现在已经订婚，很快就会走进婚姻的殿堂，更重要的是，她的未婚夫和兄弟都是那种粗俗无礼的人，而他却是一个有知识但个性懦弱又胆小的大男孩。她自己是非常冒失的情绪化的女孩，对于尊严和生命丝毫也不在乎。

为了找工作，参加面试，他每隔两三天就要进城。她的父母和亲戚也经常进城购物。她觉得他有知识，又懂事，所以，买结婚首饰或者买衣服不知该如何选择的时候，经常找他帮忙。她很愿意这么做。有一天，她说："我的结婚礼服，你喜欢吗？"

"是啊，我也参与意见了。"

"但愿你能看到我穿礼服的样子。"

"你回娘家时穿上，我可以看看。"他安慰她说。

"那我就会成为众人的焦点。"

"这种可能性是不存在的。"

"我结婚时你不来送我吗？"

"绝对不会。"

---

⑥ 旁遮普语的苏非诗人，其创作多为神秘主义的爱情诗。

她出嫁那天，他来到了城里，虽然那天他并没有面试或别的什么事。他买了电影票，但电影开场，就是分离的场面，他没看电影就起身出来了。一整天的时间，他一直在自言自语，嘴里嘟嘟囔囔的，直到傍晚才回到家。

他还没回到村里，她就已经坐着轿子到了婆家。马车从她娘家附近经过。他看到，村子里刚才还响着热闹的婚礼歌，现在已经冷清下来，狗正在啃着骨头。

月圆之时，初冬的月光散满大地，寒风饱含着露水。普拉夏⑦的墓地上响起戈瓦利声⑧，音乐声震耳欲聋："哎，我的尊师，你快来见我吧，否则我就要去死。"⑨

砰砰的踏脚声和脚铃的碰撞声传了过来。因为这种吵闹声，家里人一般星期四都不在屋顶上睡觉。但是，他还睡在房顶。因为他喜欢戈瓦利和歌声，觉得那像是催眠曲。今天他更需要色彩斑斓的梦来抚慰受伤的心。

村里房子的屋顶都是连在一起的，爬上大胡同两端的屋顶，就可以俯瞰整个村庄。戈瓦利的歌声穿过竹梯，环绕在每家每户的屋顶，回荡在整个村庄。

他刚刚闭上眼睛，就闻到了一股扑面而来的香气。他猛地睁开眼睛，惊讶地发现她全身缀满首饰，身穿新婚礼服，面朝月亮的方向站在床脚。她的婆家在七八英里外，她上轿到现在，只有三个时辰，夜深人静的时候，她不可能独自一人回来，这一定是梦或者是

---

⑦ 一位苏非大师。
⑧ 伊斯兰教神秘主义信徒集会或在苏非大师墓地上演唱的神秘主义诗歌。
⑨ 南亚旁遮普地区著名神秘主义诗人布莱夏的一句诗。

什么秘密。不知道是不是普拉夏墓地上的女巫或者倒脚走的妖魔装扮成天国仙女的样貌来了。

他闭上了眼睛。过了一会儿，他再次睁开眼睛时，面前却空无一人。刚才的情景一定是在梦里见到的，不然的话，她怎么会那么快就越过这么多屋顶消失不见了？可是，空气中还留有她的香气，如果这一切只是想象的话，这香气又是从何而来的呢？

第二天他听说，她一到婆家就嚷嚷说，她错了，在和丈夫见面之前，她应该先去普拉夏的墓地去拜谒，并获得他的恩典。她的丈夫和婆家人是普拉夏的崇拜者和门徒，落入了她的圈套。他们对轿夫们说："快点把她带到那儿，她拜谒后，立即把她带回来……"可是她回来后变得神志不清。离开墓地后，走了那么远的地方，她一定是被什么邪恶的东西盯上了。这件事很快就会传开的。

他猜对了。这件事情不仅传开了，而且，她的婆家还秘密地追踪到了普拉夏墓地。第二天，她的兄弟也开始调查了。这种情况下，她只能离开村子，再也没有其他出路。而他过了一段时间之后就去了外国。

开始时，他还能听到一些关于她的消息：她的婆家去其他城市买地建房，全家人都搬到了那里。后来有一天他听说，她病死了，但人们怀疑她是被杀死的，可能他的兄弟和其他亲戚也参与了这件事。

这么多年之后，她安然无恙地站在他面前，只不过她的心境已经完全变了。也许痛苦的生活经历和挫折改变了她的性格，她所有的俏皮、勇气和热情都被剥夺得无影无踪。不然的话，过了这么长时间，在一个陌生的地方，她突然看见他，怎么会不与他情不自禁地拥抱呢？

"你认出我了吗，杰米拉？我是达赫尔。你怎么来这里了？现在你怎么样？不管怎么说，太好了，你还活着。我听说你被杀了。"

她先是不安地看了一眼老太太，随后扫视了周围一圈，说道："你没听错，他们在我的脚上绑上石头，把我扔到了井里。"

"那你是怎么出来的？"

"我被投下去那口井，就像坎儿井一样，井底和其他的井是相通的。我被扔到井里，一直朝下滑，这个老人的儿子从自家井里把我救出来了。"

"你和我一起回去吗？"

"不，现在我如果和陌生人说话，还会被扔到井里。如果那样，你能把我从井里捞出来吗？"

老太太大声说着什么。导游跑过来，抓住他的手，把他拖进了中巴车。突然，中巴车变成了飞机，在空中飞行，随后传来航空小姐的声音："女士们，先生们，请系好安全带，我们的飞机过一会儿就要降落在北京机场了。"

# 拉希德·阿姆贾德

(1940—2021)

小说家。出生于克什米尔斯利那加，后到拉瓦尔品第求学。获得文学硕士学位后，又在旁遮普大学获得博士学位。1969年开始在大学任教，并一直任拉瓦尔品第文学会书记。因对乌尔都语现代文学做出的特殊贡献而多次获奖，其中包括由巴基斯坦总统颁发的突出表现奖章、巴基斯坦穆罕默德·博赫希基金会颁发的文学奖以及国家现代语言大学颁发的各种文学奖项等。他共发表了144篇短篇小说，出版了12部小说集。阿姆贾德的小说题材广泛，涉及到传统文化、政治体制、身份认同以及现代社会中人的精神危机、对于历史事件的反思等。在艺术创作上，阿姆贾德并没有完全抛弃传统的创作手法，而是把它和现代主义的手法相结合，避免了现代主义作品普遍存在的晦涩难懂的弊病。他的小说具有自然流畅、意象生动、寓意深刻的特点，被认为走出了自己独特的创作之路。他也因此成为乌尔都语现代主义文学代表作家。

# 追寻七色鸟

袁雨航　译

早餐时分,他突然想起房后露台上的编织床①该修理了。从小巷里的旧屋搬到这座新房时,大部分旧家具都被处理掉了,但不知为什么,这张编织床却被留下了。他曾经坐在这张床上享受过露台上的阳光,但与日俱增的忙碌却让他很难有闲暇延续这样的生活。这张床是用粗布条编成的,经过日晒雨淋,那些布条已经朽烂,一些破烂的布条垂落在床下。一天,他的大儿子解开了编织床的布条,将床架倚靠在墙上,就这样过了几个春夏。有时家人来到露台的时候,也想过如果有人来回收旧物,便把这张旧床卖掉,但这种想法很快就被抛到脑后忘掉了。

从来没有人想过要修理这张编织床,因为这样的旧物,如今的人们已经很少使用了。现在,每个房间都有西式床铺,根本没地方留给这张编织床。但是今天早饭时,修理这张床的想法涌入了他的

---

① 指一种由厚布条或绳网制成的传统的印度式床,往往置于院落或露台上。可做睡床或乘凉时用。

脑海：应该修一下，冬天就要来了，坐在这样的床上享受阳光，该多么舒服啊！至少在休息日里，家人可以坐在上面，在阳光下享受美食，这是多么惬意的事啊。在老房子里，人们总是在屋顶吃饭，尤其是在冬天。现在，全家人吃饭的地方已经转移到了餐厅。尽管餐厅里有桌椅，但是，在编织床上晒太阳，还是别有一番趣味的。他的心里总是涌出修理编织床的想法，但他从来没和妻子提到过这件事。他知道，妻子一定会和往常一样，认为这是一笔不合理的费用而将这种想法抛之脑后。的确，家里总是有人提起花销以及一些不太重要的事情，不过，生活还得继续……

他经常说，有尊严地活着就足够了。但妻子却说，还有很多东西要置备：某个地方的窗帘该换了，有的床单也要换了……孩子们的各种要求，这儿啊，那儿啊……和这些相比，修理这张编织床简直不值一提。家里没有人支持他的想法，于是他心中思忖，在准备好修理所需的必备物品和找到修理人之前，对任何人提出修理的诉求都不合适。在老街巷里，修这种床的人总是隔三差五地一边叫喊一边穿过街道，但是，这样新的小区里，一般的人家都没有编织床，修理的人怎么可能来这种地方呢？因此，他不得不回到老城去找人。他想，也许下班后应该去老城里转转，顺便找一个修床的伙计回家。

离开办公室后，他便前往老城。现在这个时代，已经很少有人用针织粗布来制作编织床了，那些用彩色塑料绳绑制的床，看上去也很棒。编织床的商店往往都在有阶梯的天桥附近。他来到商店，马上就看中了店门口用彩绳编织的床。第一家商店给了他明确的答复："编织绳倒是没问题，但编织的伙计可找不到。"

"我用车来接编织的伙计,然后再把他送回来。"他提议道。

店主摇了摇头:"现在能做这事的人太少了,只有很少的人还在干,勉强能满足店铺的需求,你恐怕很难找到工人了。"

在第二家、第三家、第四家商店,他得到了同样的答复。他有些失望,躺在露台五颜六色的编织床上的想法开始变得模糊。"所以,没希望了?"他向最后一位店主询问着。

"也许班尼瓦拉广场那边还有编织工人……我想也许那里有,因为那边的市场很大。"店主说。

在交通繁忙的时段到达城市的另外一边并不容易,但他还是去了。在拥挤的市场中,他像一只蚂蚁一样坐在爬行的汽车里,心中突然涌现出一种奇特的快感。这就是生活,他思忖着,心中感觉无比充实。

他忽然想到,几年前他住在老城的时候,生活也是如此充实,无时不在的骚动和噪声,喧嚣的人群,都让他有一种温暖的归属感。现在新的居住小区总是那么安静,人们沉浸在自己的工作中。生活水平确实提高了,但给人的感觉,却像生活在从土地中无缘无故地冒出来的花盆里一样。不过,这只是他自己的感觉,妻子和孩子们倒是特别开心,只要提到老城,他们就会眉头紧锁。当然,他们有时也会找个借口离开新的小区。在过去,尽管他们有时吃顿饱饭都成问题,却似乎都很享受在老城区的拥挤中爬行的乐趣。

这里的市场太大了,他停车花了不少工夫。

在前面的两三家商店,他收到了同样令人失望的答复:"你得把编织床带到这里来修。"

这显然不可能,他思考着……租一台铃木车把床铺运到这里,得花两百多,而房子的租金一个月也就四百。

他的心顿时沉了下去……所以,这张床可能没办法修了吧?

露台上叽叽喳喳鸣叫的鸟儿一瞬间就飞走了,露台的角落中,编织床的架子靠在墙边。

"那就回去吧,"他对自己说。"我干嘛要在这时候忍饥挨饿呢?"

"进来看看吧,先生,我这里床的品种可多了。"这时,一个声音从他旁边的店铺里传了出来。

他走进店里。店主看起来是个有教养的人,他说:"怎么样,喜欢吗?我这边的价格很合理。"

"但我不想买床,"他犹豫地说,"我是想修理床。"

"修理?床在哪里呢?如果是比较远的地方,我可以带伙计过去,然后再把他送回来。"他接着说:"但修理的材料都由你来提供,我只出人。"

店主上下打量了他一会儿,又说:"现在已经很难找到修理的伙计了,请你坐一会儿,我去打听一下。"

五颜六色的鸟儿翱翔在广阔的天空中,片刻间降落在露台上。店主让他坐下,然后走了出去。在见到这位店主之前,他一直在希望和绝望中徘徊。

"那个修理的伙计现在不在,但他早上一般都在,你得在六点钟之前过来,不然他就去干别人的活儿了……"店主一口气说道。

"我一定会来的……一定来……"他说,"明天是星期天,是休息日,我六点就来。"

店主回答说:"那今天就把修理用的材料都拿走吧,我们的商店早晨就开门，那个修理的伙计肯定也在。"

往车上放那堆绳子的时候，他心里想：要是早上那个伙计不来的话，这四百五十卢比可就要打水漂了。他对店主说："您看，要是明早上他不来……"

店主打断了他的话："那个人肯定会在的，不过你一定得在六点之前找他。"

他把车停在门廊上的时候，妻子的目光投向了后座上的大包裹。

"这是什么？"

这下糟了……至少让他吃完饭，休息一会儿再聊这个话题吧？没想到，妻子居然开门出来了。

"这……"他咽了咽口水。"我想楼上的……楼上露台上的那张床，如果把它修修的话……"

"什么？"妻子喊了起来……"那张旧床？为什么要修？这些东西花了多少钱？"

"不多，不多，"他结结巴巴地说，"不多……就三四百吧。"

"三四百……"她又尖叫起来。

"四百五。"他恐慌地说道。

"四百五十？"她的声音更大了，"还得掏修理费吧？"

"两百……两百块。"

妻子拍打了一下自己的额头："你的脑子还正常吧？……为了这张没用的床花了四百五！"

他走进屋里。

"我们在这里都快要饿死了，您可真有勇气，居然去买这些绳子！我还在担心，怎么这么晚还没回来，这……"

他想说点什么。

"好吧，好吧！"她愤怒地说道，"现在别跟我说话！"

吃饭的时候，他轻声说道："听我解释一下吧。"

"我听什么……"她的怒火还没有平息。"你是不知道钱该花在什么地方吗？你说说看，我们要这张床干什么？"

"冬天来了，可以坐着晒晒太阳……"

"谁坐在大太阳下面？哪有时间？"她打断了他……"我就想问，我们要它干嘛？我们都没地方放这张床。"

"我的计算器丢了，都没钱买，您却在这张床上花了四百五十块。"大儿子不悦地说道。

"你们给我闭嘴。"他呵斥道。

"凭什么闭嘴？"妻子更生气了，"一提到家里的事儿你就没钱，却有钱花在那些没用的东西上……听我说，赶快退货。"

"不能退货。"他小声回应着。

"为什么不能？跟店主说，多少退点。要是你干不了，我跟你一起去，我跟他说。"

"别了……别了……"

"那行，那你就别跟我说话了。"她起身离开，两个儿子也跟着一起走了，只剩下他一个人坐在那里。

一定是什么地方出错了。他想着，的确，要它有什么用？

这个月就快过去了，已经花了六七百卢比……还得给儿子买五百块的计算器……他一直说要买，现在怎么办呢？那捆绳子已经没办法退货了，而提到早晨，他厌恶地摇了摇头。六点……假期的乐趣就是可以睡懒觉，可是，六点钟就得到商店，这就意味着五点就得起床……这件事果然做错了吧？他开始责备自己……不过这也不是什么新鲜事。他总是这样……先买了东西，然后后悔……这种后悔就是他的宿命。

一直到晚上，家里的气氛还是很紧张。妻子给他端茶的时候说："……我本来不想跟你说话，但我还是得说，退货吧。你老是后悔，这次听听我的话吧。"

他说："……但是不可能了，那边不会退钱回来的。"

"让我跟他说吧。你自己想想，这张床对我们有什么用？"

他还是摇头说道："……我知道没办法退货了。"

妻子跺着脚走进厨房。

晚餐时分，家里也是同样的情景，儿子们噘着嘴坐在一旁，妻子也没什么话说。他受不了这种安静，说："好吧，我犯错了，现在怎么办？"

"这不过是您的老生常谈吧？"大儿子说道。

"每次都是错错错，"妻子的声音变得尖刻起来……"你什么时候脑子能清醒些？我问你，你脑子里是怎么想到编织床的？我说了好几天了，厨房的排风扇坏了，得换换了。换风扇没钱，却有钱修这张床！"

他无话可说。他能说些什么呢？他自己也觉得他确实是无缘无故地浪费了钱。这种床修和不修又有什么区别呢？应该把钱花在家里其他的必需品上吧？但现在已经这样了，还能有什么办法呢？尽管退货的念头闪现在脑海中，但店主强硬的态度却清晰地浮现在眼前，他确信店主是不会接受退货的，现在唯一能做的，就是早上六点到商店去接那个伙计……为此,他要在周日假期的早上五点起床……他惴惴不安,这不是给自己找麻烦吗?

周六晚上,家人们一般都会聊天到很晚,熬夜也是常事,但妻子心情不好,他甚至都不敢跟她说话。晚饭后,儿子们回到了自己的房间,夫妻俩则朝着不同的方向躺下。尽管早上五点起床让人痛苦不堪,但六点前他必须到达那里,修床的人在等着呢。回来的路上,他对伙计说:"你一定得好好修,这张床可是坏了不少事。"

"别担心,我会好好修理的,到时候你肯定赞不绝口。"

回到家里时,大家还在沉睡。他把修理的伙计带到后面的露台,把包里的材料交给他,来到厨房泡了一杯茶,随后到门厅里看起了报纸。大约一个小时后,妻子也起床了。看到门厅里的空杯子,妻子说:"你如果想喝茶,可以叫醒我。"她的口气中还带着昨晚的那种刻薄。

"实际上,因为我想快点……"他轻声说。

"你还是把人带来了。"

"哎,就这样吧……别管了。"

"你总是这么做,什么事情都是先做了,然后后悔。这就是为什么我总说,在做任何事情之前,先问问我的意见。"

他松了口气,上楼去了。修床的匠人手艺精湛,床已经绑了一半。五颜六色的鸟儿在露台上欢快地鸣叫。

两三个时辰之后,他把修床的人送走了。看到修好的编织床,妻子和儿子们也快乐地鼓起掌来,看上去就像露台上那些七彩的鸟儿拍打着翅膀载歌载舞一样。

"好吧,钱确实花掉了,不过这床看起来真不错。"妻子说。

"修得真漂亮。"大儿子说。

"编织绳颜色的搭配简直绝了!"小儿子赞叹道,"爸爸,这绝是您选的颜色吧?我想店主也没本事搭配得这么好。"

他很开心。"现在把床放在哪里呢?"他对妻子说,"放在外面的话,下雨天可就淋坏了。"

"不如先放在走廊上吧,之后我腾个地方……不过它看起来可真漂亮。"

午饭时分,大家愉快地闲聊着。家人们时不时地提起编织床,称赞着它的颜色和伙计的编织技艺。饭后,他稍稍休息了一下,便出去拜访朋友了。几场牌局过后,他回到家的时候,已经是傍晚时分了。妻子正拿着一份购物清单等在门口。他们在市场里逛了好久,直到吃晚饭的时候才回到家。刚刚吃过晚饭,他便感觉到胸口袭来一阵灼热和剧痛,心慌得喘不过气来。妻子赶快叫大儿子:"快,快去把车开过来。你们的父亲看上去不好了。"

小儿子也赶过来,两人把父亲安置在后座上。妻子让他的头躺在自己的膝盖上,嘴里不停地念叨着什么。还没等赶到医院,他的情况就恶化了。或许是躺在担架上的时候,或许是躺在急救床上的时候,他就已经断气了。妻子坐着载有他的遗体的救护车回到了家里,两个儿子抽泣着,开车跟在后面。附近的邻居都出来了,想看看发生了什么事情。他的遗体从救护车的担架抬到家里的门厅时,有人忽然说:"遗体放在哪里呢?"

有人指着卧室。邻居家的大妈说:"家里有编织床吗?"

"编织床?"两个儿子抽泣着看着自己的母亲。

"楼上有一张。"妻子突然停止了抽泣。

人们把门厅里的沙发挪到一边,把编织床放在了屋子中央,他的遗体也被转移到了编织床上。

"看来家里有一张编织床可真重要啊!"女人们窃窃私语着,"可是现在,咱们的家里都没有这种床了啊。"

门厅中,七色鸟张开翅膀载歌载舞,但是,没有人听到它的歌声,也没有人看到它的色彩。

# 希望的荒漠

袁雨航　译

那个关于宝盒的梦已经有些年头了。一天,早饭时分,母亲说道:"我敢保证咱们家有一个宝盒。"

面对孩子的沉默,母亲犹豫了,她接着说:"……我昨晚又做了同样的梦。"

儿子问:"什么梦?"

"就是那个关于宝盒的梦,而且我还找到了宝盒。"

他笑着回答:"那怎么不把宝盒取出来?"

"只不过,"母亲喃喃地说,"我是到了那里,但是……"

"但是什么?"妹妹赶忙问道。

"当我举起手想去拿的时候……"母亲恍惚了一下,似乎再次陷入了梦境,"……有人抓住了我的手腕。"

他禁不住笑起来……"我倒是听过守护宝盒的蛇的故事,但是,蛇怎么会抓住人的手腕呢?"

母亲不悦地说:"你别开玩笑了,我跟你说实话,这屋子里一定藏着宝盒，总有一天你得……哎，总之你记住我说的话。"

他耸了耸肩："快点泡茶吧，上班就要晚了。"

在公交车上，他再次想起了母亲的话。关于宝盒的遐想，如暖流一般涌动在自己的身体中，可是下一刻，他的目光落在前面的座椅上，她正坐在那里，用一种奇怪的眼神望着自己。在两人目光交织的片刻，车到站了。从他身边经过的时候，她低声私语："回来的时候一起喝一杯茶吧。"随后，她微笑着下了车。

喝茶时，她非常安静。

他问道："发生什么事情了？今天没有挨校长骂吧？"

"没有。"

"那怎么了？"

"算了，你现在就送你母亲去我们家吧。"

他沉默了许久，然后开口说："送母亲去也行，她也想去，我母亲也想去，但是……"

"但是什么？"

"我在想，要是手头宽裕一些再让我们的父母见面就好了。"

刹那间，他的脑海中浮现出那个宝盒。不知道家里是不是真的有个宝盒……如果真有……一股热浪从心里包围了他。

"怎么了？"她笑道，"你好像有点心神不宁。"

"没什么，就这样……"他摇了摇头，"……梦真是挺奇怪的东西。"

"我在想，如果没有梦的话，我们这种人会怎么样呢？"

她再次笑道："就是靠这样的薪水活着呗。"

一阵沉默之后，她继续说道："那么，你的母亲什么时候来呢?"

"你说了算,"他耸了耸肩,"要是姐妹们都结婚就好了,毕竟我没有父亲,这些事情都得我操心。"

"那我们一起操心,"她握了握他的手,"现在靠你一个人,将来我会跟你在一起的。"

他再也没说什么……只是那个念头又死灰复燃,说不定家里真有宝盒呢。

晚饭时分,他想跟母亲再谈谈宝盒的事情,但整个晚上,母亲都在操心煤气费和电费的账单,明天就是缴费的截止日期了。

几个月过去了,宝盒还是不断出现在梦境中。与此同时,母亲把他和她的婚事也说定了。

一天,早饭时分,母亲再一次提起宝盒的事情,她说:"……昨晚我又做了那个梦,只不过……"她沉默片刻,"只不过突然有人抓住我的手腕,那只手像雪一样冰冷。"

妹妹问道:"那……您没有转过头看看究竟是谁吗?"

母亲恐惧地抖动了一下身体:"……像雪一样冰冷的手,当时我的整个身体都在颤抖,然后就睁开了眼睛。"

他无言以对,心中暗自思忖:说不定家里真的有宝盒,这难道是某种暗示吗?

第二天,母亲和姐妹们一同去亲家那里确定具体的婚期。

他独自一人留在家里,看了一会儿书。之后,关于宝盒的梦再一次悄悄进入了他的脑海,刹那间,他沉浸在了对宝盒的幻想中。

他把书放在一边开始思考:如果这个宝盒真的存在,那么它会在哪里呢?

这么多年，他已经听过太多关于宝盒的线索，他曾经想过几个可能的藏匿之地，但是，他担心别人嘲笑自己的好奇心，所以一直没有勇气去一探究竟。现在家里没有别人，他趁机从破旧的包袱里拿出一把凿子和一把锤子，朝着走廊的大衣橱走去。他总觉得这个衣橱最后一个隔板后面是空的，也许在它后面还藏匿着一个秘密隔间。取下隔板的时候，他的手受伤了，但是，对宝盒炽热的渴望让他完全忽略了疼痛。然而，隔板下面什么都没有。

他并没有心灰意冷。

卧室里有一块地板在他看来也非常可疑。除了地板，他还从卧室的西墙上拆下两块看上去有些奇怪的砖头。最终，他一无所获。在家人们回来之前，他还搜寻了家里的其他几个角落。

接下来的几天都是在婚礼的筹备以及各种忙乱中度过的。新媳妇的到来，让家务事轻松了一些。妻子的工资帮助家里解决了一些日常开销，她带来的嫁妆也填满了空荡荡的房间。

在接下来的两年中，他的姐妹相继嫁人，去了各自的新家。

这期间，母亲有时还会提到关于宝盒的梦，而宝盒的念头总会让他的心头燃起一种炽热。他一有机会就会在不同的地方寻找宝盒。在寻而不得的失望过后，他会再寻找其他可能存在的藏匿之处。关于宝盒的梦想让他在一段时间内徜徉在柔软温暖的幻想当中，但慢慢地，他又会重新感受到繁琐生活的凉意。

现在，连母亲都不在众人面前提及宝盒的事情了，或许，她只是不敢在儿媳面前提到这个梦。有时，儿媳在厨房忙碌的时候，她会四处张望，然后窃窃私语："宝盒一定就在什么地方。"

这时，他会严肃地问："但是，在哪里呢？"

有时候，他也会戏谑地说道："不然，我把整个房子都挖一遍算了，反正我们就这一栋房子。"

母亲陷入沉默，接下来的几个月不再提起宝盒。然而，在去世的前几天，她开始一遍遍地提到宝盒的事情。儿媳刚打算去饭桌上取一些东西，她就开始低声念叨："就是那个梦……这绝对是老天的暗示。"

尽管他表面上显得毫不在意，但在内心深处，他似乎也确信宝盒就在家里的某个地方。在避开他人的时候，他还是一次次地寻找可能藏有宝盒的地方。

母亲去世后，关于宝盒的想法也没有从他的脑海中完全抹去。母亲临死的前一天还在说："我的梦不是谎言，这一定是上天的暗示。"

家里没人的时候，他就从破旧的包袱中拿出工具，在不同的地方敲敲打打。家人回来时，妻子总会看到凸起的砖头或破损的柜板。妻子向他询问究竟发生了什么事情，他总是岔开话题。过了一段时间以后，宝盒的念头似乎变得没有那么强烈了，但在某个早晨，他会突然想起母亲，宝盒的念头也会再次让他蠢蠢欲动。妻子带着孩子回娘家的那几天，他又拿出工具袋开始折腾。他的手上伤痕累累，墙壁上凸起的水泥让这座老房子更显沧桑。

然而，在拆卸了各种橱柜、墙壁和地板之后，他最终还是失望至极。慢慢地，多年来关于宝盒的梦想以及这梦想给他带来的炽热感情，逐渐从他的生活中消失。

多年之后，突然有一天，儿子吃早饭时说："爸爸，我觉得这座房子里有一个宝盒。"他顿时大惊失色。

"你怎么知道?"

儿子沉默了片刻,随后说道:"爸爸,我昨晚做了一个梦。"

他什么也没说……他突然想到,他们夫妻俩下个月就要退休了,那时候,整个家庭的重担都会落在儿子身上。瞬间,他感觉到了冰冷的手搭在自己肩头传来的凉意,一种不为人知的恐惧传遍了全身。看着儿子惊讶的样子,他在心中思忖:或许,梦也是会遗传的。

# 穆兹赫尔·阿斯拉姆

(1949—)

小说家。童年在家乡沃泽尔度过，随在森林局工作的父亲去过很多城市。在教会学校获得初高等教育，毕业于古杰兰瓦拉伊斯兰学院。父亲去世后，他来到伊斯兰堡谋职。在伊斯兰教学院获得乌尔都语文学硕士学位，在巴基斯坦电台、教育部任职，随后长期担任巴基斯坦遗产委员会主任，巴基斯坦文学院院长。20世纪70年代，正值乌尔都语小说现代主义蓬勃发展之时，他受英迪扎尔·侯赛因等前辈的影响，开始文学创作。他是一位十分善于观察的作家，把传统和现代手法巧妙地融为一体，其象征、意识流和第一人称叙事的手法极其独特。他的小说都属于现代主义风格，主题是爱、等待和死亡。小说中的主人公大多是为寻找自由而颠沛流离或郁郁寡欢的人，作品具有浓厚的神秘主义色彩。小说叙述精辟，含义深刻，具有清新流畅的特点。他的作品被翻译成多种语言，受到国内外读者的喜欢。

# 马城孤独人

田妍 译

今天,我正在翻阅书的最后一页。

这本书是几天前我在书店闲逛的时候发现的。每天下班从办公室回来,我就开始看这本书。我的妻子对此意见很大,经常低声嘟囔着。但是这本书实在太有趣了,它吸引着我,让我欲罢不能。实际上,这本书是关于这座城市的。在读它之前,我都不知道我家旁边的这座大清真寺是一个帝王建立的。我生在这座城,长在这座城,但我竟然不知道,格伦德尔圣贤来到这座城市时,这里住着的大部分居民都是追随者。现在这位圣贤的陵墓就位于城市中心。还有什么我能告诉大家的?这本书包括了从古时候到现今的每个细节,我在阅读的时候,仿佛自己第一次来到这座城市。我的小女儿安娜拿着玩具走进屋来的时候,我刚刚把它读完,合上书放在桌子上。就在这时,外面突然爆发出了一阵喧闹声。我惊恐地站起来,穿着拖鞋就跑了出去,想一探究竟。

大清真寺人声鼎沸,声音穿过墙壁,传到了整个街区。人们纷纷跑了过来，我也迅速赶到了那儿。看到眼前的一切，我惊讶到了极点。一匹马正站在清真寺伊玛目的祷告毯旁，祷告者纷纷向马投掷棒子，但是那匹马岿然不动，好像那些棒子根本没有打到它一样。那匹马似乎正在全心全意地祷告。我刚刚在书里看过这个清真寺一百年的历史，众多生灵都在这里祈祷，而现在这个曾经有千千万万人祈祷的地方，竟然有一匹马站在祈祷毯旁，看到这些，我的心情很沉重。

就在刚才，人们正在躬身做礼拜的时候，这匹马突然闯进清真寺，站在伊玛目旁边。因为祈祷被打断，所有的人都四散跑开，拿起石头和棍棒，朝那匹马打过去。一个人打累之后，第二个人接着把棍棒打在马的身上，但那匹马纹丝不动。这时，站在旁边的一个小男孩突然喊道："我们是不是应该停下来？别打了！这匹马跟我们一样，也是来祈祷的！"听到这话，不知是谁狠狠地打了男孩一个耳光，男孩哭了起来。那匹马低鸣一声，跑向了祈祷台阶。我觉得那个男孩说得对，那匹马真的是到清真寺来向真主祈求的。但是现在，它已经跑向了清真寺顶，人们纷纷在后面追赶。

有人疑惑这匹马到底是谁的，他们派人去城中的贫民窟，把全部马车夫都召集过来。这时，那匹马从清真寺的顶上跳了下来。我的心突然紧抽了一下，好像快要停止跳动了。我觉得，它可能会重重地摔在地上，腿被摔断，再也不能站起来。但是，让我和其他人感到意外的是，什么事情都没有发生，那匹马朝着中心广场跑去。人们缓过神来，继续追着马。越来越多的人加入到奔跑的人群中，他们都希望能将这匹马赶出城，但是，马就这样一路跑到了市中心。那些累瘫了的人们一个个倒在彼此的身上，继续把石块雨点般地抛到马的身上。

这时,那匹马腾空一跃,停在了一个粗脖子男人的店门前,用后蹄猛踢了这个男人几脚,踩过他披在钱包里的钱币,继续飞奔而去。鲜血从它被石头砸伤的身体里流出来,滴在它跑过的街上,仿佛初雨落地一般。现在,城里的马车夫都被召集在了一起,他们每个人都否认那匹马属于自己,随后,他们也加入了追马的行列,用各种他们能够想到的方法,试图把马抓住。这时候,马跳到了停在别墅门廊前的一辆绿色轿车上,瞬间就把车压碎,并冲了过去。人们开始朝别墅的方向投掷大石头,马跑进了别墅,踩踏了很多贵重的东西之后又冲了出来。

在别墅的后花园,房东的儿子正骑在佣人的儿子身上玩骑大马。马越过了他们,跑到了别墅的屋顶,然后沿着房子的屋顶开始跑。如果它是一匹普通的马,早就应该筋疲力尽了。但是这匹马似乎是用木头或者石头做成的,它的身上纵使有千百个伤口,依然可以从一个屋顶跳到另一个屋顶,好像这样大的跳跃对它来说根本不成问题一样。

人们没有因此放过它,而是在继续追它。这座城里的每一个人都从自己的家里跑了出来,街上人潮涌动。一个人竟然从家里拿出了一把手枪,朝着马连开了两三枪,但都没能打中。马从房顶跳到了圣人格伦德尔的陵墓顶上。原本既气愤又疲惫的人们看到马到了圣人的陵墓前,顿时群情激奋,又紧张万分。拿枪的男人又开了一枪,马再次逃脱了。它从陵墓顶上跳到院子里,马蹄踏过谷子市场的主人身上,进入了陵墓里面。更多的人拿出长枪、左轮手枪和匕首,纷纷朝马袭击,但是没有一个人射中。马跳上圣人格伦德尔的陵墓时，一个人走过去，把矛刺进了马的后背。马用自己的后蹄猛地踢了他一下，那人挣扎了几下，倒在了地上。马跑出来，冲过人群，再次沿着街道飞驰而去。

城里警察也加入到了抓马的行列里。这匹马像充满了电一样。一颗子弹射中了马的左腿，但它只是在一瞬间跛了一会儿，很快就像根本没有受伤一样继续奔跑。现在，它原有的颜色已经被鲜血覆盖，很难让人看出原本的颜色，看起来就像一匹血马在奔跑。

人群中，很多人受伤倒在了路上，另外一些人也累得瘫坐在地上，只剩极少的几个身体好的人继续在追马。突然，这匹马跑进了一家超市。商店里的扁豆、饼干、果酱、茶叶、面粉、奶油等大大小小的瓶子都散放在那里。马吃掉了它们的价签之后飞驰而过，再次来到主道上。一些人试图拦住它，但都被它踩到了脚下。

现在，全城都处于一种非常状态，这匹马让全城陷入了骚乱。一些人在家里谈论着这件事，另一些人则继续追着这匹马。大商店里的商品散落在地上，整座城市好像刚刚经历了一场战争的洗劫一样。一些房屋的屋顶塌了，商店的柜台也断裂了。鸟儿盘旋着飞过，狗在马身后狂叫追逐，已经筋疲力尽，现在正蹲坐在街上，舔着自己的爪子。人群仍在愤怒地追逐那匹马，就像末日审判一样。妈妈们把自己的孩子抱在怀里，家家大门紧锁，店主纷纷关门打烊，警车响着警笛飞驰而过。

一些房子里传来了哭声。我的身体在发抖，满眼看见的都是马身上流出的血迹。警察在街口放了一个大大的笼子，马一跃而过，在笼子上留下深深的凹痕，然后继续向前跑。砰砰的子弹射向马的身体，但每颗子弹都射偏了，与马擦身而过。人们开始怀疑这匹马是个怪物，扮成马的外形来这里搞破坏。但是马车夫和其他懂马的人并不认为这匹马有多么神奇，他们觉得它只是一匹普通的马，再过一会儿就会因为力气用尽而倒下。但是，这匹马现在的精神似乎还很饱满。它站在城市一角的小山坡上。人们试图围住它，用绳索把它套下来，但是每次马都将头转向另一边，绳子也从它的头上滑落下来。

夜幕降临，黑暗笼罩着城里的每个角落，也笼罩着每一个人。突然，马用它的后腿猛地一蹬，站立起来，嘶鸣了一声，声音回荡在高楼之间。火从它的嘴里喷出，如同闪电一般划过天际。城市非常明亮，一片万家灯火，马儿再次穿过人群，沿街飞奔，人们也继续追着他。但是，就在马儿奔跑的时候，我的小女儿把放在我刚刚看过的书上的玩具，包括木马，从桌子上拿走了。书上记载着这个城市的故事。

# 玩偶

田妍 译

故事发生在一个晚上。这个晚上，城里的孩子已经熟睡，坐在月亮上的老妇人在自己的纺车上为他们编织着甜美的梦。马路仿佛是一个乞食的老妇人，把车轮的印迹、废纸片和一天嘈杂的声音收集在自己乞讨的袋子里，静静地靠着夜晚的墙。就在这时，城里最大的玩偶工厂的屋顶突然坍塌下来。

在一个家庭里，一个孩子睡得正香，他的枕头下面掖着一把玩具手枪。突然，他惊恐地站了起来。另一家里，一个熟睡的小女孩被她的玩偶的抽泣声惊醒了，害怕地喊着妈妈。之后，城里的孩子陆陆续续地被惊醒，起身寻找自己的玩具。他们都在告诉自己的妈妈，他们听到了玩偶在哭泣。妈妈安慰孩子们说，这都是他们的梦，不要害怕。可事实上，这并不是梦。玩偶工厂的房顶坍塌下来，很多玩偶都严重破损，有些玩偶的胳膊断了，有些玩偶的腿坏了，还有的羽毛脱落了，很多玩偶在地上已经被压扁，再也没有恢复的希望。

工厂的生产车间里有很多玩具，这些玩具大多是大大小小的动物，比如说猴子、熊、老虎、狗、狼，还有猫等。另外一个生产车间里的玩具主要是禽类，比如说鸽子、鹦鹉、麻雀、鸭子等。第三个生产间里，只有男布偶和女布偶。

工厂里有一个陈列室，装修得就像玩偶家庭一样。这个家里有一个男布偶和一个女布偶。有时因为空间有限，其他的玩具也被临时放在这个陈列室，不过白天会被拿出去。学校里的学生和其他参观者来工厂参观时，一定会来这个玩偶之家，工厂新出品的玩具都被精心地摆放在这里。此外，这里还有很多小橱柜，其中一个专门存放女布偶的首饰，另一个专门存放她的衣服，第三个橱柜是专门放鞋子的，第四个柜子里放着女玩偶其他的必需品。墙边蹲着一只鸽子，角落里有一个公文箱，还有一个大箱子，里边凌乱地装着女布偶的服装。女布偶坐在衣柜旁边，男布偶站在墙边看着她。每个参观的人来买布偶，都会被带到陈列室。这时，工厂经理会叫人把女布偶送到办公室，而把男布偶独自留在陈列室。

这就是工厂房顶塌下来那天的场景。当时，男布偶独自留在陈列室里，因为白天的时候，经理恰好让人把女布偶送到办公室了。

屋顶塌下来的那一刻，站在墙边的男布偶面朝下倒了下来，女布偶的衣橱倒在他身上。男布偶马上想到了女布偶。为了救出女布偶，他①拼命从衣柜底下爬出来，拖着自己受伤的身体，朝经理办公室爬去。他的一条腿已经完全使不上劲儿，一条胳膊断了，身体的其他部分也都被压烂，完全没有了知觉，但是，他依然拖着自己

---

① 这里使用"他"，以表示拟人化的意义。

的身体，坚定地向经理办公室爬去。

当他努力地把卡住的头伸向门外时，发现很多玩具都被压在了瓦砾碎石下面，整个工厂的景象悲惨凄凉，哭泣和嘶喊声连成一片。地上断裂的缝纫机、破碎的飞机机翼，卡在砖里的猴子的腿，从腰部断成两截的老虎，被压在铁架下的猫尾巴……那些上满发条的机器玩偶发出了各种各样的声音：一只猴子在敲鼓，一条狗狂吠到疯狂，一台电视机一直在播放轻音乐。还有一只蝴蝶在扇动自己的翅膀，一只鸭子在蹒跚而行，一只公鸡在啼鸣，一只苍鹭在不停地喝着眼前的水。

看到这个场景，男布偶的泪水瞬间充满眼眶。远处，经理办公室里传来了女布偶哭泣的声音。男布偶惊恐万分，但是为了救出女布偶，他鼓起勇气，拖着受伤的身体，继续坚毅地爬过瓦砾。他清楚地知道，从这里到经理室，路途非常远，他的努力可能都是徒劳的，但是他依然努力地向前爬，不愿放弃一丝希望。

整座城市一片寂静，没有人知道玩偶工厂发生的这场风暴。这座城市似乎就是一个玩偶工厂，每个人都像玩偶一样被陈列在这里，自娱自乐。而玩偶工厂，也像一座被毁掉的城市……所有活着的事物瞬间死寂，而那些没有生命的事物却突然有了生命……一只鸟鼓翼而动，从房间的日历里面飞出来，落到上面的窗户上，一匹马也从一幅油画中奔跑而出。

其他玩偶凭借钥匙的动力纷纷逃离了工厂，在街上哀鸣。他们的发条一刻也没有停息。

这时，男布偶拖着受伤的身体向女布偶爬去。"谁知道呢？"他突然想到，"可能女布偶为了救我，也正在路上爬行，也许她身上也已经受伤了。"现在,女布偶的哭声已经被淹没在了瓦砾中。"谁知道呢?"男布偶又在想,"或许她的发条已经停了?"他猛地挪动了一下身躯,用尽全身力气将受伤的腿往前挪。在他面前,有一堆碎石等着他去翻越,而在他周围,躺着一群绝望的玩偶,他们眼里充满泪水。靠着转动的发条,他们纷纷走出了工厂。男布偶再次鼓起勇气,试图跨过那一堆瓦砾,不过他晃晃悠悠地摔了下来。断裂的腿让他无法站起来,但他忍着剧痛,艰难地把腿拽了出来,再次尝试跨过石堆。

每个城市的马路上都充斥着玩偶,放眼看去,玩偶们在不停地转动。

城里的警察纷纷出动,防止玩偶散落到整个城市。他们发现他们的枪、棍棒、铁盔都不能吓到玩偶们,于是,警察开始向满街的玩偶开枪。玩偶们一个接一个地死去。死去的玩偶被扔在路边,尸体成堆,但是还有一些玩偶继续坚持前进。一只鹿在蹦,一只青蛙在跳,一条船在划行,一辆火车轰隆轰隆地驶过,里面的乘客正在享受音乐,一只鸟用自己的喙在空荡荡的街上啄食,一只猫趴在地上待了一会儿,又蹑手蹑脚地走了。

警察们很恼火,他们被一些玩偶的行为完全激怒了。广播信息正在发布,玩偶们的行动已经完全处于监控之下,为了阻止玩偶蔓延,路上已经设置了路障。

在工厂里,还有很多玩偶在碎石下发出哀鸣。男布偶还在努力地朝女布偶爬去。现在,他已经看到了公司经理房间断裂的墙壁,墙上安装的电子太阳发着亮光,在这种光亮下,工厂的房顶显得更加死气沉沉,阴森恐怖。

男布偶拖着自己的身体不断向前爬，已经筋疲力尽。他觉得自己的体力在他见到女布偶之前就会透支，他可能救不了那个女布偶了。

城市里的警察希望在天亮之前将道路上的玩偶清除干净，这些没有生命没有意识的玩偶，还有玩偶的碎块，都被警察扔进了警车。一辆闪着红灯的警车和一辆摩托车响着警笛，呼啸着驶去。子弹再次飞过，更多的玩偶瘫倒在地。

听到子弹的声音，男布偶想加快移动的速度，但是，他的速度却越来越慢。泪水止不住地从他的眼里流出，鲜血浸透了他的衣服，好像刚刚游过血河一样。

经过几个小时的挣扎，男布偶终于爬到了经理室的门口。这时，随着一声巨响，一堆碎石突然砸下，将他埋在了废墟中。

女布偶高兴地坐在书架上。在她旁边，经理的桌子上还放着一个玩偶，不断地在用英语发出一种声音：

"互相关爱，共享生命。互相关爱，共享生命。"

# 纳耶姆·阿勒维

(1946—2002)

小说家。出生于印度，1948年来到巴基斯坦卡拉奇，经历过印巴分治的艰难时刻。他的小说就是他的人生写照。阿勒维是现代小说的杰出作家，小说涉及孤独、痛苦、爱情、失业、暴力、胆怯、死亡等多种主题，在揭露社会问题的同时，也会让读者看到未来的希望。他的小说集有《黄色季节的灾难》《太阳上只有矛》《被灰尘包围的傍晚》《迁徙的路途》等。

# 二十世纪的最后一个人

孔菊兰 译

近段时间，我对"叔叔"这种称呼感到大为不悦，甚至还有些愤怒，但我还是克制了自己的情绪。到底有什么必要向走在路上的人，尤其是站在信号灯附近的人发问："叔叔！您要去哪里？"

对于事先已经规划好要走的路，无需任何人引领就可以直接向前走的人来说，这种问话太过分了。很明显，有人迈出自家的门槛，他一定是要去一个地方。这样的事，我在北方邦就遭遇过。通常，我沿着人行道，走到玛尔布尔商店的角落时，会歇一会儿。近些日子，我有点气喘。我可以大胆地承认，有时信号灯已经清晰地闪出绿色，但我还是会犹豫。您可以给我这种谨慎起一个名字，我不感到尴尬。这时，如果有人突然跳出来，站在您面前，大声说："停一下，叔叔！您是忘了路吧？告诉我，您要从这个十字路口去哪里？"不用说我，随便一个有头脑的市民都不会赋予你这样的权利。

有一件事我在这里说说，这些日子我对叔叔、大叔之类的词极其反感。这两个称呼在每个人的嘴上被毫无顾忌地使用。的确,我把不断出现的白发染黑了,但是这并不意味着有人可以像幽灵一样走出商店,突然来到我面前,叔叔、大叔地叫着,还说:"大概您忘了路了,等一会儿,我扶您过马路。"

我感到这种说话的方式很可笑,好像只有我是二十世纪的最后一个人,我应该待在济贫院里一样。

终于有一天,我已经无法忍受,对站在自己身边的人说:"可能你有一两次看到过我经过这里,我毫不怀疑店主的观察力是非常敏锐的,这个优势可以吸引更多的客人,但是,你对我的态度真是太遗憾了,难道你不需要反省一下这种无礼的态度吗?"

他真诚地摸着自己的耳朵[①]说:"我在心里没有取笑您的意思,算了!算了!您就像我的父亲,我从来也没想嘲讽您。"

他的这句话刺激了我,在我心里留下了一道深深的烙印。这私生子还得寸进尺了!我的内心焦躁起来。

"实际上,您这么多年来经过这条路,总是对我们和英丹格斯商店的姐妹们彬彬有礼。我们从来没有把您看作是顾客。您对人和蔼可亲,大概就是这个原因,您在我们心中就是一个朋友,我们关注着您的来来往往。您知道,这是一个高档消费区,从早到晚从这里经过的有上千人,谁能记得住谁呢?我还想告诉您,如果您不相信我的话,那两个姐妹可以证明。"他用手示意,招呼着她们。

听了店老板的叙述,我吃惊地张大了嘴,为了证明他所说的话的真实性,我在脑海里不断地搜索,但是没从任何地方得到证实。

---

① 表示向真主发誓。

我摇着头回答道："不可能，这是不可能的。我从这条路经过可能有几次，这是城市里最繁华的街道，可我怎么也记不起来了。我可以闭上眼睛接受你说的事实。不！不！这完全不可能，我没有思维混乱和疯癫，记忆力也没有随着年龄退化，没有！完全没有！我的头脑和身体完全正常，你明白吗！"

我同店主说着话，这时英丹格斯的两姐妹也来到面前，是店主示意她们过来的。她们的商店位于两个大服装店之间的狭窄通道上。年长的姐姐看上去很健康，但是妹妹的个子最多只有三英尺半。她弓腰驼背，脖子缩进了肩膀。她们走过来，我被吓得打了一个激灵。我的心智不能接受。我的心理和智力都被蒙上了一层朦胧的罩子。她们俩的外貌属于不会让人轻易忘掉的那种。高个子女孩脸上笼罩着一层忧伤，黑眼圈像传染病一样，散布在眼框周围。

店主把这些情况讲给她们听时，她们一下子笑了起来。我喜欢她们的笑声。无情的时间不能毁掉她们的笑声。

高个子女孩问道："您忘记我们了吗？您常来这里关照我们，对我们嘘寒问暖，有时还会问些英丹格斯商店的事情。您把这一切都忘了吗？"

我笑她们既单纯又能说瞎话，如果我曾经见到过她们，就如她们所说，一定会在记忆的角落里留下她们的影子。我对她们彬彬有礼地说道："女士们！如果看见过你们，我一定会记住的，有时'从这里过'的意思，绝不是把每个东西都保存在脑海里。不过，看见你们俩一次，想要忘掉也不容易呀。"

那个我连名字都不知道的女孩，仔细看着我的脸说："鲁杜夫·拉赫曼（大概是店主的名字），你说对了，叔叔变化太大了。"

她再次对我说:"您原来过马路很快,从来没有犹豫过,但是现在,您的变化真令人吃惊,令人心痛。您在我们面前装作不认识,就像从没见过一样。您在交通信号那里站着,一站就是几个小时,哪怕再明显的信号,您也不过马路。大概您忘记了朝哪个方向走。不知道您怎么会有这样的变化,我们都被吓着了。"她突然不说了,就像她自己正在遭受什么不愉快的变化一样。

他们的话令人震惊,又神乎其神。我怎么会陷入他们的圈套里?他们都在证明,我每天都从这条路上经过,可我只是偶尔从这里走一下。好吧,这件事就算了,但是说我几个小时都站在信号灯那里,这让我感到害怕。他们的这个声明难道不是愚蠢的行为吗?难道我连自己存在或不存在都不知道了?不!不!绝对不!鲁杜夫·拉赫曼?我认为,他们说的就是这个店主的名字,可我记不清楚了。英丹格斯的那两个女孩,我真的十分同情她们。他们在合伙搞什么把戏?为什么非要把我引入歧途呢?

第二天,为了揭穿鲁杜夫·拉赫曼、他的商店,还有英丹格斯商店的两个女孩子对我的诬陷,我又从那里经过。鲁杜夫·拉赫曼坐在商店里大声向我问好,我只是轻轻地点了一下头。我来到玛尔布尔商店附近的信号灯下,我相信,他们一定在盯着我看,我的心里直想笑,我今天就是来戳穿他们的魔幻游戏的。我看着他们,他们都羞愧地低下了头,脸上冒出懊悔的大汗珠。我为自己设计的这一切感到洋洋得意。所有的情况都在我的掌控之中。斑马线在我眼前虚弱地喘着气,这就是那个斑马线,对吧?听说我对它会感到恐惧,难道它不在我的脚下吗?鲁杜夫·拉赫曼,哎,鲁杜夫·拉赫曼先生!看看吧!我折断了你设置的魔术篱笆。我的内心在狂笑,不过，我可能已经无法把自己内心的想法表达出来了。

就在这时，我的背后传来一个人的声音："叔叔！您今天怎么又忘了路了？我来帮您吧。"

# 穆宾·米尔扎

(1965—)

小说家、评论家和记者。他是现代乌尔都语小说里小有名气的短篇小说作家。《每日快报》《星期日》杂志的撰稿人,撰写过多篇关于文学、社会政治和国际问题的文章。是文学杂志《穆卡拉马》的编辑,并经营着一家知名的出版社"发现",担任董事长和总经理。他是巴基斯坦文学院理事会成员。他创作的小说集有多部,《恐惧的天空下》是其代表作,出版在2004年,小说中反映现代人受到的威逼和专政压迫,以及他们的恐惧和胆怯的心理状态。在《白色的面纱》《可怕的陷井》里,他大胆地揭露了政治欺诈、社会虚伪、民众无奈的现状。小说《丢失的人》描绘了一个以卖身为生的女人想通过傍上阔佬过上正常人的生活,找回已丢失良家妇女的位置,但没想到阔佬竟也是为了找回"自己"才来找她。

# 丢失的人

孔菊兰 译

噪音不断地袭来。

放在床头柜上的闹钟响了起来。安吉丽睁开眼睛,伸手按住它的按钮,疲惫地把手搭在上边。闹钟的铃声不响了,但是噪音并没有消失,声音还在安吉丽的脑海里嗡嗡地响着。她脸朝下趴在床上,想着那些声音,手还搭在闹钟上。她不明白,这是什么?其实就是一个声音,闹钟的声音,噪音,在她的脑袋里嗡嗡作响。

越来越烦躁的感觉让她最后还是转过身来。她收起放松的身体,坐了起来。在床头左边明亮的梳妆镜里,她看到了一个头发蓬乱的女人的影子。她盯着那个影子,下了床,站在床前,拿起梳子把头发梳好,那个头发蓬乱的女人突然不见了。现在,出现在镜子里的就是她自己。她从头到脚仔细看了自己一遍。先看着前身,转过来再看着身后,接着把宽松睡袍的一侧叠在一起,让睡袍贴在身上,镜子里的那个女人身材线条凹凸有致。"三十六岁,二十六岁,三十六岁,现在还不算老。"她对自己说。自己看上去还不像三十五岁,睡眠充足、多食水果和练习瑜伽,让她容貌的时光止步不前,眼睛和相貌看上去不会超过二十五六岁,"现在一切都好。"她这样想着想着,心里平静了许多,不过,这种平静很短暂,接着她又会想:究竟能维持多久呢?这种妆要化到什么时候,几年或者……五六年……或者大概十年?女人在四十五岁后就会慢慢变成再也吸不饱水的大泥块。想到这里的时候,她的脑袋里又出现了一阵嗡嗡的响声,她低下头,好像明白了其中的原因。她被这些问题困扰着,不知道什么时候闭上了眼睛。随后,身体的疲惫和精神的沮丧又引起她的思索,就是这样的一些事让她彻夜难眠,噩梦不断。头疼就是由于这个原因。她把脸凑在镜子跟前看着。这张脸还保持着娇嫩吗?镜子的回答是肯定的。她的目光不由自主地停在面前墙上挂着的日历上。这是三月最后的一天。她慢慢地走到窗前,快速地拉开厚实的锦缎窗帘,窗帘被拉到一侧,春日清晨的和煦阳光一下子出现在她的眼前。墙上的挂钟发出叮叮当当的响声,安吉丽转身看去,时钟指向了八点。飞机大概九点降落在拉合尔,也就是说,九点半,他一定会到达这里。她想:"我应该快点拿上披肩准备好。"她大声对自己说着,转身钻进了洗手间。

叮当……叮当……时钟敲了十一下。安吉丽看了自己手腕上的表,手表显示的时间也是十一点。她感觉自己的思绪似乎突然倾泻而下,这是以前从来没有过的……他总是会在九点半的时候赶过来。这一年来,安吉丽一直受到他的照顾,月末的最后一天,他总是和她一起度过。他总是乘最早的航班赶到这里,然后,这一天就一直和她在一起……从早到晚,再从晚上到第二天清晨。第二天,他会乘坐早班班机回去。他们第一次见面时,安吉丽就感觉到了他喜欢自己。他们见面是在一年前的一个大人物的私人聚会上。当时也是三月份。那是一个美好的傍晚，所有的鸟儿都在啾啾地赞扬养育者①。太阳西下的时候，聚会在大草坪上的彩色帐篷里开始了。在一个个散发着香气的神采奕奕的脸庞里，安吉丽一眼就看到了他。他左手夹着一支香烟，眼前飘着奶白色的烟雾。那天晚上，安吉丽不是他的顾客，所以他们握手又相视微笑之后，安吉丽把自己的名片递给了他。他说他会很快再来。见面后的一天，他突然打电话说，两天后他去拉合尔，想见安吉丽。他来了，在她那里待了一天，临走时说："下个月的最后一天再见面……就这样一整天……"

"好的，我愿意。"安吉丽微笑着回答。

之后的一年就是这样……，每月的最后一天，他都在安吉丽这里度过，但是今天他留在哪里了呢？男人的心是容易厌倦的。她想了一会儿，那时候，无数的设想飞快地出现在了安吉丽的脸上。她拿起酒店内部电话，打通前台。

"没有，太太！我们没有收到任何通知。"前台回答说。

"好的，你给机场打个电话，确定飞机起飞时间再告诉我。"安吉丽有点儿不悦地说。

飞机晚点三个小时。

这三个小时，安吉丽是在由痛苦、不安和郁闷混合在一起的感觉以及数不清的猜测中度过的。她多次否定自己的想法，但它们总是不知从什么地方突然钻出来，顽强地盘踞在她的脑海里，想尽一切都甩不掉。她用自己的姐妹尼勒姆的话劝说自己："你

---

① 伊斯兰教信徒称真主为万物的养育者。这里的意思为鸟儿也在称赞真主。

瞧，安吉丽，每个职业都有一种精神，我们的职业里没有爱，只能表达出爱，这些表示真真切切，比爱还要真实，这就是我们的职业精神。"安吉丽总是认真地听尼勒姆的话，还会照她说的去做。尼勒姆和她同龄，干这行比她要早。她懂的很多，总是劝导安吉丽，但是今天，尼勒姆的话没有打动安吉丽。安吉丽知道，自己不是妻子，但是她的心情却像一个新婚妻子在等待丈夫一样。不安和痛苦深深烙在她的心上。一个念头刺激着她的全身，三十六，二十六，三十六……能撑到什么时候？我对他说……他会接受……她这样想着安慰自己，接着又想到，如果他不同意，那……爱可以逼他就范？哪种爱？怎样的爱？但是，不能因为我的要求而让他受到惊吓……安吉丽不安地想着，心悬了起来。她不知该怎么办。尼勒姆的唠叨声多次出现："安吉丽！那些成为老婆的人得在家里操持家务，哪怕命运驱赶她们，她们也不会去市场……，她们待在家里，可以和表兄尝试爱情的滋味。鸿雁传情，卿卿我我，这些爱情的尝试在家里就能实现。女人有一次出轨，就永远回不来了。之后如果有机会……这种日子不会长久。鸡蛋如果被从孵化窝里拿开，就再也不适应由母鸡来孵化了。女人也像鸡蛋一样，一次从家里出走，就再也别想做贤妻良母了。像我们这样的女人不应该堕落在家庭里，那样的话，我们的人生就毁了。我已经看到好几个这样的悲剧了。"尼勒姆的讲述没能打动她。下一分钟，安吉丽又在想，今天她要把心里想的事对喜欢她的那个人说说。她安慰自己，要来这里的那个人会接受的，因为他整整一年不间断地同她见面。他从不敷衍她，对她关心体贴。一个月只来一天，就给她那么多钱和那么多礼物。到今天为止，还没有人给过她那么多的东西。

他一定爱她，从心里喜欢她，否则……安吉丽再一次想到这一点，她想得很远。

随着轻轻的开门声，安吉丽好像在睡梦中被惊醒，客人带着神仙般的微笑走进了房间。她一下子站起来，好像身体里突然涌出一股电流。她跑过去同他拥抱，不知道为什么，她的眼里涌出泪水，断断续续地哭了起来。

"哎……哎……这是怎么了？"阔佬抚摸着她的后背。

得到抚慰后，安吉丽更是哭得稀里哗啦。

"哎……哎……，这是怎么回事？好！来说说吧。"阔佬拍着她，安慰着她。她平静下来，但是泪水还在流着。安吉丽不想哭，但是她无法控制自己，她也不明白为什么停不下来。只有真主知道，她的委屈在这时候选择了通过眼泪来表示。阔佬一直这样抱着她站在那里。泪水止住了，她紧紧地贴住他……抱在一起的感觉慢慢地蔓延在她全身。安吉丽感觉很多年来……多少个世纪来就同阔佬连在一起。她想，但愿她的一生就这样度过，就在这样的感觉里……连在一起的感觉。阔佬扶着她坐到床上。

"对了，现在说吧！有什么问题？有什么事吗？"

"哦，没事。"安吉丽摇摇头。

"那是怎么了？我都担心死了。"

"我从一大早就盯着门，好像多少个世纪以来就这样等着你似的。"

"哦，这样啊。哎呀，这可不怪我，飞机晚点了，我能怎么办呢？……我如果说了算的话，早就飞过来了。"

"您让我待在您的身边吧，否则我会逐渐……。"

"不，不，你不会有什么事的，只要我活着，你就不会有事的。"阔佬把她的手握在自己手里，通过这双手，安吉丽感到生活的甜蜜和温暖正在自己的全身流淌。

"站起来，我们先去吃午饭，之后到别处去玩。今天你带我去哪里？"

"我想过了，今天我们去夏丽玛花园②……可是半天的时间已经这样浪费了……"

"没关系，先吃午饭，然后我们马上去夏丽玛花园。"

"可是现在哪有时间？剩下的时间，我们怎么能游遍夏丽玛花园呢？"

"来得及，能游遍的，你不要担心，剩下的时间我们应该充分利用。安吉丽！能够得到的时光都是生命中最珍贵的，应该掌控好。这个世界，这样的生活，这样的见面，凡是我们得到的，都是最美好的。起来！走吧！我们快走，别晚了。"

他把安吉丽扶了起来。

他们从商业街③的电力局前面走过，来到杰伦路口。安吉丽看了一眼腕上的手表，夜里一点，这是一天户外活动的最后一个时段。整整一天，他们都在拉合尔的各个角落里度过，晚上回来时，他们一定要经过富人路。记得阔佬第一次来时，晚上在谢尔宝桥吃饭，返回饭店时，阔佬把车停在了富人路上。安吉丽当时感到很奇怪，大半夜的，他在富人路上想做什么？阔佬告诉他，他什么也不

---

② 巴基斯坦拉合尔的皇家花园，建于莫卧儿王朝（1526—1857）。
③ 位于拉合尔市的一条双向马路，马路所经之处都是现代化的建筑。

想要，就想在富人路上走走。他们经常在晚上九点以后才从富人路上回来。有时他们会在快餐店里喝咖啡、喝饮料，有时就这样在杰伦街的十字路口、阿勒佛拉赫、利葛尔④或者高等法院前停留一会儿。有几次，她在大半夜和阔佬一起在富人路上游荡。安吉丽觉得，或许和富人路有关的某个记忆或者梦境还在阔佬的内心奔跑，所以每当来到拉合尔，每到深夜，这些印记就把他带到富人路上。一定有什么东西在吸引着阔佬来到富人路。安吉丽！但愿他这样做是因为对你的爱，你身体的磁性在吸引着他，他被迷住，摆脱一切，做回自己，一定有人在他的内心低声细语。

他们的车停在议会省议会大厦前的辅路上。阔佬靠在车上，目视远方。安吉丽也下车，站在了他的身边。富人路一片寂静，偶尔有一辆车经过，阿勒佛拉赫大门边的槟榔小店已经关了门，旁边只有一个推车叫卖的人正在往自己的货品上盖帆布，捆绳子。阿勒佛拉赫网状大门前的人行道上，有两个捡拾垃圾的孩子。他们把袋子包成包袱的形状，再把它当成枕头搁在头下。他们旁边有一只棕色的瘦骨嶙峋的狗在打瞌睡。只要有车过去，狗就会迷迷糊糊地睁开眼睛，发现没有危险，马上就闭上了眼睛。安吉丽的目光停在两个捡破烂的孩子和那条迷迷糊糊的狗身上。她想到了自己。小巷，马路，公路上的垃圾，呼吸的废气，她也选择了这样的生活。为了未来的明天，她麻木地把自己的身体交了出去。如果身体毁了，没有了知觉，那么，睡在人行道上还是席梦思床上，还有什么区别呢？疲劳已经浸入她的每根血管，还好，她的眼睛还能睁开，但是，她

---

④ 位于拉合尔富人路的建筑名称。

的全身已经疲惫不堪。安吉丽感觉自己的生活与那些捡破烂的孩子和狗真的太相象了,而且,她还随时会成为很多人寻欢作乐的目标。她睁开眼睛就会看到,自己和面前那条狗几乎一模一样……消费者享受买来的时光,然后就走了。她眯起了眼睛。这一切多么相似!这个世界上所有的居民、所有的人,都是一样的,都在经历着这些。安吉丽感到了一种熟悉却又无以名状的痛苦。她的目光不由自主地看着远处。商店外面,红色、蓝色和绿色的新标志发出熠熠的光芒,谢赫达清真寺的右边,三轮车整齐地停在那里,排成一排。利葛尔侧门卖酸奶的商店里,一个人把放在门外的椅子快速地拿进了屋内。大门前面花店的长凳上坐着两个握着枪的警察,一个警察手里还拿着时亮时灭的手电筒。安吉丽仔细看了一遍周边的环境,又看了一眼那个阔佬。她在想:究竟是什么东西吸引着这个人在半夜来到这里?她看不到任何东西。莫非这条富人路是他的小老婆?安吉丽想着,为自己的胡思乱想感到好笑。一条马路怎么会成为小老婆呢?她低下了头。

"怎么了?"阔佬注意到她在笑。

"没什么。"她嘿嘿地笑着。

"我在想……就这样突然想到,这富人路不会是我的姐姐⑤吧?她们是不是在与我抢夺时间?"

"喝茶吗?"

"随你。"安吉丽回答说。

"你想喝就说。"

---

⑤ 男人几个老婆之间的称呼。

"算了吧!"安吉丽看看手表说:"都一点半了,我们走吧。"找什么时间来说自己的事呢?她对自己说。

电视上在播放间谍电影,阔佬斜躺在沙发上,专心地看电视。安吉丽坐在化妆镜前梳着头发。已经三点了。这次恐怕没有时间说自己的事了,安吉丽想。再说吧,那就下次吧……可是,每次他们走到床前都是这个时间,下次也一定是这个时间,还是应该对他说。安吉丽对自己说。她等着阔佬站起来坐到床上,但是阔佬只专心看电视。奇怪的人,她想。花这么多钱……飞机票、酒店、为安吉丽买贵重的礼物……这一切只为了一次靠近她的机会。她想起自己遇到的那些男人,很多人为了满足自己的性欲,一夜会找她好几次。她带着同情和爱慕看着阔佬,这个人的灵魂是多么单纯,多么仁慈啊!她感到自豪,也获得了安慰。现在自己还这么迷人,有年轻健壮的男人愿意为了一次近距离接触就大把地挥霍。可是再一转念,她就高兴不起来了,对于年龄大和皮肤松弛的担心,又进入了她的脑海。她朝镜子里探头看去,阔佬还是那个样子,蜷缩在沙发里看着电视。安吉丽从化妆镜前站起身来,坐在他的身边。

"这个电影很有趣,这两个人在找金库。"阔佬把她拉在身边说。

"所有的人都在寻找各自的金库。"安吉丽笑着回答。

"是啊,的确,生活就是这样,我们所有的人都在寻找一种东西,某种东西的缺失感让我们一生都陷入在寻找之中。"阔佬把她拉得更紧了。

"嗯。"安吉丽想躺在他的臂弯里,但是沙发太窄了。

"现在躺下吧!"阔佬站起来,为她让出一侧的地方。

"不，您不舒服，去那边的床上吧，把电视机转过来。"

"好吧。"阔佬来到床上，和她坐在一起。

安吉丽把头放在他的怀里，躺了下来。阔佬的目光还盯着电视屏幕，但他的手在梳理着安吉丽的头发。"快要结束了，电影。"他朝安吉丽看过去，感觉安吉丽好像非常疲惫，所以这样说。

她眯着眼睛在想，她应该从哪里说起，又怎样开始呢？她相信，阔佬一定会同意她说的事……但是有一点担心，转念一想……也许他不会。犹豫不决的时候，她抓起阔佬的手，放在自己的胸前。她感到阔佬的心在怦怦地跳着，但是慢慢地，这个怦怦跳变成了滑向她的胸部的男人的手。

"如果我向您提出一点要求……"安吉丽温柔地说。

"好，好，可以呀！我问过你好几次了，你到今天都没向我要过什么。"

"我没要什么，是因为我没有提出什么，您就已经给了我这么多。但是，今天我要说的是非常特别的……还是非常大的事。"

"你说好了。"

"您把我……从这里……带到另一个……地方，怎么样？"安吉丽吃力地说完了自己的话。

"你在这里不高兴吗？你不想住在拉合尔了？"

"不是，我现在……只想……和您住在一起，抛弃一切……离开整个世界……"

"你的意思是……我不明白。"阔佬不解地看着她。

"老板……您……您娶了我吧！"

她感到，阔佬放在她前胸的手仿佛向后抽了一下，瞬间挪到了肩膀。安吉丽盯着阔佬，他却惆怅地看着安吉丽，然后，躲开了安吉丽的目光，脸上露出一丝淡淡的微笑。他叹了一口气，慢慢地说："安吉丽……你要的……我没办法给你。"

安吉丽似乎突然停止了呼吸……有什么东西哽噎在她的喉咙里。她使出最大的力气说："只有这件事，以后，这一辈子，我再也不会向您要任何东西了，永远不会要任何东西。"

"安吉丽，不要说那些我做不到的事。"

"您能做到……很容易……您一天里给我的那些，已经够我一个月甚至一年的花销。我愉快地以您的名义，依靠您的爱……"

"不，不，安吉丽！"

"没错，我说的是真话。"她抽抽搭搭地哭了。

"好，好，听我说，站起来坐好，我告诉你，听我说，我告诉你问题的关键。"

安吉丽站起身，用面巾纸擦着眼睛，又擦了擦鼻子，低下头坐着，就像失败的士兵坐在强盗面前一样。

"安吉丽！"阔佬开始说起来。"你瞧，你不是第一个闯入我的生活的女人。在你之前，我和很多女人相处过，有的一次，有的两次，有的四次，但是我从不欺骗她们。请相信，我不是那种混蛋的男人，女人可以有很多，在我的生活里……但是我不是在为自己去寻找一个身体，而是为了寻找灵魂，寻找一个只适合我的灵魂，不受什么结婚或者审美关系的羁绊。她和我应该存在一种没有关系的关系，我们之间有友谊，但没有名分，没有索取，不提问题，不折腾我或考验我，不把我带入某个十字路口……只和我说话，不懂世界语言。我见过这样的女人，我在她那里得到过这样的灵魂，也找过这样的关系，但是结果都令我失望……对，自从见到你，我感觉你就是我要寻找的那位，但是，不……也许不是……"他沉默了。

安吉丽垂着头坐着。

"安吉丽！"阔佬又说了起来："我是有钱人，有一个庞大的家庭，父母、兄弟、姐妹、妻子、孩子……都有，都挺好的，妻子也很好。但是安吉丽，所有的亲情关系都是和各自的需求联系在一起的，为自己的需求而存在，去掉需求关系就无法维持，这个意思就是说，真正的东西是需要，安吉丽！我感到自己的灵感很孤独，所以只是为了寻找这样的关系，这种关系是没有需求也能辨认出来的关系……但是，也许这种关系在这个世界里根本就不可能存在。"他又沉默下来。

房间里出现了可怕的沉寂。

过了一会儿，他又说："安吉丽，原谅我吧！相处了这么长时间，你只提出过一个要求，我还不能满足你，主要是我不想让自己陷入某张贴在新脸的老关系的标签当中。你让我陷入了一个自己完成不了的愿望。如果可能的话，你体会一下我的无奈，然后原谅我吧。"阔佬沉默了几分钟，拿起了酒店内部的电话："我需要去机场的车，对，十分钟之后我下来。"之后，他开始收拾东西，把随身物品放进包里。安吉丽把头埋进膝盖里，在那里坐着。他收拾好东西之后，来到安吉丽跟前。

"好吧！安吉丽！……唉！"

突然，安吉丽想站起来和他拥抱，然后大哭一场，对他说：你为了一个无名的关系，就让我也活在这样无名的关系里。我很痛苦，很焦躁，我在寻找一个能辨认自己身份的关系，通过这个关系，我可以获得自己的身份，在世界面前，在众人的口舌里……但是她又想起自己说过的一句话，就是刚才说笑时对阔佬说的，所有的人都在寻找各自的金库。她想，阔佬和她两个人都是丢失的人，两个人都在寻找自己的另一个身份。那些丢失的人，旅行的目的地各不相同，他们又能为彼此做些什么呢……？也许他们都无法鼓励对方。阔佬就站在她身边。安吉丽眼含泪水，看了他一秒钟，非常柔情地说了声"唉！"然后，又把头埋进了膝盖里。

## 马苏德·穆夫提

(1934—2009)

马苏德·穆夫提本名为马苏杜尔·拉赫曼,于1934年6月10日出生在巴基斯坦旁遮普省古吉拉特。曾任公务员,在达卡沦陷后一度成为战俘。其代表作有《凹面镜》《绊脚石》《生日》《十字路口》等。现居于巴基斯坦首都伊斯兰堡。2009年8月14日被授予巴基斯坦总统勋章。

# 公正

朱熹 译

案件在短时间内就要宣判了。

被告被手铐铐住了双手,一直保持沉默,神情中透出恐惧和希望。他的父亲、母亲和其他几个亲戚就在不远处,村里还有几个人也在法院外面等着。

法官在法庭的会见室里托着脑袋陷入思考……案卷就搁在他面前。

这是一个奇怪的案件。

被告是一名二十五岁的青年,他是卡拉奇的一名政府雇员。对他提出指控,是因为他涉嫌杀死自己一岁的儿子。他否认谋杀的指控,但对检方提出的其他情况表示认可。

两年前,他与自己伯父家的表妹结婚,这种情形非常奇特……他妻子的母亲几年前去世了。由于缺乏母亲的监督,女孩走上歧途,在上大学的时候和某人发生了关系。父亲知道的时候,她已经怀孕了。她试图堕胎,但没有成功……女孩对于情夫的名字闭口不谈。随后，女孩的父亲来到他弟弟，也就是被告的父亲那里。

哥哥曾像父亲一样抚养弟弟长大，因为他们的父母在他们童年的时候就去世了。哥哥养育了他，让他受教育，帮他找到工作并成了家。他对哥哥的感情就像对父亲一样。

哥哥伏在弟弟脚下，嚎啕大哭，叙述了整个事情的经过。家族的荣誉，家庭的荣誉，哥哥的荣誉……楚娜闯了大祸，对侄女的气愤，对哥哥的同情，一辈子的感激之情，让弟弟的脑海里有了解决的方案。弟弟的儿子几天后就要回来休假了，他们决定，让他和伯父家的表妹结婚。

婚礼办得非常热闹。

第二天早上，弟弟的儿子，也就是被告的小伙子知道了他的妻子是个孕妇。他提出了抗议，虽然父母和伯父解释了整件事情，但他仍然非常气愤地离开了妻子，去了卡拉奇……。老人们想，过几天他就会自己想通了。

四个月后，他被告知，他的妻子生了一个男孩……他想方设法不让这个消息传出去，但是办公室里有人从他的亲戚那里知道了消息，还到处传播，让他变成了别人茶余饭后的笑柄。他的自尊心受到伤害，不再和别人接触。

父亲和伯父多次试图让他和妻子和解，但他不同意。其他亲戚也尝试过，但他仍坚持要离婚。

最后，妻子开始一封封地给他写信，祈求他的宽恕，并保证一辈子都伺候他。对于妻子来说，一旦离婚，噩梦般的未来就会出现，除了成为一名妓女，她别无选择。就算不是夫妻，他们也还是叔伯亲戚，如果自己的叔伯姊妹是妓女，他又有什么脸面和荣耀呢？

最后，他下定决心回到了家。他在家先住了两三天，然后去岳父家接妻子，在那里，他受到了很好的款待，伯父也再一次送走女儿，亲自把他们送上公共汽车。

公共汽车要行驶八十英里，五个小时之后才到家，但他们半途提前下车了。因为他想把他的妻子介绍给一些亲戚。他怀里抱着孩子，和妻子一起走在田间的小路上……在一个地方，他停下来小便，这时妻子已经走到了前面。

他把孩子放在田埂上，把一块砖垫在下面，又抡起另一块砖头砸了几下，折断了他的肋骨……

然后，他安然地走到老婆面前说："从今天起，我们要开始新的生活，过去的都过去了，未来已经开始，你不用去做妓女，我也不会成为别人的笑柄。"

他们坐上公共汽车，回到了家。

再后来，村民们看到田野上有一群乌鸦，于是他们去了庄稼地……在那里发现了孩子的尸体……被告的妻子还给警察写过一封信。两份证词相互印证。被告被捕，审判开始。

被告承认了除谋杀之外的所有事件，但无法就儿童被杀或失踪提供任何合理解释。毫无疑问，他杀了人。犯罪事实也得到了彻底证实。

本案的证词也很奇怪。

妻子作了不利于被告的证词，并讲述了谋杀的所有细节。她对孩子的死感到非常难过，在谈到"某人"的身份时，她公然拒绝透露"某人"的名字，只是简单地说："我的家庭传统和我们的社会价值观不允许我嫁给这个人，所以，我为什么要暴露他的名字？尤其是当我还爱着他的时候。"

被告的母亲在法庭上泪流满面地说:"看在真主的份上,请不要做不利于我儿子的证词,我怎么能把绞索套在他的脖子上呢?"

被告的伯父出庭指证他。

被告的父亲在法庭上一会儿支持他的儿子,一会儿支持他的哥哥。在作证期间,由于极度紧张,他曾两度痉挛抽搐。其他亲戚也根据自己的利益各执一词。

法官是一个和善有礼而且有智慧的人。这个案件让他困惑了好几天。他想伸张正义,但在他看来,看上去正义的东西,从另一种角度去看,却有可能是罪恶残忍的。他认为一个一岁的孩子被谋杀是一场巨大的悲剧……但谁该对这场悲剧负责呢?

被告似乎是无辜的……他被生活裹挟着前行。现在的情况不是他一手造成的,这桩婚事也不是他自愿的。他对他妻子的事情并不知情。如果他在这种情况下妥协,人们会说他毫无廉耻,嘲讽会围着他转,他也会臭名远扬……他想离婚,父母就是最大的障碍,这还不包括来自伯父和其他亲人的压力。他的性格里没有叛逆和暴力,这种性格是真主赋予的,并不是他自己形成的。所以在这里,他是无辜的……最后的问题是杀害孩子的问题,他触犯了法律,但他完全身不由己,进退两难,仿佛处在既不能去也不能留的窘境。对于他而言……他得到的不是惩罚,更多的是同情和怜悯。

那么这起悲剧的责任在女孩身上吗……?她做了不道德的事情,然后又指证自己的丈夫。但是,在整个悲剧中,女孩到底做错了多少?……她的母亲去世了。母亲的死不是她能控制的,但她不得不承担后果。没有人告知她这个世界的善恶,她迷失在了青春的欲望里。

意外发生了，她爱上了一个人。虽然有爱，但迫于传统和社会价值观，两人不能结婚……爱情就是这样。为了隐瞒他的名字，她忍受着一切痛苦，并作证指控自己的丈夫……我们的文学，全世界的文学，都将这种爱情吹捧到了天上，诗人也一直在唱赞美诗，小说和电影的读者观众对这样的女英雄深表同情：她打破世俗爱上了某人，但由于习俗和传统无法结婚。我们同情她，可是我们心里认可的东西，为什么不能光明正大地准许呢？

难道女孩真的有罪吗？……法官的回答是否定的。

那么，被告的父亲是否有罪？他明知要把孩子推进火坑，却不考虑他的感受、情绪、意愿和道德准则，对孩子就像对待桌子或椅子一样……他绝对是这部悲剧中最令人厌恶的角色。但是，当你从另一面看时，就会发现这个观点也是经不住推敲的。他生活在被社会赞赏的感恩的情感中，对于哥哥像父亲一样把他抚养成人，他心存感激。看着哥哥陷入痛苦，他忘不了哥哥曾为自己吃过的苦，忘不了哥哥含辛茹苦把他养大并培养成才……这么多恩情，他怎么能忘记？……这种感恩的情怀绝对是值得称颂的。

那么，伯父是有罪之人吗？为了掩盖女儿的瑕疵而牺牲自己的侄子，他是自私的，为了自己的利益带给别人痛苦……但是他又能怎么做？他是一个父亲。这不关乎他自己，而是关系到一个女孩子的一生。在那个时候唾弃她，将不可避免地导致她的毁灭。她已经误入歧途，未来如何转变？谁愿意亲手把自己的姑娘送去妓院？

那么，没有人有罪吗？……每个人处在自己的位置上都是值得同情的……造化弄人……被迫与无助……就像湍急的暴雨洪流中浮沉的稻草,不知道被冲向何处……也许是雨滴从天而降……也许是下水道里的水溢出在街上,也许是山顶的积雪融化,也许是泉水从地下喷涌而出①……所有的水汇成命运的洪流,冲走了那个孩子。

但是,孩子有什么错呢?……他和任何明媒正娶的女人生的孩子一样,小手小脚,会发出咯咯的笑声,脸上还有天真无邪的笑容……他带着生存的权利来到这个世界,对道德伦理一无所知,正因为如此,他的存在是不被接受的……如果他的存在是非法的,那么这也是别人的错,与他毫无干系……为什么要杀他呢?

不断的思考让法官头晕脑胀,他无法做出任何决定。如果他宣告被告无罪,那么,让一个有确凿证据的凶手逍遥法外,就是对自己职业的亵渎……如果判定他有罪,自己良心上又过不去。惩罚一个无助的被胁迫的青年,原因只是他遵循了社会传统的耻辱观……他应该因为这种行动违反了法律而受到惩罚,不过在崇尚原则这一点上,他应该受到称赞。

时间流逝……法官一直陷入思考。

开庭审判的日子到了。法官坐在法庭上,一言不发。他似乎听到了被告快速的心跳声。法官静坐良久,然后说道:"先生们!我会把这个案子转给另一个法官,他会宣布他的决定。"

说完,他拿起笔写了起来……

"这个案例是生活的真实写照。存在于我们的生活中许多因素,被归总为价值观的严格性、人性中的叛逆和局限、因果的循环、个人冲突爆发的怒火、自私和忘我、绝望和希望、平和与不安、爱与

---

① 这里各种各样的水,暗指不同阶层背景的人。

仇恨……这就是生活。在人生的旅途中，有时狂风暴雨，有时微风习习；有时有优美的音乐，有时有咆哮的地震；有时充满光明，有时一片黑暗。人生的历程是随意的，风格是千奇百怪的，就像烟花中的石榴一样，每时每刻都以新的色彩和新的方式绽放。"

"这种生活是真主的玩笑。看到人类造就了自己的困境，真主在大笑，笑声在回荡……这样的生活没有公平可言……正义是一种幻觉，是一种概念，在今生无处可寻。"

"我当然可以依法做出判决，但世界上没有任何法律可以主宰这错综复杂的生活的方方面面，从而做出正确公正的判决……因此，我不想再自欺欺人说我可以伸张正义了。"

"这份文件应该交给其他法官保管，因为我要辞职了。这份文件将单独发送。有些人在法律层面是罪犯，但实际上却是受害者，我想把我的余生都奉献给他们，为他们辩护……我的圣战，是与法律和人生的对抗。"

# 纳赛尔·巴格达迪
(1943—)

纳赛尔·巴格达迪，1943年2月15日出生于英属印度海得拉巴，巴基斯坦杰出的小说家、翻译家、文学评论家。因创办的文学杂志《风帆》成名。这本杂志以在乌尔都语文学的许多问题上的大胆立场而为读者所熟知。他曾以犀利的笔触在杂志社论中对所谓的文学巨擘进行文学批评。

1990年，纳赛尔·巴格达迪出版了个人首部小说集《未知》2004年出版第二部小说集《钉死在十字架上》。

# 黑心肠

安启光 译

房间里除了他，所有的东西都是好看的。他的肤色给人的眼睛带来很多不适，可房间里的墙、门和窗户却给人的眼睛带来不少愉悦和快慰。看上一眼房间里的物件，谁都会感到眼睛里像晨露一般清凉和明亮。墙上到处都有镶嵌在漂亮镜框里的美女照片，人们看到这些照片就会知道，这些红颜靓女都是电影界令人骄傲和羡慕的女明星。倘若谁偶然把自己的眼光从这些东西上挪开，投注在他的脸上，最先看到他的眼睛，谁都会按照常理认定，他就是神话中提到的那个独眼巨人。在这种场合看到如此可怕景象的人，会吓得脸色发白，这绝对不是寻常的偶遇。

整个房间不啻巴比伦国王谢达德建造的人间天堂的一个精彩角落。屋里的每一件物品都极其养眼，令人心花怒放，让人在心灵上感觉到天神的仁慈……色彩艳丽的天鹅绒沙发，让坐在里面的人感到非常舒服，犹如依偎在仙女一样的少女怀抱中。坐在那里，人世间的任何烦恼都能忘得一干二净。门窗挂的丝绸帘子被阵风一吹，发出沙沙的声音，恍如青春活泼的美丽女孩在你耳边窃窃私语。处在这种情况下，人们心旌摇弋就是铁板钉钉的事了。房间的一角摆放着一台超大尺寸、超好看、超级昂贵的进口电视机。在电视机的上面，半裸体女人的铜雕像吸引着人们的眼球。门旁的墙壁前，贴墙而立的硕大紫檀木柜，高得犹如触到了天花板，并且整个柜子都被罩着。紫檀柜由镶嵌着各种大小和样式不同的宝石的格子组成，每个格子里都整齐地摆放着世上稀有的装饰品。屋子的地板上铺着让脚感到非常舒服的昂贵的波斯地毯。

此时此刻，他正在无情地践踏着精美柔软的地毯。每走三四步，他就停一下，并且用力地甩他的右手，好像有一条毒蛇缠在他的手上一样。接着，他用中指在前额的几道皱纹上触摸一两下，好像在测量皱纹有多长。然后，他用牙齿咬住下嘴唇，再开始踱步。踱步的时候，他的眼光机械式地投向墙上挂的钟表，又充满希冀地朝门那边望去。他已经不知道重复了多少次这样的动作了。

他是体重150公斤的活僵尸。猛一看，他就像被炙热的阳光晒黑了的山上的岩石。在黑暗中，人们怎么使劲儿瞧，也瞧不见他。也许正是这个原因，他时时刻刻都穿着雪白的衣服，以便让人看到他。与他强硬和执拗的人品相反，他周围的所有东西都是柔软、精致和高级的。可以毫不夸张地说，他就是美好事物的反面教材。倘若他不是哪个女人生的，人们也许会认为，多年前他已经托生为某个可怖的野兽，后来达尔文进化论渐渐地在他身上起了作用。

他在屋里踱步，踱来踱去，突然又来到阳台。他放眼望到马路对面那些数不清的分散的茅草屋。这些茅屋是用干草、树枝和其他廉价物料搭建的，像鸡窝一样，让看到的人感到悲戚。看到这些茅屋,人们会觉得,人世间所有的苦难都装进了这些茅屋。茅屋的周围到处都是垃圾堆。令人吃惊的是,深陷贫困与疾病恶劣环境的生灵们为了争取自己生存的权利,一直在抗争。他们被剥削得一无所有,然而没有人愿意低头认输,正如在光辉灿烂的太阳前面,有些油灯仍然一直点燃着一样。

接着,他的脸变得更黑了,眉毛也紧蹙起来,犹如满弓,眼睛好像要挤出眼眶。他快步疾走,好像再驻足几步他就会晕倒了。正在这个档口,门外传来了脚步声。

"谁……?贾法尔,是你吗?"

"是是……"只能听见声音,却看不见人。

"啊哈,短命鬼……怎么不见你人影?难道你大变活人了吗?"他生气地说道。脚步声越来越近,一个瘦猴般的人露着黄黄的门牙,脚上穿着沾有尘土和泥渍的拖鞋,一阵风似的溜进了屋子。屋里的人身材魁伟,像巨人的公子,进来的人却正好相反,身材瘦弱,看上去简直是个肺痨鬼。那个巨人一拳就可以把这个瘦弱的人打进阴间去。进来的人在屋里蹒跚地走着,也许真的因为体弱,所以他走路才会有那样怪异的姿势。

"快坐在这儿,说说你干成什么大事了。我等你好久了。"他试图一口气说许多话,由于激动,他的眼睛几乎快要变成水牛的大眼睛了。贾法尔并没有客气地脱掉拖鞋,而是在地毯上盘腿坐了下来。他先是掏出肮脏的手绢擦去额头的汗水,然后长吁一气。尽管他很清楚他面前的巨人公子在焦急地等待他回答问题,但他还是这样坐了一会儿,脑子里不停地思索着,然后突然大笑起来。

"闭嘴!"他吼叫道,"笑什么?难道你爸爸又结婚了?"

"我的大老爷啊!难道他老了老了,你还给他找老婆?他是什么人啊?他根本不满足结一次婚的,能结四次婚他才愿意呐!嘿嘿……"

"呸!笨蛋!你在胡诌什么?"巨人公子显然不能再容忍了。"快说,你去哪里了?"

"我刚从那里回来的。"

"事情办得怎么样了?"他的口吻体现了他的焦急心态。

"我的大老爷,先给我点冰水喝喝吧!"贾法尔说道,"我又渴又累,外面贼热贼热啊!"

"不。你先把话说完,然后我给你喝芒果汁。"巨人公子焦急不减,"那些人同意了吗?"

"嗨!真糟糕!那些小子个个都是执拗的瘪犊子。"

"什么?!"巨人公子一听傻了眼,"每户给五万卢比还不同意?"

"是的,我的大老爷。"贾法尔摇头回答,"我使出了吃奶的力气,但是每个小子都不买账。当然,有一两个可怜虫,那个叫什么名字的酒鬼,对对,叫阿拉拉卡,他是同意的。一听到五万卢比,他就手舞足蹈了。但是……"

"但是什么呀?"

"但是,那个小子……"贾法尔停了一下,极力控制着自己的呼吸,"那个杂种崽子的老婆把他臭骂了一顿,竟然把他骂醒了。"

"她说了什么?"

"她说,我们绝不腾出茅草屋,这地方可是我们的天堂啊。"

"喔……"巨人公子拉长了脸,脸上写满了不悦。他没有再说什么话,马上坐进了沙发。贾法尔也不言语,坐在地毯上,一门心思地挠他的脑壳。他们俩都成了泥塑的偶像,一言不发。他们虽然面对面地坐着,但忘记了对方,各想各的事情。贾法尔布满皱纹的脸显示出他不过是在实践为思想而思想的原则,信马由缰,天马行空。他的表现绝不是在苦苦地思考。与他的表现截然不同的是,巨人公子出现了很糟糕的状况。他窝在沙发里,像疲累的水牛一样开始大喘气,宛如在如坟墓一般死寂的房间里看到自己的黄金美梦变成了没有被埋葬的捆着裹尸布的死尸。他在绞尽脑汁,极力地把一项已经散架的未知计划重新拢聚起来。他的脸色不仅显示着他翻江倒海的情绪,而且他的面孔每过一小会儿的时间都在变化。如果他在镜子里看到自己的变脸,恐怕自个儿也不会认识。在这样的场合,随着呼呼的气喘,他的眼睛也愈加明亮起来。这个节点,他的面容与梦想成真的寻梦者的面孔毫无差异。

"我的大老爷啊,"贾法尔突然发出微弱的声音,这声音犹如来自一口废井的最底下,但是,这种微弱的颤颤巍巍的声音却让巨人公子从梦中惊醒了。

"什么?……"他吼了起来。

"我的大老爷,我突然有了一个新的想法。"贾法尔脸上露出了买卖人的笑容。

"什么想法?"

"您给茅屋人开了大大的价钱,"贾法尔的脸上仍然挂着笑容,"我想啊,假若他们真的同意的话,您至少要损失一百五十万卢比。"

"你跟我打哑谜呢?有话直说!"他的脸上出现了不悦的表情,

也许贾法尔不和时宜的微笑成了不合时宜的背景。"损失不损失的，无所谓。为了得到这块地皮，我可以花上二百万或二百五十万卢比。"

"那是那是，不过我的大老爷呀，我的点子可好着呐。"贾法尔脸上的笑容一下子变成了忘乎所以的表情。"如果您这样做的话，您可以在一百万卢比之内就拿下这块地皮。"

"你是在胡诌吧？花一百五十万二百万都得不到的地皮，怎么能在一百万之内拿到？"他不屑地盯着贾法尔，可贾法尔竟然胆敢犯上，在遭到训斥的情况下依然粗野地笑着。那一口黄黄的脏乎乎的牙齿，像壁虎一样，从张着的嘴里向外伸着。也许贾法尔对巨人公子的脾气秉性真的是门儿清，他不给巨人公子进一步发脾气的机会，而是单刀直入，直话直说。

"我的大老爷啊，警察副总监是您的老朋友，"现在贾法尔说的话异常流利，"成语不是说'朝里有人好办事'吗？"

"该死的，你在胡咝！"他骤然火冒三丈，眼神不啻电闪雷鸣。

"呃呃，您倒生气啦！看在真主的份儿上，请您先把我的话全都听完。"他在黑岩石前面双手合十，以恳求的口气说道。"我的大老爷，您是知道的，邪门歪道的时代已经到来了。棚户人家当然都是倒大霉的小子们，他们竟然拒绝了您这样大的价钱。哼！不是今天就是明日，他们就得乖乖地腾出这块地皮。这块地皮可不是他们老子的地皮。这些小子们是非法霸占这块地皮的。如果我的点子被哪个脑瓜采用了，那家伙就一定可以拥有这块地皮。"

"怎么做？"他第一次注意地听贾法尔的话，并且提出了问题。

"是这样的，拿两三万卢比孝敬警察，让他们把那些家伙像赶牲口一样通通地从这里撵到什么地方,地皮不就是谁的了嘛!"

"好啊!你想叫我做这种肮脏的事!"他满怀敌意地看着贾法尔,他的脸色表明,他在努力控制着自己的愤怒。

"那么,我的大老爷,这有什么坏处吗?"

"你和你的新想法都见鬼去吧!这样的龌龊事,我一辈子都干不来的。"他像蛇吐信子一样说道。"如果在这个时代只能靠走歪门邪道做事情,说破大天,我也绝不会搞这些的。真主保佑我一定不走歪门邪道。是的,我想要这块地皮,这是真的。但是,强迫棚户人挪地方是不可以的,我连想都不想。不错,我已经给棚户人开了大价钱。这仅仅是出于让他们分享我的好事的考虑。如果他们拒绝我的开价,并且不愿离开这里,那他们就按自己的意愿办吧……我绝不做违反他们意愿的任何事情。用强迫的方式成就自己的事业,可不是我做事的套路。我再一次诅咒你的新想法。"他的情绪非常激动,脸色愈加可怕。贾法尔看到他发了这么大的火,自己也被吓坏了,口袋般的身子不禁哆嗦起来。他想尽办法劝说和解释,试图息事宁人,但巨人公子却不愿听任何劝解。他再待在那里,继续思考什么新计策,就等于无缘无故地把自己送进新的尴尬处境了。于是乎,从那里悄悄地溜走,才是对他最为有利的做法。

贾法尔走了。他又来到阳台,长时间地看着马路对面杂乱无章的茅屋群。他陡然意识到,茅屋人破落凄凉的未来情景,将令他永生永世感到不安。他老是想那些含糊不清的怪诞的事情。虽然思虑的过程一刹间就会过去,但他自己也不明确他思考的中心点是什么。而且,他也不再感觉自己还处在思考当中。这是因为他的精神已经处在了惊恐不安的状态。他感到他的身体虽留在阳台,但他的灵魂却不知道去了哪里。

接下来的两三天，他是在极度不安的情况下度过的。一个未知的惧怕来到他的心里，让他感觉到了不安，而且日益惶惶不安。他感觉到他正在堕落成一个被遗弃的人。现在，他好像对什么都失去了兴趣。真主给了他一切，但他自己看自己，似乎觉得自己已经一文不值，变成了穷光蛋。当生活的负能量从四面八方包围他的时候，抗争和较量的能力也突然在他体内苏醒过来。健康思维的花蕾一旦在脑子里自动绽放，他就感觉到天空中撒投珍珠的云朵一朵一朵地飘了起来。悲观和不安的状况好像自动消失，藏匿在他体内的恐怖毒蛇也逃之夭夭了。这一切都发生这几日之内。从由于正常生活的事变造成的不安开始，到平白无故地进行思想苦斗，到再次返回正常状况，这是一个循环，而且这个循环是在一个星期之内平安无事的情况下完结的。在这一个礼拜里，毁灭灵魂的种种变化在他的内心里都发生了。这些变化跟一场梦魇不相上下。现在，他的身体和精神又由他自己完全掌握了。这一切是怎么发生的？他自己也说不好，而且他是完全不知晓的。他没有兴趣把它彻底搞明白。现在，他像以前那样，把自己的眼光放在了未来，想做好多事的愿望，又在他的心里萌动起来。

一天，他正在屋里聚精会神地看报，突然听到一种不熟悉也不理解的奇怪声响，于是警觉起来。他感觉到很多人都在声嘶力竭地说话，完全忘却了以往的温文尔雅。这种情况在他家里是从来没有过的。对于这样的事情，家里佣人们连想都不敢想，妻子和孩子们也都不敢滋事，深深惧怕他的存在。那么，这些喧嚣叫嚷的人们是从何而来的？还没等他了解事情的性质再决定如何采取相应措施，周围的气氛已经由于跑来跑去的脚步声响成了一片。他正要放下报纸起身的时候,房门一下子被打开,四五个仆人站在他面前,身体如筛糠一般。他非常恼怒,但看到他们狼狈的样子,他不想冲他们发火。

"什么事啊?"他瞪眼看着他们被惊吓的脸孔,"你们一点儿规矩都没有了?反了天不是!"

"老爷……老爷……"有一个人想说话,但舌头就是不配合。

"呃呃,张口说话……怎么不唠叨了?……"

"老爷,失火了。"另一个人赶忙说道。

"那里……那里……"又一个佣人胆怯地想多说几句话。

"该死的,那里又是哪儿呀……难道是家里……?"

"不是,老爷……是那儿,马路对面的茅屋里……"

他惶恐地推开门,快步来到阳台。下面的街道上站满了人,到处人头攒动,叫喊声和嘈杂声让人根本听不清说话。当时消防队还没有赶到现场,但人群中已经有人主动地救火了,更多的人只是看热闹而已。看到这种情况,他感到非常忧虑。火势从两个方向蔓延开来,借助风力在渐渐扩大。火苗现在还不高,但是,倘若火势控制不住,火苗很快就会冲向天际。要控制这种形势,至少需要两三辆救火车立刻赶来,这是极其必要的。意识到形势的危急,他立刻运用了自己的影响力。他打了电话,被告知过一会儿救火人员就会抵达火场。联系完了之后,他立即带着他的佣人们来到现场。在救火车没有抵达现场之前,他用大水管把他家地下水箱的水抽出来开始灭火。他亲自指挥灭火工作,喊破嗓子指挥佣人,告诉他们灭火要动作快。他忘了自己的身体,好几回不顾火和烟,冲进燃烧着的茅屋，把小孩和老人们救了出来。他不但身材伟岸，而且动作雷厉风行，像超人一般非凡。众多的人都以吃惊的眼光看着他，从心里发出赞羡他的话语。看到他做出如此令人不可相信的事情，那些看热闹的人当中，也有好多人感到羞愧，于是也加入到了救火的行列。

火与烟已经蔓延到各处，过了一会儿，就有火苗从浓烟里蹿了出来，发出可怕的声音。孩子和女人不停的喊叫声湮没了一切，说话根本听不清楚。他像疯子一样东跑西颠，每次都能从大火中救出人来。他的衣服被火烧燎，一条条耷拉着，但他并没有意识到。在忙乱中，他被一个箱子绊倒了，来了个嘴啃地，还有一次，他险些被倒下并且还在燃烧的房梁砸到。

救火人员终于来了，但这时候，整个茅屋群已经被烧成了一片焦土。不过，由于他和马路上其他人的努力，没有出现生命损失，只有一个老大娘受伤。她从火灾里被救出来，身体无恙，但被一块大石头绊了一跤，摔得全身血乎乎的。另外，还有十来人受了轻伤。

失火的情景确实令人伤心，同样，大火熄灭后的场景也叫人心疼。马路两侧处处堆放着过了火的家具，家具的主人们在这些被焚毁的家具前木谔谔地坐着，眼神呆滞，相互对视。一场大火，把他们活下去的愿望和希望都烧毁了。显而易见，他们背后已经没有耀眼的火光，但他们面前眼力所及的地方，也是一片漆黑。这场天灾般的事件，仿佛让他们的思维骤然停了下来。因为瘫痪的脑子已经失掉思索的功能，说话的舌头也动弹不了，因此，他们都在大眼瞪小眼地彼此对视着。他们面临的问题是显而易见的，对于问题的性质，他们也心知肚明。然而，他们并没有解决的办法。一场混乱已经结束，看热闹的人们也逐渐走光了。

　　灾民的无助窘状，在巨人公子带着他的仆人再次来到他们跟前的时候，才得到了解除。这次，他们拿来了盛在锅里的足够多的香喷喷的饭菜。接着，他们又在马路边开设了粥厂。他让大家尽管放心，充分弥补他们损失的安排已经做好。他告诉灾民们，他们没有因茅屋被烧而失去家园，因为经过他的申请，政府安居部门已经优先在远离城市的一个居民点给他们做了临时居住安排。他还当场给每家每户发了十万卢比的现款。灾民们感觉到，他那张脏乎乎的脸已经被光明之辉洗涤得干干净净。在场的许多人控制不住自己的情绪，纷纷同他拥抱，像孩童一般大哭起来。但他一直沉默。他对谁都不搭话，只是不时默默地用他的手抚摸孩子、女人和老人们的头。他与他们站在一起，表示对于他们的支持和同情。然后，他才回到家。人们现在忘却了各自的苦难和损失，原本的无助也似乎突然转化为幸福。废墟上处处散发着欢声笑语，未来的金色美梦俨然照亮了他们的脑海。人们沉浸在未来宏图之中的时候，行人道的一个角落里坐着的女人对另一个女人说道：

　　"他……他是个天使啊。愿真主保佑他长命百岁。"

　　"是啊，老姐妹，"另一个女人说，"世界正是由于有这些好人才存在的。"

　　……彼时，离这两个女人和整个棚户区很远的地方……他在自己安逸舒适的房间里，派头十足地独自坐着，正在发出一声狂笑。

# 艾哈迈德·伊贾兹

(1980—)

艾哈迈德·伊贾兹（Ahmed Ijaz）1980年出生于巴基斯坦旁遮普省莱亚县，是一名记者、专栏作家和小说家，目前就职于92NEWS新闻集团。艾哈迈德·伊贾兹深受老一辈乌尔都语作家拉希德·阿姆贾德等人赏识，被认为是70、80一代作家中的新星。艾哈迈德·伊贾兹已出版文学和社会评论类著作8部，包括《乌尔都语小说中的克什米尔主题》（合著，2003）、《故事中的故事——拉希德·阿姆贾德短篇小说选及分析》（2010）、《身份危机》（2013）、《不宽容、教育和社会》（2016）、《欺骗》（2018）、《宰娜布案的社会学研究》（2018）、《寻找公平》（2019）和《巴基斯坦国家意识形态的幻象》（2021）。

# 母亲和鸟

周袁 译

像往常一样,他今天一睁眼就下定决心,上学之前一定去母亲房间里把鸟窝都捅下来。问题是,过去的五个月里,他的这个计划一直没能实现。芝麻点大的事,怎么总是"明日复明日"呢?母亲这个命令并不是什么难办的事。难道是他生性懒惰?肯定不是。母亲对五兄弟的管教十分严格,他们自小不知懒散为何物。他有时候也会想,难道因为他认为鸟儿比母亲的命令更重要?他不应该这么想。那到底是什么原因使他一再推迟执行妈妈的命令呢?这个问题一直在他脑海里回旋,得不到答案。他只是一想到要捅鸟窝,就吓得发抖。一种无名的恐惧沿着脊柱蔓延到全身。他是因为害怕而不去捅鸟窝吗?他害怕什么呢?他在各种念头中逐渐迷惑,理不出头绪。他好多次跟妻子说起自己的这个问题,每次都得到一样的答案:"你要是害怕,我就叫佣人去捅下来。"他心里的障碍到底是什么?每次他都立刻拒绝妻子的提议。母亲无疑是他在这个世界上最亲的人。母亲生病之后,就住进了老屋,那个由四面墙围起来的小院子，曾经是五兄弟全部的世界，母亲的勤劳、坚强和胆识，充满了这个小世界。

他的家庭在社会上的地位还是比较高的。他的两个哥哥分别是军队的上校医生和政府公务员。他排行老三，是城里一所学校的校长。两个弟弟一个是纺织工程师，旅居美国，另一个是商人，生意做到了全世界。托母亲的福，五兄弟的家庭都过着幸福安逸的生活。

每次想起自己和兄弟们的生活，他就十分得意，也非常感激母亲。五个孩子都是高学历，母亲虽然是文盲，但很有远见，让他们接受了现代教育。母亲认为，生活再困难，也要用知识武装自己的孩子。正因为如此，五兄弟对母亲的远见和伟大感到非常骄傲。

由于身患疾病，母亲只能深居简出，五兄弟学习时，她像一名负责任的老师一样，尽着自己的教育和照顾任务。一旦有人偷懒打盹儿，母亲的教鞭会立刻让他们清醒。寒冷漫长的冬夜里，五兄弟也依然坚持学习，母亲一直不合眼地陪着，生火给大家取暖。学习结束后，母亲会递上热牛奶。至于牛奶是哪儿来的，这是母亲的秘密……早晨他们一睁眼，早餐就已经准备好了，吃完早餐，母亲把他们送到学校的大门口。要是哪天放学回家晚了，母亲一准儿会穿着罩袍在半路等着。

他还记得自己十年级结束、大学录取放榜的那天，母亲的脸上洋溢着欢乐。她在礼拜毯上坐了好久。眼泪湿润了她黄黄的脸庞，颤抖的嘴唇不停地祈祷着。那是八月里潮湿炎热的一天，他带着母亲的祝福去城里看考试结果。那时候，农村没有通电，甚至连报纸也没有。所有人的录取结果都是登在报纸上的。他到了城里，激动而又忐忑地打开报纸看到结果时,脸色变得蜡黄。他通过了考试,可是成绩却离母亲的预期甚远。母亲流泪的黄脸和颤抖的嘴唇在他的脑海里挥之不去。他不敢回家,一整天都在城里愁眉苦脸地游荡。直到天都黑了,才惴惴不安地朝家走去。刚到家门口,他就看到村里的许多妇女从他家里出来,显然,她们是猜到他的坏成绩而来安慰母亲的。想到这里,他的沮丧和懊恼又一股脑地袭来,把他这个已经打了败仗的士兵击倒在地。他好不容易挪进家门。母亲坐在门槛上,一看见他就立刻跑过来给他一个拥抱。母亲的吻带着温柔的气息落在他的额头上,所有的担忧瞬间消失。母亲给他吃了椰枣——白天她就是用椰枣来堵住村里那些妇女的嘴的。椰枣是自己家地里种的,毕竟她也买不起村里唯一商店里的甜食。他激动地在母亲怀里哭了起来。

五个月前,母亲突然住进一个狭小的房间里。表面上看,母亲的病痛还到不了卧床不起的程度,但是她似乎对一切都十分厌倦。母亲一直热爱生活,她的生活也很充实。他不明白母亲为什么会有厌倦的情绪。在母亲搬到这个房间的那天,一对鸟儿飞到屋里的房梁上,落下不走了。母亲觉得鸟在屋里做窝很不吉利,不过又想,它们也许只是路过歇歇脚,所以就没有赶走它们。但是,当母亲看见它们开始做窝,准备在这里安家的时候,就开始发愁起来。鸟儿很快就把窝造好了。母亲想拿一根竹竿把鸟窝捅掉,把鸟赶走,但是寻遍家里的各个角落,也没有找到竹竿或者木棍。母亲让家里的女佣想办法,碰巧女佣们也都不敢上。母亲只好亲自出去找木棍,没想到意外发生了,出门时,她忽然双腿瘫软,摔倒在地,无法行走。她不得不回到床上。现在,她只能跟儿子说要把鸟窝捅掉,但是儿子毕竟在城里工作,不能整日在家。母亲开始数日子等他回来。这一对鸟儿早晨伴随着宣礼声飞出窝,晚上带着干草回窝,一天到晚吵个不停。一会儿雌鸟在房梁上站着喳喳叫,雄鸟在椽子间飞来飞去;又一会儿雄鸟站在屋顶的灯上叽叽喳喳,雌鸟飞到母亲的床上。总之这两只鸟就是比着闹腾,吵得人不得安宁。母亲很无奈,但只能忍着。

过了几天,他从学校放假回了家。像往常一样,来向母亲问安。听到母亲抱怨鸟儿之后,他很惊讶,甚至感到紧张,一想到要把鸟窝捅掉,他就浑身颤抖起来。他也知道鸟儿在屋里实在太吵,会影响母亲休息。但是,他还是把这件事推到了下次从学校回来。直到现在,他也一直想跟母亲说,不如换一个房间住,不过话到嘴边又咽了回去。他知道母亲是肯定不会搬的。当年他在老房子附近新建了大房子,让母亲一起搬过来安享晚年,但是她坚决不肯放弃自己的老房子,也不想打扰儿子。他也只好尊重了母亲的意愿。

他从学校回来,按说可以把鸟窝摘下来了,但他总是推到"明天",日复一日,而且总能找到理由。母亲三句话不离摘掉鸟窝,不过还没到要唠叨一辈子的地步,一来她没有唠叨的习惯,二是她言出必行,行动力强。他每天认真地工作,但似乎总感到一种无形力量的阻碍。母亲的身体每况愈下,他束手无策。为了给母亲治病,他找遍了城里的医生,但母亲依然卧床不起。每天从学校下班回来,他都要陪伴母亲几个小时,母子俩总是提起陈年往事,母亲对于鸟窝的事更是不离口,抱怨自己的房间已经和一个大鸟窝一样,充满叽叽喳喳的声音。每次母亲说起这件事,他都陷入深深的自责,而且立马保证一定把鸟窝摘掉。然而一天天过去,母亲抱怨不断，他也总是将错就错。

后来有一天，房梁上又出现了一个鸟窝，现在家里已经有两雌两雄四只鸟了。新来的雄鸟十分好斗，向之前的雄鸟挑衅。后者本来并不好斗，怎奈经不住挑衅，经常不得不应战，两只鸟打得不可开交，房间成了战场，几乎没有和平的时刻。两只鸟常常打着打着就落到母亲的床上，母亲也总是惋惜地观战。每天这样，竟能度过大部分时间。每次母亲用手驱赶或者大声呵斥鸟儿，可以获得片刻宁静，可是没过一会儿，战斗又会打响。一天他从学校回家时，叫住了家里的女佣，严厉地命令她把家里所有的长棍都藏起来。女佣难掩惊讶。他进入母亲的房间，这里显然刚刚经过暴风骤雨的战争洗礼。他拍手击掌，四只鸟儿叫着从顶灯里钻出来。房间里笼罩着异常的寂静气氛，到处都是掉落的羽毛、干草。他和母亲说了一会儿话，骂着这些鸟儿，可还是狠不下心来摘掉鸟窝。母亲一遍遍的坚持，似乎对他产生了反作用。

记得第一对鸟儿在这里安家后的某一天，正值初冬，万物开始凋零。他从学校下班去看母亲，一进房间就去看顶灯。红色的小鸟正在尖叫，旁边的鸟窝似乎有被移动的痕迹。他赶紧看了看母亲脚边的木棒。母亲的脸上写满疲惫，显然是刚才想要摘鸟窝太累了。身体的虚弱，让她的行动没能成功。他闲扯着一些话，从母亲身边起身，有些生气。他为母亲的病痛而哭，也生自己的气。一出房间，他就下定决心，现在就去找女佣要来长竹竿，把鸟窝捅掉。但他还是下不去手。又过了好几天，他在梦里看见母亲在捅鸟窝，睡醒之后，他觉得这件事必须解决了。

他拿起竹竿朝房间走去，还没进屋就听见了鸟叫声。他小心翼翼地开门,怕吵醒母亲,但母亲一直盯着叽叽喳喳叫着的鸟儿。他战战兢兢地拿起竹竿,瞄准目标,一下子把两个鸟窝捅掉了。鸟窝掉在地上的瞬间,鸟儿惊叫着飞到屋外去了。拖了五个月的任务终于完成了。他捡起鸟窝扔掉,收拾去学校上班的东西,过一会儿再来看母亲的时候,屋子里极其安静。

母亲闭着眼,听到脚步声立马坐起来,用感激的眼神望着他,叫他到跟前来。他弯腰在母亲额头上亲吻了一下,说:"妈妈,您开心了吧。""是的儿子,我为你感到开心。""真的吗?我不相信⋯⋯""那我再说一遍,你帮我写下来。""好的,妈妈您说吧。""在你手里的本子上写上'伟大的真主,我为自己的儿子扎法里感到高兴,请你也为他高兴。'给我,我来签上名字。"母亲用颤抖的手歪歪扭扭地签上名字。此时他的心里,开心、知足和一丝沮丧一起涌了上来,带着这样复杂的心情,他走向学校。

从学校回家后,他像往常一样,径直去看望母亲。进屋后,他习惯性地先瞄了一眼房梁和顶灯,小鸟和鸟窝已经不在。他又看了看床,母亲沉沉地睡着,表情平静愉悦。他不忍心叫醒她,想转身走开,可冥冥中一股力量拉着他走上前。他摸了摸母亲——她的身体已经冰凉!

# 艾哈迈德·贾维德

(1948—2017)

艾哈迈德·贾维德（1948-2017）自1970年代起开始进行小说创作。1983年他的处女作短篇小说集《非象征小说》问世，并在乌尔都语文学界掀起了涟漪。艾哈迈德·贾维德对巴基斯坦社会进行了深刻细致的观察与刻画，他的小说主题主要包括当代巴基斯坦社会的腐败与不公、人的道德问题、父权社会中的女性境况和对军政府独裁统治的批判等；艺术特色方面最主要的创作手法是象征主义。他大胆使用符号和隐喻，对叙事和语言结构进行实验，重新定义短篇小说。他一生共出版了54篇短篇小说，被收录在四部小说集里，分别是《非象征小说》《消失城市的故事》《动物园》和《夜来香》。其中成就最高的是出版于1996年的《动物园》。本文被认为是作者的最佳短篇小说之一，被收录在《动物园》里。

# 蠕虫

周袁 译

我感觉它在我的身体里爬，赶紧掸了掸衣服站起来。躺在地上的时候，有些蠕虫或者蛾子难免会钻进衣服里，这儿那儿咬一口。要是被没有毒的虫子咬一口，会有点灼烧感，之后会发炎；可要是被毒虫子咬了，搞不好连命都没了。所以我尽量不坐在地上。

那天我从城里出发，一辆车接我去村里办案。路途不远，只有几公里，但是去村里之前，我们先在城里办了几件事，到处转了转。村里的乡间小路虽然平坦，但之前毕竟耽误了些时间，大家也都有点累了。中途我们本来不打算休息的，不过路过一个芒果园的时候，和我同行的村长怂恿我停一会儿，下去尝尝芒果。我还没说话，他就让司机把车开进了芒果园。

我们一下车，村长就把门卫和园子里的其他工人都招呼过来。他们摆好编制的藤床，又在上面码放摘下来的芒果。

工人们请我上藤床上坐，但是当时天特别好，还刮着点凉风，天黑前在草地上走走，是非常惬意的。那种情景下，我只想坐在草地上。没想到,这将成为我犯的一个错误,当然这是后话。

村长自己出去了,芒果园的工人留下来照顾我。我坐在他们中间,吃了一会儿芒果,然后就躺下来,闭眼享受美好的天气。看我闭上了眼睛,工人都走开去干自己的活了,只有一个人过来给我揉腿。从我的制服不难判断,我来这儿是为了调查村里前几日发生的谋杀案,所以给我按摩的人没一会儿就忍不住问道:"先生,您是来查案子的吧?"

我没睁眼,答道:"是。"

"谋杀案就发生在这个园子里。"他说道。

我立马惊醒了,睁开眼,抬起头,仔细地看着他那张黝黑枯萎而且面无表情的脸。那个人像得了痨病一样瘦弱。他没抬头,一直专心地给我按腿。

"村长当时突然掏出手枪。先生,突然开枪。"他继续说。

"之前他们吵架了……?"我问。

"我们这些下人能跟谁吵架?就是因为被害者的话太多。"

我再次抬起头,透过层层叠叠的树叶看向天空。

他继续说:"当时只是在闲聊,村长批评了他几句,他沉默了一会儿,就开始还嘴。然后村长又批评他,说'你再说,我立马开枪杀了你。'"

"然后他就开枪了?"我笑了笑,不可思议地问道。

"是啊,"他无视我的笑,继续说道:"先生,真不敢相信。他就这个习惯,整天在各个村里闲逛,消息特别灵通……"

"痨病脸"的思绪不知道飘到哪里去了。

我打断他说道:"你倒是说完啊,然后呢?"

"怎么说呢，都是他自己的错。村长从枕头下面拿出手枪，开了枪。你吃啊，先生，所有的芒果都在这儿呢。"他说了一半，又转变了话题，开始招待我。

我没理他，转过身，手肘撑着身体躺下。

"当时你在现场？"

"是的，事情就发生在我面前。"

"被害者之前和地主有过节吗？"

"痨病脸"抬起头，若有所思，好像在想我是不是开玩笑。看到我严肃的表情之后，他也变得严肃起来："算了吧，先生，下等人怎么可能和地主有什么过节？他和我一样，祖祖辈辈都为地主干活，是忠实的仆人，怎么能有过节呢？"

"你认识这个被害者吗？"

"他是我的好朋友，我们一起玩大的。"

很难推断"痨病脸"的年纪。繁重的劳作使他的身体和年龄看起来比实际苍老许多。很可能他已经步入中年了。

"案发现场具体在哪儿？"我继续问。

"就在这儿，先生，就在您躺着的地方。他就是在这儿倒下的。我刚才看您在这儿躺着，感觉就像看见他死了之后躺在这儿的样子。"

就在他说话的时候，草丛里有个虫子爬到了我的衣服里。我赶紧起身，掸一掸衣服，站了起来。

"怎么了，先生？你还好吗？"他有点担心。

"不知道什么东西爬到我身上了。"

"草嘛，里面肯定有各种虫子。"他轻松地说。就在我掸衣服的时候，村长回来了。我们一块儿走了。这一次，"瘸病脸"，也就是给我捶腿时告诉我杀人案的那个人，也和我们一起走了。村长说他也需要录口供。我有点惊讶，不过当时村长一边捋着胡子一边说："您别担心，先生，一切都会好的。"他说一些话的时候，总是习惯性地眯起眼睛。我总觉得他做这个动作的时候就是话里有话。

我没说什么。从城里来的时候，派出所所长嘱咐过我要少说话。我当警察的时间不长，被派到城里的一个派出所工作，至今我也没有被委派什么让我感到责任重大的工作，主要就是当个小书记员。这次是我第一次被派出来查案，但也不能说是正式的调查，事实上，我对这个案子了解得也不多，只知道这是一起谋杀案，尸体被送往的医院正好属于我们派出所的辖区。这个村子的事务其实并不属于我们的管辖范围。对于尸检报告，我也一无所知。前一天我还什么都不知道，半夜，派出所的人叫我来这个村子调查，说是发生了命案，死者的妻子来派出所报案，说自己的丈夫被杀了。所长说："我们这里没有相关的信息登记，你得去村里见见那个地主，把他说的话做好记录并带回来。"就这样，他给我了这个任务，而且他很严肃地提醒我，到了村里之后，不要多问，也不要开展不必要的调查。也许村长之前已经跟他交代了些什么吧？到现在我也没明白整个事情究竟是怎么回事，但对于刚刚踏入警察生涯的我来说，严格执行命令才是识时务。所以"瘸病脸"刚才说的话，被我默默地咽进了肚子。路上，我没有询问司机和村长关于案子的任何问题，他们也没有提。我们朝着地主的宅子开去，那儿才是我们的目的地。芒果园的后面是地主招待客人的院子，再远一点是被包围在树林里的地主自己的宅邸。

从外面的环境看,这个宅子很传统,但是里面的客厅却装修得现代而且豪华。地主知道我们要来,正在等我们。他躺在榻上,胳膊肘撑着靠枕,正在抽水烟。我们到的时候,他没有站起来,而是用水烟一挥,只说了句:"来,先生,坐。"我们在他对面的椅子上正襟危坐。"痨病脸"站在门口,两手交叉放在身前。地主看着村长说:"我跟所长说过,派个自己人来。"

"您不用担心,先生,都是自己人。现在新人很多,他们还有很长的路要走。"村长对地主说。地主听了,把水烟拿到嘴边,又开始咕噜咕噜抽了起来。过了一会儿,他又指着"痨病脸"说:"他就是目击者,问他吧!"

他的口供会把地主拖进案子里的。我为什么要记录他的口供?我的心里很疑惑,但是嘴上什么也没问。

不过地主看出了我眼里的惊讶。

"那天我们不在现场,去城里了。城里的工厂要奠基,夜里才回来。"他说。

"城里有几个人都能作证。这个案子在村子的果园里发生的。"村长补充道。

提到果园,我身上那块被虫子咬过且被我自己狠狠挠过的地方突然像灼烧一般疼了一下。当时我真不该躺在草地上。我打开包,拿出纸笔,放上垫板,身体坐直,准备开始记录。地主又开始抽水烟。尽管我应该保持沉默,但当时我也不知道自己怎么了,说道:"先生,我想问一个问题,被杀者的妻子说……"

地主没让我说完。他甩了一下手,水烟的管子一下子被敲破了。他很年长,财富和地位给予了他傲慢的性格。不过听到我说的这句话，他的宽脸一下子就红了，眼睛也瞪得老大。

"杂种！我已经叫她来说过了，她就该下地狱。她毁坏了自己丈夫的尸体，让人把尸体划开。她是文盲啊，怎么能懂？可事实就是事实。"接着，他从上衣的口袋里掏出一张纸，展开来说："这是医生的报告，医生亲自来把尸体搬走的。"

医生的报告是怎么写的呢？我好奇地伸出手去拿，一边小声说："被杀者的妻子坚持要起诉，但是我们所长……"地主没听完我的话，也没把报告交给我，但他回答说："她确实去过很多次，但是现在不去告了。她还有年幼的孩子，也没有人为她撑腰，律师费还得她爸爸出，整个人无依无靠的。我已经把她叫来劝过了，现在她不去告了。"

地主用坚定的语气代表被杀者的遗孀打消了我的疑虑，然后，他看了一眼像雕像一样站在那里的"痨病脸"："说吧，兄弟，那天发生了什么？"

"痨病脸"先用空洞的眼睛看了我一眼，脸上依旧没有表情，然后，他开始说话，听起来就像低年级的小学生在背课文。

"晨礼的时候，我们坐在园子里的一棵菩提树下聊天，突然听到嘶嘶声。抬头一看，一条蛇正缠在树枝上。我尖叫着赶紧站起来，但是他没来得及……蛇突然掉到他身上，在他的胸口咬了一口，然后就跑进草丛里不见了。他中毒太深了，一下就倒下去了。"他专注地背诵着，不知为什么，我正在记录的手一阵阵地发抖，铅笔尖都被戳断了。也许还有虫子藏在我的衣服里。我总能在身上听到窸窸窣窣的声音。我耸了耸肩膀，在身上到处挠，所有人都开始盯着我看。

"怎么了？你还好吗？"村长担心地问。

"刚才我坐在园里的草地上，可能有蚂蚁爬到身上了，现在到处咬我。"我再次拿起铅笔，准备继续记录。

"快点写完吧，然后去客房洗个澡，换件衣服。"地主对我深表同情。

虽然心里有很多很多的问题，但是我一个都没问，只是把刚才说话人的话记了下来，然后又念了一遍，让他们用大拇指按上了手印。我感到极其烦躁，浑身难受，有时候感觉身体上又开始有东西在爬，有时候又觉得舒服一点。

茶水端来了，所以我们又继续坐了一会儿。既然坐下了，总要聊点什么。我问了地主一个很愚蠢的问题："您的芒果园真大，一定赚了不少钱吧？"

地主看着我，仿佛我问了一个很难回答的问题似的。他看了我一会儿，自信地说："不用担心，我们这儿没有让客人空手回家的传统。"

听到他的回答，我立刻意识到了自己的愚蠢。我结结巴巴地说："不，我不是这个意思……"村长打断我说："先生明白你的意思。"随后哈哈大笑起来。

看见我额头上的汗，地主大概明白了我确实没有别的意思。他话锋一转："哪能赚到钱啊？我挣的钱，都让虫子给吃了，这里还有一个闹事的家伙。"他指了指"痨病脸"，那人还像雕像一般站着。喝完了茶，我站起身，按照习惯把手放在额头上致意，然后和村长一起走了出来。现在我想回去了。

但是村长不让我走，而是把我带到了客房。天已经晚了，他坚持让我吃完饭再走。我很不安,但也没办法,只能听他的。

吃完饭,我洗了个澡,真是太舒服了,整个人终于平静下来了。这些客房大概是给城里来的客人用的,各种现代设施非常齐全。"你们在村子里建了这么个好地方。"我边吃饭边满意地对村长说。

"是啊,只要来这儿的人,没有不夸赞的。医生也来过两三次。"他笑着说。

"哪个医生?那个出尸检报告的?"

"对,就是那个。"他回答。

一提到医生,我又想起那个想问地主但没问出口的问题。现在我可以问了:

"医生的报告是怎么写的?"

"中毒。"他简短地回答。

"但是,如果把尸体挖出来再检查,那么……"我无论如何也接受不了手枪子弹变成蛇毒。村长觉得我的问题非常愚蠢,他眯缝着眼睛说:"尸体要是在墓里,那就随他们去检查好了啊,傻瓜。"随后,他好像突然想起什么似的转移了话题:"你是自己人我才跟你说的,明白吗?"尽管我一点也不明白,但还是点了点头。

吃完饭,我没有留下的理由了。洗完澡,在穿上自己的衣服之前,我好好地把衣服扫了扫,但还是感觉有小小的虫子钻进了我的制服里,我能感觉到它们在我身上爬。我必须赶紧回家,从这身衣服中解放出来,把它们洗了或烧了,再也不用遭罪了。当然,也可能是有别的什么病,所以我得去医院看看。村长看我一直在挠,并且掸着衣服,就很担心地问:

"怎么，先生，虫子还在身上？"

"我觉得是，好像还在。"

"人是多么奇怪的东西啊！"村长忽然很有哲理地说，"人死后被虫子吃个精光，也一声不吭，活着的时候，哪怕被小蚂蚁咬一口都受不了。"

我觉得他的话很怪异。我又想起墓地来，心里有点害怕。不会是我已经死了，躺在墓里正在被虫子咬吧？这样一想，我居然浑身打起冷战。

"现在我该走了。"

"别啊，先生。在这儿和我们一起住一晚吧，您怎么能走呢？"

"我没理由在这过夜了，村长先生。路那么远，步行得一个半小时才能到。"

"有理由啊，"村长笑着说："再多待一段时间，到时候你就明白了，别再说要走了。"

我很好奇，又想起地主的那句话："我们从来不让客人空着手回去。"我心想，还有什么花招？赶紧耍出来吧。在离家几公里的地方过夜，实在没有必要。我一次次焦急地看着村长，可他什么也不说，只是捋着胡子微笑。过了一会儿，开始有人影在窗户上晃动，还传来了脚步声。村长高声喊道："进来吧，先生都等着急了。"门慢慢打开，先进入屋里的是漆黑的夜色和风，然后是她。

她看起来像是农村妇女。我见过被白天的太阳暴晒过的"痨病脸"，但她的肤色却很亮。她的年纪不大，身材也不错，只是眼神有点惊恐。

"去，给先生按脚，先生已经累了一天了。"说完，村长站到一边。看见他站起来,他的手下也跟着站起来离开,去忙自己的事了。临走时,村长扭头看了一眼,又眯着眼笑起来:"先生,门从里面关好。这个地方荒凉,当心有野狗钻进来。"

第二天吃早饭的时候,我意识到,昨天咬了我一整天的虫子只是我的幻觉。当时肯定有虫子从草地上钻进衣服里,但我的确把它掸掉了。

实际上,这是我昨天夜里睡觉的时候意识到的,一直到早晨,我还在想,我的皮肤上什么都没有,反而是身体里……有虫子在咬,或许在脑子里,或许在血管里。

回去的时候,村长没有和我一起走。走之前,他让人把两筐芒果放在车的前座上。那些芒果,一筐是给我的,另一筐是给派出所所长的。他叮嘱我一定别拿混了。他眯缝着的眼睛像是喝醉了一样。他的好意让我很不舒服,我第一次像他一样眯着眼睛说:"村长先生,您只给了派出所长一筐芒果,没给按脚的人啊。"

村长听了大笑,然后对我私语:"现在不行,她这段时间没法进城。"

"为什么?"我惊讶地问道。

"您没认出来吗?那天夜里和您聊天的女的?"他也很惊讶。

"没有啊。"

"他不就是那谁的老婆吗?"他做了一个开枪的手势,说:"芒果园的。"然后,他放肆地大笑起来。

话说到一半,他就笑了起来,我也不得不跟着笑,但是我真的不敢相信。我严肃起来问他:"得了吧,村长先生,开什么玩笑?这怎么可能呢?"

他什么也没说,眯着眼睛跟我说了再见,捋着胡子走到车后面去了。

回到城里的办公室,我没有了昨天的焦虑,也没有任何的迟疑。卸下芒果之后,我对司机说:"把我送到派出所去。"他是个言听计从的人,把我送到了。他的话也很少,从昨天到今天,一句话都没和我说,现在也是沉默地开完全程。到了派出所之后,我对他表示了感谢。不知道怎么想的,握手告别的时候,我说了一句:"兄弟,多奇怪的事啊,我们死了之后就会被虫给吃掉。"

他听了紧张起来,突然问道:"您现在身上还有虫子吗?"

"没有,但是感觉它在身体里面咬我。"

"实际上,"司机一边说着充满智慧的话,一边坐进车里。他摇下车窗,发动车子前继续说:"实际上,先生,当人从外面腐烂的时候,虫就从外面吃他,人从里面腐烂的时候,虫就从里面开始吃他。"说完,他就发动车子开走了。我震惊地站在原地,看着他越开越远。我原以为他是个没文化的文盲,没想到他竟然说出了这样的话。

又过了一天,我下了班回到家里,把穿过的那件制服烧了。之后,我的身体仍然感觉不舒服,于是去了一个很有名的医生那里看病。他检查得很仔细,认为我可能是过敏,没有大碍。

我想医生的检查报告是对的,可能的确是过敏。因为只有在芒果季到来、调查谋杀案或者看见许多"痨病脸"工人时,我才会感觉到有许许多多的小虫子在我身上爬,还时不时咬上一口,有时候从外面,有时候从里面。除此之外,我一切正常。

# 阿西夫·法尔奇

(1959—2020)

阿西夫·法尔奇，1959年9月16日生于巴基斯坦卡拉奇市，巴基斯坦著名作家、评论家、翻译家。法尔奇曾就读于陶氏医学院、哈佛大学，擅长乌尔都语和英语写作，并将多部乌尔都语著作翻译成英文。他还是乌尔都语文学期刊《世界之子》的编辑和卡拉奇文学节的联合创始人。法尔奇曾出版六部短篇小说集和两部文学评论集。1995年，法尔奇获得"总理文学奖"，2005年获得由巴基斯坦总统颁发的"杰出勋章"。2020年6月1日，阿西夫·法尔奇在卡拉奇去世。

# 死而复生[①]

安启光 译

她是我今天看到的死人。

我看到她的时候,她还没有死;我没有看到时,她已经死了。

我只能看到多少就说多少。因此,我能说的也实在不多。

她披着衣服,也许是睡着死去的。这是我所见到所看到的,我也是这样认为的。设想他人如何死去,可不是我喜欢做的事情。而且,她的死当然有别人不知晓的她自己独特的状况。就我而言,我也不是经常看到这类情景的。我倒是每日都从那里经过,但只是不经意地走过而已。

我得经过那儿,因为我走的路是从那里过的呀!当然,走路的时候并不是什么都看得见的。

今天路上的情景与往日一样。日复一日,今天与往日无异,这已经成为常规。每个今天都令人期待,每个今天都有新的刺激、新

---

[①] 原著名为《倘若人只死一次》,译者根据上下文内容译为《死而复生》。

的感觉和新的滋味，诚然，这样的日子已经一去不复返。而今，每个人都毫不例外地沉沦于陈腐的低俗中。这一切我心知肚明。我拖着疲倦的脚步踏入了今天，而今天的中心事件就是她。她并没有坐着，而是歪倒在一边儿。

今天是我从那里经过的日子。这一点，不但她不知晓，其他人也是不知道的。然而，每个人都是这一天的组成部分。某一天发生的不幸事件，是许多人都参与的。

对于这个死亡事件，我毫无精神准备，既不事先知道她要死，也绝没有预先知晓有那么多人在那里。我不是早就说过嘛，我是恰巧从那里经过的。那是个交叉路口，好几条路经过那里。我走到那里，因为那是我必经之路。

也许并没有人试图把她放平，也许她是自己坐下来的。坐着的人是很容易歪着倒下去的。

今天我走的，仍然是绕过教堂前门，来到苏帕里瓦拉大厦前面，然后拐进小巷的那条路。就在拐弯处的一个角落，我看到地上有些什么。不，是有人躺着，身上还盖着什么。但是，那人的双手是张开的，身子不是直挺挺地躺着的。她不是摔倒的，而是歪着倒的。她身边有两件东西，一个是木棍，那可能是她站起来或走路的时候经常用来拄的，另一件东西是一只蓝色的破塑料杯。她倒下的那个地方，正是公寓小区围墙和新建的高层楼房出口楼梯之间。因为她离我比较远，所以我不可能看清她的脸孔。即使能看清她的脸，又有谁会认识她呢？……

她的一只手上面，有一个薄塑料袋在晨风中抖动。因为一天的尘土还没有盖住塑料袋吧，我自言自语地说，所以塑料袋还在风中飘着。用不了多久,她脸上的皱纹和褶子都会落满灰尘的,她也会放平,倒在地上,加入到马路的尘埃和垃圾当中。当然,她比塑料袋更容易被看到!她的存在还有经过那里的猫作证。这只猫像往常一样,今天也跟她在一起,而且在她身上跳来跳去。还是那只皮包骨的狸猫,但她身上嗡嗡飞舞着的苍蝇比往日更多。

她躺在那里,躺在马路边,但是并没有人注意她。先后有几个人开着车,看到我站在那里不动,吃惊又不耐烦地摁喇叭撵我,好像我挡了他们的路,好像我违反了什么不成文然而大家都知晓的交通规则。

诚然,这也不是今天才发生的什么新鲜事儿。不停地猛摁汽车喇叭,谁都会这样做,而且看到别人这样做,还会说风凉话。"肃静,前面是学校!"这块牌子就立在两步远的地方,但是,那里是死胡同。在学校的前面,来来往往的汽车就停在马路中央让孩子下车,然后飞速地拐弯把车开走,并且超过其他车辆。这些车主每天都在这样开车,今天也是如此……

我每天都看到这样的场面,但什么也做不了,真的无能为力呀!一些人从学校出来,拐个弯停下来,往她的破杯子里投放硬币。这段马路支离破碎,车辆经过时得换档,然后司机会脚踏油门,猛地加速,开上费萨尔大道。

以前我也看到一些人坐在她的前面,但这并不影响坐汽车的人不停车就把钢蹦儿扔到她的破杯子里。可是,今天她的杯子里没有一个硬币。

那里只有那只猫走来走去,塑料袋在晨风中摇动着,风刮起来,还没有携尘带土。但是,转瞬之间,今天就会变得尘土飞扬。

城市的尘埃不在乎那里在发生什么，只是加速从那里刮过。

城市的喧嚣从不停息，但是不知道什么原因，在没有事先通知的情况下，突然之间，不但没有汽车经过那里，也没有行人走过那里，小贩们的叫卖声也骤然消停下来。人们一时感觉到，马路似乎也同人的心脏一起在跳动着，腾腾地跳动着。我还没有来得及表示惊讶或欣喜，有人过去了，没有乘客的公交车发出咔嚓咔嚓的声音也开过去了，小贩们又开始沿街叫卖，行人的注意力也分散了……城市刚刚走近了你，却又渐渐远离了你。城市离开了你，离你的心脏远远的……至少我感觉今天就是如此。

在这消失的瞬间，我的四周好像形成了一个城市，而且正在扩大，我不明白我该做些什么。实际上，取代现钞的那一个卢比两个卢比钢镚儿，我从来没有积蓄它们的习惯，只是把这些硬币随处施舍出去而已。不然的话，这些硬币徒增衣袋的重量，放在钱包里也会留下深深的痕迹。因此，我总是把剩余的这些硬币投到她的杯子里，这成了我每天早晨必做的功课，也许今天我正是因此而迎来了福报。有这样的想法也不是什么坏念头吧？城市没有什么奇迹，今天也不吉祥。我这样想着就走进了派出所的地界。

"此地禁止吐痰！"大字告示的旁边坐着警察，他看到我扭过头来，我强把唾沫咽下，说道："今天……今天……"

他朝我看了看，好像觉得我是个疯子。

"今天早上有一个女人死在那里。"我的话连珠炮一般脱口飞出。

这是我今天跟别人说出的第一句话。

然而，当时我想说的可不是这句话。我只是看到自己面前坐着的人，想起我站在他面前，却不知道要说什么。

"女人？什么样的女人？"穿制服的人惊讶地问我。

我突然意识到我对自己刚说过的话也不完全自信。我怎么能够确信我看到她以前她一直还活着呢？我也不能完全肯定地说她已经死了……换言之，我不能完全肯定地说她百分百地死了。

无论怎样我得再说一些话啊，哪怕一点点啊……我从那个女人面前离开……从蓝红条的徽章以及坐在那里的穿警服和带枪的警察们的现实中，我知道了这是派出所。不，我在胡诌什么呀？……我是本城的居民，因此我自然了解这座楼房的情况。

是我自己来这里的……而且为的就是今天这桩死人的事情。

我已经来了，但是现在要做什么呢？我惊慌和不知所措地各处打量，走走停停，却被一个警察看到了。他坐在派出所楼前厅的一张桌子边，桌子上放一个空茶碗和一张叠着的报纸，报纸上可看到昨晚一则新闻的半个标题。

"你到底有什么事情？"

我边看着这些琐事边准备做些回禀。听到他的问话，我一时倒不知道怎么回答了，犹如被蜜蜂蜇了一样。我六神无主地开始告诉他："那个，那个……"我确实想说，但我不知道如何开头。从今天起头吧，有了这个主意，我重新说起来。

"今天早晨我看到……那个女校附近，教堂过去往右拐，后面不是有座楼房吗？楼里主要住着退休的基督教徒老人们……"我如是讲，犹如一个学生在回答问题时被老师抓住了不是一样。"这座楼的大院墙外经常坐着一个女乞丐，老是喂猫撸猫。她眼神不好，但是不分白天黑夜，总是坐在铺在地上的行李上……"

"你想说什么？你说了这么多的话，可我不知道你是什么意思……"警察朝我狠狠看了一眼，继续说道："干嘛不说清楚到底怎么了？"

警察的枪口没有对着我，但我还是害怕。我飞快地说着，一个个词语从我嘴里加速地吐了出来。可我也不知道我到底说了什么话。"那个猫大娘？"佩枪的警察朝我的方向看着，好像他根本不相信我的话。"她死了吗？"

"就在您派出所的围墙前面啊……"我试图让他相信。

"先生，您不是读书人吗？这里不是派出所……"他的脸上露出明显的嘲讽的笑容，"这是刑侦处。全城的人通通知道的。你随便找人问问老城的CIA中心（刑侦处）在哪里……你本该就立马报案，说有一个女人死亡，还有，你发现她没有家属……"

也许现在该轮到我的脸上显示出疑问了：我听清楚了，但我不相信你！难道今天我们要一次次地变脸？谁让我脸上不高兴？我是人微言轻的，而且我……"你的身份证在哪儿啊？"佩枪的警察在问我，"我们怎么知道你是干什么的？"他直面着我，继续盘问道。"你怎么啦？你不是刚刚说了那位猫大娘死了吗？她可是这么多年以来……"

他的话刚说了一半儿，我就陡然有了赶快离开这个地方的想法。倘若我被扣下，我该怎么办？也许我压根儿就不应该来这里。大妈的死亡和今天发生的全部荒唐事情跟我有什么关系？她是在大家都看到的情况下死了的。就死在马路牙子上，绝不是在什么密室或独处的情况下死去的。

如果她死了，怎么没有人管呢？

为什么只有我一个人管呢?

"不就是死老婆子死亡的事嘛!干嘛要小题大做呀?"警察的话一直紧紧地追随着我,不管我在城里怎么走,怎么毫无目的地游逛,怎么不知道要去什么地方地流浪,那些话都跟着我。

我的四周处处呈现着城市在前进的忙碌的场景……还有那些疾步行走的活生生的人们……大家都活着。看到这些,我马上想到,既然城市人满为患,无立锥之地,那么城里的死人都去了哪里?我既没有这个问题的答案,也没有时间看热闹。

好几天过去了,也许几个月都过去了。这段时间我没有经过那里。马路还像原来那样熙熙攘攘,我本人也忙于日常工作,忙得不亦乐乎。我本来不想再转到那里的,然而有事得再去学校一次。因此,一个念头油然而生。也好,旧地重游,再去瞧瞧吧。

离傍晚还有一段时间。阳光灿烂不减,一座座楼房长长的楼影也还没有缩短。我甩着手漫步在石板路上,听着自己的脚步声。突然,我的眼光落在了行人道的那个地方。她还在那里!她弯腰驼背地坐在那里,身体没有瘫倒在一侧,而是正常地坐在那里,既没有撑着什么,也没有靠着什么。她的双手从大披肩中伸出来,手里空空如也。她的杯子里什么都没有。她的眼睛在转动,全身只有眼睛在动着。

她的眼睛一直瞅着我,可又不像在跟我说着什么。她的眼睛已经混浊,灰突突的,眼角糊着眼屎,苍蝇在眼屎上忽起忽落。可她懒得轰这些苍蝇。她不但没有试图驱赶苍蝇,而且她什么都没有做。这个人完全是呆滞的,只是还保留着呼吸而已。她是个活人!我再一次大大地吃惊。她怎么可能还活着?我已经亲眼看到她死了，不！不！我亲眼看到她在死去。她何以死而复生？在城里还没有一个人如此这般地再生啊！抑或另一个人代替了她……难道另一位老大娘出现，并代替了亡故的她？可是，两个人怎么也不能如此相似啊……这个人跟她惟妙惟肖，姿势也完全一样……

我想走近看看，但我忽然感到浑身颤抖，不但没有靠近，反而退却走开了。我走上了我从来没有走过的路。城市，我四周存在的城市，就如同女乞讨人的那只破杯子，折断了翅膀的苍蝇，怎么也爬不出那只杯子。

我感到城市已经成了死亡的展台，于是猛然大彻大悟。

脚步声里混杂了另一种声音，那是死神的声音。城市和死亡在我的四周相互追逐……她……仍然呆滞地坐在那里，没有扶靠着什么，而猫儿也在她的怀抱里。

# 希贾布·伊姆迪亚兹·阿里

(1908—1999)

希贾布·伊姆迪亚兹·阿里（女），著名乌尔都语小说家，1908年11月4日生于海得拉巴。希贾布·伊姆迪亚兹·阿里通晓阿拉伯语、乌尔都语，擅长音律，曾在各种文学杂志上发表作品。最初，她以希贾布·伊斯梅尔的笔名进行创作。希贾布的丈夫是巴基斯坦著名乌尔都语剧作家、小说家伊姆迪亚兹·阿里·泰吉，代表作有著名乌尔都语戏剧《安娜尔·格丽》等。1934年，两位文学家喜结良缘，婚后定居拉合尔。希贾布·伊姆提亚兹·阿里出版过多部小说集和中短篇小说，如《我不完整的爱和其他爱情小说》《孤独委员会》《死亡之歌》《残酷的爱情》《那些春天这些秋天》《黑色豪宅》《礼物》等。希贾布曾在一家飞行俱乐部学习飞行，并成为印巴次大陆首位女飞行员。1999年3月19日，希贾布·伊姆迪亚兹·阿里在拉合尔逝世。

# 松柏树荫下

杜佳宁　译

我来到这片山区,总能听人提起鲁赫纳格河的美丽。人们说,松柏树荫覆盖着的河岸上,到处都闪烁着金色梦境般的浪漫故事。生活在山区里的游牧人传说,无名高山的山峰刺破了苍穹,蓝色的河水由此泻下,穿过连绵的山脉,顺着曲折蜿蜒的山谷,汇成了鲁赫纳格河。

想想看,听了这些浪漫的话语,像我这样爱旅行的游人如何还能按捺得住?

一天,我对密友贾斯瓦蒂说:"贾斯瓦蒂,我们到这里已经两个星期了,可还没去过鲁赫纳格河。要是你愿意,咱们今天就去河上泛舟吧。"

贾斯瓦蒂是个面容姣好、性格温和的女孩。她是被我拽着加入这次旅行的。

她笑着回答说:"听你的,鲁西,不过我可怕水。"

此时,贾斯瓦蒂的一位有着黑人血统的仆人开口道:"夫人,我听说鲁赫纳格河岸上有位能人,是位百岁的老船夫,波浪都晃不动他的船。要是您同意,可以雇他的船。"

我漫不经心地说:"哪个船夫都好,哪条船都行。"

贾斯瓦蒂道:"一百岁的老船夫还能划船吗?"

仆人答:"夫人,听闻他行船七十年,迄今为止没出过一次事故。"

于是我们派他先去租船,并在船上安排了下午茶。当我们两人抵达鲁赫纳格河游船起点时,一条用红蓝两色装饰的船正等着我们。透过摇晃的珠帘可以看见船板上铺着华丽的波斯地毯,地毯上摆放着式样新颖的靠枕,像是在邀人靠上去好好休憩。

我笑着对贾斯瓦蒂说:"看着真像是巴格达哈里发的宝座。"

我们半卧着进入船舱后,转身看到了船夫。老人手执船桨,坐在这条有百年历史的船的船尾。干瘪的脸上,白色长须在微风中轻轻颤抖,苍老的眼眸已褪去了生活的光彩,但是……浑浊的目光里好似闪烁着对往日岁月的怀恋。

仆人已将茶水备好,我们愉快地品着热茶,游船慢慢地向鲁赫纳格河驶去。落日在河面上洒下点点金光,四周的景色不断地变化,空气中弥漫着一股香味。隐隐有细细的水波声传来,仿佛遥远的梦幻岛上正在下着雨。大自然在我们面前将美丽的大地铺陈开来。夕阳就像一支拥有魔力的彩色画笔,在画卷上时时变换色彩。真主啊!这里果然是梦幻之地、浪漫之岛。岸边松柏挺拔矗立,树丛中能看见开满鲜花的山坡,沐浴在日光里的青山和绵延至天际的远山也若隐若现。

我们安静地欣赏着。我不知道我们已经走了多远,也不知道船行了多久。

仆人的声音突然响起,把我们吓了一跳。

"先生,回去吧。太阳就要落山了。咱们可别迷了路。"

老船夫的脸上似有笑意,他说:"不会迷路的。我行船六七十年,对这片水域熟悉得很。"

我静静地盯着船夫的脸看了一会儿,生命中的每一个冷暖瞬间似乎都在他的脸上留下了烙印。我问他道:"你好像已经在这生活了一个世纪?"

"可不。"

"你的家在哪儿?"

"哪也不在,夫人……松柏的树荫下就是我的住处。"

我能感觉到,说这话时,他柔弱的胸膛里发出了一声叹息。

"松柏的树荫下,"我惊异说道:"无处躲避的酷暑和严寒,一定让你饱受鲁生活之苦。你是怎么承受的?"

"承受?"他闷声笑道:"我有回忆啊。拥有回忆的人不受天气之苦。"

这话勾起了我的兴趣:"你的过去似乎是个传奇。"

不过,老人并未理会我的话,仍自顾自地说道:"我就喜欢住在松柏的树荫下。哪怕离开几个小时,我都觉得难受。所以我不去城里工作,我就在这松柏的树荫间撑着船四处漂泊。"

"你为什么喜欢住在松柏的树荫下呢?能告诉我们这个秘密吗?"我诚恳地问道。

"这不是什么秘密。"在夕阳中,他已经变成了一个黑影。随后他又说道:"大伙都知道我为什么喜欢松柏树荫,为什么我想在树荫下咽下最后一口气。"

贾斯瓦蒂和我撑着手肘聚精会神地听着。小船在波浪中漂流。老人摇着桨,漫不经心地讲起了自己的故事。

* * *

"说起来,那还是七十年前的故事。那时的世界在我看来还很年轻,生活的每一面都散发着千万种魅力。那时我并不是贫穷的船夫,而是富甲一方的商人。

一个春日的傍晚,金色的月亮在天空中微笑。我来到纳鲁赫纳格河的松柏林间散步。

我的目光落在了一位绝美的高山美人身上……那是个年轻女孩,她正坐在松柏树荫下的一块绿色石头上编着篮子。可别问我那些细节,当时夜色已经降临。我清楚地知道我是不由自主地被一股力量吸引而来的。这股力量能让每个青年的心中都开出绚烂的生命之花。

我们坠入了爱河。在青春旖旎的色彩中,我们彼此相爱。我们每天都来到松柏树荫下互诉衷肠。很快,我们就结婚了。"

此时,松柏树上一只晦气的夜莺突然叫了起来。老人转身看了一眼,猛地一颤,道:"这只疯鸟在说什么?它是不是说爱情真是个残酷的玩意儿?"

贾斯瓦蒂和我沉默地对视了一眼。诗歌的泉水定然在这颗苍老的心中翻涌沸腾着。老人摇了几下桨,叹息着说:

"婚后我们过了六个月甜蜜的生活,可后来,一个噩梦改变了我们生活的方向。

一天清晨,我的妻子从睡梦中醒来,她忧伤地对我说:'我做了一个噩梦'。

我充满爱意地看着她,问道:'什么梦'?

妻子叹了口气说:'我梦见了命运天使,他在高山上挥动着翅膀说,若是你今晚不用紫玫瑰装饰自己的头发,那你就会家破人亡。'

七十年前的人们还相当迷信。所以,听了妻子的噩梦,我也非常担忧。妻子见我着急,便说:'你着什么急呢?'我答:'怎么不着急呢?亲爱的!难道你不知道紫玫瑰在这里十分罕见吗?'听了这话,我妻子的脸唰一下就变白了。'罕见?那咱们可怎么办?今晚就得在发间插上紫玫瑰,否则咱们这个充满欢声笑语的家就要毁了。天使就是这么说的。'

一股莫名的恐惧笼罩着她,她哭了起来。我把她拥入怀中,答应派园丁到周边的花园里寻找,让他们无论如何要带回紫玫瑰。

妻子散开自己长长的头发去到泉水边沐浴,好在玫瑰到来之前把秀发理顺,我则忧心忡忡地出门去寻找紫玫瑰。城里的每个园丁都说这里根本没有什么紫玫瑰。我带着气愤与失望,又去了卡基姆城,去找那里的园丁。我告诉了他我需要什么。那园丁可真是个狠心人。他想了想说:'紫玫瑰我们这里有,不过价格不能低于六个金币。'

我给了那园丁六个金币,拿着紫玫瑰欢欢喜喜地回了家。

妻子看到紫玫瑰很是惊讶,笑着说:'要是我今天不戴上紫玫瑰,不知我们会遇到什么麻烦呢。'

我说:'快戴到头上。'

不知道她为什么又说:'现在我的头发还湿着,先不戴了,等晚上时再戴。'

说完,她在一个玻璃瓶灌满了水,把花拿在手上看了看,想到要保持通风,就将这个瓶子放在了窗边。

忙了一天玫瑰花的事,我还没去工作,于是,我赶去了店里。晚上回家时,我在我家附近遇到了一位老朋友哈姆利。我已经好几个星期没在这儿见到他了,于是欣喜地上前与他拥抱。

'我去你那里了,可没见到你,只好失望而归。'

他的话音还没落,我的目光便落在他长袍的纽扣上。那一瞥,让我的血管里的血液都凝固了。

我开口问道:'你这紫玫瑰是哪儿来的?'

哈姆利生性俏皮。他笑了笑说:'为什么?你怎么突然关心起这个来了?这是我的情人送给我的礼物。真是个稀罕物。'

我眼前一黑,踉跄了几下。梦里的命运天使,他的预言,全都是谎言!这是我的妻子为了装饰哈姆利的长袍而编织的彩色谎言。唉,残忍的生活!血淋淋的现实!"

\* \* \*

"我怒气冲冲地回到了家。

看到我,妻子赶忙跑了过来,眼含泪水说道:'太不幸了,看哪,那朵花不见了。真主啊!我该怎么办?我们一定会遭受厄运的,一定会的。'我怒喝道:'没有比死亡更可怕的灾难了。醒悟

吧,你的死期到了。'

妻子惊讶地看着我。那时候,我觉得她的一举一动都透着欺骗。我喊道:'你的死期到了。准备接受命运天使的预言吧。'

她的谎话点燃了我体内的怒火。我的手使劲地抓起她柔软的手臂,用力一把将她推到墙上。顿时,她的头上血如泉涌。

夜里,我将她埋葬在了松柏树荫下,那是我们第一次见面的地方。

回家的路上我几近癫狂。碰巧,我又在一条小巷的转角处遇到了我的朋友哈姆利。一看见他,我就双眼充血,怒不可遏。

他笑着说:'你的眼睛怎么这么红?好像流着血。'

他竟然能说出这样的话,好像我不知道他的秘密似的。

我扑上去抓住他的衣领,骂道:'混蛋!你觉得我没有流血?我已经把她处理掉了。'说着,我一把将他别在长袍纽扣上的紫玫瑰抓了下来,扔在地上,疯狂地在花朵上碾踏。哈姆利看着我,眼里充满恐惧。当我告诉他我已经结果了他的情人,现在正想结果他时,他痛心疾首地说道:'冲动是魔鬼!你太可悲了!倒霉鬼。那朵玫瑰是我从路边拾到的。我路过市场时看到了那朵花,就捡了起来,也许那是从你家的窗口掉下来的。'听了他的话,我的眼前又是一黑。这次的黑暗真的黑啊……它夺去了我生命中的全部色彩,直到今时今日。"

\* \* \*

"命运天使的预言成真了。我的妻子那天晚上没能用紫玫瑰装饰发髻。我用自己的愚蠢和武断亲手毁了我们的家。

七十年过去了,我无时无刻不在为自己的错误忏悔。我热爱这片土地,因为这里的松柏树荫下埋葬着我的爱。"

船靠岸了。

# 穆罕默德·阿桑·法鲁基

(1913—1978)

穆罕默德·阿桑·法鲁基出生于1913年11月24日的印度北方邦勒克瑙，1978年2月26日在巴基斯坦的俾路支省去世。他除了通晓乌尔都语和波斯语外，还熟悉英语、法语和德语，并且精通阿拉伯语。其一生都从事教育相关职业，在信德一所大学教授英语，他在《贝壳》杂志上发表很多文章。始终对写作有着浓厚的兴趣，1938年发表了小说《勒克瑙的傍晚》，受到关注。他的《乌尔都语小说研究史》至今在乌尔都语文学史上具有很重要地位。《法尼和他的诗歌》是他的第三本评论研究著作。他还就古拉都·艾·海德尔的长篇小说《火河》写过评述，被认为是研究《火河》的非常重要文章。

# 为时已晚

朱熹 译

鲁琪雅参加完派对回来,迅速换下衣服扑到床上。她想哭,眼里却没有泪水。派对的场景像噩梦一般,再次浮现在她的面前。是的,赛义德,就是为了见赛义德,她穿着八年前他喜欢的衣服去了。八年前,在这样的一次派对上,赛义德避开众人,单独对她说:"你的衣服是派对上最好看的。你最漂亮!"她说:"非常感谢。"她上身穿着一件淡红色的花衬衫,下身穿着一条白色的裤子,耳朵上戴着红宝石的耳环,脚上穿着红色拖鞋,脸上抹着玫瑰色的腮红,嘴唇上涂着红色的唇膏。今天,她依然是这样打扮的。但是,这八年中,赛义德的变化可真不小!!他当着众人的面说道:"喂,鲁琪雅,你怎么变了?你脸颊上的凹坑是怎么回事?难道用粉都遮不住吗?"他在说些什么?他这些话,仿佛向她泼了一盆冷水。八年来,她一直沉浸在对他的思念中。他去了英国,然后又去美国读书。她常常在心里想:他回来后会喜欢自己的。他写给纳西玛的每一封信中,必定会问起鲁琪雅,也许他也开始喜欢她了。难道他真的问过,还是纳西玛出于礼貌才跟她说"哥哥写信来了,问起了你"?毕竟,他本可以直接写信给她的,但他从未写过。现在他回来了,像个陌生人一样嘲笑她脸颊上有凹坑。他看上去更加强壮,也高大了一些,毕竟是三十多岁的成年人了。鲁琪雅比以前更喜欢他了……但是喜欢又怎样?他不喜欢她。他一直和蕾哈娜、帕拉文、拉娜一起笑个不停。每当他转向鲁琪雅时,就沉默下来,然后开始当着众人的面取笑她。

她转向衣柜,衣柜里面有一面高大的镜子。在镜子里,她脸上的凹坑清晰可见。这些倒霉的东西不知道要涂什么样的药膏才能消除。谢米姆对此毫不在意,甚至当面称赞她说:"嗨,优雅的小姐。"但她一点都不喜欢他。她一直把赛义德放在心上。这个曾经能够点燃一把火的赛义德,现在彻底不一样了,仿佛曾经只是远远地见过她,而现在突然想起来了一样。他在英国和美国一定遇到了数不清的女孩。那里的女孩会主动追求男人,巴基斯坦人更是她们喜欢追逐的对象。现在,他在这里也在寻求那样的女孩。他太有这个资格了。他会有远大的前途,不知道多少富人家的女孩会追求他。离开派对时,还有好几个女孩和他坐在一辆车上。鲁琪雅不是他的目标。谢米姆一直像陀螺一样围着她,但是鲁琪雅却没有给他任何机会。最后他娶了莎琪拉。鲁琪雅说过:"跟屁虫,他追了我两年,我终于解脱了,赛义德比他好多了。"

然后,她遇到了卡利姆。他很富有,花了好几千卢比去追求鲁琪雅。他送礼物,请她看电影,参加各种娱乐活动,但鲁琪雅并没有动心。

八年的时间很长。她读高中时,赛义德和她在一起。他们一起读了理工学士,然后赛义德去了英国。八年间,她用两年时间读文学硕士,一年读科技学士,又工作了五年。三年前,四面八方求亲的事儿来了。母亲、父亲、兄弟都想让她赶紧结婚。最后,罗曼娜的父亲——这个讨厌的阿塔尔说:"女人不结婚,就像挂在树上干瘪的橙子。"难道这是真的吗?卡马尔的母亲还说:"现在你就不要考虑年轻小伙子了,能有个二婚男人愿意娶你,就不错了。"

"女人二十多岁,快到三十岁还不结婚,就再也没戏了。"

"只要女孩开始外出工作,婚姻的大门就等于对她关闭了。"

"哎,女人只要外出工作就开始枯萎,如果胖了,浑身就松弛了。"

"女孩们在刚读本科时,像花一样绽放,读着读着就开始枯萎,读完硕士之后,她们就彻底凋谢了,脸上再也没有了红润的光泽。"

"你的青春已逝,只剩下欲望的空盒子,青春的资本都已售空,只剩下空旷的商店而已。"这是一首非常低俗的诗,但卡西姆在谈话中常常引用它。

"难道你认为你女儿的价格会随着时间的推移而增加?"姨妈对母亲说。

"哎呀,姊妹,我有什么办法?没有合适的人家!"

"这个年代没有人坐在家里等,带女孩多出去转转,打扮得时尚点,和其他女孩们一起出去溜达溜达,总有人会喜欢她的,最后,总会像塔斯尼姆一样嫁出去。去教书,下班回家,这怎么行呢?"姨妈劝说道。

即便如此,也为时已晚。赛义德在她的心里,既无一受,亦无二给,无得无失。好像有人说过:"来者终究会来,来者终究会来。"那个来者来了，但他皱着眉头说："你脸上有凹坑，你变了。"鲁琪雅的心被劈成两瓣，彻底死了。现在，就算他回心转意，她也会把他一脚踢开。但是，他没有一点回心转意的意思。八年来，翘首期盼已经成为她的习惯，如今他的一句话，如让她遭到曲棍球比赛中的"致命一击"。她的心隐隐作痛，眼中泪水涟涟。

按照高中毕业证上的年纪计算，她已经三十岁了，尽管她一直声称自己的年龄在二十二到二十四岁之间。众人议论纷纷，她却丝毫没有察觉自己的容颜已经逝去。今天，赛义德一下子掀开了她眼前的面纱。她忍不住开始抽泣，弄得枕头都湿了。她对妈妈说今天她不吃饭了，因为在派对上吃了很多。她一直在哭泣，哭一会儿，睡一会儿，就这样消磨着夜晚。

经过一个多小时的哭泣、抹泪和辗转反侧后，她的心情好了很多。现在，她想起了她的学生罗曼娜的父亲，退休的公务员纳伊姆先生。他曾经每天开车接送女儿上下学。

"爸爸，这位是我们的老师，鲁琪雅教授。"

"您住在哪里？来，让我送您回家吧。"

之后，他们每天都把她从家里接走，再送回来。他痴痴地注视着鲁琪雅，那眼神似乎能穿透一切。

"老师，请到我们家来一趟。"罗曼娜说道。

他的房子非常大，非常豪华，有草坪，有花坛，一边种着楝树，土地有两千码，分成四个部分。房子是两层楼，有两个大大的卧室，客厅里摆放着一套大沙发和一张餐桌，桌子上面茶具样样俱全。纳伊姆先生的收入有两千卢比的房租和八百卢比的养老金。

"罗曼娜会嫁给我哥哥的儿子，他们很快就会结婚了。我说等她拿到文学学士学位就结婚。他的母亲已经去世四年了。她一结婚,家里就剩下我一个人了。我的三个儿子都已经工作,都结了婚,两个女孩也已经出嫁了,现在就剩下她了。"纳伊姆先生说。

"所有兄弟都跟爸爸说,你应该再娶一个,你现在还不到六十岁呢。"罗曼娜说。纳伊姆先生什么也没说,只是用渴望的眼神看着鲁琪雅。现在他每天都带鲁琪雅来他家。

"请您在家教罗曼娜吧!您说多少学费我就给多少。我会开车把您从家里接过来,然后再开车把您送回去。"

"哪有时间呀?"鲁琪雅说。

"您从学院上完课回来,就到这儿稍微喝茶放松一下,我们这里还有一个客卧空着,您可以在里面休息一下,等草坪没有大太阳直晒了,我就跟您一起坐在草坪上学习。如果晚了,就请您和我们一起吃晚饭,然后爸爸会开车把您送回去的。"

纳伊姆先生也和罗曼娜一起来到她的家,并征得了她父亲的同意。第一个月的两百卢比给到了父亲的手里。"您这么出色又有责任感,就算鲁琪雅住在您那儿,我们也没有意见。"父亲说道。

家教当然只是一个名头。纳伊姆先生常常带她们出去玩,去餐厅吃饭,吃完饭再把她送回家。这一切,都是那么真诚、暧昧而又悠闲。

"是啊,这个老家伙很喜欢你,要是好的话就结婚,怎么说也能一起过个 二十年。"亲爱的姨妈说。罗曼娜结婚了。纳伊姆先生所有的儿子、女儿、儿媳、女婿都来了,屋子里坐得满满的,已经租出去的部分也有些房间被拿来使用。在餐桌上,纳伊姆先生当着大家的面说:"这位是鲁琪雅教授,罗曼娜的老师。关于结婚的事,她的意见十分重要。"

罗曼娜结婚后,纳伊姆先生也常常开车把鲁琪雅送到学校,然后再把她送回来。两年来,她对他不再拘束,他也开始用"你"来称呼她。他还送给她一支精美的派克钢笔和一块欧米茄手表。

有一天,他把信递给了她,然后紧张地开着车消失了。

"鲁琪雅,你让我的生命年轻了三十五岁,第一天见到你,我就感觉回到了二十岁的时候,那时,一个女孩子曾经来到我的面前,现在她又来了。我不能和她结婚,她死了。家人让我娶了罗曼娜的母亲。我一生都在寻找的那个心上人的样子,就和你一样。现在我遇到了你,不必多说,我想你自己能够明白。"

他是一个腼腆的人。送出这封信后,他消失了好几天,然后来,他又来接鲁琪雅去学校。她坐上他的车,却一直用严厉的眼神看着他。他继续说着话,却没有把话挑明。鲁琪雅拒绝去他家或者和他出去。

他向鲁琪雅的父亲说明了整个情况,然后说:"如果您允许,我就向鲁琪雅提亲。"

父亲准许了。母亲也说:"这么有钱有什么不好?比天天在学校忙忙碌碌好得多,他还说要给十万卢比彩礼钱。要是我,我会接受的,他跟你说的时候你可不要拒绝呀!"

鲁琪雅急得坐起来,声嘶力竭地大哭。她为什么跟他闹翻了呢?因为她的心里只有那个赛义德。

她哭着哭着睡着了,也不知道做了什么样的梦,她的眼睛会一次又一次地睁开。她说:"这样深情的一个人。哎……我都对我妈妈说了,你以后是不是不会来我家了?"在这以后,纳伊姆先生再也没来过她家。已经过了好几个月。一个月，两个月，三个月，四个月，五个月，六个月，七个月……他已经整整七个月没有来了。这一天起床后，她决定亲自去纳伊姆先生家找他。

她比平时去学校的时间早了一个小时离开家。她坐上三轮车，朝纳伊姆先生的家奔去。离那里越来越近，她的心也开始砰砰狂跳。三轮车在房子前面经过，但她竟然忘了让车停下来。她对车夫说："掉头回去。"但是快到那栋房子的时候，她又让车子拐进了附近的街道，走了很长一段路，随后说："回去吧。"如此反复几次后，车夫说："咱们要这样一直转到哪里？"她回答说："你的意思是说转到哪里还是说你的车费？带我转一整天吧，我按车程付你车费。"车夫不作声了，继续兜着圈子。

转到第五圈的时候，纳伊姆先生家前面的第四栋房子里走出来一个女孩。她和这个女孩打招呼，然后对车夫说："停在这里。"女孩向她走了过来。她付了车费，转向女孩。

"老师，您要找房子吗？"

"你曾经是我的学生，我知道。你叫什么名字？我不记得了。"

"我曾经和罗曼娜一起读书，还参加了她的婚礼。后来我上了大学。现在我读文学硕士最后一年。罗曼娜的父亲纳伊姆先生送我去上学。他今天迟到了，他的房子就在附近。我要去看看发生了什么事。我的名字叫法赫米达，您不记得了吗？"

"好，你去吧。我去那边。"

"您把三轮车打发走了。来吧，纳伊姆先生会开车送我们过去的。去学校的时间要到了，您今天不去学校吗？"

鲁琪雅吃了一惊，心却因为这丫头而有了主意，嘴上说道：

"好，走吧。"

她俩还没走出十步，就看到纳伊姆先生的车开了过来。他停下来说："哎，今天来晚了，走吧。"这时，他看见了鲁琪雅，说道："您从哪儿来？您也坐吧，我送您去学院。"

法赫米达坐在纳伊姆先生旁边，鲁琪雅坐在后面。纳伊姆先生带她去了她的学校。

骗子！卑鄙的骗子！说为了找我这样的人找了三十五年，现在连看都不看我。不到七个月时间，他就已经忘了他多年来一直在寻找的人吗？看着和自己女儿一样年纪的法赫米达那年轻丰满的身体不断扭动，她旁边的那个六十岁的男人就像一个一直围着她转的陀螺。他被一个与自己最小的女儿一样大的女孩所吸引，这个女孩也毫无拘束。是啊，十万卢比的彩礼，汽车，豪宅……谁能给得了？他曾经要买走鲁琪雅，没买成，现在他正准备买比她年轻的女孩。幸好鲁琪雅拒绝了他，现在，她永远也不会对他动心了。

她没有上课，任何年级的课都没有上。她来到老师的办公室，离大家远远地坐着，在面前翻开一本书，低头思考着。

"喂，今天怎么了？鲁琪雅，怎么这么安静？"几名同伴问道。

"我头疼，也许要发烧了。"她避开了所有人。

休息的时候，她从学校出来，看到纳伊姆先生站在车边。她朝着汽车的反方向走去时，他快步走上前来说："鲁琪雅，我来接你回家，走，上车吧。"

她犹豫了一下，但还是一起走了。

纳伊姆先生边开车边说："今天有什么事吗？你怎么想起我来了？"

鲁琪雅保持沉默。

"你今天来找我，却不敢来我家。我看到你坐的三轮车好几次从我家门前经过。我工作了三十年，见过成千上万的人。我一直等着你下来，因此去接法赫米达时迟到了。现在告诉我你要说什么。"

"这都是你的自以为是罢了，一切都错了。我和你分开已经七个月了。我对见你没兴趣，是你追着我跑来的。"

"好了，一切都过去了。看到你，我感觉脑海中存在了三十年的形象又浮现在面前，但一次次见你之后，我觉得你和她比起来完全没有生气，麻木不仁。她是绽放的，你枯萎了。你的模样和她一样，但她的灵魂与你的截然不同。当你拒绝我时，我注意到你的干巴巴和冷漠，这些都与她截然不同。法赫米达没有父母，在叔叔家生活。罗曼娜结婚后，她开始取悦我。她的叔叔婶婶和表兄弟姐妹想摆脱她。她已经完成了她的文学硕士毕业论文，我也说让她把硕士读完，也就两个月了。总有一天我们会结婚的。"

"既然这样，那你为什么还来追我……而且现在已经过了去我家的路，你要带我去哪里？"

"我还没说完，如果你想去你家说完也行。"

"不，不，就把我放在这儿吧，我走回家去，你再也不要来找我了，全神贯注地爱你的法赫米达吧！"

"好，我送你回家。我只想说，我从你的面容看到了明显的变化和不同，我又想起了同样的场景，你只是和她有一点点相似。送完法赫米达后，我本来要回家，但不知不觉就到了你的学校。没有其他了，现在已经太迟了。你来得太晚了，太晚了，太晚了……"

纳伊姆先生把她送到家门的时候又说了一遍："太晚了。"然后驾车离开了。

鲁琪雅满腹委屈地走进自己的房间，她脱下衣服平复了一下心情，就来和爸爸妈妈一起喝茶。谈话间，她明显心不在焉。妈妈把手放在她额头上，又摸了摸她的脉搏，说："没事儿，今天可能工作太多，太累了。"

"是，我累了，我现在去躺会儿。"

太晚了，太晚了。她到底在做什么样的梦？纳西玛欺骗了她。不，她是自欺欺人。赛义德只有一次把她拉到一边说"你今天很迷人"，今天，今天，她直到今天还念念不忘这句话。她等了八年，傻傻地等他来了，他却说："哎，你脸上怎么有这么多凹坑？"就好像她是某种动物，他为了拒绝购买她才这样说。他会去纳西玛那里问她吗？问什么？她会笑得更厉害。也许她会识破自己对她哥哥动情的事。她会在背后添油加醋。她的脑海里会生出很多这样那样的联想，她会认为我爱上了她兄弟，也许已经说了什么，比如我爱上她哥哥赛义德、对他爱得死去活来之类的。

纳西玛曾挖苦地说："留在你的时间里吧，看看镜子里你的脸，这么干枯消瘦，谁还会有兴趣？"也许她还对其他人说过这些话。她把鲁琪雅叫来参加哥哥回国的派对得，让她直面自己痴心妄想的美梦。好吧，她戏弄了我，一定是她丈夫泽米尔告诉她这样做的。

纳西玛长得很普通，甚至连普通都算不上，可是，这个姑娘现在已经有八个孩子了。"能说什么呢？你拒绝了纳伊姆先生，发了火，现在谁还会来找你？高中毕业后，我的父母就让我结婚，这是件好事。我在生了四个孩子后读预科，和你一起读硕士的时候，就已经生了六个孩子。现在我老了,但我身边有好多个孩子和我在一起。"纳西玛说。

为时已晚,无人问津。是的,去找纳伊姆先生也太迟了。她遇到了命中之人。毕竟,他有什么缺点呢?财产、汽车、工作、各种安逸的生活,能与这样的人相识是可遇而不可求的。是的,他的年龄有点大,将近六十岁,但那又怎么样呢?塔伊瓦尔嫁给了一个六十岁的男人,那个男人还活着,现在在他们看起来差不多一样大。贾米拉的丈夫比她小一岁,但结婚没两年他就去世了,现在贾米拉变成了一个寡妇,还带着一个男孩。人们认定的年龄差别完全是一种偏见,完全无关紧要。是啊,地位、财富、安逸才是一切。

法赫米达肯定比她要小十岁,但她没有拒绝纳伊姆先生。如果她稍微等一等,肯定会遇到同龄人。但是,为什么要等呢?那样做,只是徒增风险,发现时为时已晚。她现在该怎么办呢?和纳伊姆先生分手了,也说清楚了。太迟了,太迟了……可以说自己不喜欢家庭生活,但这就像狐狸没有得到葡萄就说它是酸的一样。女孩子们会议论她,她们有什么必要去议论她呢?她可以不再谈婚论嫁,避开所有的闲话。读书的时候,她写过小说,现在她又开始写作了,这样心里会好受一些的。是的,她写了几本小说。到目前为止,法尔扎纳已经写了十部小说,她也要这样做。教书不是她心里想干的事,写小说的收入会很多,汽车、洋房,什么都会有,就像纳伊姆那样拥有一切。等她成名时,会有许多男孩儿来找她,看着书上的照片,不知道有多少人会给她写信。在照片上,她的脸上不会有凹坑,照片会从一侧坐着拍摄,这样看不到那些凹坑。是的,这位小姐写出了她自己的故事。

我在十四岁时写了我的第一部小说，是在硕士毕业之后写的，也就是说，我十三岁的时候就通过了硕士学位考试。我六岁完成高中学业。别说什么我的高中毕业证书是出生时就含在嘴里的。谁会去算这些？她会对外宣称她二十岁，年轻的男孩子也会为之疯狂。肯定会有人开始搔首弄姿，然后和一个比自己小的人结婚。欺骗小伙子。为什么？沙希达没有这样做吗？人们对任何事物都要说三道四。是的，当一个男人偷走别人的爱好时，他什么也看不到。他像公牛一样翘着嘴巴奔跑。一定会有人跑过来，一定会有人来。现在来的人，都不会放过他，她肯定会迷住他。他一定会来的。这些年轻人可没准，他们会来，也会逃走。太晚了，难道真是太晚了吗？